海堂尊

コロナ黙示録

COVID-19
APOCALYPSE

宝島社

Contents

［目次］コロナ黙示録

［主要登場人物］

【桜宮】

東城大学医学部付属病院

田口公平（たぐち・こうへい）……不定愁訴外来主任
高階権太（たかしな・ごんた）……学長
藤原真琴（ふじわら・まこと）……不定愁訴外来専任看護師
兵藤勉（ひょうどう・つとむ）……神経内科学教室准教授
如月翔子（きさらぎ・しょうこ）……小児科総合治療センター看護師長
若月奈緒（わかつき・なお）……ホスピス棟・黎明棟看護師長
島津吾郎（しまづ・ごろう）……画像診断専門医・Aiセンター長
佐藤伸一（さとう・しんいち）……ICU病棟部長

（協力者）

桧山シオン（ひやま・しおん）……ジュネーブ大学画像診断ユニット准教授
姫宮香織（ひめみや・かおり）……厚生労働省大臣官房秘書課付技官補佐、
厚生労働省新型コロナウイルス対策本部マスク班班員補佐

【北海道】

極北市民病院

世良雅志（せら・まさし）……病院長
今中良夫（いまなか・よしお）……外科部長

雪見市救命救急センター

速水晃一（はやみ・こういち）……センター長
伊達伸也（だて・しんや）……副センター長
五條郁美（ごじょう・いくみ）……ICU看護師長
保阪美貴（ほさか・みき）……整形外科病棟看護師
大曽根富雄（おおそね・とみお）……研修医

蝦夷大学

名村芒（なむら・ぼう）……感染症研究所　教授
喜国忠義（きくに・ただよし）……同　准教授

北海道庁

益村秀人（ますむら・ひでと）……北海道知事

【東京】

政策集団・梁山泊

村雨弘毅（むらさめ・ひろき）……元浪速府知事。TVコメンテーター
鎌形雅史（かまがた・まさし）……元浪速地検特捜部キャップ・ヤメ検弁護士
彦根新吾（ひこね・しんご）……フリーランサー病理医
白鳥圭輔（しらとり・けいすけ）……厚生労働省大臣官房秘書課付技官、
厚生労働省新型コロナウイルス対策本部マスク班班員
兎田（うさぎだ）……『帝国経済新聞』健康ウェブ「死ぬまで生きる」サイト担当
紫蘭エミリ（しらん・えみり）……ツイッターの女王
別宮葉子……時風新報桜宮支所社会部副編集長
日高正義（ひだか・まさよし）……正義法律事務所・主任弁護士
終田千粒（ついた・せんりゅう）……作家

官邸

安保宰三（あぼ・さいぞう）……内閣総理大臣
安保明菜（あぼ・あきな）……宰三の妻
酸ヶ湯（すかゆ）……内閣官房長官
今川（いまがわ）……内閣府首相補佐官
泉谷（いずみや）……同
本田苗子（ほんだ・みつこ）……生労働省・大臣官房審議官
内閣府首相補佐官次官兼任

都庁

小日向美湖（こひなた・みこ）……東京都知事

クルーズ船乗客

保阪貴美子（ほさか・きみこ）……保阪美貴の祖母
大山晴美（おおやま・はるみ）……保阪貴美子の相部屋客

装幀　菊池　祐

コロナ黙示録

1章　田口、作家になる

二〇一九年十一月
東城大学医学部付属病院・学長室

木枯らしが吹きすさぶ中、俺は根城の不定愁訴外来の部屋を出て、外付けの階段を上がる。

東城《とうじょう》大学医学部付属病院は桜宮《さくらのみや》丘陵のてっぺんにある。そこに聳《そび》えるツインタワー、新旧の病院棟が桜宮平野を見下ろしている。

主要な診療科は全て新病院棟に引っ越したが、俺が担当する不定愁訴外来は、旧病院に置いてけぼりにされ、相変わらず旧病院棟の端のどん詰まりの部屋で日常業務に勤《いそ》しんでいる。

旧病院棟はホスピス棟で別名、黎明《れいめい》棟と呼ばれている。かつて全ての診療科が入っていたスペースをまるまるホスピス棟にしたので贅沢《ぜいたく》な使い方だ。入院中の末期患者が少ないのはスタッフのマンパワーが足りないからだが、黎明棟立ち上げから関わっている若月《わかつき》師長の尽力でなんとか回っている。基本は互助、つまりホスピス患者に他の患者をケアさせるという方針だ。

昔、碧翠院《へきすいいん》桜宮病院で行なわれていた手法だが、そんなことを知る人も今はほとんどいない。形式的に黎明棟の責任者も俺に押しつけられたが、若月師長が対応してくれているので実際の負担は少なく、苦にならない。

最近、新病院と旧病院をつなぐ渡り廊下が作られた。屋根付きの立派なもので、新病院から旧病院まで雨に濡《ぬ》れずに移動するには、渡り廊下を通り俺の不定愁訴外来から外付けの階段を上るというルートになるので、外付け階段をエスカレーターにするという仰天計画があるらしい。

二〇一九年十一月。今年もいろいろなことがあった。俺は、激動の令和元年を振り返る。

今年の最も重要なできごとは、天皇陛下の生前退位と新天皇の即位、それに伴う新元号の発表だろう。新元号を発表した酸ヶ湯《すかゆ》官房長官は「令和おじさん」として人気者になり、次期総理に最も近い政治家として注目が集まった。

新元号の発表は四月一日。新天皇の即位は五月一日。その間の一ヵ月はお祭り騒ぎだった。これまで天皇の退位は死去に伴うものだったので、新元号発表は厳粛な空気の中で執り行なわれた。だが今回の新元号発表は、天皇陛下がご存命で、国民も明るい気持ちで迎えられた。

そもそも上皇が退位を決意したのはご高齢の上に癌《がん》を患い、公務を執るのが厳しくなったというのが建前だが、安保宰三《あぼさいぞう》・現首相の悲願である憲法改正に猛反対したせいだと言われる。にも拘《かか》わらず、自分を政治利用し強引に断行しようとしていたことに対する異議申し立てだと、まことしやかに言われていた。上皇のご発言を追うと、そのウワサはたぶん本当だろう。なにしろ上皇は、日本で誰よりもリベラルなお方なのだから。

来年の令和二年、二〇二〇年七月には安保首相の悲願の東京五輪が開催される。任期と余力を残しつつ五輪終了と共に首相を辞し、後継者に禅譲するだろう、と言われていた。

安保政権は外交と経済の業績が自慢だが、外交はカネはばらまくが実質的な成果は何もない。米国には軍事費を始め、諸々搾取されっぱなしだし、国民の悲願、北方領土返還問題は棚上げで協議入りすらできず、北朝鮮の拉致問題は解決の糸口もつかめていない。やむなくことある毎に嫌韓の風潮を煽《あお》ることが安保外交の中心になった。世界史的にはこういう手法は内政・外交に行き詰まった独裁政権の最後の悪あがきで、断末魔的な症状なのだが。

安保一強などといわれているが、安保一狂ではないか、などと思っているものの、そんな物騒なことは小市民の俺には口にできない。

ちなみに安保は「あぼ」と読む。決して「アホ」と読んではいけない。

それにしても、新元号「令和」はゲンの悪い始まりになった。

九月、大型台風十五号が長閑《のどか》な房総《ぼうそう》県を直撃した。それはいまだかつてない巨大な台風だという事前情報があった。前日、ラジオ番組収録後、知事公舎に戻った田森知事は、朝になり惨状が明らかになると、真っ先に自分の別荘を「視察」した。だが房総県ではいささかの遅滞もなく災害対応が始まっていた。これで知事という役職が、単なるお飾りだということが露呈した。

新天皇は国民感情を鑑み、即位祝賀パレードの中止を申し出た。パーティ好きの安保首相は、パレード実施に固執したが、新天皇の意志が固いと見るや一転、中止した。そしてあたかも自分が陛下に進言したかのように報道させた。

誠に不敬な振る舞いだが、その所作を咎《とが》める者はいなかった。

そんな御難続きで始まった令和だが、凡愚な首相の下でも日本社会が無難に回っているのは、偏《ひとえ》に温厚で良心的な国民のおかげに違いない。

そんな令和元年を回顧しながら、俺は久々に呼び出された病院長室に向かったのだった。

＊

昔と変わらず、旧病院棟の三階に院長室はある。正確に言えば現在の院長室は新病院にあり、病院長もそこにいる。俺が向かっている旧病院長室は、今は学長室だ。

ノックをして重い扉を押し開くと、冬の明るい陽射しが部屋を包んでいた。その光をバックに、黒檀の両袖机に肘《ひじ》をついた、ロマンスグレーの小柄な男性が口を開く。

「田口《たぐち》先生は、相変わらずお忙しそうですね」と、のんびりした声が聞こえた。

窓際に置かれた、背の高い革張りの回転椅子を、いいなと羨望を交えて眺めつつ答える。

「まあ、おかげさまで貧乏暇なし、忙しいながらもなんとかやってます」

実は大して忙しくはないのだがそんな風に答えたのは、本当のことを口走ったらその途端、無理難題が降りかかってくることがわかっていたからだ。だがそれが所詮はかない抵抗であることもわかっている。完全防御したところで腹黒タヌキと呼ばれる高階《たかしな》病院長、もとい、現在は学長だが、その高階学長の丸投げから逃れられるはずがないのだ。

そもそも学長なのに医学部の旧病院長室に居続けていることだって、説明は難しい。

桜宮平野にある全学キャンパスに引っ越すよう要請されたが、部屋を移るくらいなら学長就任を断ると駄々をこねたというウワサもある。いくらなんでもさすがにそこまでやるだろうかという疑念はあるが、そんな横車を押しかねない人物であるのは確かだ。

そんな常識外れの高階学長の依頼から逃れられるわけはないが、それでもムダな抵抗をするのは、その間のやりとりから情報を得て、抵抗拠点を見つけられる可能性があるからだ。

だが高階学長は俺がそんな心づもりでいることなど、とっくにお見通しのようで、いきなり本題を告げてきた。しかも、俺がまったく想定すらしていなかった形で。

「田口先生、作家になってみませんか？」

俺は「はあ？」と言ったきり、絶句した。一体、この人は何を考えているのだろう。

高階先生は、学長になってから妙な言動が増えたように思う。

半年前も、愚痴《ぐち》外来で愚痴喫茶を開店しろ、と言ってきた。やむなく準備に取りかかったが、諸般の事情で開店前閉店という結果に終わり、胸をなで下ろしたものだ。

俺の助手の元看護師長の藤原《ふじわら》さんはやる気満々だったので、がっかりしたようだが。

おかげでコーヒーメーカーの最新型を設備費で購入できたのは思わぬ儲《もう》け物だった。

それにしても「作家」とは、どういうことだろう。

「私は作文が大の苦手でして、小学校の卒業文集で『私の未来』という文章を書いて以来、文章らしい文章は書いたことがありませんので、お断りするしかないと思います」

俺がそう言うと、高階学長はうっすら笑う。

「人は自分の才能に無自覚です。以前、学内報に寄稿された『不定愁訴外来開設十年を迎えて』という小文は実に格調高い、素晴らしい出来でしたよ」

俺は首をひねる。はて、そんな文章を書いたことなどあったかな。思い出した。パソコンを前に苦吟《くぎん》していた俺を見て、万能助手の藤原さんが代筆してくれたんだっけ。でも、あれはゴーストに依頼した文章で、などと今さらカミングアウトもできない俺は、懸命に言い繕う。

「確かにあれは私の渾身《こんしん》の文章でしたが、あんな程度で作家を名乗れません。作家と言えば常にベストセラーを連発する東出啓二《ひがしでけいじ》さんみたいな人を言うわけで」

「ご謙遜を。世には一冊、自費出版でエッセイ集を出しただけで作家気取り、後進の指導にあたる強者もいますから、先生が作家を名乗っても後ろ指を指されるようなことはありませんよ」

「でも私は一冊のエッセイ集どころか、一篇のエッセイすら書いていないので」

「それならこれから書けばいいんです」

「無茶言わないでください。ああいうのは基本は好きな人が書くものです」

するとと部屋の隅に置かれていた、俺の憧れの高い背の回転椅子がぎしぎしと鳴ったかと思うとぐるりと回転して、そこに座っていた人物が目の前に現れた。

「高階ガクチョーはいつもこんなまどろっこしいやり方で田口センセに依頼してたんですか？」

俺は度肝を抜かれて、あやうく腰を抜かすところだったが、かろうじて持ちこたえた。

「な、なんであんたがこんなところにいるんだ」と思わず丁寧語が崩れる。

革張りの回転椅子に座っていたのは俺の疫病神、厚労省のやさぐれ技官、白鳥圭輔《しらとりけいすけ》だった。コードネームは火喰《ひく》い鳥。

「なんで僕がここにいるのかなんて愚問だね。この件の依頼者だからに決まってるでしょ」

確かに愚問。高階学長の丸投げ案件の半分はコイツ由来の案件だったのだから。

「いつもなら僕は陰に隠れて高階ガクチョーを着ぐるみにして田口センセをパペットにするんだけど、今回はそんな悠長なことをしていられなくて、その段取りをすっ飛ばしたんだ。つまりこれは高階ガクチョーの依頼という形だけど、中身は高級官僚である僕からの依頼なんだよ」

なるほど、と合点する。それならとりあえず中身を聞いてしまう方が話が早い、なんて風に考えている時点で、この二大丸投げ妖怪の術中にずっぽりと嵌《は》まっているわけだが。

「で、私に何をさせたいんですか？」

「させたいんじゃなくて、していただけませんか、という謙《へりくだ》ったお願いをしてるんだけど」

俺とあんたの間ではそれは、「しろ」と言うことだろうと思ったが口にはしなかった。

「わかりました。で、私に何を『していただきたい』んですか？」

白鳥は「ちょっとニュアンスが違うんだよな」と言いながら鞄《かばん》から、高級マンション販売用の綺麗《きれい》なパンフレット紛いの書類を取り出した。白鳥がぼそぼそと説明する。

「それは『帝国経済新聞』の系列ウェブの健康サイトでの『イケメン内科医の健康万歳』という新連載の企画書だよ」

「なんで技官が、こんなものを持っているんですか？」

「相変わらず田口センセはトロ臭い質問をするなあ。そんなもん、僕が持ちかけて企画したからに決まってるでしょ。何しろ健康領域における厚労省の権力は絶大なんだからさ」

「そうですか。でも自分でイケメンと言うなんて、少し鼻につきますね」

「うん。僕もそう思う。田口センセは、これからいろんな人から反発されるかもね」

「え？」

「何をビックラこいてるのさ。最初にエッセイを書いてもらいたいと言ったでしょ。それならこの新連載の著者は田口センセに決まってるじゃない」

ビックラこいた俺は、努めて冷静に言った。

「論理的にはその通りなんでしょうが、私はまだ引き受けるとは言ってませんし、そもそも私の連載ならタイトルくらいは自分で決めさせてもらわないと……」

「ふうん、それじゃあどんなタイトルを考えてるの？」

俺は腕組みをして考え込む。俺は学生時代、授業をサボり大学病院にある秘密基地みたいなん詰まりの部屋で読書をしていた。だから文学青年であることは否定しない。

ちなみにその部屋は時代が巡りなぜか、今の俺の根城になっている。

「『診察室の窓から』とか、ですかね」としばらくして考えてから答えた。

「ああ、まさか田口センセが六十年代純文系文学青年だったなんて想定外だった」

そう言って頭を抱えこんだ白鳥技官は、いきなり、がば、と身体を起こした。

「いいかい、そういうのは今は終焉《しゅうえん》したジャンルだよ。田口センセの意識がそんなだとすると、時代の先端のキレッキレのタイトルにそぐわないから、意識を変えてね」

ちょっと待て。タイトルを変えるのではなく、俺にタイトルに歩み寄れというのか？

さすがにそれは本末転倒だと思った俺は、珍しく言い返した。

「さすがにそれはおかしいでしょう。私に書かせたいならタイトルは私の意に沿うようにしていただかないと。タイトルは小説の重要な一行目とも言いますからね」

白鳥は俺の反撃に、珍しく腕を組んで考え込んだ。やがて言う。

「それはもっともだ。そしたらこれならどう？　『患者の愚痴は医療の光』。イケるでしょ？」

いきなり言われて戸惑ったが、ついうっかり「まあそれなら」とうなずいてしまう。

実は俺は新たに提示されたタイトルを深く考えていなかった。要は「イケメン先生」みたいな自信過剰のタイトルを避けられればそれでよかったのだ。

「よかった。じゃあ先方に伝えておくね。第一回の締め切りはとりあえず今週いっぱいね」

締め切りという現実的かつ強制力を伴う暴力的な単語に接して、いきなり現実に引き戻された俺はあわてて言う。

「待ってください。私はエッセイなんて書けませんと言っているじゃないですか」

「心配しないで。田口センセが無理だって言うことをやらせるような鬼畜じゃないよ、僕は」

そんなことないぞ、あれもこれもそうだっただろ、と脳裏に、過去の白鳥から放り投げられた無理難題が、くるくると走馬灯のようによぎる。すると白鳥は平然と続けた。

「大丈夫。エッセイは僕が書くから」

「はあ？　それなら技官がご自分でエッセイを書けばいいのでは？」

「ねえ、それ、マジで言ってる？　僕が企画した連載で僕が書いていいなら田口センセになんて頼まずとっくに書いてますって。でも僕の立場では書けないからこうして頼んでるんじゃん」

むう。なぜ逆ギレされた挙げ句、間抜け呼ばわりされなければならないんだ、と理不尽な扱いを我慢しつつ、質問する。

「一体、技官は何を書くつもりなんですか。私の名前を使う以上、きちんと説明してください」

「田口センセの要望はもっともだ。説明は少し長くなるけど、いい？　これは日本の民主主義の危機なんだ。在任七年、異例の長期政権の弊害があちこちから吹き出ているんだ」

いきなり総理大臣が出てきて驚いた。安保は無教養で不実な対応が多く悪評紛々だ。

「でも、安保首相の支持率は、いつも高いんですよね」

「ま、データ操作されているからね。わが厚労省も基本的な雇用統計の基礎データを政権維持に都合よく改ざんさせたくらいだから、アンケート結果の捏造なんてどうってことないんだよ」

「データ改ざんなんて、そんなことが横行してるんですか」と俺はびっくりした。

「それだけじゃなく公文書改ざんなんてこともやってる。さすがに知っているよね？」

「『有朋《ありとも》学園事件』ですね」と俺が答えると、白鳥はうなずいた。

それは二年前に、平穏な桜宮市で起こった前代未聞のスキャンダルだった。有朋学園という学校法人に不正な国有地払い下げをするため首相夫人が口利きをした疑惑を国会で追及され、安保首相が「私や妻が関与していたら首相を辞める」と啖呵《たんか》を切ったのだが、桜宮理財局の担当課に首相夫人の口利きの証拠のペーパーが残っていた。慌てた財務官僚は現場の担当事務官に指示して、当該部分をまるごと削除させた、というものだ。

一年後、首相夫人の関与を示す記述を削除する前の文書がスクープされ、その五日後、実際の改竄《かいざん》作業に当たった担当事務官が自殺したというトンデモ話で、詐欺罪で逮捕された有朋学園の代表者がしきりに繰り返した「忖度《そんたく》」という言葉は、その年の流行語大賞になった。

首相夫人の明菜《あきな》さんは自由奔放すぎて世の顰蹙《ひんしゅく》を買っているが、一部の「なかよし」に支持されている上、自分は「家庭内野党」だと言い放ち、夫の安保首相もお手上げの状態らしく、その時に私人と閣議決定された。五人も秘書官がついている首相夫人は公人だと思うのだが。

「ま、具体的に詰めると、字数は千六百字、締め切りは毎月最終週の月曜日で掲載は半月後。で千六百字のうち僕が半分書くから残り半分は田口センセが埋めてね」

勝手に話を進めていく白鳥に、ついていけず、呆然とする。

「何を驚いているのさ。だってこれは田口センセの連載なんだから、それくらいは当然でしょ。何なら八百字分は『診察室の窓から』風に書いていいからさ」

うーむ、話が全然違ってきたが、民主主義の危機と言われてしまっては受けざるをえない。

俺って相変わらずドツボに嵌まる体質だな、と思いながら、すごすご退出しようとする俺を白鳥は呼び止めた。

「これ、ささやかな品だけど、快諾してくれたお礼だよ」

そう言って差し出したのは名刺入れの小箱だった。中の名刺には「医師、作家、田口公平《こうへい》」とある。裏返すと『イケメン内科医の健康万歳』ウェブサイト「死ぬまで生きる」連載中、と書いてあるではないか。焦った俺は白鳥の好意を謹んで返却しようとした。

「せっかくですがタイトルは変えるので、これはお返しします」

「せっかく作ったんだからもらってよ。とりあえず今週中に第一回原稿をよ・ろ・し・く」

結局言いくるめられてしまった俺は、釈然としない気持ちを抱いて学長室を出た。

2章　イケメン内科医

二〇一九年十一月
東城大学医学部付属病院・不定愁訴外来

学長室から二階まで下りて廊下を突き当たりまで歩き、そこから外へ出て外付けの非常階段を下り、外壁にある扉を開けると珈琲《コーヒー》の香りが漂ってくる。そこが俺の根城だ。

正式名称「不定愁訴外来」、通称「愚痴外来」。ここで患者のそこはかとない不具合に耳を傾けるのが俺の仕事だ。俺がそんな業務に就いたのは複雑な大学病院内の力学の結果だが、説明するのは煩雑なのでここでは省く。

扉を開けると小柄な白衣姿の男性が、わあ、という感じで飛んできた。

「学長室にお呼ばれしていたんですって、田口先生？」

廊下トンビと言われる俺の後輩、兵藤《ひょうどう》だ。外部から神経内科学教室に移籍してきた直後は、俺を追い落とそうとしたこともある。だが俺に上昇志向がまったくないと理解した今では、俺を情報源として活用している。この部屋はヤツの狩り場で二日に一度は新病院から渡り廊下を歩いて来て、いろいろ聞き出そうとする。だが院内政治に疎い上、昔の根城に取り残されて島流し状態の俺は情報流通の最下流なので、ヤツに提供できる情報はほとんどない。だから最新情報のシャワーを浴びてアップデートし続ける兵藤クンが、ここにやってくる理由はない。最近はむしろ新病院に伝手《つて》を失った俺にとって重宝すべき情報源になっていた。

鬱陶しいヤツが最近ではちょっと可愛《かわい》く思えてしまうことも、時々ある。

危険な兆候だ。

そんな兵藤クンも今や准教授、教室序列では万年講師の俺を飛び越え、教授を窺《うかが》っている。

だが渡り廊下をやってくるからいよいよ廊下トンビの名にふさわしくなっている。さすがに廊下トンビは失礼だから、出世魚なみに廊下イーグルと呼び方を変えるべきだろうか。

兵藤クンのお出迎えの後で奥の控え室から顔を出したのは忠実な助手、藤原さんだ。現役時代はあちこちの病棟を看護師長として渡り歩き、総師長は確実と言われながら結局ならず、退職後は再雇用で俺の外来の付き添い助手を務めてくれている。彼女が淹れてくれる珈琲は絶品だ。

だから「愚痴喫茶」という無茶な企画が立ち上がった時、藤原さんに丸投げしようと思ったし、実は彼女もやる気満々ではあった。

「今回の無理難題丸投げ案件はなんでしたか？」と兵藤クン。

「大したことじゃない。ウェブにエッセイを連載しろとのご命令だ」

「エッセイの連載……それって作家になるってことじゃないですか」

兵藤クンの反応に、目眩《めまい》がした。すぐに藤原さんが食いついてきた。

「まあ、田口先生が随筆を？　連載のタイトルはどういうのですか」

「ええと、ですね」と言いかけた俺は手の中で弄《もてあそ》んでいた小箱を取り落とす。間の悪いことに、蓋《ふた》が開いて中身が床に散らばった。それを拾い上げた兵藤クンが名刺を読み上げる。

「医師、作家、田口公平ですか」と言いながら裏返してびっくりした声を上げる。

「『イケメン内科医の健康万歳』ってタイトルだなんて、はっちゃけてますねえ」

「あ、いや、それは俺が作ったんじゃなくて白鳥のヤツが勝手に作ったヤツで……」

「え？　これってあの厚生労働省のお騒がせ技官、白鳥さんの依頼なんですか？」

うわあ、床にこぼした醬油《しょうゆ》の上に尻餅《しりもち》をついた気分だ。こうなると兵藤クンはしつこい。

「つまり今日のは高階学長の依頼じゃなくて、厚労省からの依頼なんですね。それがエッセイの連載とは何やら陰謀のような匂いがプンプンしてくるんですけど」

兵藤クン、君の直感はたぶん正しい。俺もまったく同感だよ。だがその陰謀がなんなのかが、さっぱりわからない。なのでさっさとケリをつけたくて、ありのまま伝えることにした。

兵藤クンへの対応としては極めてレア・ケースだ。

「『帝国経済新聞』の系列ウェブの健康サイト『死ぬまで生きる』で月一度、医療エッセイを連載するんだ。半分の八百字分は白鳥技官が書いて、残りを俺が書くことになったんだよ」

「あの健康サイトは有名ですよ。終田千粒《ついたせんりゆう》という作家の『健康なんてクソ食らえ』が言いたい放題で面白すぎるんです。でも原稿用紙たった四枚分如きでリレー・エッセイなんて上手《うま》くいくんですかね、それ。ちなみにどちらが最初に書くんですか？　えっ？　田口先生が先なんですか？　それはビックリですね。そうなると田口先生の書いた文章を引き継いで白鳥技官が書くんですね。相手に合わせた文章を書くなんて、あの人にできるんですかね」

そう言われて胸に小さな黒雲が湧き上がる。適切な指摘だ。というか白鳥が勝手気ままに書き散らしたものに俺が合わせる方が現実的だ。そういう差配も出来たはずなのに、なぜかヤツはそうしなかった。何だかほんとにイヤな予感がしてきた。兵藤クンは楽しそうに続ける。

「『イケメン内科医の健康万歳』、楽しみだなあ。どんな話になるんだろう」

「おい、そのタイトルは変更したって言っただろ」

「それじゃあなんてタイトルになったんですか」と問われたものの、全く思い出せない。

それくらい「イケメン内科医」のインパクトは強烈だったわけだ。

「とにかく今週末までに八百字のエッセイを書くなんて無理だ。どうしよう」

すると俺の目の前の二人の言葉がハモった。

「それならあたし‥僕が書いてあげましょうか」

次の瞬間、兵藤クンと藤原さんは顔を見合わせた。一歩引いたのは兵藤クンだった。

「差し出がましいことを言いました。藤原さんがお書きになるならお譲りします」

「そお？　悪いわね、じゃあ、あたしが書いてあげるわ、田口先生」

「はあ、お願いします。いきなりですが最初の締め切りは、今週いっぱいなんですけど」

「原稿用紙二枚ならちょちょいのちょい、明日の朝までに仕上げてきます」

肩の荷が下りてほっとしたのと、俺の名で連載されるエッセイがどんな中身になるのかという不安との板挟みで、落ち着かない気持ちになった。

翌日。出勤してきた俺をいそいそと出迎えた藤原さんは、和紙の封筒を差し出した。お香の匂いがふんわり漂う。藤原さんのエッセイ、原稿用紙二枚を読んでびっくりした。

――診察室の窓からは、硝子《がらす》窓を通してさまざまなことが感じられます。春は舞い散るさくら吹雪、夏は耳を聾《ろう》する蟬時雨《せみしぐれ》、秋は風に散る紅葉、冬は静かに降り積もる牡丹《ぼたん》雪。そうした四季折々の風物詩を、切り取られた窓から見ると、この世界の無限の広がりを感じるのです。

格調高く始まった文章は、最後まで緊張感と品格が崩れないまま、完結していた。

まさに「診察室の窓から」という、俺が提案したタイトルにぴったりの文章ではないか。

「あの、もし気に入らなければ、遠慮せず書き換えていただいて結構ですよ」

黙って文章を読んでいる俺を見て、不安そうな表情になった藤原さんが言う。

「とんでもない。素晴らしい文章です。白鳥技官は驚いてひっくり返るんじゃないかなあ。あ、でも手書きの原稿のままでは送れませんので、テキストに打ち直しますね」

「それならお願いがあります。実はあたし、ワープロの横書きの字面があまり好きでないので、できれば原稿用紙モードで清書していただけると嬉《うれ》しいんですけど」

「お安い御用です。設定を変えれば簡単ですから」

こうして原稿用紙二枚分の格調高いエッセイをタイプし終えた俺は白鳥に向けて意気揚々と、「ご要望のエッセイが出来ました」というタイトルでメールを送信した。

俺は大きく伸びをした。無理難題だと思ったことが他力本願でたちまち解決したのだから、気分が晴れて当然だろう。だがその晴れがましさはほんのひとときしか続かなかった。

珈琲をひと口飲んだ時、シャリンとメールの着信音がした。送り主を見て、口にした珈琲を吹き出しそうになった。たった今、送ったばかりの白鳥からの返信だった。

おそるおそる添付文書を開くと、藤原さんの文章の後ろにヤツの文章がくっついてあるようだ。

それを読む前に、メールを読む。
□　田口先生の仕事が早くしかも質が高くてびっくりしたよ。というわけで完成エッセイを送ります。タイトルはナシ、送り先は『帝国経済新聞』健康ウェブサイト『死ぬまで生きる』担当の兎田《うさぎだ》さんのメアドは××。無理に原稿用紙風にせず、普通の横書きでいいからね。白鳥
俺は俺名義の初エッセイを読んだ。「診察室の窓から」風の日本の豊かな自然を歌った先の文章を傍若無人の火喰い鳥が、一体どんな風に受けたか、興味津々だ。

後ろにいる藤原さんも同じ気持ちらしく、俺の肩越しに白鳥の文章をのぞき読む。

——ところで、昨今の厚生労働省の捏造体質は酷《ひど》すぎる。「毎月勤労統計調査」という統計データは「賃金、労働時間や雇用の動きを毎月調べる重要な調査」でこのデータを元に雇用保険や労災保険の給付水準が決まる。その調査が不適切な手法で低く見積もられ雇用保険や労災保険が過小給付された。従業員五百人以上の事業所は全数調査が必須なのに、東京都は儲けが低い三分の一の事業所しか調べず、中小企業の賃上げ水準は過去二十年で最高と安保首相は鼻高々だ。要は調査ルールを変えて景気がいいように見せかけたのだ。全ては安保首相の「アホノミクス」が成功しているように見せかけるためだ。同じことを民間企業がやれば粉飾決算で、わかりやすく言えば「サギ」である。「アホノミクス」とは実は「サギノミクス」だったのである。


俺と藤原さんは顔を見合わせた。藤原さんが「大丈夫なんですか、これ」と言う。

それには二つの意味があった。ひとつは前半と後半が完全に文体も内容も乖離《かいり》していること。

しかもその転調が「ところで」というたった一語で行なわれていること。

つまり文章としてトンデモなもの、ということだ。

もうひとつは、こんなあからさまな官僚批判をして大丈夫なのか、ということだ。

大新聞や大メディアは体制への忖度が強いと聞いているので、俺はすぐ返信した。
■　文章拝読。ズバリ伺いますが、これではボツにされませんか。田口
返事は即座に返ってきた。
□　ご心配なく。そのまま送ってください。白鳥
結局俺は白鳥の指示に従った。だが藤原さんが「さすがに誤植は訂正しないと」と言うので、「アホノミクス」を「アボノミクス」と直した。

「白鳥さんが安保首相が大嫌いだということだけは真っ直ぐ伝わってきますねえ。確かにこれは、現役官僚の白鳥さんが自分の名前で書くわけにはいかないわ」と藤原さんがしみじみ言った。

「数日前、安保首相の在職日数が二千八百八十七日になり歴代一位だった野原《のはら》首相の記録を抜き、単独で憲政史上最長となったと報じていましたが、メディアはあまり褒めていませんね」

　俺が言うと藤原さんはにまりと笑った。

「そりゃあ褒めるわけにはいかないでしょ。だって今年春の『満開の桜を愛《め》でる会』に自分の後援会の支持者を七百人も招待したという、公職選挙法違反を追及されているんですもの」

「首相が公職選挙法違反しているなら、なぜ逮捕されないんですか？」と俺は訊ねる。

「それは検察の偉い人が安保首相の『お友だち』だからよ。有朋学園事件で財務省が書類を改竄したのに不起訴にした捜査の最高責任者の黒原《くろはら》さんが、今の高検の検事長さんなの」

「私は情報に疎くて。どうして藤原さんは、そんなに詳しいんですか？」

「桜宮市で起こった事件だからずっと追いかけていたのよ」

「でも新聞とかではほとんど見ませんよね。藤原さんはどうやって情報を集めるんですか？」

「基本的にネット情報をつなぎ合わせてる。ネット検索で新聞やテレビと違ったことを言っている小さな声を拾い上げるの。もちろんネットにも『フェイク』はありますけど、ＳＮＳ情報の中に『ファクト』が見つかることが多いわ。あと、一人一人の小さな声が届きやすくなったわね。十七歳の環境活動家のモニカさんが、地球温暖化問題で喧嘩《けんか》を売った米国のトランペット大統領にツイッターで『落ち着け、モニカ』と書かせるなんて、痛快だもの」

「世の中、いろいろなことが起こっているんですねえ。私はＳＮＳをやらないので全然知りませんでした。せめてＴＨＫ（帝国放送協会）くらいは見ないといけませんね」

「テレビは本当のことを報じないから見なくてもいいわ。特にTHKは安保首相べったりの偏向放送ですからね。国会での安保首相の弁論は支離滅裂で、相手の言葉尻を捕らえて野次るだけなのに、夜のニュースでは編集されて、立派な答弁に見えますからね。ネットで配信されている国会中継と見比べてみるといいですよ。それと地元紙の時風新報で、ここに時々出入りしている別《べっ》宮《く》さんがこの問題を追い続けてて、時々小さな記事を見るわ。それと白鳥技官が書いていることは本当のことだから、送っても大丈夫よ」

「でも、この文章が検閲されたら、載らなくなってしまうのでは？」

「それでもいいじゃない。別に田口先生が主張したい内容じゃないんでしょ」

それもそうだ。俺は恐る恐る担当者に送信するとあっさり通ったのだった。

一週間後、帝国経済新聞系の健康サイト「死ぬまで生きる」に、俺の名を冠したサイトが立ち上がった。だが驚いたことに連載名は「イケメン内科医の健康万歳」のままだったのだ。

「約束が違うじゃないですか」と俺は抗議したが「決定権は運営者にあるから無理なんだよ」という他人事みたいな返事が返ってきた。まあ、ヤツにすれば他人事なのだが……。

こうなってしまったら、後はこのサイトが周囲の人間に知られないように願うだけだ。

サイトがオープンした翌日、スキップをするような軽い足取りで不定愁訴外来にやってきた廊下トンビ、もとい、廊下イーグルの兵藤クンが満面の笑みを浮かべてこう言った。

「読みましたよ、イケメン内科医センセ」

三日後。患者付き添いで不定愁訴外来に来た若い看護師が、俺を見て含み笑いをした。

いや、したような気がした。それって俺の被害妄想だろうか。

3章　北の城砦

二〇一九年十二月
北海道・札幌

札幌の中心部の北海道庁は赤煉瓦の建物で、その床は油を引いたように底光りがしている。その一室に集まった数名は、和やかに談笑していた。

「凍れますね。今年は冬が早いです」と極北《きょくほく》市民病院院長の世良《せら》雅志《まさし》が両腕を擦って言う。

「お疲れさまです。先生方はいつも早いですね」と北海道知事・益村秀人《ますむらひでと》が答える。

「私は十分前主義ですので、当然です。なあ、今中《いまなか》先生？」

世良の背後の大柄な熊のような男性がうなずく。今中は部下の外科部長だ。

北海道知事になった益村は二期目で、斬新な施策を次々に打ち出している。地方自治体として日本初の財政支援団体になった極北市長から知事になった初心を忘れず、「地域の立て直しは医療から」がモットーだ。前知事が招集した北海道再編会議が医療連絡会になったのは益村が知事になってからだ。月一回開催の連絡会メンバーは十名。世良、今中に保健所長、病院局長、事務局担当と知事の六名が常連だが、今日はあと三人が出席予定だと事務局の職員が言う。

「他のメンバーが来るなんて珍しいですね」と世良が言った時、扉が開き銀縁眼鏡にヘッドホンをした細身の男性が部屋に入ってきた。背後に小柄で長い髪の女性が従う。

「お、彦根《ひこね》と桧山《ひやま》先生がそろって出席とは初めてだな。彦根も第一回以来だしな」

世良が言うと男性は微笑する。彦根新吾《しんご》は世良の大学時代の後輩の病理医だ。

「会議なんてムダですけど、全ての会議がムダというわけではないですから」

今中が「私はお二人とも初対面なんですが」と世良をつつく。

「ああ、紹介するよ。彦根新吾先生と桧山シオン先生だ。物議を醸す活動家でヤマビココンビと呼ばれたこともある。彦根先生は病院に属しないフリーの診断病理医だ。桧山先生は画像診断のスペシャリストで、桜宮Ａｉセンター所長の島津《しまづ》先生も一目置いている才女だよ」

「初めまして、極北市民病院の外科部長の今中です。よろしく」

彦根と握手するその背後で桧山シオンが、か細い声で「こちらこそよろしくお願いします」と答えた。会釈とともに細い髪が揺れ、繊細なアルペジオのような音が聞こえた。

世良がちらりと時計を見て、「もう一人の出席予定者はどなたですか」と訊《たず》ねる。

「北の将軍ですよ」という益村知事の答えに今中は目を見開いた。

「ええ？　あのお方がお見えになるんですか？」

その時、扉がばん、と開き、大柄な男性が大股で部屋に入ってきた。

部屋の様子をぐるりと見回し、「定時なのに始まっていないのか」といきなり言い放つ。

「みんな、速水《はやみ》先生をお待ちしていたんですよ」と益村知事が言う。

速水は世良に目礼すると、「相変わらず元気そうだな」と今中の肩を叩《たた》いた。

桧山シオンが小声で「どなたですか？」と彦根に訊ねた。

「僕の先輩の、雪見《ゆきみ》市救命救急センターの速水センター長だよ。速水先生、ご紹介します。僕のパートナーの桧山先生です」

「こんなヤツと一緒になるなんて、物好きだな。苦労するぞ」と速水はシオンに言う。

「ええ。でも彦根先生は私の神さまですから」と桧山シオンは微笑する。

そんな風に挨拶を交わしていると事務局職員が言った。

「定刻になりましたので、会議を始めます」

一時間後。いくつか議題をまとめ、連絡会議は終了した。

益村知事が退席し、世良と彦根が談笑しているところに速水が歩み寄ってきた。

「お前がこんな会議に出るなんて雹《ひょう》が降るんじゃないか」と世良が言うと、速水はにっと笑う。

「救命救急センターの方はどうですか？」と今中が訊ねる。今中は以前、雪見市救命救急センターに出向して、当時副センター長だった速水に徹底的にしごかれた。

「相変わらず、財政状況は酷《ひど》いが、会議でも発言した通り、益村知事の音頭取りで半年前、全国救急センターネットが創設されて以来、救命センターから都府県の行政部門に勧告ができるようになった。今日は是非そのことを知事に直接伝えたくて、久々に会議に顔出ししたんだ」

「速水のお役に立てて何よりだ。それはもとは彦根先生の提案だよ」と世良が言う。

「僕の知恵というより、僕が今、属している政策集団の提言です」

「それは、どこにあるんですか？」と今中が訊ねる。

「銀座《ぎんざ》です。明日も会議がありまして、今日はとんぼ返りです」

「そりゃ残念。珍しく東城大のOB三人が顔を揃《そろ》えたからススキノで一杯やろうと思ったんだが。まあ、どうせワーカホリックの速水も参加しそうにないから、いいんだけどさ」

「今夜は札幌《さっぽろ》に泊まることにした。久々に世良さんと飲みたくてね。まさか彦根がいるとは予想外だったが」

「うーん、そんな機会は滅多にないし、後ろ髪を引かれるなあ」と彦根が言うと、桧山シオンが、

「よろしければ明日のブレストの資料は私が作っておきます」と言う。

「ありがたいが、そうするとシオンは飲み会に参加できなくなるぞ」

「ええ、東城大の北海道支部の宴会ですもの、私は参加しません」

「東城大の会なら、私も淋《さび》しく帰らないといけませんね」と今中がしおれた声を出す。

そんな今中の肩を抱いて、世良が言う。

「今中先生と僕は一心同体、相方の参加を認めないほど東城大OBの了見は狭くない。それに先生は速水の教え子だし。よし、今夜はむさくるしい野郎でススキノで飲みまくろうぜ」


ススキノの繁華街の真ん中にある店は、ジビエを出す洒落《しやれ》た居酒屋だった。夜の街は人で溢《あふ》れていたが、耳慣れない中国語の響きが多く聞こえる。

「本当に中国や韓国からの観光客が増えましたね」と今中が言う。

「そうだね。街中にも中国語や韓国語の看板が増えたな」

「ニセコのスキー場にはオーストラリアからのスキー客が溢れて外国の村みたいになっているそうです。酸ヶ湯官房長官が主導したインバウンドの賜物《たまもの》ですね」と言う彦根に今中は言う。

「でも安保首相が韓国へイトを容認しているから、韓国の観光客が減っているらしいですよ。これでもし中国の人たちが来なくなったら、いっぺんに景気が悪くなりますね」

「今年はオリンピックだから取りあえず夏までは不景気にはならないさ」と世良が微笑した。

「確かに。でも突然マラソンを札幌でやることになったのには、驚きました」

「益村知事も頭が痛いだろうね。招致もしていないのにいきなりIOCの独断で変更された上、東京の小日向《こひなた》知事には逆恨みされて大変らしい。おまけに雪が降り始めたからマラソンコースの下見もできなくて、陸連も頭を抱えているんだってさ」

「オリンピックって、結構行き当たりばったりですね。ところで先生方は東城大の同窓生だそうですけど、学生の頃はどんなお付き合いをしてたんですか」と今中が訊ねる。

「学年は僕が一番上で、二年下に速水、その二年下が彦根だ。みんな運動部で、僕がサッカー部、速水は剣道部、彦根は合気道部だった。僕がコイツらと知り合ったのは外科医になってからで、僕はコイツらの学生研修を指導したんだよ」

「厳しい指導医だったけど、面倒見はよかったな。俺はその後、東城大の第一外科に入局して、更に世良さんのご指導を仰いだんだ」と速水が杯《さかずき》を干して、言う。

「そして速水先生が入局した年に、僕は学生としてお二人に指導を仰いだ、というわけで」

「うわあ、大変そうですね」と今中が言うと、速水はじろりと彦根を見た。

「彦根がタメ口なのは学生時代の雀友だからだ。そのせいで先輩も後輩もなくなっちまった」

「そうそう、すずめ四天王。懐かしいなあ。桜宮の蓮《はす》っ葉《ぱ》通りにあった『すずめ』という雀荘にたむろしていた医学生メンバーで、僕と速水先輩、神経内科の田口先生と画像診断医で桜宮Ａｉセンターのセンター長の島津先生の四人で、朝から晩まで打ちまくってました」

そう言った彦根がサワーのコップをこくりと飲むと今中が言う。

「あ、田口先生は、お名前は聞いたことがあります」

「へえ、今中先生は田口先生のことを知ってるの？　田口先生ってそんな有名人だったかな」

「実は昔、厚労省から姫宮《ひめみや》さんという女医さんが極北市民病院に派遣されてきて、古くさい病院をあっさり短期間で制圧した時に、ぽろりとお名前をこぼしたので、なんとなく覚えていたんですけど、先日、ネットでエッセイの連載を始めていらしたんです」

「あの行灯《あんどん》がエッセイ連載だと？　確かに学生時代は文学青年でよく本を読んでいたが、文章を書いたのは見たことがないな。実際、出来はどうなんだ、そのエッセイは」

行灯というのは学生時代のあだ名なんだろうなと今中は推測したが、そのことには触れず、速水の質問に答えた。

「私は文学的な素養はないんですが、ちょっと不思議な文章でした」

スマホをいじっていた彦根が、「これですね」と言ってテーブルの上に置いた。

速水がびっくりしたような声を上げる。

「なんじゃこりゃ。行灯のヤツ、自分をイケメンだと思っていたのか」

「まあ、そう名乗っても、世間から非難されないレベルだと思いますけど」

「確かにそうかもしれんが……。でももしこんな連載を自分から始めたとしたら、俺はヤツに対する認識を変えなければならん。で、中身は何が不思議なんだ？」

「これって原稿用紙四枚くらいなんですけど、前半と後半でがらりと文体が変わるんです。喩《たと》えて言えば前半は隠居したご老人、後半は現役のお役人が書いたみたいな文章なんです」

「著者のプロファイリングまでされるなんて、今中先生って文学的素養があるんですね」

彦根が驚いた口調で言うと、今中は頭を掻《か》く。

「とんでもない。著者が速水先生や世良先生と同年代のイケメン内科医なら、プロファイリングは大外れです」

「ま、確かに今中先生の言う通りだ。でも東城大学の高階学長は相当の切れ者で、田口先生はその懐刀だから、こうした露出には何か深謀遠慮があるのかもね」と世良が言う。

「それはあり得るな。行灯は腹黒タヌキのパペットだからなあ。自分からあんな文章をウェブに載せたがるなんて、とても考えられない」

「同感です。しかし、医療に対して、深い理解がある拠点が北海道にあるのは心強いです。特に医療と行政が緊密な信頼関係を築いているのも素晴らしい」

彦根がぽつんと言うと、速水も真顔でうなずいた。

「それはその通りだ。行政が医療を重視してくれているのは助かる。おかげで北海道全域に及ぶドクターヘリネットは完成したからな。残念ながらドクタージェット構想は頓挫《とんざ》したが、北海道の救急患者は、天気がよければ必ず受け入れ可能な救命救急センターに搬入できているし」

すると世良が、ビールのジョッキを飲み干しながら、首を横に振る。

「いや、ドクタージェット構想は完成してるよ。ただ、使う機会がなく開店休業なだけだ。自衛隊と共用の熊村《くまむら》空港で待機状態の空飛ぶＩＣＵとの連携でいつでも使えるようになっている」

「毎日救急ばかりだと、世の中の様子がわからなくなるな。たまにはこうしていろいろ教えてもらう機会を持つことも重要かもな」

「ほう、唯我独尊の速水にしては殊勝だな。それなら定期的に極北市民病院と雪見市救命救急センターで合同勉強会でも始めるか」と世良が言うと、速水はむすっとした口調で言う。

「定期的とか、形式的な勉強会だの学会ってヤツは、苦手なんですよ」

「それなら名前だけつけておいて、問題が起きた時に臨時勉強会を開催するのはどうですか」

彦根が言うと、たちまち速水の機嫌が直った。

「臨時とか緊急、という言葉がつくなら歓迎する。平穏なんてありえない。緊急事態の穏やかな連続、というのが日常の実像だからな」

世良と彦根は顔を見合わせ苦笑した。

救命救急センターの将軍のモットーは「常在戦場」、というわけだ。

だが速水自身がそんな言葉を口にしたことはない。それが当たり前だと思っているからだ。

速水は救命救急の防人《さきもり》にして現人神《あらひとがみ》だ。その現人神が殊勝な口調で言った。

「益村知事のサポートのおかげで、俺は救命救急に集中させてもらえている。だから何かあったら、できるだけのことはしたい。ところで彦根が十年くらい前に大騒ぎしていたインフルエンザ・キャメルはどうなった？　冬はインフルエンザの季節だから、教えてくれよ」

「お教えするのは構いませんが、ひとつ訂正させてください。僕はキャメルで大騒ぎなんてしていません。弱毒性のキャメルで大騒ぎしたのは厚生労働官僚で、連中はキャメルは弱毒性だったのに水際作戦だ、封じ込めだと、とんちんかんな対応をして社会を混乱させたんです。彼らは根本的に疫学というものがわかっていませんし、あれ以後も改善されていませんので、新たな感染症が襲ってきたら大変なことになることは間違いないでしょう。それに乗じて裏で、村雨《むらさめ》元浪速《なにわ》府知事が打ち立てようとした『日本三分の計』を潰そうとした悪だくみが重なったんです」

「なんですか、その『日本三分の計』というのは」と今中が訊ねる。

「日本の行政区を首都圏、東日本、西日本の三つに分割して、各地に権限委譲して地域首都の機能を持たせて独立させようという、先鋭的な地方分権運動です。北海道の益村知事は、極北市長時代から、その案の実現を目指すメンバーだったんです。そうそう、世良先生も、でしたね」

「僕は彦根に巻き込まれただけだよ」と世良が苦笑する。

「つい、話が他に逸れました。感染症についてでしたね。病原菌の原則は『弱毒菌は蔓延《まんえん》し強毒菌は蔓延しない』です。たとえば致死率の高いエボラは感染するとすぐに劇症化し、死亡率がきわめて高いので拡散せず蔓延しない。一方、弱毒菌に罹《かか》った患者はあちこち動き回るから拡散して蔓延するわけです。でもインフルエンザはまだマシで、もっと厄介な感染症もあるんです」

「なんだかおどろおどろしい話だな。それってどんな感染症なんだ?」と速水が訊ねる。

「重症急性呼吸器症候群、いわゆるSARSなどのコロナ・ウイルスです。二〇〇二年十一月に中国の雲南《うんなん》省で発生した非定型肺炎に対し、WHOは二〇〇三年三月、グローバル・アラートを出しましたが、四カ月後の七月に終息宣言が出ました。媒介動物は未確定でヒト=ヒト感染をしますが感染源になるのは有症者だけで、治療薬がなく、患者の早期発見と隔離しかありません。予防策として手洗い、うがい、マスク着用、体力や免疫力の増強を図る、などが挙げられます」

「あ、コイツ、ネットでカンニングしてやがる」と速水が言う。

膝の上のスマホで、厚労省の関西空港検疫所の疾患別解説を見ていた彦根は、舌を出す。

「バレましたか。こういう情報は覚えてなくても、情報がある場所を知っていればいいんです。今SARSが襲ってきたら水際防衛はきっちりやらないと大変なことになりますよ」

「確かにコロナのSARSは厄介そうですね。でも二十年以上、発生してないんでしょう?」と今中。

「いえ、中東で媒介動物がラクダのMARSが発生しています。インフルエンザ・キャメルを思い出しますが、二十年経《た》った今もコロナ感染症の治療法は確立されていません。韓国はMARSが来た時の対応が酷く、行政当局が反省しているので、次の感染の時はうまくやるでしょう。でも日本は前回が弱毒性のキャメルだったので、大失敗した厚労省も反省せず、いい加減に流してしまいました。ですので、厚労省は以前と同じ過ちを犯す可能性が大、でしょうね」

そう言った彦根は腕時計を見た。

「あれ、もう十一時ですか。僕は明日の朝一番の便で東京に戻るのでお先に失礼します」

「それならこれでお開きにしよう。なかなか楽しかったよ。また、みんなで飲もう」

そう言って世良も立ち上がる。

「その前に合同勉強会でしょ、世良先生」

「合同勉強会ではない。臨時緊急勉強会だ」と速水が真顔で言い、場が一気に重くなった。

世良が払うと主張したが、みんなそれなりの年なので割り勘で、という速水の案が通った。

店を出ると夜空には星が瞬《また》いていた。

空を見上げる人たちの口元から白い吐息が出る。

ホテルに向かう道すがら、彦根と今中が何やらしきりに議論している。その様子を見ながら、後から速水と世良が肩を並べて続く。

「ところで奥さんはお元気ですか」と速水がさりげなく、世良に訊ねた。

立ち止まった世良は、振り返り、微笑した。

「ああ、元気だよ。毎日、病院の師長勤務と息子の世話でてんてこ舞いしてる」

「勇気《ゆうき》クンはいくつになったんでしたっけ」

「六歳だ。来年の四月には小学校だ」

「他人の子どもは育つのが速いと言いますけど、本当ですね」

速水は立ち止まると、夜空を見上げた。

寒空には、ぽつんと北極星が瞬いていた。

4章　政策集団・梁山泊

二〇一九年十二月
銀座・麒麟タワー十階・「梁山泊」オフィス

師走《しわす》の銀座の街角を早足で歩く男性がいた。ヘッドホンを耳に当てた男性の銀縁眼鏡がきらりと光る。前夜、札幌・ススキノで飲んでいた彦根だ。

街角を歩いていると中国語の会話が耳に入ってくる。空豆を潰したような顔の酸ヶ湯官房長官が推進したインバウンド政策は確かに結実している。その頂点が東京五輪だ。街角のあちこちに五輪関連ポスターが張り出されているが、どれも輪郭がくっきりして自己主張が強い。

思えば東京五輪は白紙五輪と呼べるくらい、すったもんだの連続だった。

二〇一三年九月、ＩＯＣ総会でのプレゼンで安保首相は、原発事故の放射能散布は「アンダーコントロール」にあると断言し、東日本大震災からの「復興五輪」と謳《うた》い、二〇二〇年の東京五輪開催を勝ち取った。だが被災地フクシマに戻れない住人はまだ大勢いた。

いざ東京五輪の開催が決定すると、これでもかと言わんばかりに問題が噴出した。メイン会場の国立競技場はそのまま使うエコ五輪を謳ったが、突然、新競技場の建設が決まった。設計は外国の著名な建築家が射止めたが費用が高額で、二〇一五年七月に白紙撤回された。二ヵ月後の九月、エンブレムが決定するも盗作騒ぎで一ヵ月半後、これまた白紙になった。視察先で枡野《ますの》東京都知事は、経費は三兆円になるかもしれないと爆弾発言した。立候補時の予算は七千億だ。

因《ちな》みに枡野知事は二十人分の視察で五千万を支出したため、リコールされ辞職した。

都知事が辞任し、経費は当初の三倍を超え、メイン競技場の設計者とエンブレムのデザインの白紙撤回&変更、ＪＯＣの竹村《たけむら》会長が五輪招致汚職疑惑で仏検察に捜査され辞任するなど、惨憺《さんたん》たる有様になった。更に五輪を盛り上げようとしたＴＨＫ（帝国放送協会）の「大時代ドラマ」の「マラトン」が、歴史的低視聴率に終わる。一九六四年の東京五輪を描いたが、脚本家は第二次大戦で日本が国際的に孤立して中止になった幻の一九四〇年の東京五輪と交錯させた。日中戦争で軍部は武漢《ぶかん》攻略を目指すも失敗、五輪開催を返上した。戦前の軍事政権下での国家の振る舞いが安保政権と似ていると評判になり、リベラル層に熱烈に支持されたが、出演俳優が薬物使用で逮捕されたり税金未納で告発されるなど御難続きだった。警察、検察、税務署が一致団結して安保内閣への当てつけドラマを潰した、というウワサが囁かれた。

東京五輪は呪われていた。身体を丸めたアルマジロのようなエンブレムが寒々しい。しばし東京五輪とその後を思い、暗澹《あんたん》たる気持ちになった彦根だが、気を取り直し、歩き始める。

銀座四丁目十字路から新橋《しんばし》方面に五分、にょっきり頭を突き出した高層ビルは十年前に建設された三十階建て商業ビルだ。正式名称は篁《たかむら》ビルだが形状から「麒麟《きりん》タワー」の愛称がある。

その十階に、目指すオフィスがあった。

扉を開けると室内は薄暗く、国際会議場のようにテーブルがひとつひとつ独立していて、机のモニタ画面が光り、参加者の顔を反射光でうっすらと照らし出している。

その画面上にはテキスト化された発言が映し出されている。

十分遅刻した彦根は議論に参戦するため、発言録を手早くチェックする。

鷗《かもめ》　第二十二回梁山泊《りょうざんぱく》定例ミーティングを始めマス。まず「今週の安保首相」カラ。担当の蘭《らん》さん、報告をお願いしマス。

蘭　詳細な動向は別紙にあります。いつもと同じで、夜はお友だちと会食です。
兎　あ、また新聞社の政治部キャップたちとお食事会だ。最近やたら多いっすね。
蘭　官邸のメディア対策は万全です。ネット投票サイトによる「今日の安保政権支持率」では支持率5％と、安定の超低空飛行です。
雨　新聞の世論調査は内閣支持率が常に4割を超えている。乖離が酷いね。
兎　世論調査のデータの欺瞞《ぎまん》、相変わらずテレビや全国紙が取り上げないすね。
鷗　「満開の桜を愛でる会」の前夜の後援会開催が政治資金規正法と公職選挙法違反になるという件に関し、検察の動きはどうデスカ。
鼬《いたち》　検察内に特に目立った動きはありません。検察内部には不満が燻《くすぶ》っていますが、黒原東京高検検事長がにらみを利かせているので、暴発はなさそうです。
雨　黒原さんは来年二月に六十三歳で定年になり退職するから、それまでの辛抱かな。
鼬　現検事総長の平林《ひらばやし》さんは酸ヶ湯官房長官に任期前勇退を促されていますが、応じない模様です。もう十二月ですから、黒原高検検事長の退任は確実でしょう。
鳥　逆に言うと二月まで「さくら」問題で検察は動かないわけだね。すると安保内閣を揺さぶる手は東京五輪の中止運動くらいだけど、これからお祭り騒ぎ一色になるから絶望的だね。予算があんなに膨れ上がっても都民は文句ひとつ言わないんだからなあ。まったくもう。
雨　とにかく、こんな風になってしまったのは……、

そこでテキストは終わり、続きを話すバリトンの声が耳に飛び込んでくる。

「……政権に忖度したメディアが『ファクト』を伝えないからです。風通しをよくするという地

道な手で『ファクト』を国民に発信し続けるしか、局面は打開できないでしょう」

その発言にやや遅れて、テキストがモニタ上に踊る。

「村雨さんのおっしゃる通りです。ですからあちこちで発信を考えているわけでして」と黒サングラスに髭面《ひげづら》、小太りの男性が言う。モニタ上に「兎」と表示される。

発言がテキスト化されると「村雨さん」という文字が「雨」に変換される。

マイクのスイッチを押すと発言者になる。野次や雑音も存在しないクリーンなシステムだ。

続いて「蘭」の表示が出て、彦根の隣の、髪の長い女性がハイトーン・ボイスで話し始める。

アラサーの女性の髪は緑色だ。フォロワー数百万を超えるツイッターの女王、紫蘭《しらん》エミリは、政権べったりの御用評論家、築地《つきじ》四《し》郎《ろう》を「築地スシロー」と名付けた張本人だ。

蘭　安保首相と酸ヶ湯官房長官の動静に検察関係の網を掛けると、首謀者は今川《いまがわ》首相補佐官と思われます。恒例の「なかよし会議」に検察幹部のキーマンが数名、混ざっていますので。

「なかよし会議」とは内閣府首相補佐官が同席する、官邸での多人数の打ち合わせだ。

「官僚は軍隊と同じ階級社会で、上には絶対服従ですから仕方がないでしょう」という「雨」言葉を聞いて彦根は考える。官僚組織の頂点にいる総理大臣は教養がない。答弁原稿の「云々」を「デンデン」と読んだ時はデンデン首相と揶揄《やゆ》された。正しくは「うんぬん」と読む。

阿蘇《あそ》元首相は「未曾有《みぞう》」を「みぞうゆう」と読んで笑われた。それが現在の安保内閣で財務大臣を務める阿蘇太一《たいち》というのだから、類は友を呼ぶのだろう。それらは単なる漢字の読み間違いで無知ぶりを露呈しただけだから、百歩譲って笑い話になるかもしれない。

だが安保首相はとても容認できない、トンデモな間違いもした。

二〇一八年十一月の国会答弁での発言は驚愕《きょうがく》だった。安保首相は「私は立法府の長だ」と堂々と言い放ったのだ。日本憲法が定めた三権分立を破壊する、許し難い言い間違いだった。

ちなみに立法府の最高機関は国会だ。そんな間違いをしたら中学生にも笑われてしまう。

憲法の基本すら理解していない安保首相の悲願が憲法改正というのはブラックジョーク以外の何物でもない。だが世の人々はこの発言ミスを看過した。

そんなトンデモ首相でも首相は首相、直接会えるとなれば官僚にとっては権威になる。

すると勢い、首相補佐官の権威も高まり、政策の中身にまで影響を与えることにもなる。

何しろ「アホボン」の権力を笠に着れば、やりたい放題なのだから。

「ふうん。すると黒原さんの件も、今川さんが裏で何か画策していそうだね」

モニタ上に「鳥」と出た。彦根は真向かいに座る小太りの男性を見た。相変わらず原色が好きな派手ないでたちだ。これに対し「鼬」は細身でシックだ。

「東京地検特捜部に戻った千代田《ちよだ》には情報は入ってきていません。もっとも彼は地検特捜部キャップの福本《ふくもと》に警戒されていますから、得られる情報レベルは低いのですが」と鼬が発言する。

黒サングラスの鎌形雅史《かまがたまさし》は浪速の乱で粛正されたが、今はヤメ検界隈で名を馳せている。

だがやっぱり凄いのはあの人だな、と呟いた彦根は、中央の席に座った男性を見る。

「それより厚労省の情報捏造事案はどうなさるおつもりですか、白鳥技官」

そう切り込んだのは「雨」こと、村雨弘毅《こうき》・梁山泊総帥だ。端正な顔立ちとシャープな弁舌で、今やワイドショーのコメンテーターとして引っ張りだこの元浪速府知事は、安保マンセー一色のワイドショー界隈で、アンチ・安保の論客として存在感を高めている。

白鳥技官が口を開く。

「小さいところからコツコツと、という感じかな。兎田ちゃんのおかげで帝国経済新聞関連のウェブサイトに、ほんとのことを書ける連載を一本、確保できたからね」

モニタの兎田、という文字が「兎」に変換される。

「お言葉すがアレだとすぐに新聞上層部のチェックに引っ掛かり、ストップが掛かりそうすよ。もう少しやんわり書くように『イケメン先生』にお願いしてほしいす」

「匂わせ程度じゃ今の鈍感な読者には届かないよ。あれくらいアグレッシブに書かないと」

「でも、それで連載が中止になったら元も子もないと思うんすケド」

「そこをなんとかするのがウサちゃんの役目でしょ」

「頑張ってみますが最近、一段と本部のチェックが厳しくなって厚労省ネタでボツが出たんす。長く続いている無頼派作家の『健康なんてクソ食らえ』という連載なんすが……」

彦根はマイクのボタンを押す。

「『クソ食らえ』は存じませんが『イケメン先生』には一般読者の反響があります。ただ素人の読者から『イケメン先生』には二重性があり文体が統一されていない、という指摘がありました。そんなことを素人の読者に感じさせる点は改善の余地があると思います」

自分の発した言葉がモニタ上に、発言より少し遅れて展開する。モニタ上の名前は「蝉」。かつて彦根が空蝉《うつせみ》と自称したことからきている。一字名は、動物か象徴的なものに喩え自分で選ぶ。「鷗」がモニタに登場する。「鷗」はテキストが先行し後から電子音声が続く。

彼は天井にぶら下がっているカモメのフィギュアで、中身はＡＩ司会者ニコル君だ。

鷗　みなさま、議論お疲れさまデス。他に提起したい問題はございませンカ？

彦根には提案事項があって、昨晩、シオンが基礎資料を作成してくれていた。だが会議の流れを考えると、あわてる必要もないと判断し、今回は提案を見送ることにした。

「政策集団・梁山泊」は二年前の二〇一八年に設立された。その活動は月一回の定例会が主だ。会議の場に全員が揃うことは滅多にない。

メンバーは十二名で、外部から新しい提案があるとメンバーがプレゼンターとして推薦し、企画が通れば新メンバーとして受け入れられる。構成員は半年にひとりしか受け入れない。そこは機動性に乏しいが、メンバーを厳選することで信頼感が生まれる。

彦根は創設メンバーのひとりで、代表者は村雨弘毅・元浪速府知事だ。

彦根は中央に座る梁山泊の盟主、村雨総帥の顔を見た。最近、とみに貫禄がついたようだ。


十二年前、村雨、鎌形と共に浪速の行政的独立、その先の地方行政区の再編成を見据えた改革政策「日本三分の計」の実現に向けて東奔西走、世界を駆け巡った日々を、思い出す。日本はおろか、ジュネーブのWHO本部や世界赤十字の本部。ベネチアのゴンドラの上では〈エレミータ〉（隠者）の世界経綸を聞いた。それらは今の彦根の胸の中で溶鉱炉のようにたぎっていて、新たな思いとなって世界に噴出するのだろう、という予感に震えている。

「日本三分の計」とは肥大し硬直化した、東京中心の一極支配の行政システムを地方に分散するため、日本をGNPのレベルに合わせて東日本、関東首都圏、西日本に三分し財政と権限を委譲し、独自展開させようという、地方分権制度のドラスティックな政策だ。関東首都圏には東京があるので新たな制度提案はないが、西日本の盟主に村雨が、東日本の盟主は東北のみちのく県の知事と、北海道知事が覇権を争い確定しなかった。北海道では地方自治体初の財政再建団体に指定された極北市の益村市長も、計画の賛同者だった。その益村市長が今の北海道知事だ。

過激な提案は既存の体制から猛反発を食らい、陰に陽にさまざまな攻撃を受けた。

村雨・浪速府知事は、新型インフルエンザ・キャメルの洗礼を受けた。中央から仕掛けられたワクチン戦争は、彦根の先読みで防げたが、右腕だった浪速地検特捜部キャップの鎌形雅史を捏造調書疑惑で嵌められ失って失速、新政党「日本独立党」を旗揚げするが、体制派から全方位的に攻撃され、一年で新党は瓦解、村雨は政界を引退した。

現在、村雨の政策を後継したと言われる「浪速白虎党」が安保政権の補完勢力として微妙な立ち位置で活動している。だが村雨は頑として彼らを自分の後継者と認めない。

彼らが村雨の魂魄《こんぱく》ともいうべきマニフェスト「機上八策」と真逆の政策を採っているからだ。

「機上八策」は「①医療立国、②教育立国、③治安確立、④健全財政、⑤情報保護、⑥自由言論、⑦中立報道、⑧笑顔の街」という宣言で、村雨は特に最初の「医療立国」を重視していた。

ところが「浪速白虎党」は最初に医療費と教育費を削った。このため浪速は医療最貧府県という、不名誉な形容で呼ばれている。だが浪速白虎党の党首の橋須賀守《はしすがまもる》は、そんなことはおくびにも出さず、大阪都構想に固執し続けている。だがそれも、村雨の「日本三分の計」の矮小版《わいしょうばん》だ。

つまり彼の後継者と自称する連中は志が低く、師匠より格が一段も二段も下だった。

AI司会のニコル君が、他に議題がないかどうか、議事進行の発言をして一分が経過した。

誰からも発言はない。「鶍」のテキストが流れ、電子音声が続いた。

「他になければ蘭さんの首相官邸周辺の監視が重要と思いマスので続けてくだサイ。前回の提案『安保首相、ごちそうさま』企画をツイッターで始めまセウ」

「了解しました」と「蘭」が答える。再び「鶍」が言う。

「白鳥さん→鳥さん企画の『イケメン先生の健康万歳』も並行しまセウ。五輪は膨れ上がる費用の『ファクト』を伝え続けるため、『五輪費用、こんなに掛かっていいんですか』ツイッターも蘭さん、準備してくだサイ。年が明けたらネット攻撃を始めまセウ。他に意見はありまセンカ。では以上で第二十二回梁山泊定例会議を終わりマス」

会議室に明かりが点り、人々が立ち上がる。真向かいにいた白鳥が彦根に近づいてきた。

「さっきの批評、ほんとに一般人の感想なの？　本当はお前の批評だろ」

「まさか。たかが、批評するのに人の名を借りてやらなければならないほど、僕がヤワだとお思いなんですか？　しかもこれは言いたい放題の梁山泊会議なんですよ」

「それもそうだな。すると二人で分業しているのが素人にも丸わかりなのはまずいな」

「え？　本当に二人で分業執筆してたんですか、アレ？」

白鳥はぽん、と彦根の肩を叩いて「ご忠告ありがとう」と言って部屋を出て行った。

部屋には彦根と村雨と鎌形の三人が残った。彦根が言う。

「村雨さん、ご活躍ですね。先日も『モーニング・コール』でお姿を拝見しました」

「いや、お恥ずかしい。『満開の桜を愛でる会』の前夜の安保首相後援会の件は、梁山泊の基礎データをもらいながら、スシローと痛み分けでしたからね」

「それは仕方ないですよ。ちょっとでも安保内閣の批判を言うとワイドショーのディレクターに酸ヶ湯長官から直接の『ご指導』が入るそうですし。でも村雨さんが全国区の放送に出演するなんて、半年前は考えられませんでしたからね。何か地殻変動が起こっているんでしょうか」

彦根がそう言うと鎌形が口を開いた。

「千代田からの情報によると、内閣府で内紛が起こっている模様です。二期だった自保党総裁の任期を、党規約を改正して三期目を務めている安保首相は、常々四期目はないと公言し、五輪が終わる来年八月以降に後継者に禅譲して、院政に入る準備をしていると言われています。しかし新元号を発表した酸ヶ湯官房長官の人気に嫉妬し、排除を始めたようです。内閣府は経産省から出向した今川さんと、国交省組の泉谷《いずみや》さんの二人の首相補佐官で鉄壁の布陣を敷いていましたが、酸ヶ湯長官の懐刀の泉谷さんを追い落とすため、今川さんが画策したようです」

千代田は鎌形の浪速地検特捜部での元部下だ。鎌形が検察を離れた今も気持ちは変わっていないようで、ひそかに鎌形と連絡を取り続けているらしい。

「それは興味深いですね。今川首相補佐官はどんなネタを使うつもりなんですかね」

彦根の問いに、鎌形が答える。

「シモ方面です。泉谷首相補佐官と部下の女性との不倫です」

「うわ、定番ですね。でもそんなのは簡単に揉《も》み消されてしまうのでは？」

「そうかもしれません。ところで補佐官のお相手は我々もよく知っている人物ですよ。キャメル騒動の時は浪速大医学部の公衆衛生学教室講師で、今は厚労省から内閣府に出向している本田苗《ほんだみつ》子《こ》大臣官房審議官です」

彦根の脳裏に、そこそこ美形なアラフォーの女性論客の顔が浮かぶ。あれは十年前だから今ではアラフィフか。

「しばらく見ないと思ったら、厚労省に潜り込んでいたとはびっくりですね。確かに権力を追及するなら、首相補佐官と懇《ねんご》ろになるのは手っ取り早いですね」

「本田審議官は虎の威を借る狐《きつね》で、厚労省内部では鼻つまみ状態なんだそうです」

「我が世の春の増上慢《ぞうじょうまん》、一強を諂う安保政権が崩れるのも遠くないかもしれませんね」

彦根がにっと笑うと、村雨が言う。

「そうだといいんですが、日本人は淡泊で、恨みはさらりと忘れ、すぐに浮かれてしまいます。お上に従うメンタルは、徳川《とくがわ》幕府時代から変わっていません。有朋学園問題の公文書改竄がスクープされた時は絶対に内閣は崩壊すると思いましたが、結局生き存《なが》らえていますからね」

「でもこれは大変興味深い情報でしかも強烈な一撃になり、先に帰った白鳥さんのお膝元の話でもありますから、今からお伝えしに行きたいんですが差し支えありませんか？」

彦根の問いに、鎌形はにこりともせずに、「どうぞご随意に」と答えた。

彦根は梁山泊を退去したその足で、厚生労働省のある霞が関合同庁舎5号館に向かった。

厚労省が入っている八階を通り過ぎ、最上階のスカイレストラン「星・空・夜」に到着する。

一番奥の席に、山積みの書類に埋もれるようにして小太りの白鳥が座っていた。

「どうしたんだい？　今さっき、たっぷり交友を深めたばかりなのに」

「実は鎌形さんから面白い情報を聞いたもので」

「彦根がわざわざ知らせに来るなんて、相当なネタだね。早く教えてよ」

食いつくようにそう言った白鳥技官だったが、彦根が説明を始めると興味を失った表情で、やる気なさそうな顔をして、手元の書類に目を落とした。

「なんだ、その話か。それなら説明は必要ない。だって仕掛けた下手人はこの僕なんだもの」

「ええ？　ほんとですか？　でもまたどうしてそんなことを」と彦根は驚愕して訊ねる。

「本田審議官は、僕の同期のジュンジュンの部下だから大目に見てきたんだけど、もはや単なる老年カップルの失楽園に留まらず医療界でも大問題になってるんだ。不倫のお相手の首相補佐官の権威を笠に着て、同行二人であちこちの組織に鼻を突っ込んで、勝手な指示を出しまくり、しかもそれが全てとんちんかんな指示なので顰蹙の嵐なんだよ。その最たるものがiPS細胞研究でノーベル医学賞を取った山科《やましな》教授の施設への国家補助費を打ち切るという通告を、二人で勝手にやったことで、これは医学界でも大問題になって、山科教授は抗議の記者会見を開いた。しかも山科教授を恫喝《どうかつ》した時に二人で京都で不倫旅行をしてたってんだから容赦しないよ。ではここで、僕が摑んだ最新重大情報をお伝えしよう。来週『新春砲《しんしゅんほう》』が炸裂《さくれつ》しまーす」

「げえ、『新春砲』とはまた、えげつない手を……」

「まあ、僕が手配したわけじゃないけどね。でも現状では最強の一手でしょ？」

「まあ、確かに」と彦根はうなずかざるを得ない。「新春砲」は雑誌「週刊新春」のスクープ報道で芸能界の不倫から政治家の汚職まで容赦なく全方位的に攻撃するので恐れられていた。最近ではワイドショーや新聞が「新春砲」の後追い報道をし、最近は前日のスクープ広告を見てテレビで先取り報道するという、仁義をわきまえないことも行なわれている。

「浪速大の公衆衛生学教室講師だった彼女はキャメル騒動後、国立感染症研究所に出向してから厚労省に入省したんだけど、胡散《うさん》臭いからチェックしてたんだ。自分は内閣府に出向して以後、感染症に造詣が深く医療全般についても詳しいという大ボラを、言いふらしてるらしい」

「いろいろありそうですが、そこまで手配されてるならとりあえず静観しましょう」

そう言って彦根は、スカイレストランを後にした。

一週間後の十二月十一日、泉谷首相補佐官が本田審議官と京都の名所を手つなぎデートをしている写真が「週刊新春」のグラビアに掲載され、その時二人が独断で、ノーベル賞医学者の山科教授が創設した施設への国費補助を打ち切る通告を伝えたと暴露された。山科教授の直接抗議は放置していたが「新春砲」を食らうと世の注目を浴びて、国会でも問題になった。

この際、泉谷首相補佐官はそんな事実はないと強弁し、これが国会虚偽答弁に当たるのではないかと騒然となった。

だが安保内閣は公文書を捏造し毀棄しても平然と居座る恥知らず内閣なので、身内の首相補佐官を守るためこの問題の責は問わないだろう、というのが大方の見方だった。

だが実はそれはとんでもないことだった。公文書の改竄は歴史修正主義者の常套手段だ。

それを容認したら、過去の歴史の改竄を容認することになり、結果責任がなくなり、権力者はやりたい放題になってしまう。そしてそこに出現するのは、独裁国家なのだから。

*

その同日の、二〇一九年十二月十一日。

中国湖北《こほく》省・武漢の華南《かなん》海鮮市場に勤務している五十代男性が風邪《かぜ》症状で病院を受診した。一週間後、発熱で病院を訪れた海鮮市場の六十代の男性が、胸部ＣＴで肺の異常所見を発見された。最初の患者の受診から十日後の十二月二十一日、同様の症状の患者が三十名に達したが、患者は別々の病院を受診していたため、総数の増加は認識されなかった。

武漢中心病院の何秀《かしゅう》医師が、共通の感染症患者ではないかと疑い、十二月二十七日にラボに検査を発注した。翌日受け入れた原因不明の肺炎患者七名のうち四名は海鮮市場で働いていた。

二十九日、何秀医師は病院上層部に検査結果を報告すると同時に、中国ＣＤＣに連絡した。

翌三十日、ラボの検査結果でＳＡＲＳが確定したため上司に報告、同時に検査結果や肺の画像動画を医学部の友人に送信した。その友人のひとりが中国版ＬＩＮＥの微震で「華南海鮮市場で七名のSARS患者を確認、救急科で隔離している」と拡散した。中国CDC武漢事務所が、類似肺炎症例を過去に遡《さかのぼ》って調査したところ、多数の類似症例が見つかったため同日、CDC本部に報告。十二月三十一日、中国CDC本部は九人の専門家チームを武漢に派遣し、武漢保険局は注意喚起した。この時点で発症二十七例、重症七例だった。

華南海鮮市場は翌一月一日、消毒のため閉鎖された。

こうして新型コロナウイルスSARS-Co-2による感染症COVID-19は二〇一九年が終わる間際に、のっそりとこの世界の片隅に姿を現した。

日本では「満開の桜を愛でる会」の醜聞が吹き荒れていたが、年が明ければ五輪の熱風が日本中を席巻し、神風のように全てを吹き飛ばしてくれるだろう、と関係者は高をくくっていた。

世界が平穏だった最後の年、二〇一九年は、不穏な空気に包まれながらも、こうして長閑に暮れようとしていた。

5章　廊下イーグルの文才

二〇一九年十二月
東城大学医学部付属病院・不定愁訴外来

十二月中旬。藤原さんが少々おかんむりだったのは、医療エッセイ「診療室の窓から」もとい「イケメン内科医の健康万歳」（ああ、いやだなあ、このタイトル）の第一回にダメ出しが出てしまったからだ。

兵藤クンが藤原さんとエッセイ談義で盛り上がり、藤原さんの文章を褒めそやしているまさにその時に担当の兎田さんからメールが届いたので「あ、担当さんからのメールだ」とうっかり口にしてしまった。二人が肩越しに覗《のぞ》き見る中でメールを開けてみると「文章は格調高く素晴らしいですが、二つのパートが乖離し読みづらいので次回は改善してほしい」という指摘だった。

しばらく沈黙した後、藤原さんが妙に明るい声で言った。

「これが世間さまの評価ね。後半の白鳥さんがこちらに合わせるつもりがない以上、あちらに歩み寄るしかないけど、あたしには無理です。というわけでこの件は下ろさせてもらうわね」

「そんなあ。私には書けません。なんとかしてくださいよ」と俺は半泣きだ。

更に悪いことに、今月は年末進行なので締め切りは月半ばでお願いしたい、という追加のお願いが書いてあった。すると明後日までに書き上げなければならない。絶体絶命だ。

すると藤原さんは、俺の隣の人物を、目線で指し示した。

「そこに適任者がいらっしゃるじゃない」

見ると兵藤クンが、骨付き肉を見つけて舌を出したワンちゃんのように、へっへっへ、と息を荒らげている。依頼すればふたつ返事どころかみっつ返事、よっつ返事でやってくれそうだ。

イヤな予感はするが、こうなったら仕方がない。

前半の八百字を書いてほしいとお願いしたら「もちのろんの承知の介でさあ。明日の朝一番でお届けします」と言って、兵藤クンはそそくさと姿を消した。

翌朝の朝一番に兵藤クンは軽やかなステップでやってきた。

「藤原さんの格調高い文学性溢れる文章は、白鳥技官の情緒もへったくれもない無味乾燥な告発文とは相性が悪いので、今回は僕が技巧の限りを尽くし白鳥文体に寄せてみました」

兵藤クンから受け取ったテキストを机の上に置くと、藤原さんが反対側から覗き込む。

——診察室の窓から　東城大学医学部神経内科学教室准教授　兵藤勉《つとむ》
「ちょっと待て、原稿のタイトルはナシだ。それにこの文章は建前上、執筆者は俺だ」と言って赤ペンで、最初の一行を消した。さて、次だ。

——神経内科学教室に勤める身としては苦労が多い。第一に、世の中の無理解に苦しめられる。心療内科や精神科と間違われることも多い。そこに心療内科と精神科のひそやかないがみ合いがあったりするので、准教授の身としては中間管理職的な板挟み状態になってしまうのだ。

「俺は准教授じゃない。これはお前のことだろう」と言い「准教授の身としては中間管理職的な板挟み状態になってしまう」の一行も削除。「心療内科と精神科のひそやかないがみ合い」というのも内輪話すぎて一般人にはわかりにくいので削除。すると前段の「世の中の無理解に苦しめられる。心療内科や精神科と間違われることも多い」という文章も無意味だ。更に冒頭の「神経内科学教室に勤める身」という自分の属性は書きたくないと思っていたので却下。

これでは「イケメン内科医」というタイトルにした白鳥の真意を汲《く》み取っていない。

内科医にしておけば医療に関し何でも書けるが神経内科医と限定すると書ける範囲が限定され、早い時期で書くネタがなくなってしまう。と、そこまで考えて俺は自分が完全に白鳥の術中に嵌まっていることに気づいた。ヤツの真意を忖度するなんて、大バカ野郎だ。

ふと気がつくと兵藤クンはふくれ面だ。自信満々で提出した文章のほとんどが赤字削除され、すっからかんのすってんてんになってしまったのだからそれも仕方ないだろう。

「だが構想は悪くないから少し普遍化して書き直そう」と俺は慌てて、フォローした。

――大学病院に宮仕えする身としては、とにかく苦労が多いものである。まず世の無理解に苦しめられる。内科でも外科でも、隣接する科と間違われてしまうことも多いのだ。これは聞いた話だが、医者のクセに中には心療内科と精神科、そして神経内科をごっちゃにしているような猛者《もさ》もいたりするそうだ。そこに心療内科と精神科の間のひそやかないがみ合いが加わったりするので、宮仕えの身としては中間管理職的な板挟み状態になってしまうのである。

「田口先生、すごいじゃないですか」と兵藤クンと藤原さんの、賛嘆の声がぴったりハモった。

「僕が書いた文章の主旨を、内容を一切変えることなく、通りすがりの第三者みたいな他人事にして、著者の属性を完璧に消去しているんですから。まるで忍者みたいです」

おおい、褒めてるのか、それは？　すると藤原さんも大きくうなずいて言う。

「兵藤先生が書いた表面的な文章を、同じスタンスで書きながら、内容も意味も広げることなく、文章量だけをごく自然に膨らませているんですもの。これはもはや特殊な才能ね」

手放しで褒められているようだが、なんだか違う気もする。だが背に腹は代えられないので、同じ調子で兵藤クンの文章を書き換え膨らませ、なんとかゴールにたどり着いた。

書き上げた文章をプリントして三人で回し読みし、誤字脱字を直した。よし、完成だ。

「では今から、三人で力を合わせた合作を白鳥技官に送ります。一、二、三、ゴー」

送信ボタンを押すと、白鳥宛のメールは、シュゴーという派手な音を立て虚空に消えた。珈琲を飲みながら世間話をしていると、十分後、やはりシュゴーという轟音《ごうおん》と共に白鳥の後半をコピペしたテキストが送られてきた。三人はPCに飛びついて、白鳥のメッセージを読んだ。
□　締め切り前の納品、ファンタスティックです。前回の方が格調は高かったけど、まあ、あまり高望みはせずに、この辺で手を打ちます。担当者に転送してください。白鳥

――ところで話は変わるが、日本の死因究明率は低い。理由は簡単、検査しないからだ。死体の医学検査は解剖がメインだが、実施率は2％、しかも警察絡みだと死因が遺族と社会に伝えられない。情報隠蔽《いんぺい》状態にあるが、それは捜査現場の闇、司法の闇につながっている。

それを解消するため提唱されたのがＡｉ＝オートプシー・イメージング（死亡時画像診断）である。実施が難しい解剖の代わりに、画像診断をすれば実施率は当然上昇する。そうしたことを先見的に見抜いた東城大は、十年前にＡｉセンターを創設し、専門施設で運用しようとした。しかし原因不明の出火で施設は崩壊、Ａｉセンター構想は崩れ去った。だが検査手法は単純なので日本中に広がった。ところがそうなっても法医学が扱う司法関連のＡｉ情報は捜査情報として隠蔽されがちである。これは日本が隠蔽社会であることの現れなのでやむを得ない。だが死亡時画像診断の予算が法医学部門に流れたことは問題だ。医療現場でＡｉが実施されなくなる可能性があるからだ。そうしたことが、医療崩壊につながる可能性は極めて高い。だが希望は東城大にある。そこにおいては、法医部門のＡｉも画像診断が対応し、桜宮市の異状死症例に関して全例Ａｉ実施がされている点だ。やろうと思えばできるのである。

メールと文章を読み、三人三様に微妙な表情になる。だが兵藤原案、田口執筆という分業体制で書いたので、ダメージも分散されたし、藤原さんの名誉回復ができたのもよかった。

続いて、白鳥の本文を読んだ。こちらは前回に増してガチガチの官僚文体、かつ攻撃的だった。たぶんそれはヤツの十八番のAiについて書いたからだろう。

「文は人なり」という言葉を実感する。

だが内容は全く改善されておらず、またも掟破りの「ところで」のひと言転換だ。

「だ、大丈夫なんですか、コレ？」と兵藤クンが泡を食った様子で訊ねる。

「さあな。だがこの主張はAiセンターが崩壊した有様を見てきた東城大の人間には違和感はない。島津Aiセンター長は法医学部門で撮像されたAiに関しても常に画像読影している。つまりヤツの書いたことは事実だから、この文章は俺が書いたとしても不自然じゃない。まあ、相変わらず接続部分は問題だが、これは前回と同じだからこのままでいいんだろう」

俺は半ば、自分に言い聞かせるようにして、答えた。今回は兵藤クンが骨格を作り俺が修正し、後半は白鳥の怒濤《どとう》のAiの現状報告という二段構えだ。品格は落ちたが、一体感は向上している。

いずれにしても俺は名義貸しなので、依頼人の意向に沿って文章を担当の兎田さんに送った。

二日後、返信があった。

「本サイト『死ぬまで生きる』はシニアが健康に生きるための情報を伝えていただくのが本旨です。今回の文章の中身は、前半が大学病院内部の事情、後半がAiの流れでどちらも健康に生きるという趣旨には合っておりません。趣旨を考慮の上、手直し願います」

途方に暮れた。相手の言っていることには道理があるように思える。なのでメールをそのまま白鳥に転送した。返信は五分後にあった。

□　放置してください。白鳥

簡潔にして適切な指示だ。少なくとも行動に悩むことはない。

そんなんでいいのか、とは思うが、指示に従うしかない。

結局「イケメン内科医の健康万歳」のコーナーは更新されず、初回を掲載したまんまの状態で、俺が作家デビューした二〇一九年は終わったのだった。

＊

二〇一九年、令和元年が終わり、二〇二〇年、令和二年の新年を迎えた。

巷では「満開の桜を愛でる会」問題が燻り続けていた。そこに「新春砲」で首相補佐官と厚労省審議官の官邸失楽園問題が重なり、安保内閣は窮地に立たされていた。

だが安保首相と周辺は、夏にオリンピックが開催されれば国民は忘れるだろうと高をくくり、何とか逃げ切ろうと躍起になっていた。そのことは年始の第二〇一回通常国会冒頭の年頭所信表明演説で、オリンピックという単語を三十回も連呼したことからも明白だ。

安保首相は史上最長の在位日数を誇りながら何も代表的業績がない希有《けう》な首相だった。このため東京五輪開催と憲法改正を自分のレジェンドとすべく全力を傾注していた。メディアも追随し、オリンピックのニュースを流してご機嫌を取った。お友だちの学校法人に国有地を1割の価格で払い下げようとして首相夫人が夫人付秘書官から役所にFAXさせた「有朋学園事件」、学校法人開設をごり押しした「門倉《かどくら》学園疑惑」に加え「満開の桜を愛でる会」前夜の後援会開催での公職選挙法違反など出るわ出るわ、疑惑のオンパレードで足下に火が点きまくっていた。

だが安保首相はオリンピック開会式当日、主賓《しゅひん》の座に座る自分の姿を思い浮かべて、その日までの辛抱だ、と自分に言い聞かせているようだった。

新年早々、定例の梁山泊会議が開催されたのは、そんな一月の初旬のある日だ。参加者はわずか六名だったが村雨、鎌形、白鳥、兎田、紫蘭など活発な発言者が顔を揃えていた。

「蘭」の全方位ツイッター攻撃は絶好調で、特に最近は「安保首相、ごちそうさま」ツイッターが話題になっていた。その会食には記者クラブを構成する全ての全国紙の政治部キャップが顔を揃えていた。緑の髪の「蘭」こと、紫蘭エミリ嬢が言う。

「首相動静から会食を抜き出すだけでこんな面白いツイートになるなんて、びっくりしました」

「まあ、記者クラブって官邸のなかよしクラブなんす。光熱費やらいろいろ援助してもらってますから、官邸を批判する記事なんて書けっこないんすよ」

そう言ったのは兎田だ。おとなしい彼にしては珍しく語気が荒い。

「政治部キャップが、政治のことは自分のテリトリーだから他の部署は手を出すなって言って、政権批判記事を封殺するんでしょ。大新聞って茶坊主だよね」と、白鳥は辛辣《しんらつ》だ。

「白鳥さんに言われるのは心外す。せっかくその大メディアに食い込むチャンスを作ってあげたのに、あんなあからさまに批判したら目立っちゃうし、そもそもAiネタはご法度《はっと》なんす。未だに警察庁はAiの動向に目を光らせているんすから」

「死亡時医学検索で外部チェックされ、自分たちのミスが見つかるのがイヤだからAiを外したんだもん。仕方ないよね。その片棒を担いだお二人がここに雁首《がんくび》並べているのも奇遇だけど」

背広姿の村雨元府知事と、革ジャケットを着た鎌形元浪速地検特捜部検事が、ちらりと視線を合わせて、あわてて互いに視線をそらす。

「申し訳ありませんでした。あの時は他に選択肢がなかったんです」と言って梁山泊の総帥、村雨元浪速府知事は肩を落とした。

「結局、あれで浪速独立運動は頓挫してＡｉは司法が握り、桜宮Ａｉセンターは崩壊したわけさ。それが現在の黒原高検検事長のやりたい放題の土壌を醸成したんだから罪深いよ。そもそもは官僚機構改革を断行しようとした会澤次郎《あいざわじろう》・元民友党《みんゆう》副党首を失墜させるため『海山会事件《かいざんかい》』をでっち上げ彼を罪に落とそうと証拠捏造までやったトンデモ検事がいたのに、ソイツがやったことを検察内部でもみ消して、うやむやに処理した黒原さんが検察を牛耳ってしまったのが、検察腐敗の始まりさ。当時の南野《みなみの》検事総長が膿《うみ》を出すため尽力した検察改革も不発に終わり、検察を支配しつつあった黒原さんに安保政府が目を付けて、なかよしになった。そして安保内閣や自保党の政治家のスキャンダルを片っ端から不起訴にしちまったもんだから、安保首相は言いっ放しのやりたい放題になってしまったんだよね」

「おっしゃる通りです。面目ありません」と村雨元府知事・梁山泊総帥は、うなだれる。

「ま、済んでしまったことをウジウジといつまで責めても意味がないからこの辺でやめとくけど、あの時の失地回復でここは浪速コンビに頑張ってもらおう。で、何かいい策はあるの？」

「ええ、まあ。小日向美湖《みこ》・東京都知事を標的にしようかと」

「去年の十一月に頭越しにマラソンコースを東京から札幌に変えられて、怒ってるから？」

「それが一番の要因です。あの一件で彼女のプライドは粉々になり、怒り心頭なのは明らかですからね。『寒いところがお好みでしたら、いっそ南極でおやりになったらいかがですか』だなんて一発アウトの発言です。だからそこをつつけば、五輪開催を足下から崩せるかもしれません」

「でも、都知事は安保首相と同じ穴のタヌキだから切り崩しは難しいんじゃない？」

「同じ穴にいるのはタヌキじゃなくてムジナですけど」と彦根が指摘するが、白鳥はそれを華麗にスルーした。

「オリンピック実行委員会が湯水の如《ごと》くじゃぶじゃぶカネを使いまくって、開催されたらもっとすごいことになって、終わった後は焼け野原になるってことが全然わかってないんだから、ほんと東京都民ってバカで間抜けでうすらとんかちのお人好しだよね」

「いや、そこまで言わなくても……。でもですから我々としてはそこを突くわけです。五輪開催後には都政はものすごい赤字経営を強いられますよ、と教えれば、オリンピックの費用負担を見直す可能性も出てくるのではないでしょうか」

「うーん、どうかなあ。彦根はどう思う？」

「現状では無理でしょうね。そんな甘っちょろいことを、あの金権体質の我利我利亡者のＩＯＣが許すはずがありませんから」

「だよね。ほんと、恥ずかしくなるくらいの不平等契約なんだから。でも世の中何が起こるか、一寸先は闇だから、諦めずに五輪中止の道は模索し続けないといけないね。難儀だなあ」

「ところで、『新春砲』の熟年不倫カップルの片割れはお元気ですか」

「本田審議官？　元気も元気、世の逆風もなんのその、相変わらず本省の上とはタメ口を利くし、ヒマさえあれば高級エステサロンに通ってるよ」

「『新春砲』もびっくり、かつて標的にされたナッキー並みの面の皮の厚さですねえ」

「安保首相の取り巻きって、経産省から出向した今川さんとか、国交省から派遣された泉谷さんとか、首相の権威を笠に着て威張りまくるような、そんなのばっかだよ」

「しかし、安保政権の守護神とまで呼ばれている、黒原高検検事長を検事総長にするために、ジタバタするかと思いきや、まったく動きがないのは不気味です。黒原さんは二月の頭には誕生日を迎えて定年ですから、黒原さんを検事総長にするには一月頭に動きがなければならないんですが」

元浪速地検特捜部キャップだった鎌形の発言に対して、白鳥は楽観的に言った。

「ふん、さすがにどうにもできなかったんじゃないの」

その場にいた者は、なんとなく釈然としない思いで顔を見合わせる。

やがて司会の「鷗」こと、ＡＩ司会者のニコル君が会の終わりを宣言すると、会議の参加者は「今年もよろしく」と挨拶を交わして、三々五々、部屋を出て行った。

二〇二〇年一月十五日、ＣＯＶＩＤ−19感染者は中国で発生した五十九人だけだった。

6章　札幌雪まつり

二〇二〇年二月
北海道・雪見市救命救急センター

今年は雪が少ないと言われ札幌市民は気が気ではなかった。だが一月初旬に陸上自衛隊と関係者が出席する雪輪送式が開催されると、雪を満載した五トントラックが北海道各地の豪雪地帯から次々に雪を運んできて、札幌っ子をほっとさせた。

毎年、会場に多数の雪像が作られ、全国各地から二百万人を超える観光客が訪れる。大通り公園会場とススキノ会場は二月四日から一週間、「つどーむ」会場はその前から開催される。

北海道の一大イベントとは関係なく、病院には毎日多くの患者が来院している。

雪見市の救命救急センターにはドクターヘリで空からも、救急患者が運ばれてくる。

一月下旬の、交通事故で腕を骨折し、整形外科病棟に入院した伊東《いとう》が不調を訴えた。

「今朝からダルいし、なんか熱もある気がするんだよ。風邪かなあ」

「それなら、体温を測ってみましょうか」

「あと、今日の食事は味つけが薄いよ、ちっとも味がしないんだけど」

「それは体調が悪いせいじゃない？　とにかく、まず体温を測りましょうね」

立ち去る若い看護師の白衣姿を見遣った伊東は、小さく咳《せき》をした。

無謀運転のもらい事故で右腕を骨折したが、その程度で済んだのはラッキーだったと思えるくらいの大事故だった。でも週明けに退院できそうだと言われ、孫娘と雪まつりに一緒に行けそうだと喜んでいた矢先だったので、この体調不良は不安だ。

七十の声を聞く伊東は、中国の団体客を扱う旅行代理店専属の観光バスの運転手だ。ここ数年、中国からの観光客は増える一方で、一月も毎週、三泊四日の道内のツアーに帯同している。それでも伊東は本数を減らしてもらっている方で、休みなしでフル回転の同僚もいる。

中国人観光客はツアーによって多少性格が違う。最近で印象に残っているのは、事故に遭う五日前に同行したツアーで、伊東が経験した中でも特に騒がしい一団だった。

ツアーには日本語が堪能《たんのう》な中国人の李《り》さんが同行した。食事をする時は李さんと一緒だ。李さんは日本が長く、伊東の会社のツアーにもよく帯同していて顔見知りだった。

「今回のお客さん、武漢というところから来たネ。すごくいいところヨ」

「中国は広いからよくわかんねえな。でも景気がいいのはありがたいよ」

「インバウンド政策で、政府が観光客呼ぶの推奨してるネ」

「へえ、李さんは学があるなあ」と褒めると、李は照れくさそうに笑った。

そこへツアー客のひとりがやってきて早口でまくし立て、李さんは客のテーブルに行った。その時その男性が酷く咳込んで、伊東の顔にまで唾が飛んできたことを思い出す。

——あの時に伝染《うつ》ったかな。

戻ってきた若い看護師は、体温計を見て顔が曇る。

「伊東さん、三十八度あるわ。風邪かもしれない。先生に相談してくるわね」

看護師はそそくさと立ち去った。やれやれ、ツイていないことだ、と伊東は思った。

聴診した主治医は、肺炎の恐れがあるので翌日の胸部単純写真の撮影を指示した。

「今朝の採血の結果では炎症所見はみられませんが、インフル初期の可能性もあるので様子を見ましょう」と言って担当医が部屋を出て行くと、若い看護師が伊東に言う。

「夜勤の担当は同期の保阪《ほさか》さんだから、伝えておくわね」

小さく咳き込んだ伊東は、うなずきながらも、ほっとした。二年目の保阪看護師は、どことなく孫娘に面立ちが似ていて、なんとなく自分に特別に優しい気がしていた。


申し送りが終わると、日勤帯の看護師は同期の夜勤当番、保阪美貴《みき》に歩み寄った。

「伊東さんが熱発なの。明日、胸の写真を撮る予定だけど、伊東さんて『気にしい』だから話を聞いてあげてね。ま、心配ないか。美貴は伊東さんには特別に親切だもんね」

「そんなつもりはないんだけど、伊東さんって昨年亡くなったじいちゃんに少し似てるの。だから一日も早く、よくなってもらいたいわ」

「そうだったんだ。そういえば美貴はお祖母さんにボーナスでプレゼントをしたのよね」

「やだ、覚えてた？　それで半月前のお休みの時、ばあちゃんと横浜《よこはま》に行ったのよ」

「横浜は素敵なとこだけど、わざわざお祖母さんと一緒に行くところじゃないんじゃない？」

「『豪華クルーズ船の旅』をプレゼントしたの。横浜埠頭から出発して台湾、香港、ベトナムを回る二週間の旅よ。前の晩はばあちゃんの誕生日だったから、横浜のホテルに泊まったの」

「それってすごく高かったんじゃない？」

「まあね。でも母さんと半分こしたから平気」

「美貴は偉いわねえ。それより夜勤は気をつけてね。今夜の当直は『遅太郎《おそたろう》』よ」

同僚が目配せした先で、手術着姿の若手医師が電子カルテに打ち込みをしている。ちょっとタイプしては大あくびをして周囲を見回したりして、明らかに仕事に集中していない。

大曽根《おおそね》富雄《とみお》は二年目の研修医だ。一週間前まで初期研修でＩＣＵにいて、次の整形外科病棟に回ってきたばかり。太目のせいか動作が緩慢で、ついたあだ名が「太っちょ遅太郎」。それが短縮されて「遅太郎」になった。ＩＣＵでは叱《しか》られ通しだったという。

大あくびをした大曽根は美貴と目が合うと、手をちらちら振って挨拶してきた。

美貴はあわてて視線を外す。その様子を見ていた同期の看護師は耳打ちする。

「やっぱり遅太郎は美貴に気があるみたいね。仕事は『遅太郎』なのに、女には手が早いって評判だから気をつけてね」

「大丈夫。太った人はタイプじゃないから」

そう言った美貴は、手元の看護記録に目を落とす。

実は先日、食事に誘われて、やんわり断ったばかりだった。


その夜。深夜勤の美貴は、ナースコールが鳴ったので十五号室へ向かうと、部屋では伊東が苦しそうに咳き込んでいた。ナースコールを鳴らした隣のベッドの患者が言う。

「伊東さんはもう一時間近く咳をしているんだ。なんとかしてくれよ」

「伊東さん、我慢せずにすぐ知らせて。そのために私たち看護師が夜勤してるんだから」

伊東は小さくうなずきながら、「く、苦しい」と小声で言い、大きく咳き込んだ。

美貴が熱を測ると、三十八度六分だった。

「夕方より上がっているわ。当直の先生を呼ぶわね」

十分後、当直の大曽根がねぼけ眼でやってきた。二年目の臨床研修医は緊急手術の時、合コンを理由に断ろうとして将軍の雷が落ちたという恐れ知らずだ。太っちょのくせに面食いで、手当たり次第に若手の看護師を食事に誘うので評判は悪い。美貴も何度か誘われたことがある。

大曽根は伊東の胸をはだけて聴診器を当ててしばらく胸の音を聞いていたが、やがて言う。

「この咳だと周りの人が眠れないから、空いている個室に移そう。どこか空いてる？」

「明日、手術で来院予定の患者さんの部屋なら明日の午後まで空いてます。他は一杯です」

大曽根は、小さく舌打ちした。

「将軍がなんでもかんでも受けまくるから、救急患者がＩＣＵから整形外科病棟まではみ出て、通常の予定手術が遅れるんだよな。深夜帯に手間をかけて申し訳ないけど個室に移すよ」

深夜帯での部屋移動は避けるのが基本だが、これだけ咳が酷いと同室患者への影響があるので妥当な判断だ。口ばかり達者で使い物にならないと悪評紛々だった大曽根だが、ＩＣＵで将軍の厳しい指導を受けた今は、少しマシになったと評価は多少上向いていた。

深夜帯は二人勤務だが今夜の相手はベテランの紙谷《かみや》師長なので、ベッド移動はスムースだ。

その間も伊東は咳き込み続けたので、移動後に大曽根は改めて伊東を診察した。

顔色が悪いのでＯ２サチュを測るという指示を受けた美貴は、ナースステーションからパルスオキシメーターを部屋に運び込む。プローブを人差し指に挟んでしばらくするとアラーム音がして赤いデジタル文字が表示される。その数値はＯ２サチュレーション、つまり経皮的酸素飽和度を示す。酸素が豊富な動脈血は鮮紅色で赤外光が多く吸収されるので、赤外光が指を通過する光量を測定し、動脈血中のヘモグロビンが酸素を運ぶ割合を計測するのだ。

「90だって？」と大曽根は思わず声を上げる。Ｏ２サチュの標準値は96％以上、95％を切ると呼吸不全の恐れがある。常時90％以下だと在宅酸素療法の適用だ。酸素濃度が下がるのは肺で酸素交換がうまくいっていないせいで、原因のひとつに間質が肥厚する間質性肺炎があるが、胸部レントゲンでは所見が乏しく、見逃してしまうケースもある。

大曽根は「とりあえずもう一度測り直してみよう」と言い、パルスオキシメーターのプローブを外してリセットする。その間に美貴は両手で包み込むようにして伊東の手を温める。

指には動脈以外の組織もあるので、データを検出するため動脈が脈動していることを使い、動脈血の酸素飽和度を検出する。だから装着の仕方が悪かったり末梢が冷えていると正しい数値が示されない。なので美貴は伊東の手を温めたのだ。だが再計測でも数値は90％のままだ。

大曽根は時計を見る。午前四時。間質性肺炎の診断をつけるには胸部ＣＴを取るべきだが、それは明朝一番でいい。「しばらく酸素吸入して様子を見よう。一時間後にＯ２サチュを測って改善していないようなら電話して」と指示すると、大曽根研修医は大あくびをしながら部屋を出て行こうとした。ふと立ち止まると美貴を手招きして呼び寄せ、小声で言う。

「この間の返事はどうかな？」

美貴は「まだ来月の勤務表が出ていませんので」と言いナースステーションに駆け戻った。その後ろ姿を見送った大曽根は、肩をすくめると、とぼとぼと当直室に戻った。


雪像がライトアップされている。隣には小柄で雪ウサギみたいな保阪美貴が寄り添っている。メリーゴーラウンドの音楽が流れる。見上げた雪像が突然怒りの大魔神像に変わり、剣を振り下ろす。雪の破片がばらばらと飛び散る中、警報が鳴り響く。左右を見回すが逃げ場はない。二人を追い詰めた白い大魔神は、咆哮《ほうこう》を上げながら再び剣を振りかざす。

あぶない。

自分の声にはっと目を開ける。真っ暗な部屋。一瞬、自分がどこにいるのか見失う。電話のベルが鳴っている。大曽根は受話器を取る。女性の切迫した声が飛び込んできた。

「伊東さん、呼吸困難です。O2サチュは85%です」

「酸素を50に上げて。すぐ行く」

個室に飛び込むと保阪美貴が待機していた。深夜帯は二人勤務で、ナースステーションに一名は待機していないといけないからひとりきりだ。

伊東を一目みて、まずいと判断した大曽根は院内PHSを取り出した。大曽根は急き込むように言う。

「はい、ICU当直」という無愛想な男性の声が応じる。

「六十五歳の男性、昨日から肺炎様症状が現れ深夜帯にO2サチュが90だったので酸素吸入で様子を見ていたのですが改善せず、現在85です。ICU転科は可能でしょうか」

受話器の向こうの相手は一瞬、沈黙した。大曽根にとってその沈黙の時間は途方もなく長く感じられたが、せいぜい十秒程度だっただろう。すぐに電話から力強い声が応じた。

「わかった。転科を受け入れる。今、そちらに行く」

五分後、病室に手術着に白衣を肩から羽織った、大柄な男性医師が現れた。

――うげ。よりによって今夜の当直は将軍かよ。

雪見市救急病院の将軍と呼ばれ畏怖されるセンター長の速水だ。大曽根は初期研修でICUに配属された三ヵ月、叱られまくった。判断が遅い、報告が遅い、対応が遅い、何もかも遅い、お前は遅太郎だという言葉は今も耳に残っていて、トラウマになっている。一般社会ならブラック企業のパワハラだ。医学生時代にそんな屁理屈をこねくり回すのが得意だった。医師に労働基準法が適用されないのはおかしい、働き方改革を導入しないのは不公平だ。その主張は間違えていないと思い、ICUに配属されて一週間は陰で文句を言いまくっていた。

そんな大曽根の態度が変わったのは、ある晩、事故患者が運び込まれてきた時だった。

交通事故で全身複雑骨折。大動脈も破裂していて血圧が低下していた。

大曽根はその日の勤務を終えたところだったが、有無もいわさず緊急オペに組み込まれた。

その日は楽しみにしていた合コンだった。だがそんなことを言うヒマはなかった。

修羅場だった。腹部を開けた途端、大量の血が溢れた。大曽根は無我夢中で輸血をポンピングした。術野は血の海だ。飛び散る返り血を浴びながら将軍は傲然とメスを振るい続ける。

一時間後。将軍は、からん、とメスを膿盆に投げた。

「腹部止血処置、終了。以後の骨折処置は伊達《だて》に任せる」

いつの間にか部屋の隅で待機していた伊達副センター長がうなずいて交代すると、速水は部屋を出て行った。ポンピングから解放された大曽根は、呆然《ぼうぜん》としていた。時間は十二時を回っていた。その時大曽根の頭の中には、行き損ねた合コンのことは微塵《みじん》もなかった。

それから大曽根は文句を言わなくなった。相変わらず遅太郎とののしられ、時にむっとした表情を表に出しながらも黙々と三ヵ月の研修を終えた。そして整形外科に転属して一ヵ月。

ようやく将軍の悪夢から解放されたというのに、なんてツイてないんだ。

そう嘆きながらも、将軍の姿を見て、大曽根は安堵《あんど》していた。

速水はちらりと大曽根を見た。そして看護ボードを見ながら言う。

「適切な対応だ。ＩＣＵに転科後、挿管する。遅太郎、やってみるか？」

——ああ、助かった。

大曽根は一瞬ためらったが、すぐにうなずく。ＩＣＵで研修中、大曽根は一度も挿管できず、ＩＣＵからの転科を拒否された。だが母校の極北大学の外科の教授に泣きついて要請してもらい、整形外科に行くことができた。

「水沢《みずさわ》教授に要請されたから転科させるが、俺は本当は認めたくない。挿管ができなければ目の前で救える命をむざむざ見殺しにするからな」と言った速水は、少し考えて言葉を続けた。

「だが俺の考えが絶対に正しいわけでもない。中には血を見るのが苦手で、外科系の処置は一切やらなかったヤツもいたが、今はソイツもソイツなりに医療現場で貢献しているからな」

あの時の言葉が蘇《よみがえ》る。速水が言う通りだ。ICU転科は適切な判断だし挿管が必要だということもわかる。だがそれは速水がいてくれるからだ。もし自分しかいなかったら？　挿管をマスターせずに強引に転科した、わがままで未熟な医師である自分しか、ここにいなかったら？

そう思うと、恐怖で心底震えた。そして思った。

今やるべきは、自分ひとりで挿管して患者を救うことだ。

速水は、自分がこの患者に立ち向かうチャンスをくれたのだ。

ICUに移動後、患者にセデーションを掛ける。大曽根は患者の枕元に立つ。

マッキントッシュ喉頭鏡を左手で握り、脱力した患者の口に差し込む。先端を利かせ、ぐいっと持ち上げ喉頭を展開する。右手にカニューレが手渡される。いつもは見えなかった声門が、今日はよく見えた。「そこだ」と背後の声に押されてカニューレを押し込む。すい、と手応えがあり管は収まった。「呼吸音を確認」と鬼の指導医の声。「左右差、ありません」

気道深く入れすぎると片肺挿管になるが、避けられたようだ。手にしたシリンジでカフに空気を入れる。聴診器を患者の胸に当て左手で麻酔バッグを押すと空気の通過音が聞こえた。

「よし、人工呼吸器に接続しセッティング。最後まで気を緩めるなよ」

ふう、と吐息をついた大曽根の肩を、将軍がぽん、と叩いた。

「合格だ。さっきの判断といい、進歩したな」

振り返ると、将軍は大股でベッドを去り、ナースステーションへ向かって歩いていた。

窓から朝日が差し込む中、病棟に戻ると日勤帯のナースが出勤し申し送りをしていた。大曽根の顔を見ると、看護師たちは会釈した。これまでは無視されていたので大曽根は驚いた。

部屋の隅で当直日誌を書いていると、看護師の申し送りが終わりぞろぞろと散会し、ゆうべ一緒だった保阪美貴が「お疲れさまでした」と小声で言って、小走りに立ち去った。

翌日。出勤した大曽根はＩＣＵの速水から電話を受けて、足が震えた。

「早朝、伊東さんが亡くなった。前後の状況を聞きたいのでＩＣＵに来てくれ」

俺が何か見落としをしたんだ、とぴんときた。とぼとぼと階段を下りる。ＩＣＵに入るとドクターヘリの司令室が目に入る。ＩＣＵ研修期間に、ヘリに搭乗した時のことを思い出す。

大空を駆けて人命を救うミッションに関わった経験は、大曽根を変えた。

だがもう二度と、あんな輝かしい気持ちにはなれないかもしれない。

そんな不安を振り払い、扉を開ける。部屋の中には三人の女性がいた。

ＩＣＵの五條《ごじょう》師長と整形外科病棟の紙谷師長、そしてあの晩の夜勤だった保阪美貴だ。

五條師長と保阪看護師は私服姿だ。桃色のセーター姿が可愛いなと大曽根は思う。

大曽根が着席すると、将軍が口を開く。

「一昨日はご苦労だった。電話で伝えたが、大曽根先生の適切な判断と処置もむなしく、伊東さんは早朝亡くなられた。主治医の平野《ひらの》先生には昨日の転科時にＩＣＵに来てもらい、詳しい経過を聞いたので問題はない。大曽根先生の対応もミスはなかったと思う」

意外な言葉に、大曽根は胸をなで下ろす。速水は続ける。

「だがあまりにも突然だったので、ご遺族は病院の対応に不信感を持っている。死因究明のため解剖を申し入れたが拒否された。だがＡｉは撮らせてもらえたので、第三者機関の東城大Ａｉセンターに診断を委託し先ほど読影結果が戻ってきた。右肺下葉に軽度の間質性肺炎の所見があるが、他は年相応の動脈硬化所見だけで死因は不明ということだ。ご遺族にはとりあえず納得してもらったがこの患者が亡くなった理由を総括する必要がある。俺も経験がない特殊な経過なので、伊東さんに対応した担当者に集まってもらった。まず入院経過から説明してくれ」

病棟責任者の紙谷師長が、事故で入院して骨折手術をしたという入院経過を簡単に説明した。それを聞いて大曽根は、糖尿病の治療中という情報を見落としては研修医失格だ、と思った。大型観光バスの運転手ということは患者本人から聞いていた。続いて大曽根の番になった。当直で対応しＩＣＵに転科するまでだから、Ｏ２サチュの変移について少し詳しく説明できたくらいだ。速水は大曽根の報告に耳を傾けていたが、やがて立ち上がる。

「大体わかったが、やはり死亡原因についてはさっぱりわからんな。だが医療サイドに手落ちはなさそうだ。あとは誠実に説明をしてご遺族に納得してもらうしかないな。今後、もし遺族から何かあったら、必ず俺に報告するように。以上、解散」

大曽根は拍子抜けした。自分の対応のまずさを叱責《しっせき》されると思っていたからだ。

速水が立ち去ると、怪訝《けげん》な顔をした大曽根に、五條師長が近寄ってきた。

「大曽根先生は、たったこれだけのことのために呼ばれたのが不思議みたいね。これは聞き取りの意味以上に重要なことなの。それは担当者が情報共有することよ。遺族が不信感を持っているなんて噂《うわさ》が他から耳に入ってきたら、先生は心配になるでしょう?」

ＩＣＵでの研修ぶりをＩＣＵ師長の五條はよく知っている。だから大曽根が怪訝そうな顔をしているのもすぐわかったのだろう。

大曽根はうなずく。実際、呼び出しを食らって感じたことは、まさにそうしたことだった。速水からの説明を聞いた今、そうした不安が完全に消え去っている。

「あたしたちもみんなほっとしてる。それが目的だったんだと思う。速水先生が怖いのは、あたしたちの緩みが患者さんの命を脅《おびや》かすことに直結する時だけ。他の時はてんでグウタラよ」

そう言うと五條師長は紙谷師長と連れだって部屋を出て行った。残された保阪美貴と大曽根は、なんとなく同時に立ち上がり部屋を出る。

歩きながら「あの、この間の雪まつりのお誘いなんですけど」と美貴が言う。

「わかってる。勤務が入っているんだろ。気にしないで」

「違います。勤務表が出たんですけど、水曜日の午後なら行けそうです」

そう言うと、保阪美貴は小走りで走り去った。

その後ろ姿を呆然と見送った大曽根は、次の瞬間、ガッツポーズをした。その日は平日だが、雪見市救命救急センターでは研修医は、当直明けは休みになるのだ。


センター長室で速水は、シャウカステンに掛けたレントゲン写真を凝視していた。ノックの音がして長身の男性が入ってきた。副センター長の伊達だ。

「ゆうべの患者をまだ気にしているのか」

速水はちらりと伊達を見ると、どすん、とソファに腰を下ろす。伊達がその向かいに座る。

「Aiを撮像し第三者機関に診断をお願いしたから医療事故だとしても対応は万全だ。当直が遅太郎だったから心配したが、対応はほぼ満点だった」

「ならば今、俺たちがすべきは、死んだ患者への対応ではなく今から来る救急患者のことだろ」

「その通りだがこの病気がこの人に限ったものじゃないんじゃないか、という気がする」

「つまり感染症の疑いがあるわけか。だが当然細菌やウイルスチェックはしたんだろ」

「もちろんだ。インフルエンザや肺炎球菌ではないという結果が検査室からは来ている」

「ひょっとして中国で発生した新型コロナウイルス感染症も疑わないといけないかもしれない。二十一日に武漢という都市をロックダウンしたらしいからな」

「そんな大事になっているとは知らなかった。お前はいろいろよく知っているな」

「お前は浮世離れしすぎなんだよ。たまにはテレビくらい見た方がいい。ウイルス蔓延のせいで東京オリンピックを延期するの、しないので世間は大騒ぎだ」

「それならちょっと調べてみるか。俺は感染症は苦手なんだ」

「俺も知識はないが、自分に知恵がない時は知恵のあるヤツのところに行って聞け、というのが爺《じい》ちゃんの教えで、それをずっと守ってきただけなんだよ」

伊達にそう言われた速水の脳裏に、銀縁眼鏡の、スカした男の顔が浮かんだ。

——院内で問題が起きた時に、そのテーマに沿って臨時勉強会を開催するのはどうですか。

脳裏に浮かんだ顔を振り払うように、速水は首を左右に振った。

まだアイツに相談するほどのことはないだろう。

＊

三日後の昼過ぎ。非番の保阪美貴と大曽根富雄は肩を並べ、雪まつりの会場を歩いていた。

恒例の札幌雪まつりの二日目。初デートを祝うように、盛大な晴天だった。

大学時代は遊び人だった大曽根だが、生真面目《きまじめ》な美貴を前にすると勝手が違った。まして美貴の希望が賑《にぎ》やかな大通り公園会場や繁華街のススキノ会場ではなく、マイナーな「つどーむ」会場なのも拍子抜けだ。あそこは開催時間が午後五時までなので明るいうちに終わってしまう。

こんなデート、まるで中坊じゃないか、とも思ったが、隣で無邪気に笑っている美貴を見ていたら、まあ、しょうがないか、と思った。

ドーム内の屋台で焼きそばを食べて外に出ると、雪像の巨大な滑り台が見えた。

「あれ、やりましょう」と美貴は積極的だ。

結構並んでいるので渋る大曽根の腕を、美貴が引っ張った。意外にふくよかな胸の感触が腕に当たる。どぎまぎしながら、この程度でうろたえるとは合コン大王と呼ばれた俺らしくないぞ、と思いつつ、大きな滑り台の行列に並んだ。

十分ほどで順番が来ると、美貴は滑り台に座った。後ろに座った大曽根は、美貴を背後から抱きしめる形になった。腕の中に小柄な身体がすっぽりと収まった。

「行きますよ」という声と共に、二人の身体が滑り台を降りていく。

美貴が滑り終わり、そこに大曽根が後ろからのしかかるような形になり身体が重なり合う。

美貴は飛びのこうともがくが、大曽根もなかなか動きがとれない。ようやく身体をどけると、「ごめん」と小声で謝る。美貴は立ち上がると、黙って雪を払った。

二人はドーム内の喫茶屋台でお茶をしていた。

「ほんとは大曽根先生のお誘い、断るつもりだったんです」

「うん、わかってたよ。俺って看護師さんたちの評判が悪いからな」

「そうじゃなくて小学校の頃、私を『掘っ立て小屋』と言ってからかったいじめっ子に、先生が似ていたからです」

「そうだったんだ。でもそれならどうして今日は誘いに乗ってくれたの？」

「伊東さんが急変した時、先生が一生懸命、治療してくれたからです。伊東さんは去年亡くなったじいちゃんに少し似ていて、じいちゃんは私の看護師姿を楽しみにしていたんですけど間に合わなくて」

美貴は少し声を詰まらせた。大曽根はどんな顔をすればいいか、わからなかった。

その時、ドーム内に夕焼け小焼けのメロディが流れた。終了の時間だ。

夕飯を一緒に食べよう、という大曽根の誘いに、美貴は首を横に振る。

「今夜は、旅行に行ってたばあちゃんが、二週間ぶりに帰ってくるので、早く帰らないと」

夕方五時にデートが終わりだなんてやっぱり中坊だな、と思ったが、まあ、たまにはそういうのも悪くないかも、と思い直す。

「今日は誘ってくれてありがとうございました。楽しかったです」

立ち上がった美貴の細い手首を、大曽根は思わず摑《つか》んだ。

「次は食事につきあってくれないかな」

握りしめる手に力が入る。美貴はその手を振りほどかず、小さくうなずいた。

「やった。嬉しいよ」と言った大曽根は次の瞬間、大きく咳き込んだ。

その咳はかなり続いた。背中をさすった美貴は、ふと、白く華奢《きゃしゃ》な手を彼の額に当てた。

「大曽根先生、少し熱があるみたい」

「ひょっとして伊東さんの風邪が感染ったのかな」

「やだ、縁起でもないこと、言わないでください」

「ごめん。考えてみたら、伊東さんはお年寄りで大怪我の手術後だし、糖尿病もあったから抵抗力がなかったんだ。俺は若くて体力もあるから問題ないさ」

「そうでしょうけど。少し痩《や》せた方がいいかもしれませんよ」

美貴は半分冗談のように言って不安を押し隠した。

「それはあんまりな言い方だな」と言いながら大曽根は立ち上がると、美貴の手を取った。

一瞬、美貴は戸惑いの色を見せたが、大曽根の手を振り払おうとはしなかった。

二〇二〇年二月一日、COVID-19感染者は中国で七千七百人といきなり爆発した。

隣の韓国では四人、そして日本では十一人が確認された。

この時、全世界での感染者は七千八百人、中国以外の感染者はわずか百人にすぎなかった。

7章 五輪狂騒曲

二〇二〇年二月三日
銀座・麒麟タワー十階・「梁山泊」オフィス

梁山泊の定例会議を終えた後、村雨と鎌形、彦根という、「日本三分の計」でタッグを組んだ三人が残っていた。いつもなら真っ先に姿を消す兎田が、今日はなぜか残っている。

「どうも攻めあぐねてますねえ」とぽつりと村雨弘毅・元浪速府知事が言う。

「安保首相の悪運の強さは、異常ですよ」と彦根が答える。

「とにかくスキャンダルが下火になった頃に別のスキャンダルが出る。するとその前のスキャンダルが薄れてしまう。有朋学園の国有地払い下げ事件だって、明菜夫人が関わったことが明らかになったのに、結局はお咎めナシになってしまいましたからねえ」

「『満開の桜を愛でる会』前夜の後援会開催なんて明らかな公職選挙法違反で、一発で政権が吹っ飛んでもおかしくないものなんですが」と彦根が言うと、鎌形がうなずく。

「黒原さんがバックにいるから検察が起訴しないので罪にならないんですよ。それにしてもさすがに今回は驚きました。その黒原さんが今月初めに六十三歳の誕生日を迎え、やっと定年だと思っていたら、なんと定年延長を無理やり閣議決定してしまいましたからね」

「もうメチャクチャです。一月二十九日というギリギリに、閣議という密室で、手前勝手に速攻で決めてしまう。法律無視、国会軽視の最たるものです」と村雨が言う。

「まあ何しろ『デンデン』は『立法府の長』ですからね」

「普通の神経では考えられません。第一次内閣の時は持病悪化を理由に政権を放り出したボンボンと同じ人物とは思えませんね。馴染《なじ》みの記者の話では一次政権の最後は首相執務室に山のようにお守りが積み上げられていて、それを見た記者が、こりゃダメだ、と思ったそうですが」

村雨の言葉を受けて、鎌形が静かな口調で言う。

「本当に有朋事件は酷いものでした。国有地払い下げ疑惑の時は国会予算委員会に現場最高責任者の瀬川《せがわ》理財局長が証人喚問され『売買契約締結を以て事案は終了し書類は速やかに廃棄した』と答弁し肝心の部分は悉く《ことごと》『刑事訴追の恐れがありますので証言は控えます』でシャットアウト、その後安保首相は『私は公人だが妻は私人だ』と言い張り閣議決定し、払い下げを受ける予定の関係者だけ詐欺罪で逮捕、瀬川局長は国税庁長官にご出世ですからね」

「ああ、『忖度坊主』ですね、でも天網恢々《てんもうかいかい》疎にして漏らさず、破棄した文書がどこからか出てきて、毎朝新聞がスクープしたんですよね」と彦根が言うと、鎌形はうなずいた。

「その通りです。改竄前の文章には首相夫人が問い合わせをしてきた事実が残されていました。明らかな改竄で、スクープの五日後、汚れ仕事をさせられた事務官が自殺し、瀬川元国税庁長官は辞任しました。でも検察は動かず、背任や虚偽公文書作成、公文書毀棄罪で市民団体が告発しましたが桜宮地検は一括して不起訴にしました。つまり首相の失言に合わせるため、公文書を改竄しても罪ではない、と捜査機関がお墨付きを与えたようなものです。役所が公文書を改竄するなんて由々しき大問題で、その起訴を求めて市民団体が検察審査会に訴えたら『不起訴不当』という曖昧な結果に終わりました。しかも検察審査会で誰がどんな風に審議したか、一切内容を公表していません。その決定を受け、桜宮地検はこの件を不起訴と最終決定し、一連の事件に終止符が打たれました。それを裏で差配した責任者が黒原さんですからね」

冷静な鎌形が、珍しくうっすらと怒気を孕んだ口調になり、更に続ける。

「公文書改竄という明白な罪を、桜宮地検は不起訴にしました。更に市民団体の告発に対し検察審査会は討議内容を公表せず不起訴不当という曖昧な判断を出しました。誰がどのような議論を経てそうした結論に至ったのか、国民からは何も見えないまま再び不起訴にしました。あの瞬間、事件の真相は国民に対し完全に隠蔽されました。事件に関わった検察官が目の前のちっぽけな出世に飛びつき、自らの誇りをドブに捨てた瞬間、検察の正義は死んだのです」

鎌形は遠くを見遣るような、淋しそうな目をした。それを受けて、村雨が言う。

「問題はそれに留まりません。政府、霞《かすみ》が関《せき》、検察が一体になった壮大な犯罪隠蔽行為を遂行したあの瞬間、日本は法治主義の民主国家から、無法な独裁国家になってしまったんです」

「確かに。でもどうしてそんな大変なことが大事にならないんですか？」と彦根が訊ねる。

「今の政権が強力にメディアをコントロールしているからです。今、政府、霞が関、検察の三位一体の犯罪と言いましたが、そこにメディアも加わるんです。兎田さんには期待しています」

いきなり重い話の始末を振られて兎田はあたふたする。そんな彼を見て、彦根が言う。

「それにしても首相夫人のはっちゃけぶりはすごいですね。一体どんな女性なんですかね」

「彦根先生、明菜さんと話してみたいすか？」と兎田にいきなり言われ彦根は面食らう。

「実は俺、明菜さんの携帯番号を知り合いから教えてもらったんす。でもって面白半分で掛けてみたら、すぐコールバックがあったんすよ」

「まさかあ。冗談でしょ」と彦根が言うと、兎田がむっとして携帯を取り出した。

「試してみるっす」と番号をプッシュし、耳に当てていたが「出ないす」と言って切った。

「ほらね、やっぱり」と彦根が言うとそこに携帯の呼び出し音が鳴り響いた。

「まさか」と呆然とする彦根の隣で、兎田は勝ち誇ったように聞こえよがしに言う。

「あ、明菜さんすか？　兎田でっす。明菜さんとお話ししたいという人がいるんすけど」

そう言って相手の返事を待たずに携帯を彦根に渡した。彦根はおたおたして言う。

「あ、あの、僕は彦根といいまして、フリーの病理医をしてます」

――病理医っていうと、お医者さまの一種なの？

「はあ、一種と言いますか、一応医師とは言われています」

――そうなの。なんだか面白そうな人ね。今度、ご飯を一緒に食べましょうか。

「あ、いえ、あの、光栄ですけど、僕なんか……」

――僕なんか、なんて言わない方がいいわ。あなた、イケイケの匂いがぷんぷんしてる。お名前はなんて言ったっけ？

「彦根です。彦根新吾と言います」

――彦根さん、ね。それなら彦ちゃんかな。ううん、平凡すぎるわね。彦たんはどうかな。彦たん、うん、悪くないわね。これから彦たんって呼ぶわね。いいかしら？

「首相夫人に言われて、ダメだと言える人はいませんよ」と彦根は苦笑する。

――じゃあ彦たん、気が向いたら電話して。電話番号はウサたんから聞いてね。じゃあねえ。

電話はぷつん、と切れた。彦根は呆然として携帯を兎田に返した。

「知り合いとツルんで、からかったんでしょう？」とかろうじて言うと兎田は首を振る。

「自分は知り合いの知り合いなんすけど、明菜さんは知り合いの知り合いまで電話番号を教えていいことになってて、俺が電話すると遅くても必ず一時間以内にコールバックがあるんす。で、そういうの俺だけじゃなくて、俺が知っている人はみんなそうだって言うんす」

信じられない、と彦根は呆然とする。これが世間で話題の的の首相夫人か。

彦根は、他の四人がまじまじと見ているのに気がつくと、気を取り直して、話題を戻す。

「あんな人だったんですね、首相夫人って。安保首相が御しきれないのもわかります。しかし安保首相は悪運が強い。五輪の聖火リレーが始まればお祭り好きの日本国民は、あっという間に安保政権の悪行三昧なんて忘れてしまうでしょうから。聖火の前に消える正義の火、か」

「ほう、彦根先生はなかなかの詩人ですね」と村雨が言う。

「やめてください。僕なんて、まやかしです。本物の詩人は言葉ではなく行動で、人の心の松明に火を点すような人のことを言うんです」

彦根は「日本では革命なんて起こりっこないんだ」と天に向かって吠えていた、仰ぎ見る星のような英雄の横顔を思い浮かべた。吐息をついた彦根は、語調を変えた。

「オリンピックを阻止する強力な手がありそうです。それが本当になったらお二方は複雑な心境になるかもしれませんが、中国からやってくるウイルス砲ですよ」

「浪速の時のキャメルのような騒動になるんですか？」

「キャメルは弱毒性のインフルエンザでしたが、今回はコロナなので全然違います。どちらも変異が起こりやすいRNAウイルスですが、インフルには治療薬がありますが、SARSが流行って二十年近く経つコロナにはまだ治療薬がないんです。だからこれが流行したらキャメル騒動の比ではありません。医師としてそれを『手』にしたくない。ただボンクラ安保内閣だとそれが『手』になってしまう。そうすると日本は……」

「わかりにくいので単純に言ってもらえませんか」と寡黙《かもく》な鎌形が珍しく、口を開いた。

「失礼しました。一月二十一日に武漢をロックダウンした中国は、二十五日から始まる中国の一番重要な国民行事の春節の間、各所の名所を封鎖し、催しも中止しました。春節の七連休は日本でいえば正月休みとゴールデンウィークを一緒にしたようなものです。それを止めたんですから中国政府がいかにコロナを恐れていたか、よくわかります。ところが、観光産業の儲けに目が眩《くら》んだ安保政権は、二十七日から中国政府が中国人の団体旅行を禁止したにもかかわらず、中国人入国を禁止しなかった。中国国内にはコロナ患者が広がっていたのに、それを無防備に受け入れてしまった。中国以外での感染者は八十二名だった一月三十日、WHOは『国際的な公衆衛生上の緊急事態』を宣言し、新型コロナウイルスの世界的流行に警鐘を鳴らしています。ただしWHOには各国に対し忠告を聞き入れるよう強制する権限はないので、日本政府や厚生労働省はガン無視を決め込んでいますが」

「彦根先生は、どうしてそんなことをご存じなんですか？」

「ジュネーブのWHO本部に知り合いがいて、しつこいくらい、忠告を送ってくるんですよ」

彦根は遠い目をした。かつてキャメル騒動の時にジュネーブで議論を戦わせたブロンド美女、パトリシアの顔が浮かぶ。美女は美女だが、メンタルはウイルスと格闘する猛女だった。

「コロナが上陸したらどうなるんです？」という鎌形の問いに、彦根はうっすら笑う。

「キャメルの時の厚労省のドタバタから、どうなるか想像できます。武漢にチャーター機を出しておいて、乗客の検疫をせずに帰宅させるなんて、公衆衛生学的にあり得ない。でも一応、僕たちが持つ最強の一手、厚労省の火喰い鳥に現状を伝えておきました。そしたらさすが厚労省のファイヤー・バードも危機感を持っていて、すでに動き始めていました。でも、いかにロジカル・モンスターといえども、非論理的で非科学的で感情的な組織の厚労省で、合理的な方法を導入できるとも思えません。すると厚労省がドジを踏んで、安保政権がガタガタになった瞬間、こちらが反撃する一手が見えてきます」

「そうなる前に対応するのが、彦根先生のお考えだったのでは？」

「そうなんですけど、とりあえず放置して日本がどうなるか見せつけるしか、手がないと思うんです。この国は一度壊れないとどうにもならない。もう僕の力ではどうにもならない。もちろん僕はそんな風にはしたくない。でもきっとそうなってしまうでしょう」

「さっきから仄《ほの》めかさず、はっきり言ってくださいと申し上げているんですが」

珍しく鎌形が苛立《いらだ》った口調で言う。

「わかりました。コロナは日本に必ず入ってきます。でも今の官邸と厚労省の連携ではきちんとした防疫はできません。すると日本中にコロナが蔓延する。安保政権はなんとしてもそれは避けようとする。そうなったら七月のオリンピックが中止になるからです。ではどうするか。日本でコロナ感染がなければいい。だから政府は、そのように対応するでしょう」

「は？　たった今、コロナは必ず入ってくるとおっしゃったじゃないですか」と村雨が言う。

「そうです。でも日本にコロナを入れない方法がひとつだけある。日本の感染者を少なく見せかければいいのです。そのためにはズバリ、検査をしなければいい」

「何を言っているんですか。症状が出たら検査して診断をつけなければ治療もできないなんて、素人の私たちにだってわかります」と村雨が言う。

「そう、素人でもわかるトンデモなことを彼らはやり遂げるでしょう。考えてもみてください。公文書を改竄したり捨てたりしたらいけないなんて、小学生でも知っています。でも安保政府下では、プライドを捨て政権に尻尾を振った官僚が出世しています。その人たちが偉くなって、下に指図する。腐敗の拡大再生産、といったところですね」と彦根はそこで言葉を切った。

「こうしたやり方は官房機密費と同じやり口です。使い放題で領収書もいらず後世の歴史の審判も受けない。そんな身勝手で無責任に使えるカネが、民主国家の税金から拠出されているなんて驚くべきことです。ここ二年、安保政権がやったことは政治活動、官僚活動の官房機密費化です。そのせいでなんでもありの民主主義破壊政権が出現しました。そんな政権なら自分たちがやりたいことを押し通すためになんでもやる。感染者を見て見ぬふりをするなんて朝飯前です。五輪が終わるまで安保政権は、日本にはほとんど感染者はいない、と言い張り続けるでしょう」

村雨も鎌形も、何も言えず、ただ呆然と彦根をみつめるばかりだった。

「このウイルスに対抗するには正しい疫学的対応が必須ですが、今の厚労省にはその素地も素質も能力もありません。ですので安保内閣の意図を忖度し続け、ＰＣＲ検査の実施件数を抑え、感染者数を少なく公表し続けるでしょう。それは五輪が終わるまで続く国策です。そんな中で厚労省のロジカル・モンスターが、果たしてどこまで抵抗できるか……」

その時、彦根の携帯電話が鳴った。

「お、噂をすれば、ご本人から連絡です。経過報告かな」

そう言って受話器に耳を当てた彦根の顔が、みるみる青ざめていく。

電話を切ると、村雨と鎌形に向かって言った。

「横浜に帰港したクルーズ船内で、新型コロナウイルス感染者が発生したそうです」

8章　大宰相・安保宰三

二〇一〇年代
永田町・首相官邸及びその周辺

もともと自由保守党《じゆうほしゅとう》政治は料亭政治と揶揄されていた。国会の審議より赤坂《あかさか》の料亭でものごとが決することが多かったからだ。料亭での内密の会話が政策を決め、国会が運営されていたとも言える。その意味で安保首相の「会食政治」はその延長線上の、いわば進化形だと言えた。

だが以前の料亭政治とは決定的に違う点がある。料亭政治の頃は群雄割拠、派閥のボスたちが虎視眈々《こしたんたん》と次のトップの座を狙っていた。自由保守党とは小政党の集合体だったのだ。

だから自保党をぶっ潰すと吠《ほ》えた大泉《おおいずみ》元首相は、実は派閥政治をぶっ壊すと言ったわけだ。

それで本当に自保党がぶっ壊れた結果、上げ潮に乗った民友党が政権を奪取し、自保党は下野の屈辱を味わった。その間に旧来の自由保守党の派閥は完全に崩壊した、いや、溶解した。

安保宰三は人気が高かった大泉政権の後継者として華々しく登場した。昭和の妖怪と呼ばれた大宰相・岸辺龍三《きしべりゅうぞう》の孫で、幾度か首相の有力候補になりながら念願叶《かな》わず病死した父・安保宰太《さいた》郎《ろう》の三男という抜群の血筋から、首相に就任した当初は人気が高かった。だがお坊ちゃま育ちのひ弱さで政権維持ができず、ストレスで持病が悪化した。結局お坊ちゃま政権は一年少々で崩壊し、宰三は最後は持病を理由に政権を放り出した。

だが天国（地獄？）で父宰太郎はそのことを喜んでいたかもしれない。なぜなら幼い頃から、宰三には人の情がない、一番政治家にしてはいけないヤツだと酷評していたからだ。

宰三のどん底の日々が始まった。政権トップの座から転げ落ちた瞬間、周りでちやほやしていた連中が潮を引くようにいなくなった。ぽつんと残された宰三の側に残ったのは妻の明菜だ。病が悪化し、呻吟《しんぎん》する日々だったが、明菜はイヤな顔ひとつせず宰三の面倒をみた。

明菜はゴッドマザーと呼ばれた宰三の母からは悪評紛々で、首相時代は引っ込んでいた。宰三が政権を投げ出した時、母は激怒し宰三を罵《ののし》ったが、明菜は宰三を弁護した。

そんな中、持病の新薬が開発され、宰三の体調は劇的に改善した。その様子を見たゴッドマザーは宰三に、再起をするよう言った。亡き夫、宰太郎の遺志を思えば、至極当然だった。

だが宰三は抗った。二度と政界には戻りたくない。そんな宰三にある日、明菜は言った。

「サイちゃんはそういうの、向いてないわね。でも、やられっぱなしは悔しくないの？」

「そりゃあ、悔しいさ。けど、僕には無理だよ」

「そうね、サイちゃんは優しすぎるからいろいろ考えちゃって、なかなか決められないものね。わかった。それならそういう部分は全部わたしがやってあげる」

「え？　アッキーナが僕の代わりに国会議員になるってこと？」

「バカね。そんなことはできないし、やりたくもないわ。わたしは、あたしとサイちゃん、そしてわたしたちのお友だちが楽しく生きられればいいの。だからサイちゃんが総理大臣になっても何も考えなくていいようにしてあげる。サイちゃんはわたしが決めた通りにすればいいの」

「それで国民が喜ぶ政治をできるかなあ」

「何言ってるの。どうせ全ての人を満足させるなんてできっこないんだから。国民は一億人以上いてみんながみんな、望みばかり大きくてわがままな人たちばっか。だからサイちゃんは総理大臣になった時、メチャクチャになっちゃったんでしょ？」

宰三はうなずくしかない。明菜は続けた。

「だからどこかで線を引くの。それならわたしたちと、わたしたちのお友だちが幸せになるようなことだけ考えていればいいと思わない？　そうすればサイちゃんもわたしも幸せになるわ」

なるほど、と宰三は納得した。その日から宰三は再起を目指して活動を再開した。だが以前のように重責に押し潰されることはなかった。すべてを明菜に任せていたからだ。

開けっぴろげな明菜は、気さくに周りに接したので友だちが多く、中にはファンとも言える取り巻き連中も多勢いて、頼まれごとはできる限り聞いてあげていた。

「サイちゃんもいろんな人と会ってお食事を一緒にすれば一遍で仲良くなれるわ。食事の費用は相手の人が払ってくれるし、そうでなければ後援会から出してもらえばいいんだから」

「でもそれって法律違反になっちゃうかもしれないね」

「そっか。サイちゃんが刑務所に入っちゃったら困るわね。うーん、どうしたらいいかな」

明菜は小首を傾げて考え込む。そのあどけない仕草は昔とちっとも変わらない。そんな無邪気な明菜に宰三は一目惚れ《ひとめぼ》れし、それは今も続いている。政治家は艶聞《えんぶん》が多いが、宰三は他の女性にはまったく興味がなかった。目の前に女神がいるのに他の女を追いかける理由はない。

やがて宰三の女神、明菜はぽん、と手を叩いた。

「いいこと思いついちゃった。警察の人とお友だちになればいいのよ。そうすれば、もしなにかあっても助けてくれるわ」

宰三はすぐにブレインに相談した。酸ヶ湯議員は段ボール会社の職員をしながら夜学で大学を出た苦労人で、第一次安保内閣で抜群の実務手腕を発揮した。宰三が首相を辞任した後も変わらぬ態度で接してくれた数少ない人物で、宰三の信頼も厚かった。

「家内が、警察幹部を『なかよし会』に入れてあげたらどうかなって言うんだけど」

酸ヶ湯は、相変わらずこの夫婦の会話は幼稚だな、と内心の苦笑を隠しつつ言う。

「さすが明菜奥さま、目の付け所が素晴らしい。確かにそれは必要なことです。ただし警察の人間よりも、警察を指揮する検察の人間と仲良くなった方がいいでしょう。警察が捜査しても、犯罪になるかどうか決定するのは検察官ですから」

「まあ、細かいことは任せるから、仲良くなれそうな人を見繕って、一緒にご飯食べよう」

酸ヶ湯は内心、明菜の嗅覚に舌を巻いた。確かに検察の実力者を取り込んでおけば、強力な布陣になる。その時に酸ヶ湯の頭に浮かんだのは一人の検事だった。かつて暴走検事が民進党の会澤副党首を捏造した証拠で起訴したが無罪になった「海山会事件」で、証拠捏造がバレて検察の危機になった時、検察改革を断行しようとした南野検事総長のハシゴを外して検察の組織防衛に成功した、当時の大臣官房審議官の黒原だ。かくして宰三&明菜の食事会は次第に規模が大きくなり「なかよし会」として隠然たる力を持つようになった。

同時に酸ヶ湯はメディア工作も始めた。官房長官には自由に使える経費が潤沢にある。官房機密費という領収書のいらない、使い放題の無限の財布から、今まで官房長官は派閥のボスを懐柔し、自分の子分を助けるため裏金を出した。酸ヶ湯はそれをメディアを手なずけるためにも振り向けた。日本人の情報リテラシーは低く、テレビ発表をまるごと信じる老人が投票に熱心だ。

つまりテレビと大新聞を押さえればいい。だから以前も政治評論家に支払いをしていた。

酸ヶ湯はそれを制作部のキャップやディレクターにまで範囲を広げようとして、記者クラブに目を付けた。こうして「なかよし会」はメディアにまで拡張された。できれば酸ヶ湯はその会を「フレンドリー・ディナー・グループ」としてイニシャルでＦＤＧと呼びたかった。

だが明菜がどうしても「なかよし会」がいいと言い張るのでしぶしぶ諦めた。

酸ヶ湯が政治部キャップに誘いを掛けると、ほいほい応じた。彼らは報道の独立とかメディアは第四の権力で使命は権力監視にあるという大原則を、とっくの昔に忘れ果てていた。

枠組みは宰三が首相に返り咲く前に完成していた。宰三は返り咲き前の「お友だち」は手放しで信頼し、返り咲き後も揺るがなかった。そんな宰三が心酔する人物は、明菜の他にもう一人いた。祖父の大宰相、岸辺龍三だ。幼い宰三を膝に抱き、龍三は言い聞かせた。

「宰三、偉くなれ。そうすれば周りはお前の言うことを聞いてくれる。周りの人間の言うことを聞いてはいけないよ」と言う龍三は「ＣＩＡの人のお願いは絶対に叶えてあげなさい」と繰り返した。第二次大戦の一級戦犯として処刑されるところを救ってくれたのはＣＩＡだった。

「ＣＩＡの人がいなければ、お祖父《じい》ちゃんもいなかった。そうしたら僕もいなかったんだよね」

すると龍三は、宰三の頭を撫《な》でながら言った。

「宰三は賢いな。ＣＩＡは宰三の命の恩人でもあるから、大切にするんだよ」

宰三は両親の言うことには反発したが、龍三の言葉は素直に聞いた。父は宰三を政治家にしてはいけない人物だと酷評したが、龍三は宰三に、総理大臣になれと励ましてくれたのだった。

国民人気が高かった大泉進一郎首相が二期で首相の座を下りたのは、経済ブレインの竹輪《ちくわ》拓三《たくぞう》に、自分が採用した新自由主義政策の末路をたっぷり聞いていたからだ。

「新自由主義」とは規制を撤廃し、民間の自由競争に任せる政策だ。規制のせいで経済成長が阻害されるから規制を撤廃しようというと耳障りはいいが、中身は「弱肉強食」理論だ。

国家レベルの規制は「強者（大資本）の総取り」を避け「弱者を護る」ためのことが多い。大資本優遇の「新自由主義」を推進すると格差が広がる。「新自由主義」は初めのうちは景気がよくなるように見えるが、やがて国の経済が破壊される。購買力がある、健全な中間層が破壊されてしまうからだ。「新自由主義」経済は一人の大富豪と九百九十九人の貧乏人を生む。国内製品の消費には「大富豪一人＋九百九十九人の貧乏人」より「千人の中間層」の方がいい。豊かな社会は中間層が「ささやかな贅沢」をしてカネが回る社会だからだ。真っ先に福祉や教育や医療などの社会保障費を削るため、敗者復活が難しくなり、将来に希望を持てない層が増え治安は悪化し、富裕層は国を捨て、荒廃した国土が残る。「新自由主義」は亡国の政策だ。

そんな近未来像を聞いた大泉は綺麗に身を引いた。だが変人と呼ばれた彼にも情はある。後継者の宰三には軟着陸の計画は伝えておいた。結局、安保政権はそこまで持たず自壊した。大泉元首相は自保党を「ぶっ壊した」が、その影響は甚大だった。宰三の後の福井《ふくい》、阿蘇と二代続いた自保党首相は一年しか政権を維持できず、国際金融危機に見舞われた阿蘇内閣が大博打で解散、総選挙に打って出たものの、民友党に大敗、下野することになった。

政権を担った民友党は官僚機構改革に手を付けようとした。これを官僚が察知、主導した政界の寝技師、会澤次郎を「海山会事件」という冤罪《えんざい》に嵌めた。首謀者は検察『花の三十五期』作田検事で、その悪行がバレた時に後始末に奔走したのが同期の黒原だった。

その後、民友党政権を不運が見舞う。二〇一一年三月、マグニチュード7という東日本大震災と続く大津波、原発事故による放射能の散布だ。ジリ貧に陥った民友党の田野《たの》首相が、消費税増税を争点に解散に打って出るという愚挙に出た。愚挙というのは、国民の信を問うタイミングが遅すぎた、という意味だ。それは宰三に吹いた神風だった。自保党内の奇妙な力学で総裁選に再び立候補した宰三はたちまち総裁の座を射止め、総選挙でも勝利した。

こうして宰三はあれよあれよという間に首相に返り咲き、第二次安保内閣が発足した。

第一次政権の失敗が身に染みていた宰三の対策はバッチリだった。これからは明菜に全て任せ、自分は何も考えないという新方式は見事に的中した。司令部は明菜、実動部隊は宰三という、史上初の夫婦二人羽織の総理大臣が生まれた。最強のハリボテ首相、良心の痛痒《つうよう》を感じない無痛の鋼鉄首相の誕生だ。首相に返り咲いた宰三は、以前とは別人だった。メンタル・タフガイになったが本人が進化したわけではない。背負いきれない重責を愛妻に丸投げしただけだ。宰三は明菜の付き人を五人に増やした。正式名称は内閣総理大臣夫人秘書。そのルーツは第一次内閣で明菜の奔放で蒙昧な行動を心配した宰三の母が、教育係をつけたことに始まる。その時は良識のある人物が就き、非常勤職で肩書きは「首相公邸連絡調整官」だった。人員は一名である。

第二次安保政権が成立した時、真っ先に明菜の付き人、もとい、首相公邸連絡調整官を三名に増員した。中身は変えた。「前回みたいな小言ばかり言うおじいちゃんなら要らない」と明菜がむくれたからだ。だから宰三は明菜が快適に過ごせるよう、小間使いの秘書官を増やした。正式名称も内閣総理大臣夫人秘書に変え、「内閣総理大臣夫人付」という名刺を作らせた。内閣成立二年目の年度末にどさくさで、三名から五名に増員した。経産省から常勤出向職員を二名、外務省から非常勤三名という内訳で、人件費の総額は年三千万円。

官邸内に明菜の専用執務室を置き首相夫人秘書官に傅《つ》かせた。国会議員の公設秘書と同様の待遇で、宰三が大好きな米国大統領のファースト・レディの仕組みを意識していた。だから明菜は完全に公人だった。宰三は当然だと思っていた。何せ日本の政策の舵取りは事実上、明菜の思いつきに依存していたからだ。正式な公務員の職責なのに業務内容は明らかにされていない。首相夫人の使い走りで仕事の内容はその都度変わるから規定できないのだ。貴族の奥方の依頼には、たとえどんなことがあろうとも対応するというのが下女の務めなのだから。

宰三の第二次政権は原発事故の後始末という大層な厄介事から始まった。だがそれは因果応報だった。原発事故の責任の大半は、実は宰三自身にあったからだ。

第一次安保内閣で、何らかの事故でバックアップ電源が機能せず全電源喪失が起こり原子炉を冷却できなくなると炉心溶融する可能性があるというマルクス党議員の国会質問に対し、宰三は「バックアップ電源が破壊されることなどあり得ない」と答弁で断言していた。

宰三はこのことを問題にしたメディアを押し潰した。第二次政権で獲得した新手法だ。枝葉末節の間違いを針小棒大に取り上げ「捏造」と喧伝《けんでん》し批判報道を押さえ込むやり方は屁理屈だ。この場合「津波によりバックアップ電源が破壊されるという質問はされていない」と強弁した。だがマルクス党議員は、「何らかの事故でバックアップ電源が破壊された場合」を質問したので、「そんなことはあり得ない」と断言した宰三の甘い認識が原発事故を引き起こしたという指摘は正しい。絶体絶命だったが宰三には姑息《こそく》な特技があった。議論をまともに受けずに茶化し、論点をぼかしてしまうという技術だ。加えて愛妻・明菜が考えた「悪夢の民友党時代」という言葉を連呼し、屁理屈を弄し非難し続けた。それは効果的なフレーズだったが、酷い冤罪だった。

原発事故の最中、宰三は明菜のアドバイスで創設したメルマガに「やっと始まった海水注入を止めたのは、何と神田《かんだ》総理その人だったのです。海水注入の報告を受けた神田総理は『俺は聞いていない！』と激怒して海水注入を止めたのです」という内容を発信した。

とんでもないデマだった。海水注入を止めるよう指示したのは東日本電力会社の役員で、官邸に無断だった。更に現地の所長が指示に従わず海水を注入していた。自分のミスを捏造と言いくるめ相手の間違いに押しつける。たとえ『フェイク』であったとしても、人々が受け入れたら、『ファクト』になる。そうした考え方の師匠はフェイスブック大好き愛妻、明菜だった。

自分に盲従する大新聞やテレビで自分の言い分を垂れ流し、原発事故が起こった真の原因追及を回避した。論戦での混ぜ返しは得意技で、屁理屈・宰三には、容易《たやす》かった。ただしそれは国民には途方もない不運になった。『ファクト』が国民から隠されてしまったのだ。

引退したとはいえ相変わらず高い国民人気を誇っていた大泉は、自保党が政権を奪還し愛弟子・安保宰三が首相の座に就いたのを機に、自分が導入した「新自由主義」を軟着陸すべく元経済ブレインの竹輪拓三に改めて方策を模索させた。竹輪の腹案は斬新で画期的だった。

一九八〇年代に主に中南米で展開した「新自由主義」は軍部の抑圧が必須で、最後は軍政が盛大に破綻して幕を閉じた。だが日本人は革命を経ずに中途半端な自由を手に入れた。だから自分たちが搾取されていることに無自覚だ。しかも日本に軍隊はない。ならば軍に代わり官僚制度を活用するしかない。では終幕はどうするか？　そこで思いついた奇手が五輪の政治利用だ。戦争や内戦ではなく盛大なフェスタでうやむやのうちに全てを終わらせる戦略だ。大泉は、その時に首相を辞めれば、国民のみんなが褒めそやす大宰相になれるよ、と唆《そそのか》したのだ。

ただしそのアイディアを伝えた相手は宰三ではなく、宰三の懐刀の酸ヶ湯官房長官だった。

宰三のブレイン、酸ヶ湯は宰三にとってアラジンのランプの魔法使いみたいな存在だった。願いごとは、酸ヶ湯が必ず叶えてくれた。宰三の願いは「今の楽園のような生活をいつまでも続けたい」という、軽薄かつ曖昧なものだった。酸ヶ湯はそれを現実に政策に落とし込んだ。酸ヶ湯は幼稚な宰三の願望を、もっともらしい政策言語に変換する翻訳者だった。そんな酸ヶ湯のホームランはなんといっても東京五輪開催とインバウンドの観光政策の一体化だ。これは盛大な打ち上げ花火で、破壊力は大してないが目眩ましは強烈な照明弾のようなものだ。

オリンピック招致は民友党の発案だが、指名獲得のため本腰を入れたのは宰三だ。五輪招致が決まると宰三はどんどん費用を突っ込んだ。予算の上限などあってなきようなもの、必要なら追加費用を出せばいいというのは、「満開の桜を愛でる会」で当初予算の二倍以上の経費をつぎこんだ宰三の基本的思考法だ。二〇一二年七月に招致を決めた時、予算額は七千億円だったが三年後の七月、ＪＯＣ組織委員会のトップに就任した毛利《もうり》は会見で五輪経費は二兆円を超す可能性を示唆した。同年十月には当時の都知事が三兆円掛かると発言。十二月には総費用が二兆一千億になると報道された。当初予算の実に三倍である。

二〇一六年八月。東京五輪前のブラジル・リオ五輪の閉会式での引き継ぎ式で、安保首相は世界中をあっと言わせた。人気キャラのドザエもんに連れられた、人気ゲームキャラのマリ坊に扮して登場したのだ。異国で万雷の拍手を受け、スポットライトを浴びた。

思えば、あの瞬間こそが大宰相・安保宰三の頂点だったのかもしれない。

二〇一九年十一月、宰三はまたひとつ名誉な称号を加えた。歴代宰相の在任期間最長になり、名目上は大宰相となったのだ。だが宰三の表情は浮かなかった。

「満開の桜を愛でる会」の前夜祭で、支援者に利益供与したのではないかという疑惑が生じ、来年の会が中止に追い詰められた。その会は明菜の超お気に入り行事だったから、宰三は、すっかりつむじを曲げた明菜に平身低頭して謝った。だが二年前に念入りに封印した有朋学園国有地払い下げ問題に伴う、公文書捏造事件まで再燃しかねなかったのでやむを得なかった。

宰三は名目だけではなく実質的に大宰相になりたかった。それにはレジェンドとなる業績が要る。だからこそ、改憲にこだわった。だが実は改憲なんてどうでもよかった。

なにしろ宰三はとっくの昔に「立法府である国会を司る」総理大臣という、超法規的な特別の存在になっていたのだから。

　すると手続きが面倒な改憲よりオリンピックの方が手っ取り早い。おまけに自分が総裁四選を否定したため後継レースが始まったのも不快だった。自分は出たくないが、周りが推すからしぶしぶ出馬する、というポーズを取りたかったのに、みんな本気で後釜を狙い、活動を開始した。特に改元元号を発表した酸ヶ湯が「令和おじさん」とちやほやされるのが羨ましかった。地味な酸ヶ湯を自分の後釜に据えるなんて、考えただけで腸《はらわた》が煮えくりかえった。

　なので酸ヶ湯の右腕の泉谷首相補佐官にお灸を据えることで警告した。

　泉谷補佐官は有朋学園問題でも問題収束に尽力してくれた。だから首相の威光を笠に着てやりたい放題しているというウワサが耳に届いても黙認してきた。だがこの際やむを得ない。

　泉谷首相補佐官が寵愛する部下の女性といつも一緒に出張に行きたがるのは周知の事実だ。だから今川首相補佐官に、その情報を「新春砲」にリークさせた。とにかく宰三は、七月の五輪までは絶対に首相の座に居座るつもりだったし、その後も権力の実権は握り続けたかったのだ。

　年明けに電撃解散に打って出るという選択肢は「満開の桜を愛でる会」騒動で花と散った。宰三は滅多にしない「我慢」を強いられた。だが「なかよし会」の会食は控えなかった。愛妻の明菜に強く勧められたからだ。実は宰三の政権で、国民に訴える知恵は全て明菜が出していた。

「アボノミクス」という言葉も経済ブレインの竹輪から「レーガノミクス」という言葉を聞いた時、「レーガさんのミクスより、アボのミクスの方がカッコいいわ」と言ったのが最初で、竹輪と酸ヶ湯が「アボノミクス、いいですね」と追随して、世に広がったのだ。

　またレーガノミクスが「福祉削減、企業減税、規制緩和」の三本柱だと説明されると「三本柱より三本の矢の方がグッとくるわ」と言ったのを聞き、「アボノミクス・三本の矢」として喧伝した。その意味で明菜は、人の心を摑む感性に優れていた。その社交性は宰三が首相になると磨きがかかり、宴会好きが高じて居酒屋「烏頭《うず》」をオープンした。ちなみに烏頭は毒草トリカブトの根を乾燥させた漢方薬だが、毒として用いるときは「ぶす」と呼ぶ。

その店のオープンを黙認した時、宰三は烏頭の毒を呷《あお》ってしまったのかもしれない。


宰三にとって明菜は幸運の女神だった。彼女の交友関係のおかげで首相に返り咲く足がかりも得られた。彼女のおかげで宰三の精神は安定し、安保一強と呼ばれるようになった。

だがある日を境に、幸運の女神は疫病神に変わった。運命の反転は有朋学園という、桜宮にある学校法人のトップを宰三に紹介した時に始まった。調子いい漫才師みたいな夫婦が運営する学校法人で小学校を建設しようとしていた。だが規制で土地取得が進まない。そこで宴席で頼まれた明菜はほいほい応じ、自分付きの担当秘書に担当部署へ電話やファックスをさせて催促した。時の首相夫人からの間接的な依頼は絶大の効力を発揮し、滞っていた認可はたちまち下りて、一等地の時価八億円の国有地を八分の一の一億円で払い下げが決まった。

感激した学校法人の経営者は「安保宰三記念小学校」と名付けたい、と言った。

「ねえ、サイちゃんの名前がついた小学校ができるんですって、すごいわねえ」

「それはアッキーナのおかげだよ」「ううん、サイちゃんの人徳の賜物よ」

……などという愚にもつかない甘い会話が交わされたかどうかは定かではない。

だがこの破格の値引きが市議会議員のレーダーに引っ掛かった。市議は同じように学校の敷地にしたいと申し出た音楽大学が八億円で購入を申し出たが断られたことも聞いていた。

調査してみると首相夫人の口利きで、桜宮理財局が値引きに応じたという仰天話が飛び出した。それを国会で追及されると宰三は「万が一、私や妻がこの件に関わっていたらですね、そりゃあ、辞めますよ、首相はもちろん国会議員だって、当然辞めますから」と啖呵を切った。

ところが国会の論戦がテレビで報道された直後、明菜が宰三に言った。

「サイちゃん、桜宮に素晴らしい学校があって、その校長先生と仲良くなった話はしたわよね」

そんな話を聞いた気もするが定かではない。明菜は友人が多く、似たような話を山のように聞かされていたからだ。ぴんとこない様子の宰三に、明菜が続けて言う。

「ほら、サイちゃんの名前をつけてくれると言った、小学校の校長先生よ、覚えてるでしょ」

「ああ、あの親切な校長先生か。もちろん覚えてるよ」

「あのね、今日、サイちゃんが国会でいじめられてたけど、ひょっとしたらその校長先生の話、谷《たに》やんにお願いしてたかも」

谷やんというのは明菜付きの内閣府の職員、谷山京子《たにやまきょうこ》だ。宰三の顔が青ざめた。

「どうしたの、サイちゃん。明菜、いけないことした？」

「そ、そんなことないよ、アッキーナ。大丈夫だから心配しないで」

自分がどん底の時、明菜は支えてくれた。ならば今度は自分が明菜を守る番だ。

これは絶対にやり遂げてみせる、と宰三は決意した。

絶体絶命の大ピンチだった。桜宮理財局には内閣総理大臣夫人秘書の国家公務員から、ＦＡＸで国有地払い下げに関する問い合わせがあったというメモが保管されていた。そこから酸ヶ湯官房長官を司令官として内閣府のスタッフは防衛に頑張ってくれた。他人には滅多に感謝しない宰三だがこの時は深く感謝した。特によくやってくれたのは、財務省の瀬川局長だ。彼は桜宮理財局に残された、明菜夫人が口利きをした証拠となる文書から、明菜夫人という文字を徹底的に削除した。同時にメモやＦＡＸは公文書ではないという屁理屈を閣議決定した。これは長年培った官僚世界のルールを破壊した。間違いなく公文書改竄という、れっきとした犯罪で、従来なら懲戒免職モノだ。首相夫人秘書官が担当部署に申し入れたという証拠も都合が悪い。明菜夫人の証人喚問を野党が要求したのも当然だった。五人の国家公務員が下僕として仕える彼女が公人でなければ公私混同だ。だが明菜を私人と閣議決定して乗り切った。文書改竄は、大意に影響ないから改竄にあたらない、という屁理屈を押し通した。瀬川局長の証人喚問は避けられなかったが、彼は「捜査中の案件なので中身は話せない」の一点張りで、事実は明かさなかった。

市民団体から、雨後の竹の子のように告発が起こった。それを十把《じっぱ》一絡《ひとから》げで全て不起訴にしたのは検察のお友だち、黒原だった。これでかろうじてこの問題の隠蔽工作は完了した。

不届きな決定をした検察に対し、国民が上げた、怒りの声は完全に無視された。

国民は所謂「検察の正義」がとっくの昔に失われていることを知ったのだ。

かくして官邸と内閣府と検察がタッグを組んで隠蔽を図った醜聞《スキャンダル》は、壮大な偽りとつじつま合わせと言い訳と屁理屈を総動員した茶番劇として、うやむやのうちに幕を閉じた。

総仕上げに、メディアに多少の事実のかけらを報道させてガス抜きをした。

酸ヶ湯の十八番、ガス抜きだ。宰三の「なかよし会」の会員になって、尻尾《しっぽ》を振る愛玩犬に成り下がったメディアは、唯々諾々と従った。

そんなある日、明菜は宰三に言った。

「あたしたちのために頑張ってくれた人はみんなお友だちよ。お友だちには優しくしてあげてね。そうすることでお友だちともっとなかよくなれるのよ」

宰三はその足で、酸ヶ湯のところへ行った。

「家内が、今回の件で頑張ってくれた人たちは優遇した方がいいって言うんだけど……」

酸ヶ湯は、大仰《おおぎょう》にうなずいてみせた。

「さすが奥さま、人情の機微をよくご存じです。早速そのように手配します。今回の件で対応してくれた者たちには戒告を出しますが、ほとぼりが冷めた頃に必ず栄転させますので」

それはずっと以前から存在していた暗黙のルールだったが、第二次安保政権で酸ヶ湯が作り上げたシステムに則れば、更にたやすいことだった。

酸ヶ湯は各省に点在していた昇進決定システムを内閣府で統括するという単純な一手で、省庁を完全に掌握していた。官僚は誰もが官邸に服従した。中には生活にゆとりがあり、昇進や天下りに関心を示さず、官邸の意のままに動こうとしない変わり者もいたが、そうした人材は徐々に排斥した。それでも言うことを聞かない場合は内閣調査室と公安警察を連動させ、スキャンダルをメディアに流して潰した。

こうして安保一強政権は司法権と行政権を手に入れた。

あとは立法権だがそれはもはや必要がなかった。何しろ宰三は「立法府の長」なのだから。

加えて議員の党公認の決定権は自保党総裁の宰三が握っていた。第一次政権を投げ出した後、宰三を批判した重鎮の溝尾《みぞお》議員の選挙区に対抗馬の新人を投入し、通常の十倍の一億五千万もの選挙資金を投じて、徹底的に新人議員を支援して、宰三アンチの古参議員を落選させた。

その様子に自保党の議員は震え上がり、宰三に刃向かう者はいなくなった。

だがそれは単なる、宰三の意趣返しという意味だけではなかった。

その裏には、宰三が溝尾議員を毛嫌いする感情を利用した、ドス黒い思惑が秘められていた。

国家公安委員長も務めた溝尾議員は検察の横暴に批判的だった。溝尾議員がいなくなることで、黒原は厳格な国会議員からの監視を逃れられた。これは一石二鳥の一手だったのだ。

　官邸官僚は、このように、宰三の幼稚な願望を、自分たちの利を最大限に引き出せるように変形し、しゃむにむに推進する。それこそが、安保官邸の正体だったのだ。


　ある日、明菜は「谷やん」こと谷山首相夫人秘書官に満面の笑みを浮かべて言った。

「ねえ谷やん、あなた昔、イタリアが大好きだって言ってたわよね」

「ええ、学生時代に一度、貧乏旅行で行ったことがあります。いつかまた行きたいです」

「それならイタリアの仕事はやってみたい？」

「谷やん」はごくりと唾を飲み込んだ。

「え、ええ、もちろん、できるなら」

「あのね、サイちゃんがね、谷やんをイタリア大使館勤務に推薦したらどうかなって言ってるんだけど、どお？」

　それは東大卒だがノンキャリの彼女には絶対に手の届かない、夢物語だった。

　次の瞬間、「谷やん」は首がちぎれそうなほど激しく、縦に振っていた。

9章　検疫争議

二〇二〇年二月
霞が関・合同庁舎5号館

「あーあ、なんでこの僕が、彦根の指図を受けなくちゃならないんだ。それって本末転倒だろ。そもそも、お前は出禁だぞ」とぶつくさ言いながら歩くのは厚労省の火喰い鳥、白鳥圭輔だ。

「コボしたくなるお気持ちはわかりますけど、僕が提案したんだから僕の指図になっちゃうんです。白鳥さんならとっくに手配済みだと思っていたんですが」

銀縁眼鏡の彦根が珍しくヘッドホンを外している。白鳥は立ち止まると振り返る。

「その通り、お前が考えつくことなんて、とっくの昔に僕だって思いついていたさ。それじゃあなぜやらなかったのか？　答えは簡単、無駄だからさ。ム・ダ・だ・か・ら。骨折り損のくたびれ儲けなんて、僕が一番嫌いなことだよ」

「じゃあなぜ、ぼくの指図に従って、やろうと思ったんです？」

「そうすればお前を証人にできるし、その上コキ使えるからさ。僕と本田審議官のやりとりは、二人の間で終わったら不毛だけど、やりとりが外に漏れたら有意義になる局面もあるからね」

「どうやら白鳥さんも、僕と同じ未来ビジョンを共有しているみたいですね」

「冗談じゃない。いくら外見は似ていても全然違うよ。エンジンの載った本物のポルシェと、段ボールで作ったランボルギーニくらい、中身は全然違うんだぞ」

それってあまりに酷すぎる喩えだな、とさすがの彦根もむっとする。そもそも、どうしてこんなところでスーパーカーが引き合いに出てくるんだろう。

ほんとに白鳥さんって異次元モンスターだな、と彦根はしみじみと思った。

ノックをして会議室に入ると、老年の男性と、中年とは呼びがたい微妙な年頃の女性がいた。

「久しぶりだね、本田さん。お隣の男性はどなたかな」と白鳥はそらとぼけて言う。

「ほんと、ムカつくヤツね。官僚のあんたなら当然、知ってるでしょ」

「いや、あいにく。できれば紹介してもらえないかな」

「泉谷首相補佐官よ。とっても多忙な方だけど、今日は無理言ってご足労をお願いしたの。この後も分刻みでスケジュールが詰まっているから、できるだけ手短に済ませて頂戴《ちょうだい》」

「では最初にお聞きしますが、そちらの首相補佐官のご専門は感染症ですか？　それとも悪性新生物一般とか？」と言って、白鳥はこほん、とわざとらしく咳払いをした。

「どれも違う。私は国土交通省の出身で、現在は内閣府で首相補佐官を務めている」

「つまり、感染症はまったくのド素人ですか」

「うるさいわね。だから私が補佐しているんじゃないの。これで鉄壁の布陣よ」

「鉄壁かもしれないけど、穴だらけじゃないの」とすかさず白鳥が応じる。

「君から聞いていた通り、ほんと、失礼なヤツだね。こんなヤツはどこかへ飛ばしてやろうか」

「へえ、僕を飛ばす？　心配ご無用。僕は省内で火喰い鳥って呼ばれてます。自分の翼があるんだから、自分で飛びますよ」

「まあまあ、みなさん。身内同士で喧嘩している場合ではないかと」と彦根が割って入る。

「何言ってるの。こんなヤツ、身内じゃないわ。国見《くにみ》先生に言われたから面会に応じただけよ」

「で、僕はそのジュンジュンと同期なんだけど、僕には敬意を払わないワケ？」

「私は、中二階と揶揄《やゆ》される次長審議官で厚労省での序列は第五位だけど、今は内閣官房健康・医療戦略室で泉谷首相補佐官直属の次長を兼務しているから、首相から見た序列は第三位で、省内で序列二位の厚労審議官と同列なのよ。ヒラのあんたが同等の口を利くなんて、ちゃんちゃらおかしくて笑っちゃうわ」

どうも本田審議官は、言葉遣いから察するに育ちはあまりよろしくないようだと彦根は思う。

そう思っているのを察知したように、本田審議官の舌鋒の矛先はいきなり彦根に向けられた。

「ところで、焼き鳥の隣にいる、銀縁眼鏡のスカした兄さんはどこのどいつなの？」

彦根はぷっと笑う。なるほど、火喰い鳥と焼き鳥は、どちらも火が関係するからお仲間なのか。

「コイツは僕の使い走り第三号だよ。不実な非常勤部下とでも言えばいいのかな」

「まさかメディア関係じゃないでしょうね」と本田審議官は声を低める。

「違う違う。正真正銘の医者だよ。フリーの病理医なんだ」

「病理医だとしたら臨床音痴ね。割れ鍋に綴《と》じ蓋か」

「そんなこと言ったら病理医に失礼だよ。一応彼らは臨床医のはしくれだからね。でもまあ、その意味では僕たち四人は割れ鍋綴じ蓋コンビの組み合わせかもしれないね」

黙り込んでしまった本田審議官を見て、白鳥は話題を変える。

「首相補佐官はお忙しそうだから本題に入ろう。聞きたいのは二点。第一点はチャーター機で武漢から帰国した人たちと、さっきニュース速報で流れたクルーズ船の検疫体制について。第二点は市中で発生したコロナ感染者に対する対応について。簡単にレクしてよ」

「冗談じゃないわ。それはこれから私たちが、首相にレクすることよ。なんであんたたちみたいな馬の骨に、首相と同じ対応をしなくちゃならないのよ」

「ふうん、この後のスケジュールって、首相レクだったんだ」

本田審議官は押し黙るが、思い直したらしく、「そうよ。悪い？」と居直った。

「悪かないけど、首相にレクするなら僕たちみたいな下々の声も聞いておいて損はないと思うけど。もし僕たちみたいな下々の者ですら思いつくようなことを万が一、審議官と首相補佐官ともあろう殿上人が見落としていたら、後々とんでもないことになってしまうかもね」

「わかったわよ。それならさっさと言いたいことを言えばいいじゃない」

「ち、人の話をちっとも聞いてないんだなあ。あんたたちは水も漏らさぬ鉄壁の検疫体制を考えていると言っただろ。それをレクしてよ。漏れや穴を見つけたら指摘してあげるから」

本田審議官がぐっと詰まる。むかつくけれども悪くない申し出だ。

「それじゃあ簡単に説明するわ。チャーター機の帰国者も、クルーズ船の乗船者も、基本は同じ。熱発者や重症者にＰＣＲ検査する。陽性患者は隔離し専門病院に搬送する。軽症者や無症候者は十四日間隔離し、症状が出なかった人は帰宅させる。これでいいでしょ」

「帰宅させる前にＰＣＲチェックはしないの？」

「必要ないわ。無駄だもの」

「帰国者やクルーズ船の乗客のゾーニングはどうするの？」

「ゾーニング？　何よ、それ？」

「知らないの？　国立感染症研究所にいた本田審議官は、検疫は超専門のはずなのに」

「あそこでは細菌の遺伝子配列のエラーについて研究していたから、現実的な検疫は専門外よ。でも感染症研究所の所長にご指導いただいたから、あんたよりは専門知識はあるわ」

「でも、ゾーニングを知らなければ、素人だよね」

「とにかくきちんと感染者と非感染者は区分けします。ゾーニングってそういうことでしょ」

「すごいね、本田審議官は独力でゾーニングがなんたるか、自得しちゃうんだから」

白鳥はぱちぱち拍手すると、本田審議官はかすかに照れ笑いをした。

「二番目は何だったっけ。ああ、市中感染が起こった場合ね。まずそれがあってはならない、という前提でシステムを組むわ。万が一、市中で感染疑い患者が発見された場合は保健所で検査対象かどうか判断し、必要に応じてＰＣＲ検査を実施すれば問題はないでしょ」

「帰国者はともかく、市中感染疑いも保健所中心で大丈夫なの？　パンクしない？」

「心配ないわ。その辺は私が考え抜いてあるから」

「でも検疫の超基本的な用語のゾーニングを当てずっぽうで言い当てているような門外漢が、いくら深く考えても意味がないんじゃない？」

がたり、と音を立て、本田審議官は立ち上がり、隣の泉谷首相補佐官の肩に手を置いた。

「補佐官。そろそろ行きましょう。首相のレクに遅れてしまいます」

「うん。そうするか」と泉谷首相補佐官も立ち上がる。それから白鳥をじろりと睨む。

「君のような無礼者が本田クンと一緒に働いているとは驚きだ。後で事務次官に報告しておく」

「へいへい、どうぞ、よしなに」と言って白鳥はへらりと笑った。そして付け加える。

「安保首相のレクは二度目でしょ。今度は怒らせないようにしなよ」

退出しようとした本田審議官が、ぴくりと身体を震わせ立ち止まる。

「何言ってるの？　どうして私が首相を怒らせなくちゃならないのよ」

「本田審議官は相手の神経を逆撫でする言い方をするからね。泉谷首相補佐官の部下になってからは物言いが更に高圧的になったと本省内で評判だよ。あんたが失敗するとみんな大喜びでその話が他の省庁まで回ってくるんだ。ウワサのチャーター機の対応で一月二十八日に首相に『機内検疫はやらない、帰国後は各自移動させる』という基本方針をレクしたら、側にいた今川補佐官に『的外れなことを言うな、もういい、君は下がれ』と一喝されたと聞いたけど」

本田審議官はぎょっとした顔で、泉谷首相補佐官に助けを求める視線を送った。

白鳥はそれ以上追及せず、代わりにメモ帳を取り出すと、さらさらと何かを書き付け、びりりと破って本田審議官に手渡した。

「本田審議官なら当然知ってるだろうけど、検疫を始める前に、その人に相談してみるといいよ。その先生は僕とは真逆の人格者だから、優しく相談に乗ってくれると思うよ」

彦根がのぞき込むと、「衛生感染学会」という学会名と、理事長の名が記されていた。本田審議官はその紙片を見つめていたが、忌々《いまいま》しそうに、その紙片をハンドバッグにしまい込んだ。

足音も荒く、ふたりが退出すると、彦根が白鳥に言った。

「あれでよかったんですか？　なにひとつ問題は解決していないと思うんですけど」

「その通り。彦根もわかったと思うけど、本田審議官は検疫はズブの素人だから衛生感染学会の理事長を紹介してあげたんだ。親切だろ？」

「でもあれじゃあ感染が拡大しかねません。手を打つつもりはないんですか」

「うん、ない。忠告したって聞く耳を持たないし」

「そんなの、やってみなくちゃわからないじゃないですか」

「なら、お前がやってみる？」と問い返され、彦根は黙り込む。頭の中にいくつものパターンが浮かんだ。そして「いえ、遠慮します」と言って、首を横に振った。

「ほら、自分ができないことを人に強要するなんて、不細工な行為だろ」

「ごもっともです。深く反省します」と言って、彦根は唇を噛《か》む。

白鳥はがらりと口調を変える。

「本田審議官の提言は安保首相に気に入られることだけを目指している。その目に国民は映っていない。それなら僕は自分のやれることをやるだけさ。でもやることは山ほどある」

そう言った白鳥に、彦根は深々と頭を下げる。

「な、なんだよ、いきなり。どうしたんだよ、気持ち悪いことするな」

「これは日本国民を助けるため、こんな僕に貴重な光景を見せてくれたことに対する、心の底からの感謝の気持ちです」

「お前って、時々僕にも読めないようなことを言うね。まあ大勢に影響はないんだろうけど、それって僕の知恵の限界を試されているようで、なんか不愉快なんだよね」

＊

首相官邸に向かう黒塗りの公用車の後部座席では、泉谷首相補佐官と本田審議官がぴたりと身体を寄り添わせ、指を絡めていた。公用車の中の短い時間は、二人にとって貴重だった。以前はところかまわず抱き合えたのに、最近は人目が気になり、スキンシップが全然取れていない。

「しかし無礼な男だったな」と泉谷首相補佐官は、まだ怒りの感情を引きずっていた。普段なら同調して盛り上がるのだが、白鳥の言葉が事実を言い当てていて、本田審議官は気に病んでいた。

特に、今川首相補佐官の忌々しい言葉が一言一句、正確に再現されていたことに驚いた。

本当に、あんなウワサが本省内を駆け巡っているのかしら。

不安を吹き消すように、本田審議官は泉谷首相補佐官に言う。

「アレは省内の鼻つまみ者ですから、気になさる必要はないと思います。取りあえず一月二十八日に厚労省内に『新型コロナウイルスに関連した感染症対策に関する厚生労働省対策推進本部』を設置し、その下に『特別対策室』を置きました。昨日までに各部署から二名、人員を割り当て、六階の小部屋を割り当てておきました。様子を見て人員を適宜拡充する予定です」

そんな本田審議官の弱気を見抜いて、慰めるように、泉谷首相補佐官が言う。

「ほんと、今川のヤツにも困ったもんだ。何かというと、私たちと張り合おうとするんだからな。私と酸ヶ湯官房長官なしで、安保首相は保つはずがないのに。今は首相の悲願、東京オリンピックが始まり、来月にはギリシャから聖火もやってくる。その前に襲来したこの厄介者をなんとかしなければならない。前回のレクは不興を買ったが、あれは今川の邪魔が入り、君が心の底から安保首相の願いを叶えるための検疫を考えている、という部分が十分に伝わらなかったせいだ。今日はリベンジで、そこに力点を置いて説明してさしあげなさい」

こくり、とうなずいた本田審議官は、この方の、こういう包容力のある度量の大きさを、私は尊敬しているんだわ、と思い、頼もしい男性の肩にもたれかかった。

だが楽しい時間はあっという間に終わり、車は首相官邸に吸い込まれていく。

車の扉を開けた時には二人は、これから命運のプレゼンを控えている企業戦士のように、引き締まった顔になっていた。

首相執務室に入ろうとすると、控え室で明菜と今川補佐官が楽しげに談笑していた。

泉谷補佐官の顔を見て、明菜は「あら、お仕事ね」と言ってそそくさと部屋を出て行った。

その後を今川補佐官が追いかけるようにして退室する。

今川補佐官は、明菜とは遠い姻戚関係で、幼い頃から顔見知りで信頼関係は深い。

本田審議官は、泉谷首相補佐官の下に配属され首相とは顔を合わせるようになったが、明菜とは話ができていない。首相夫人秘書官は経産省と外務省ががっちりガードを固め、他の省庁に食い込む隙を与えないのだ。

明菜と親しくなれないと安保首相に取り入れない。

本田審議官は焦りを感じていた。

だがコロナ禍は「新春砲」の炸裂で窮地に立った泉谷首相補佐官と、寵愛を失ったようにみえる酸ヶ湯官房長官グループにとって巻き返しのチャンスだった。

それは官邸経済官僚と厚労官房長官官僚という、ふたつのＫＫの対立でもあった。

二度目となる首相レクの機会を得た本田審議官は、今度こそ総理の心を鷲《わし》掴《づか》みにしてみせる、と決意を固めていた。そんな二人を見て安保首相は露骨にイヤそうな顔をした。

「なんだ、君か」という呟《つぶや》きに親しみの響きはない。

それから深々とため息をついた。

「なんか、コロナって嫌いなんだよね。さっさと済ませてくれないかなあ」

いきなり安保首相が言う。その弛緩しきった言葉に本田審議官は軽い衝撃を受ける。

だが泉谷首相補佐官は慣れているのか、平然と答える。

「もちろんです。そのため今日は感染症の造詣が深い専門家、本田審議官に新たな秘策を考えてもらいました。前回は彼女がどれほど安保首相のことを深く思い、ああした提言をしたかという部分が、今川補佐官の邪魔のせいで十分にお伝えしきれませんでした。今日はそこのところ、つまり東京五輪開催のため、いかにコロナを扱えばいいかという点に重心を置いて、説明してもらいます」

ちらりと本田を見た安保首相は、むくりと身体を起こした。

「ふうん、この前よりは興味が持てそうだ。それじゃあ、詳しく説明して」

本田審議官は会釈をすると、顔を上げる。

「五カ月後に控えた東京五輪において、今回のコロナ禍は最大の脅威に思われます。日本中にコロナが広がれば五輪開催は不可能になるかもしれません。これはそれを防ぐための献策です」

安保首相は膝の上に肘をついて、前のめりの姿勢になる。

「面白そうだね。早く教えて」

食いついたわね、と本田はほくそ笑む。

「それでは今から、日本にコロナが蔓延しないようにする方策の根幹をご説明します」

10章　ダイヤモンド・ダスト

二〇二〇年二月
横浜港・クルーズ船船内

二月三日

美貴ちゃんは自慢の孫だ。看護学校を卒業して地元の雪見市の病院に就職して一年。私の誕生日に豪華クルーズ船の旅をプレゼントしてくれた。去年亡くなったじいちゃんにプレゼントできなかったから、なんて泣かせるけど、いつも私と一緒のじいちゃんも喜んでいるはず。

でも、この年でクルーズ船で外国に行くなんて思わなかった。

この客船は乗客定員三千七百人、乗組員数約千人。十八階建てで客室は千三百室だということが船室のパンフレットに書いてあった。お客さんは五十六の国と地域から二千六百人が乗っていることが船内に配られたお知らせに書いてあった。

出発前日、美貴ちゃんはお休みを取って飛行機で上京してくれた。出発前日の一月十九日は私の誕生日で、横浜のホテルで誕生日のお祝いもして、翌日、出港の見送りをしてくれた。

五日後に香港に着いて、生まれて初めて外国の街を見た。毎日豪勢な食事が出たし派手なショーやカジノもあった。海上に出れば外国だから、日本で禁止されているカジノもできる。同室の晴美《はるみ》さんに誘われたけれど、怖いので断り続けている。

このノートを書き始めたのは突然、「上陸できなくなりました」と船内放送があったからだ。「横浜から香港まで五日間を、本船で過ごした乗客がコロナウイルス陽性と診断されました。本船は横浜に到着後、専門の職員が乗船し検査しに来ます」と言う。しかも晴海客船ターミナルから横浜埠頭に変わったから下船するまで時間が掛かるかもしれない。なので暇つぶしにクルーズの思い出話を書きとめようと思った。北海道に帰ったら美貴ちゃんに土産話をしようと思っていたけれど、この調子で遅れたらどんどん忘れてしまいそうだし。

でも、船内の様子は変わらない。食事はバイキングだし催しも盛りだくさんだしカジノは相変わらず、大勢の人で活気がある。というわけで、明日は横浜港に入港する予定だ。

＊

首相官邸内の、泉谷首相補佐官の部屋では、本田審議官が彼に寄り添っていた。

「まったくコロナはとんでもないな。中国からの春節の客が激減し、酸ヶ湯長官のインバウンド政策に陰りが見える。五輪に向け、外国人観光客の来日を盛り上げていこうという矢先なのに」

肩に置かれた手を撫でながら、今までのようにスキンシップが取れなくなってしまったことに、泉谷首相補佐官はいらついていた。心底「新春砲」が憎い。リークした裏切り者はわかっている。安保首相に一番食い込んでいる経産省の今川だ。官邸の二枚看板だの竜虎だのと並び称されてきたが最近はどうも分が悪い。酸ヶ湯長官が安保首相に疎まれているせいだ。

「心配いりませんわ、補佐官。幸い私の進言した方法で感染者数は低く抑えられますから」

「だが野党連中は言いたい放題で、中国からの入国は制限すべしだなんて無茶を言いそうだから、なんとかうまくやってくれ」

「釜田《かまた》厚生労働大臣は、理解が早いお方で助かってます」

本田審議官の腰に手を回しながら、泉谷首相補佐官はうなずく。

「確かに。今日国会で『現時点で人から人への感染は確認されていないが、横浜でしっかり検疫で対応します』と断言してくれたからな。外務省は湖北省への渡航を中止レベルに引き上げたが中国からの入国は制限しなかった。ここへきてオール官邸の一致団結感が戻ってきたようだ」

事実は間違いでこの時点で、中国もWHOもヒト＝ヒト感染を確認し公表していたのだが。

「チャーター機でゴタついたおかげで厚労省に『新型コロナウイルスに関連した感染症対策に関する厚生労働省対策推進本部』が設置されました。クルーズ船では一月三十一日、沖縄・那覇《なは》検疫所は熱発者十名以上の報告に対し、通常のサーモ検査に加え乗客乗員の問診もして、特に湖北省訪問の有無は確認を取ったようです。これなら野党に叩かれる心配もありません。対策推進本部の垂井《たるい》局長に連絡を取り、『経過観察し問題なければ自宅に帰ってもらい、発熱があれば改めて検査を行なう』と発表させます。なるべく速やかに検疫を済ませ、症状のない乗客を下船させればよいのです」と言った本田審議官の手を、泉谷首相補佐官は強く握った。

二月四日
夕べ、クルーズ船は入港したけど、沖に停泊したままだ。朝、「今日の下船は中止になりました」という放送があった。お祭りが一日延びたと喜ぶ人もいた。窓やデッキから横浜港が見えるので安心だ。その後「熱がある人は船内クリニックに来てください」という船内放送があった。

三十人が熱を測り鼻の穴に綿棒を突っ込むPCRという検査をされたそうだ。

相変わらず食事は朝昼晩とも豪勢なバイキング。船内ではお別れパーティも開かれた。

ウエイターさんやコックさんが座席の間を白いナプキンをくるくる回しながら楽しい音楽とともに練り歩き、お客さんも大喜びで手拍子をして盛り上がった。

私は同室で同い年の大山晴美《おおやま》さんと、いつものように一緒にお昼ご飯を食べた。割増料金を払えば一人部屋にできるけど誰かと同室だと淋しくないからいいや、と思い、そうしたのだ。

「長旅だったけど、ホタテちゃんともお別れね。船を下りても連絡を取りあおうね」と言われた。明るい晴美さんと同室で、引っ込み思案の私はずいぶん救われた。

晴美さんは人にあだ名をつけるのが趣味だ。私の名字は保阪だからあだ名はホタテ貝。

バカにされている気もするけど、酷いあだ名でもないので文句はない。孫の美貴ちゃんは小学校の頃『掘っ立て小屋』なんてあだ名をつけられ、べそをかいていた。母子家庭で貧しかったので、一層深く傷ついたのだろう。それと比べればホタテ貝なんて可愛らしいあだ名だ。

「最後にカジノに行ってみない？　ホタテちゃんはもう二度と行くことはないでしょ？」

「そうねえ。晴美さんがそこまで言うなら、一緒に行ってみてもいいかな」

「やった。絶対にいい記念になるわよ」と言われて、初めてルーレットをやったら三回目に一点賭《が》けが当たりコインをたくさんもらった。「ビギナーズラックってほんとにあるのね。クルーズで毎日ルーレットをやったけど、一点賭けを当てた人は初めて見たわ」と晴美さんは言った。

でも私はなんだか疲れてしまって「もう止める」と言うと晴美さんが換金してくれた。三万円ももらえてびっくりした。部屋に戻る前に売店に寄ったら雪ウサギのぬいぐるみを見つけたので、美貴ちゃんにお土産に買った。晴美さんは夜遅くになって部屋に帰ってきた。

「楽しかった。みんなで太鼓を叩いて踊りまくったの。ホタテちゃんも来ればよかったのに」

そおねえ、と答えたけど、やっぱり行かなくてよかったと思った。おやすみなさい、と言って晴美さんは隣のベッドに潜り込み、灯りを消した。二人で決めた部屋のルールでは、十二時には灯りを消すことになっている。今は零時二十分。最後の晩だから、このくらいは大目に見よう。

＊

その夜、厚生労働省に衝撃的な一報が入った。クルーズ船に乗り込んだ検疫官がＰＣＲ検査を実施したところ有症者三十一人中、十人が陽性だったという。三人に一人ときわめて高率だ。その結果は『新型コロナウイルスに関連した感染症対策に関する厚生労働省対策推進本部』の垂井局長から政務三役の釜田大臣、本橋《もとはし》副大臣、阿字《あじ》政務官に報告され、三役会議が始まった。各々の背後に担当官僚が張り付き、本田審議官も同席している。釜田大臣の決断は速かった。

「これは省内だけで対処できる状況ではない」と酸ヶ湯官房長官に電話を掛けた。酸ヶ湯は直ちに政府全体での対応を決定した。こうして深夜、臨時会議が招集されたのである。

会議が終わった足で垂井局長は『新型コロナウイルスに関連した感染症対策に関する厚生労働省対策推進本部』正式略称「シンコロタイホン」、後に更に縮めて「シンコロ」と呼ばれることになる本部に向かった。垂井局長の後に庄村《しようむら》事務局長代理が続き、後ろから本田審議官がついてくる。お邪魔虫だが首相補佐官のお気に入りという権勢を笠に着て審議官に収まったタマだ。

今や本省の上層部にもタメ口で言いたい放題。引っかき回されるのは避けなければ、と庄村事務局長代理は中間管理職の悲哀をたっぷり味わいながら早足で歩く。

「シンコロ」は六階小会議室に設置されていた。部屋には机が六つ置かれ「国会班」「広報班」「検証班」「症例班」「省内連絡班」「地方班」と書かれた紙に混じり「マスク班」という見慣れないものもあった。机に各々二人が所在なげに座っていた。つまり総勢十二名だ。

空気は淀《よど》んでいる。厚労省内部でも出世頭や野心家は今、五輪特別対策班に参加しているから、ここは落ちこぼれの吹きだまりだ。垂井局長は鼓舞するように声を張り上げる。

「今夜、酸ヶ湯官房長官が直々に招集する極秘緊急会議が開催される。ダイヤモンド・ダスト号で新型コロナウイルス感染者が発生しその対策だ。したがってわが対策班『シンコロタイホン』からは各部署から一名ずつ参加させる。希望者は挙手しろ」

十二名は互いに顔を見合わせる中で一人、勢いよく挙手した人物がいた。

「あ、なんであんたがこんなところにいるのよ」と本田審議官が声を上げた。

「なんでって上司に命令されたからに決まってるでしょ」

肩をすくめて答えたのは厚生労働省の火喰い鳥、白鳥圭輔だ。他の二人の上司も顔をしかめる。

「心配するな、コイツを指名するほど、我々はボンクラじゃない」と垂井局長が言う。

各部署から一人を指名する。どの部署も年上を指名したのにマスク班は新人の古村《こむら》を指名した。

垂井局長は神奈川県知事の赤岩《あかいわ》に電話をして事情を伝え連絡班に、横浜保健所に連絡して十人の患者の受け入れ先を見つけ搬送するよう依頼しろ、と命じて部屋を出て行った。

他の二人も従ったが、去り際に本田は振り返り、白鳥に向かってあかんべえをした。

小会議室に沈滞した空気が広がった。白鳥が、指名された新人、古村に言う。

「大変だねえ。ああいう会議はやたら長いだけでくたびれるんだよなあ」

「先輩が挙手したのになぜ僕なんですかね。僕、残業は嫌いだし会議も好きじゃないのに」

「それならいいことを教えてやるよ。僕の言う通りにしたら、九割は役立たずとみなされ対策室から外される。一割はすごく評価され出世できる。どっちにしても現状よりよくなるよ」

白鳥が、にっと笑って言うと、古村はこっくりうなずいた。

「どっちにしても今よりは状況が改善されるんですよね。それなら、教えてください」

白鳥は新人、古村の耳元でこそこそと悪魔のアイディアを囁き、へらりと笑う。

「な、簡単だろ？　まあ、この手が実際に使える局面になる可能性は、八割程度だけどね」

零時二十分。日付が変わった。

ホテルオーヤマ会議室に真夜中、政権の中枢の人々が集まった。ホテルオーヤマは安保首相御《ご》用達《ようたし》だ。「満開の桜を愛でる会」の前夜祭が「帝王の間」で開かれた。セキュリティは抜群で官邸からも近いので安保首相のお気に入りだ。ホテルの取締役は今川首相補佐官の叔父だ。

無理をお願いした分、見返りはしている。天皇陛下の即位式関連の祝宴は随意契約で会場に指名した。安保宰三後援会パーティをダンピングの低価格で提供しても十分にペイする。完全な不正な利益供与だが、検察が動かなければ罪にはならない。

緊急会議は酸ヶ湯官房長官が招集し、釜田厚労大臣、本橋厚労副大臣、赤崎《あかさき》国交相が揃った。その後ろに担当官僚が控えている。各々の大臣秘書官が並び背後に課長、課長補佐が行列し、何か聞かれたら、この順で問い合わせが行く。異例なほど多人数なのは厚労省関連だ。これは疾病関係なので当然だ。だが政務秘書官、副大臣秘書官、審議官を始め『シンコロタイホン』の垂井局長、庄村事務局長代理、各々の部下と合わせて総勢二十名弱。さながら背後霊状態だ。

会議室は密集状態だ。中でも人目を惹いたのは泉谷首相補佐官と本田審議官の密着ぶりだ。

官僚たちは二人から目をそらしながらも、ちらちらと横目で見ていた。

酸ヶ湯長官が矢継ぎ早に質問を繰り出す。濃厚接触者の検査体制は？　陽性患者の搬送は？　マスコミに何時に知らせる？　患者をどう陸に上げるのか？　みんな歩けるのか？

釜田大臣、本橋副大臣、阿字政務官の背後霊が質問を復唱しながら伝言ゲームのように後ろに回す。その様は親亀の上に子亀が乗り、その上に孫亀が乗って次はひ孫、というアレのようだ。

質問が親亀から子亀へ、そして孫亀へ伝えられ、答えられる亀が回答すると今度は逆に孫亀から子亀へ、そして親亀に回答が戻り、最後に親亀が親分に報告する。

そこに脇からしゃしゃり出てきたのが、泉谷首相補佐官に寄り添う本田審議官だ。

「船内の乗客は船室に留まってもらいます。一度に三千人は対応できませんから」

「それしかないだろうな。武漢チャーター機の時は民間のホテルが手を上げてくれたが、三千人となるとお手上げだろう。誰かいいアイディアはあるか?」と酸ヶ湯官房長官が問いかける。

すると厚労省・対策本部の背後霊集団の一番下座の若手官僚が「あの」と、おずおずと手を上げた。発言序列の儀式から外れた孫亀の所作に前列の親亀、子亀がぎょっとして振り返る。

酸ヶ湯官房長官は手にしたボールペンで孫亀の新人を指した。

「そこの若いの。何か思いついたなら言ってみろ」

「三千人を一度に収容できる施設があります。豊洲のオリンピック選手村です。あそこは今、まるまる空いているので政府の一存でやれますし、費用もロハで済みます」

一瞬、空気が凍った。次の瞬間、前にいた子亀、親亀が発言した孫亀にのしかかり、他の列の官僚たちも一斉に押さえ込んだ。官僚玉すだれの先頭の「シンコロタイホン」の垂井局長が汗をふきふき、「なにぶん対策本部は急ごしらえでして……」と謝罪する。

酸ヶ湯官房長官は、咳払いをすると、おもむろに繰り返す。

「乗客を下船させても三千人を収容する施設はなさそうだ。船室にいてもらうしかないな」

「『船内隔離』方針でよろしいですね。庄村事務局長代理、現場で指揮を執ってくれ」

「かしこまりました」と庄村が返事をすると、本田審議官が「私も行きまあす」と手を上げた。

決して感情を表に出さない鉄面皮の「シンコロタイホン」の垂井局長の顔がかすかに歪む。

気がつくと、不規則発言をした新人は、いつの間にか会議室から姿を消していた。

打ち合わせが終わると散会し、みな急ぎ足で会議室を退出した。

会議室に残った酸ヶ湯官房長官は、がらんとした会議室を見回し、深々と吐息をついた。

今や安保首相の関心はオリンピック一色だ。そして自分の身を守るためにお友だちの黒原検事長の定年延長を打ち出した。直前の金曜日、閣議決定し公表するという迅速さだ。だがその決定は官房長官の自分には事前に知らされていない。そもそも黒原を「お友だち」に加えようと提案したのは酸ヶ湯なのに、酷い仕打ちだ。

安保首相はこの件で酸ヶ湯を蚊帳の外に置いた。

酸ヶ湯の子飼いの泉谷への仕打ちといい、完全に自分は切られたと確信した。

理由はわかっている。酸ヶ湯が安保の後釜を狙っていると誤解しているのだ。

そんなことは望んでいなかった。酸ヶ湯は、ずっと官房長官でいたかった。

どうしてこんなことになったのだろう、と酸ヶ湯は暗い窓硝子の外に目を遣って呟いた。

二月五日

朝、船長さんの船内放送で目が覚めた。

「船長のアブドルです。残念なお知らせです。新型コロナウイルスの検査をしたお客様三十一名のうち十人の方が陽性でした。今後は部屋の外に出ないでください。食事はスタッフが各お部屋にお運びします。お客様の中で熱のある方はスタッフに申し出てください」

朝食に出かけようと化粧をしていた晴美さんは、ベッドの上にぱふ、と身を投げ出す。

「部屋から出ちゃダメだなんて、信じられない」

ノックの音にドアを開けると、浅黒い肌の小柄な青年が立っていた。

「あら、ファンちゃん、食事を運んできてくれたの。ありがとね」

晴美さんの声が裏返る。晴美さんのお気に入りのフィリピン人の船内スタッフだ。

ファンさんは食事のトレーをふたつ、部屋に運び込んだ。

「ねえ、ファンちゃん、ほんとに部屋を出ちゃダメなの？」

「うん、ダメね。センチョさんに怒られる。でもスタッフはみんな一緒のままだし、コックさんもマスク着けてないネ」と流暢《りゅうちょう》な日本語で答える。

「そうなんだ。ところで一番最初にコロナに罹ったお客さんって誰か知ってる？」

「ウン。香港で下りたチャンさんね」と答えて、ファンは部屋を出て行った。

晴美さんはしばらく動かなかったけど、振り返って「さ、ご飯食べよ」と明るい声で言った。

朝食を食べ終わると、言われた通り、トレーを部屋の外に出した。

「なんか、貧乏くさくて、変な感じ」と晴美さんがこぼす。

「そういえばホタテちゃんのお孫さんは看護師さんよね。コロナってどんな感じか、聞いた？」

「娘も看護師だから、よく怒られたわ。基本は手洗いとマスクね。でも急にどうしたの？」

「そりゃあコロナで下船が遅れたから、気にしても当然でしょ」

そう言って少し黙り込んだ晴美さんは、口調を変えて言う。

「チャンさんは八十歳のクセに元気で馴れ馴れしくて、社交ダンスを誘われて一度だけ踊った。すごく咳してたけどマスクはしてなかった。『問題ない、問題ない』と言って頰を寄せてきたから、ステップを間違えたフリして思い切り足を踏んづけてやったんだけどね」

そう言って晴美さんは力なく笑った。

「香港で下船した時、ランチをご馳走《ちそう》してくれて旅行が終わったら会いたい、と言うから連絡先を交換したの。お手伝いさんが十人もいる御殿みたいな家に住んでいるんだって。今回は春節でこのカジノ・シップで帰ろうと思いついたんだって。チャンさんはギャンブル好きなのよ」

興味がないと言いながら、やけに詳しい。香港で下船した時、午前中は一緒だったけどお昼は別にしましょ、ご飯はクルーズ船でいつも一緒に食べるんだもの、と放り出された。

ひょっとしたらチャンさんの家に招待されたのかもしれない。それはどうでもいいけど、気がかりなことをさりげなく言ってみた。

「チャンさんがコロナだったら、晴美さんも感染っているかもしれないわね」

「やだ、怖い冗談言わないで」

「とりあえず熱を測ってみたら？」と私はポーチから電子体温計を取り出した。

雪うさぎの形をしたそのポーチは美貴ちゃんのプレゼントだ。中にはいつもの血圧の薬に加え、風邪薬や熱さましの錠剤が入っていた。お医者さんや看護師さんが海外旅行に出かける時に用意する「お出かけセット」なのだそうだ。晴美さんは神妙な顔つきで腋の下に体温計を挟んだ。ピピッと電子音がすると、晴美さんは恐る恐る体温計を取り出し、じっと見つめた。

「熱はある？」と聞くと、晴美さんはためらってから、「三十七度七分」と答えた。

「ホタテちゃん、お願いだから見逃して。あたしたち、友だちでしょう？」と両手を合わせて私を拝んだ。そういう話ではないんだけどな、と思ったけど、私も晴美さんも七十代半ば、お迎えも遠くない。ま、いっか、と思ってうなずいて「わかった。見逃してあげよう」と言った。「ありがとう、友よ」と言って晴美さんは私に抱きつき、頬ずりをした。私は彼女をやんわり押しのけて、訊ねた。

「下船が延びたから、血圧と糖尿病のお薬、足りなくなるんじゃない？」

「大丈夫。先生から多めにもらったし、飲んだり飲まなかったりで半分以上余ってるの」と晴美さんは、ぺろっと舌を出す。お薬は飲んだり飲まなかったりしちゃダメ、と看護師の娘に叱られた私は。毎日きちんと飲んでいたので血圧の薬がなくなりそうだ。私と晴美さんは同じ薬だ。

「ホタテちゃんと同じお部屋でよかった。ウチの人と一緒だったら血圧は上がりっぱなしよ」

そう言って晴美さんは、ふふ、と笑った。

ノックの音がした。ドアを開けた晴美さんは、キャッと悲鳴を上げた。ドアの外に、白い宇宙服姿の人が二人立っていたからだ。

「驚かせて申し訳ありません。本船に乗艦した厚労省から派遣された検疫官です。いくつかの確認事項と検温をさせていただきます」

おどおどと私を見た晴美さんを、うなずいて安心させた。でも熱があったらどうしようもない。宇宙人さんは体温計で晴美さんの額を撃った。ピッと音がして、次にピピッと音がした。

「三十七度三分、微熱がありますね」と言われた晴美さんが「あたしは普段平熱が高いんです」と言うと係員さんは納得したようだった。私の体温は三十六度三分だった。

いくつか簡単な質問をされた。半年以内に中国へ行ったことがあるかと聞かれて晴美さんは「この船は十日くらい前に香港に寄ったから、みんな行ったことになるんじゃない？」と言った。

係員さんは「今回の旅行以外で中国本土に行ったことがあるかどうかです」と答えた。

「発熱や、体調不調などがありましたら、院内クリニックまでお知らせください」

そう言って立ち去る係員に「コロナって危ない病気なんですか？」と晴美さんが訊ねる。

係員さんは顔を見合わせて、しばらく黙っていた。けれども片方の人が明るい声で言う。

「実は私たちもよく知らないんです。私たちの仕事は、病気が広がらないようにすることで、病気を治すことではないので。日本では一、二例しか発症していないので大丈夫でしょう」

晴美さんは係員を押し出して扉を閉めると、振り返って微笑する。

「危機一髪。あたしって昔から運が強いのよね」

客室待機が始まった。部屋の前の通路には見張りがついた。でも建前上は船内にいる人が自室内にとどまるのは要請であって命令ではないらしい。

感染した人の数は増えたらしいけれど、その数は知らされなかった。

*

二月五日夜。

安保首相は、なかよし会のお食事会をしていた。最近は会食が批判されることも増えたが、宰三は突っぱねていた。ややこしくて面倒なことは酸ヶ湯や今川に任せておけばいい。

今夜のお相手は元ニュースキャスターで今は右翼界隈の女神と崇拝される梅田《うめだ》さと子《こ》だ。

宰三は人当たりがよく、下手に出て相手を持ち上げるのは得意技だ。国民的人気が高かった大泉内閣の番頭の官房長官として有能だったから後継者に指名されたのだ。

華々しく首相になった宰三は、だがすぐに行き詰まる。指示に従うのは得意だが指示すること、自分で決めるのは苦手だった。お坊ちゃま育ちで、困ると周りが処理してくれた。いつしか周りの人間は自分のために何かしてくれるのが当たり前だと思うようになった。だが尊敬した相手には尽くした。宰三の献身を受けた人物は二人いた。幼い頃は大宰相・岸辺龍三であり、政治家になってからは自分が仕えた、やはり大宰相の大泉進一郎《しんいちろう》だ。

宰三の本性はマッチョに仕える「メンタル・オネエ」だ。その劣等感を隠すため、彼は外交と国防に力を入れているように見せかけた。それが憲法改正に固執する理由でもあった。

第一次政権の時、指示者になった立場に耐えられなかった。おまけにゴッドマザーと呼ばれる母親は父の望みを叶えるよう厳しく接したため、宰三は体調を崩し、政権を放り出した。

再起のため愛妻・明菜が全てを肩代わりしてくれることになったのは以前見た通りだ。

これで重圧から解放されたので宰三は、これだけ長期にわたり政権を担えたのだ。だから宰三は何一つ、自分の責任と思わなかった。楽しく食事をしていると右翼の女神、梅田さと子女史が、やんわりとだが、いきなりこう切り出した。

「ところで安保さん、最近、お隣の韓国への攻撃が弱まっているように感じるのですが」

国粋主義の権化・梅田女史は煙たかった。毅然《きぜん》とした物言いが、母に似ていたからだ。

「は、はい、依然、続行中です」と宰三が答えると、梅田さと子は続けた。

「徴用工裁判の不当判決に対する首相の毅然とした対応に韓国は泣きべそを掻いていますよ」

「そうですかね」と答えた宰三の顔色は冴《さ》えない。「外交の安保」と言われるが、外国にじゃばじゃばカネを出すから受けがいいだけだ。安保政権の実質的な外交成果は韓国に対するヘイトだけだが、結果、韓国人観光客は激減し、観光地から怨嗟《えんさ》の声が上がった。

おまけに、最近お友だちになった国際法学者の教授からびっくりする話を聞いた。帝国経済新聞で韓国の反日デモを報じたニュース記事に掲載された写真のプラカードには「反日」ではなく「反安保」と書かれているのだという。

そんなことを宰三に教えてくれる人は、これでも誰もいなかった。

その上、徴用工裁判は国際法的には日本の方が間違えていると教わり、宰三は腰を抜かしそうになった。それが本当なら、宰三はわからんちんのヘイト野郎になってしまうではないか。

条約は一九六五年、韓国の軍事政権と日本の内閣の間で締結した。だが一九七九年に日本は、一九六六年に国連が採択した国際人権規約を批准した。規約には「公的資格で行動する者」つまり政府や企業、軍隊などに人権を侵害された者は救済されなければならないという規定がある。この規約に基づきドイツは徴用工賠償を実行し、米国やカナダも先住民に賠償を実行している。締結条約が「上書き」され、日韓協定が無効になるのは国際法上の常識で、仮に国際司法裁判所に提訴したら日本は確実に敗訴するんですな、と言い、その学者先生は、哀れむように続けた。

――総理は取り巻きの右翼連中に欺《だま》されとるんですな。その証拠に、もし首相が国際法廷に提訴し思い知らせてやろうと言ったら、連中はうやむやにしようとするでしょう。

確かにこの問題を相談しようとすると泉谷補佐官も今川補佐官も、そそくさと姿を消す。目の前で滔々と韓国のとんでもなさを熱弁する右翼の女神は、「徴用工は日本が募集し、あちらは自由意志で来た」説を、さっきから延々と繰り返している。

宰三は最近、それって本当かな、と疑念を抱くようになった。そもそも宰三は韓国は嫌いではなかった。前政権の女性大統領の金信恵《キムシネ》とは子どもの頃から「なかよし」で、お互い相手の国に行くと会って食事を一緒にする仲だった。彼女の父の金正洙《キムチョンス》は元大統領で軍事政権時代に日韓協定を結んだ相手だ。彼はＣＩＡとお友だちなので宰三は自然と仲良くなった。そのお友だちのキム・シネを逮捕したのが今の崔貞浩《チェジョンホ》大統領だ。だから宰三としては今の韓国政府と仲良くするなど、とんでもない話だった。

おまけに第一次政権を投げ出し、どん底にいた宰三に、変わらず優しく接してくれた人たちが、今の右翼の帝国会議の人たちで、その人たちも今の韓国の崔政権を攻撃するのは当然だと、宰三の背中を後押しした。こうして宰三は表向きは嫌韓主義者になった。

そんな宰三に本当のことを教えてくれた、変わり者の国際法学者は熱を込めて言った。

――そもそも日韓協定を締結した相手は軍事独裁政権で、市民の虐殺や弾圧をやり放題で、今の韓国政府は民主化運動で軍事独裁政権を倒して誕生した革命政権なんですな。不当条約として反故《ほご》にして当然で、国際法的にも実はそれは妥当なんですな。

――で、でも、前の政権でも約束を守るのは、人として当たり前じゃないですか。

宰三がふだんの自分の振る舞いを棚にあげて抗議すると、学者先生は首を左右に振った。

――それは国際的な常識ではないんですな。米国だってオバタリ前大統領が決めたキューバとの国交回復を、トランペット大統領があっさりひっくり返したんですな。政権交代で政府の立ち位置が変わったら、新政権と改めて関係を作り直さなければならないんですな。

――ええ？　それってめんどくさいですね。

「でもそれが外交というものなんですな、総理」

教授の最後の言葉が、宰三の耳にこびりついている。だがここまで来たら、今さら方針転換はできない。でも一度、きちんと話を聞きたいと思っているうちに今日になってしまった。

梅田さと子は、右翼の親父たちを魅了する微笑を浮かべて言う。

「韓国では最近、コロナ対策としてドライブスルーＰＣＲとかいう検査を始めたそうですけれど、ハンバーガーショップみたいですね、あの国は本当にいろいろ笑わせてくれますわね」

先日のレクで、厚生労働省の女性審議官もそんなことを言っていたな、と思い出した宰三は、その時に聞いたことを言った。

「小国の韓国は人口も経済規模も日本の二分の一だから、ＰＣＲの全数検査は可能なんです」

宰三は久々にきちんとしたデータを前提に話をしたが、全てを丸投げお任せ宰三も、さすがに今日は心配事がふたつもあって会食に集中できず、つい上の空になってしまう。

今日の国会は紛糾した。野党は相変わらずアラをつついてばかりでうんざりだ。憲法保持党《けんぽうほじ》の議員が「二百七十三名の検体を採取し、三十一名の検査結果が判明しているそうですが、全員の検査結果がわかるのはいつ頃か」なんてどうでもいい。そんなの検査係じゃない我々にわかるはずがない。船内隔離で個別に船内生活を二週間送るのは不可能ではと聞かれ「ご夫婦が多いので、そういう方は同室になっているだろう」と答えた。中身はないけど言葉を膨らませる答え方は得意で久しぶりに仕事をしたな、といい気持ちでいたら、黒原検事の定年延長問題になった。

そちらは今川に任せていた。お友だちの黒原さんには今の職に残ってもらわないと困る。優秀な人材を六十三歳になったからといって辞めさせるのは国家の損失だ。

だからちょっとくらい定年延長を認めてあげれば世の中はもっとよくなるはずだ。

「これまでいろいろ助けてくれたお礼に、黒ちゃんを検事総長にしてあげましょうよ」と明菜にも言われたので、なんとしてもやり遂げなければ。国会なんかより閣議で決める方がなにごともスムースでストレスがない。国会なんてなくなってしまえばいいのに、といつも思う。

そんなことを考えていた宰三は秘書官に、お帰りのお時間です、と告げられ我に返った。

ディナーを共にした右翼の女神と別れの挨拶をして、宰三は愛妻が待つ私邸に帰った。

二月六日

部屋に運ばれてきた朝食を食べながら、晴美さんが言う。

「私たちの船、日本中の注目らしいわ。ウチの人からメールがきたんだけど携帯で連絡を取った娘さんがワイドショーに出たんですって。番組では船内の様子を流しっぱなしなんですって」

「でもテレビカメラが入っているの、見たことないけど」

「違うのよ。クルーズ船のプロモーション・ビデオみたいなヤツらしいわ」

それって意味があるのかな、と思う。でもワイドショーで話題になっているなら美貴ちゃんも見ているかもしれない。心配しないといいのだけれど、と思った。晴美さんは続ける。

「お前はあんな贅沢な毎日を送っているのかとイヤミを言われちゃった。とんだ災難だわ」

晴美さんは、ぺろっと舌を出したので、私は言ってやった。

「イヤミくらい言われたっていいじゃない。そうやってお話しできるんだもの。夫を亡くした私にはおのろけに見えるけど」と言ったら、晴美さんは身を縮めて「ごめんなさい」と言った。

責めたつもりではなかったので、私は話を変えた。

「そういえば晴美さんの住んでるところ、まだ聞いていなかったわね。どこなの？」

「東海地方にある、桜宮というちっちゃな街よ。のんびりしていていいところよ。新幹線が走っているけど『のぞみ』は止まらないし、便利なところじゃないけど、砂浜は綺麗だし立派な水族館もあるわ。それで水族館には黄金地球儀っていう制作費一億円の地球儀もあるのよ」

「一億円ってすごいわねえ。さぞ大きい地球儀なんでしょうね」

「そんなでもなかったけど。あと駅前の商店街は『蓮っ葉通り』と言っていろいろ店とか居酒屋があって賑やかだったけど、最近は半分シャッター通りになってしまってる。駅の近くに通い付けの『三田村《みたむら》医院』があるから、便利は便利なんだけどさ」

「へえ、なんだかよさそうな街ね。船を下りたら遊びに行ってもいい？」

「もちろん。大歓迎よ。その代わり雪見にも遊びに行ったら、カニをご馳走してね」

ひとしきり盛り上がった後、お昼ご飯が運ばれてきた。部屋に籠もっていると時間が経つのが早い。さっき朝ご飯を食べたばかりなのに。そのせいか晴美さんは食欲がなくて、少しダルいわ、とベッドに潜り込んでしまった。活動的な晴美さんがお昼寝するなんて初めてだ。

私は持ち込んだクロスワードパズルを解き始めた。しばらくして「ただいま、本船は横浜港埠頭に接岸いたしました」という船内放送が流れた。でも下船できないのだから、感激はない。

隣のベッドでは晴美さんが、すうすうと寝息を立てていた。

＊

二月六日、船内隔離二日目。クルーズ船の船内では感染者が十名から二十名へ倍増し、政府の楽観論は崩壊していた。神奈川県の健康危機管理課の竹田《たけだ》課長は途方に暮れていた。厚労省からは無理難題が下りてくる。船が入港したら対応できるよう、部長は待機指示を出した。そこに電話が掛かってきて健康危機管理課は混乱した。夕方十名の患者を搬送せよ、という依頼も無茶だが、どういう患者でどんな症状か周辺情報が一切ない。医療施設が戸惑うのも当然だし、就業外時間で通常業務の妨害になりかねない。竹田課長がなんとか十名の患者を受け入れてもらった時は日付が変わっていた。そこに患者が更に十名いるという連絡が入り、もう無理だ、と観念した。だが患者は今後も確実に発生し続けるだろう。どうすればいいのか。

その時、頭に浮かんだのが知り合いのＤＭＡＴ責任者の顔だった。

ＤＭＡＴはDisaster Medical Acute Team の頭文字で、日本語で「災害派遣医療チーム」だ。

業務は災害現場における医療活動や病院の支援活動。日本ＤＭＡＴは全国組織で、厚労省が年十八回、研修会を主催しＤＭＡＴ資格を付与する。各都道府県のＤＭＡＴが連携を取りつつ活動する、二階建ての仕組みだ。基本単位は医師一名、看護師二名、サポート調整員一名の四名で、必要に応じ増員する。

竹田課長が旧知の神奈川ＤＭＡＴの代表に連絡を取ると、「感染症って災害かなあ」という戸惑いの声が返ってきた。だが背に腹を変えられない竹田は、死に物狂いでお願いした。

その懸命な気持ちが届いたのか、最後に神奈川ＤＭＡＴ代表は首を縦に振った。

「わかりました。我々の業務かどうかは不明ですが、困っている患者がいるなら出動します」

涙が出るほど嬉しかった。竹田はそれを県行政のトップの県知事に知らせた。医療行政に理解のある赤岩知事は、直ちに竹田の判断を了承し、自衛隊に災害派遣要請も出した。

自衛隊の統合幕僚長は陸上自衛隊出身で陸自の下に海自と空自を置いた。オーダーが出た時、陸自の東北方面衛生隊長は何をやるのか、知らされていなかった。とりあえず練習用の防護服で着脱の練習をして現場入りし、同行した大臣官房審議官と模索しつつ対応することになった。

一方、神奈川ＤＭＡＴは厚労省に設置された日本ＤＭＡＴに出動要請があったことを知らせ、日本ＤＭＡＴは神奈川ＤＭＡＴの判断を支持した。

こうした判断に厚労省は介入しなかったので素早い合理的な対応ができ、感染症患者の搬送はスムースになった。神奈川ＤＭＡＴと同時に乗船した自衛隊が全活動をサポートする棲み分けも決まり、厚労省の担当官は検疫作業に集中できた。

乗船したＤＭＡＴ隊員は、体調を崩した人の部屋へ行った。この時ＤＭＡＴ隊員は防護服を着ずに対応した。神奈川ＤＭＡＴは五階レストラン「セイレーン」に対策本部を設置した。

こうした一連の対応は大規模災害や大規模事故の被災地で実施したのと同じだ。だが、今回の相手は目に見えない感染症なので、勝手が違った。

ＤＭＡＴ隊員は戸惑いながらも医師として対応し、手探りで道を模索し続けた。

本部を設置すると、次々に各階から熱発患者の報告が上がってきた。ホワイトボードに熱発患者を書き込んでいくとたちまちボードは一杯になった。

その頃、船内対応の発表記者会見に登場した人物を見て、記者たちは驚いた。

それは公私混同不倫視察旅行と恫喝行政で巷の顰蹙を買っていた本田審議官だったからだ。

滔々と説明する本田審議官の姿を、報道する記者もテレビ中継画面を見ている市民も、呆然と眺めていた。

同じ不倫をしても、浮き草稼業の芸能人がワイドショーに袋だたきにされるのに、国民の禄《ろく》を食む、高い倫理性を求められる国家公務員や政治家が公然と活動を続けて容認されるという、倫理のダブルスタンダードが露呈した瞬間だった。

二月八日

昨日日記を書けなかったのは、晴美さんとお別れしたからだ。晴美さんは三十八度の熱が出ていた。発熱者は自己申告制で、晴美さんは、見逃してほしいと両手を合わせて頼んだ。

「ホタテちゃんが許してくれたら部屋にいられるの。あたしたち仲良しじゃない、お願いよ」

「でもこの病気はこれだけ大騒ぎになっているんだから、きちんと診てもらった方がいいわ」

「あたしなんか死んでもいいの。どうせ先は長くないんだから。それなら少しでも長く、楽しい時間を過ごしたいじゃない。ねえ、そう思わない？」

そうは思わないと思ったけど、黙っていた。二人の間に沈黙が流れた。

部屋は窓がなくて暗くて、窒息しそうだ。やがて晴美さんがむくりと起き上がる。

「ごめんね、わがまま言って。熱が出ていてもコロナかどうかわからないから、診てもらった方がいいわよね」と言って、部屋を出て行った。

一時間後。晴美さんが戻ってきた。

「どうだった？」と聞くと、晴美さんはにっこり笑った。

「ＰＣＲ検査で鼻の穴に綿棒を突っ込まれたわ。いい女が台無し。結果は明日わかるって。あと一晩かもしれないけれど、それまでよろしくね」

「まだわからないじゃない」と私は言った。

「そうね、でもあたしは船を下りた方がいいと思う。コロナだったら貴美子さんに悪いもの」

言われて気がついた。晴美さんがコロナだったら、もう感染ってるんじゃない？

急に怖くなった。コロナの人と一緒に、こんな狭い部屋で過ごしているなんて。

それから二人は黙って過ごした。気がつくと私たちは眠っていた。ノックの音で目覚めた。

ドアを開けると、白い宇宙服を着た検疫官が立っていた。

「大山さん、二時間後に救急車で病院に搬送しますので下船の支度をしてください」

「あたし、陽性だったんですか」

検疫官は、何を今さら聞いているんだ、というような顔で「そうです」と答えた。

扉が閉まると、晴美さんは泣き崩れた。

「ごめんね、ホタテちゃん。あたしがわがまま言ったばかりに」

「仕方ないわよ。そんなに怖い病気だったなんて、知らなかったんだから」

晴美さんは涙をぬぐい、立ち上がると、のろのろと支度を始めた。大きなスーツケース二つに荷物を詰め込んでいく。旅慣れていることがわかる。それから、薬を取り出した。

「ホタテちゃん、あたしと同じ薬だったわよね。あたしは入院するからあげる」

一瞬ためらったけれど、明日にも薬が切れるところだったのでありがたく頂戴した。

「何だか餞別《せんべつ》みたい。薬をあげるなんて変だけど」

そう言って晴美さんは笑った。

そういえば私はこの人の笑顔しか見なかったな、と思う。

二時間後、晴美さんは「さよなら、ホタテちゃん」と小さく手を振って部屋を出て行った。

扉が閉まると、部屋は暗く、がらんとした。


四〇六号室の大山晴美が下船した時、隣の四〇七号室では元医師アドルフ・ポッパーが、古巣の米国疾病対策センターCDCの同僚医師に電話を掛け一気にまくしたてた。

船内にグリーンゾーンがない、この船の隔離は実験場だ、私たちは巨大な培養器の中で新型コロナの増殖のベクターになりかねない。電話の声は悲痛で、切迫していた。

同僚は専門家だけあってポッパーの危惧《きぐ》を直《ただ》ちに理解した。クルーズ船内では感染症対策がされないまま「船内隔離」されていたのだ。

同僚はすぐさまCDCのファウル長官に連絡を取った。半日後、米国人乗客にはチャーター機を手配し、十四日の隔離を承諾すれば救出する、という国際電話で返事をもらった。

五日後の二月十七日、米国チャーター機二機が羽田《はねだ》空港を飛び立ち米空軍基地へ乗客を移送した。クルーズ船には約四百人の米国人が乗船していたが、ほぼ一割の四十人が感染していた。電話でSOSを告げチャーター機を要請したポッパー夫妻は残留した。氏の細君が陽性だったためだ。米国立感染症研究所のアンドレ・ファウル所長は、感染確認された米国人は日本に残留し治療を継続するように、と指示していた。船内での隔離期間に加え、新たに十四日の隔離措置を命じた理由を「船内での感染力は、ホットスポットにいるのと同等だからだ」と答えた。

それは船内での隔離措置が意味をなさなかったことを意味した。かくて厚労省独自の検疫、ならびに隔離処置はその名に値しない、ということが全世界に公表されてしまったのだった。

二月十日
昨日はダルくて、一日中寝ていた。体温を測ったら三十八度。頭が割れるように痛い。

クリニックに行くと、すぐPCR検査をされた。結果が出るのは数日後だ。

けれども検査結果を待たずに下船し、病院に搬送するという。

「私はコロナなんですか？」と訊ねると「そうかどうかわからないけれど、今の船内の状態では無理に診断をつける必要もなく、熱があったらコロナと見なそうという新基準に、今朝乗船してきたDMATのトップの人が切り替えたんです。『トリアージ』というんですよ」

私は納得したようなできないような、妙な気持ちになった。それなら最初からそうしてくれればよかったのに、と思った。

明日の午後、この船は蒸留水を作るために沖に出るそうだ。その前に下船できるのは、嬉しい。明日十一日の十時に下船することになった。

もうひとつ嬉しいニュースがあった。

船会社が旅行代金を全額払い戻ししてくれるという。

これから入院したりいろいろ物入りになるだろうから、とても助かる。

＊

二月十日夜。大臣室で釜田大臣、本橋副大臣、阿字政務官の政務三役による会議が行なわれていた。例によって彼らの背後には背後霊の黒子が並ぶ。本田審議官は「シンコロ」の司令官気取りで、真の現場指揮者の垂井局長と、直属の部下の庄村事務局長代理が横目でにらんでいる。

新たな感染者は三十名と増加の一途だ。日本DMAT隊長から検査結果を待たず発熱者は一括してコロナとみなす「コロナ・トリアージ」を採用すること、DMAT隊長の判断で衛生感染学会に派遣を要請したことなどの報告があった。会議室を重苦しい沈黙が覆う。

静寂を破ったのは場の空気も現場の状況も理解しない最強の審議官、本田だった。

「日本DMATの権田《ごんだ》隊長の暴走を一刻も早く止めないと船内秩序は崩壊しかねません。私が直接現地に出向いて、混乱を収拾してきますわ」

大臣、副大臣、政務官の三役は呆然とした。三役は素早く視線を交わし、本橋副大臣が言う。

「とにかく現状が見えないことが問題です。誰でもいいが我々政務三役レベルが行ってきちんと現場を見てこないと、船内の状況はわかりません」

真意は、このままだと本田審議官が単独侵入してしまう、という危惧だった。

「では本橋君が行ってくれるか」と以心伝心、阿吽《あうん》の呼吸で釜田大臣が言う。わかりました、と庄村局長代理も立ち上がった。「私も同行しまあす」と本田審議官が言った。場にいた全員が、一斉に顔をしかめた。

二月十一日早朝。横浜港に向かう公用車中で本橋副大臣は、庄村局長代理からレクを受けた。

「船は海水を蒸留し飲み水を作るため沖に出る必要があり、一度沖に出ると作業完了まで最低十時間は帰港できません。昼に出港するので、できればそれまでに陽性者は下船させてほしい、とのことです。本日の下船予定者の人数は四十一名と報告されています」

「ということは、まずは早急に船外待機所を作らなければならないだろうな」

「医学的見地からしても、本橋副大臣のお考えは妥当です。検体採取しても下ろせないし、薬も届けられません。なのに沖に出るなんて、船長は何を考えているのかしら」

上から目線で言う本田審議官を、うんざり顔で庄村と本橋は見る。沖に出る理由はさっき説明したではないか。この女は人の話を聞いているのかと本橋副大臣は苛ついた。

だが港に着くと苛立ちは吹っ飛んだ。客船ターミナルで活動している人たちの熱気が政治家・本橋の本能を刺激する。みな一生懸命だが動線に無駄が見える。出番だ、と気持ちが高鳴る。

「厚労副大臣の本橋です。クルーズ船は本日午後、蒸留水の精製のため離岸し沖に出ます。その間患者の搬送も検体の提出も薬の搬入も不可能になります。そこで薬送付と検体受け取り班、下船者の船外待機所を構築する班の二班にわけて活動してもらいます」

その言葉を受け庄村事務局長代理が手際よく人員の手分けを始める。

それを見届けた本橋は船外待機所でパイプ椅子を運ぶ。元総理大臣の子息という点では安保と同じだが、父親の遺伝子をきちんと受け継いだ彼は、そうした活動で汗をかくのが心地よい。

その頃、本田審議官は埠頭に佇んで、接岸中のダイヤモンド・ダスト号を見上げていた。

この豪華客船には一つ星レストラン「セザンヌ」のシェフが乗っていたはず。有名なクレーム・ブリュレを戴くチャンスだわ、と密かに舌なめずりをしていた。

船外待機所の構築に目鼻がつくと、本橋は勇躍乗船した。後から庄村事務局長代理と本田審議官が続き、七階本部へ直行した。そこではＤＭＡＴ総隊長の権田が待ち構えていた。

「権田隊長、ご苦労さま。早速だが現状を報告してもらいたい」

「問題は隔離の基本、ゾーニングができていないことで、独断ですが感染予防作業の専門家である衛生感染学会の指導医グループに入っていただき、ご指導を仰ぎ、是正している最中です」

防護服を着た二名のドクターが会釈する。控え目な感じがした。二人が自己紹介のため、口を開こうとしたその時、けたたましい声が響いた。

「何を勝手なことしてるの。検疫はわが省の本分、他に指導される謂《いわ》れはありません。副大臣、こんな暴挙を見過ごさないでください。厚労省のレベルが低い、と言われたようなものですから」

「ええと、独断で要請したのは申し訳なく思いますが、船内のゾーニングは危ういと専門家からはご指摘いただいております。このままだとＤＭＡＴのスタッフに危険が及びかねませんが」

「そんなことないわ。厚労省の検疫は完璧です。この方たちにはお引き取り願ってください」

「ま、待ってください、少しお時間をください」

「権田先生は日本ＤＭＡＴのトップだけど主管は厚労省だから、私の方が上位です。ゾーニングなんて知ってるわ。人から教わる必要なんてないんだから」と本田審議官は激して言う。

彼女の脳裏に忌々しい火喰い鳥の面影が浮かぶ。衛生感染学会の指導医のふたりは顔を見合わせ「上と相談します」と言って立ち去った。権田と周りのスタッフに、本田審議官は言った。

「さて、混乱は収拾したから、取りあえずお茶しません？」

本田審議官の視線は、バイキング会場のテーブルに並んだ、乗客用のデリバリー食に添えられた綺麗なデザートに向けられていた。

この日、WHOは、ウイルス学会が新型コロナウイルスの正式名称SARS-CoV-2による感染症を、COVID-19と命名したと公表した。コロナのCO、ウイルスのVI、疾病のDに加えて、末尾にWHOに報告された2019年という年号の下二桁19という命名法だ。WHOは以後、新ウイルスを同様のシステマティックな命名法で名付けることも同時に発表した。

ダイヤモンド・ダスト号は高らかに汽笛を鳴らして、外洋へのショート・ジャーニーへと出発した。

以後の本田審議官の暴虐ぶりをあげつらったら、それだけで長編小説になるので、ここでは割愛せざるを得ない。

オペラの一節を口ずさみながら、マスクもせずに船内を自由気ままに闊歩《かっぽ》する様は悪目立ちし、船内スタッフは、そんな彼女に蝶々夫人というあだ名を付けた。ブランド物に身を包み白衣も着用しないために、ついにガマンの限界を超えた権田DMAT隊長が「船内ではマスク着用が基本です」とか「食事スペース以外での飲食は控えていただけますか」とおそるおそる注意した。

するとその度に本田審議官はキレた。その傍若無人ぶりを本橋副大臣と庄村事務局長代理は苦々しく眺めていたが、本田審議官の背後には、現在は寵愛が衰えたとはいえ、安保政権の二枚看板のひとり、泉谷首相補佐官が控えていると思うと何も言えなくなってしまう。

だが本田審議官当人に、自覚はない。衛生感染学会の指導医ふたりが遠慮がちにゾーニングの是正を提案すると、本田審議官は頭ごなしに否定して、拒否してしまう。

そんな中、トラブルはクルーズ船の外部でも勃発していた。

二月十二日。ダイヤモンド・ダスト号が沖合から戻り、再び接岸した。

その日、国会は大炎上した。

舌鋒鋭い憲法保持党の辻利《つじり》議員が衆院予算委員会で質問中、安保首相を指し「鯛《たい》は頭から腐る」と糾弾した。腹に据えかねた安保首相は「意味のない質問だよ」と野次を飛ばし、それを聞きとがめた辻利議員が発言への謝罪を要求し紛糾した。首相が野次を飛ばすなど前代未聞の行儀の悪さだが、自分が攻撃されるとガマンできない幼児性が表出したのだと識者は分析した。後日、珍しく安保首相が「真摯《しんし》に」謝罪して混乱は収まったが、真摯な議論は無残に破壊された。

翌日、更に厚労省と官邸に衝撃が走った。船内検査に従事していた厚労省職員が新型コロナウイルスに感染し入院したのだ。ＰＣＲ検査に当たった検疫官だった。

釜田厚労大臣は「ＷＨＯのガイドラインに従い細心の注意を払っていたが、新型ウイルスの脅威を改めて思い知らされた」と発表した。検疫官の感染はあってはならないことで検疫体制の不備と見做《みな》される。つまり船内検疫がきちんと機能していなかった証拠だ。

乗客の元ＣＤＣの米国人医師が母国に救援要請し、米国がレスキューのためチャーター機を出したという事実は、厚労省の検疫に対する、紛《まご》う事なきグローバルな評価だった。

だが船内に巣くうゴーゴンはそんなことにはお構いなしに、外部から侵入した異分子、衛生感染学会の指導医を攻撃し続けた。本田審議官にとってそんな指導医など屁でもなかった。

理知的で偉ぶらず世間の尊敬を一身に集めていた、若きノーベル医学賞受賞者の山科所長に対してすら、見下した態度で対応できる人物なのだから。

二月十四日。船内隔離十日目。

衛生感染学会の指導医ふたりがおずおずとＤＭＡＴの権田隊長のところにやってきた。

「申し訳ありません。学会上層部の命令で本船を退去することになりました」

「なんですって」と権田隊長は絶句した。やがて絞り出すように言う。

「あなた方は、我々を見殺しにするんですか。みなさんは、専門家がいられないというところに、我々を残して帰るんですか」

権田隊長は罵りながらも、どこかで彼らを許していた。

我々を見殺しに、というフレーズは、この状況を短い間でも共有した同志への泣き言だった。

自分たちの提案が悉く却下された挙げ句、今後のミスは自分たちになすりつけられるかもしれない、というのでは堪《たま》らんよな、と権田隊長は思う。

そう、あのゴーゴンを抑えるのは自分の役目だった。この人たちを責めるのはお門違いだ。

「申し訳ありません」と言い、人の良さそうな二人の白衣姿の医師は深々と頭を下げた。

その一人が去り際に権田隊長にメモを渡した。

「助けが必要なら、その人に連絡してみてください。なんとかしてくれるかもしれません」

権田隊長はすがるような目で、そのメモをじっと眺めた。

この日、豪華クルーズ船ダイヤモンド・ダスト号の乗員乗客のＰＣＲ検査実施者は四百九十二名、陽性者は二百二十一名に達した。だが死者数はこの時点ではゼロだった。

11章　ナパーム弾投下

二〇二〇年二月
横浜港・クルーズ船ダイヤモンド・ダスト号船内

「白鳥さん、どうするんですか。クルーズ船内はもう、しっちゃかめっちゃかですよ」

先日、電話で「横浜に寄港したダイヤモンド・ダスト号の船内でコロナ感染者が発見された」という一報を受けて以来、彦根は白鳥が陣取る厚生労働省に日参していた。だが目の前で事態はみるみる悪化していく。白鳥の天敵、本田苗子審議官が指揮を執っていたからだ。一時、国立感染症研究所の研究協力員に出向していた本田は、自分は感染症の専門家だと自負していた。

非常事態では実力が露呈する。だが出向先の上司といい仲になり、公費で不倫デートと揶揄され総スカンを食らう中、注目の事態のど真ん中に居座るなんて、とんでもないタマだ。

そんな危機的状況なのに相変わらず合同庁舎のてっぺんのスカイレストランでのんびりクリームソーダをすすっている白鳥の危機感のなさに、彦根は驚くと同時に憤りを感じた。

そんな彦根の苛立ちを感じ取ったかのように、白鳥が言う。

「心配するなよ。僕はもう『シンコロコロリン』に潜り込んでるから、焦る必要はないんだ」

「何なんですか、その『シンコロコロコロ』って？」

「『シンコロコロコロ』じゃない、『シンコロコロリン』だよ。『新型コロナウイルス対策本部』の略号だよ」

いや、どちらも違う。本当は『シンコロタイホン』である。

「最初の『シンコロ』はわかりますが、後半の『コロリン』って何ですか？」

彦根に無邪気に問い返され白鳥はぐっと詰まる。だがすぐに胸を張った。

「この際、名前なんてどうでもいいだろ。とにかく僕は厚労省のホットスポットに首を突っ込み、手なずけた後輩から船内の状態の報告を逐一受けている。当初本田審議官が設定したゾーニングはメチャクチャでDMATのボスがこっそり古村に相談してきたのでアドバイザーを紹介した。実は最初に本田嬢に教えてあげた人なんだけど、アイツは僕の親切心を無下にしたんだ」

白鳥は、やれやれ、と肩をすくめた。

「もともとDMATはゴリゴリの救急医集団で感染症は門外漢だから、高度な感染対策をやれるワケがない。だから感染症予防の専門家の衛生感染学会を紹介したら、おかんむりで、学会医の指導を頭ごなしに拒否した。専門家の言うことを否定するなんてとんでもない女だよ。しかもアイツはもっととんでもないことをしでかしているという情報も入手したんだ」

そう言うと白鳥は、声を潜めて左右を見回す。

「辺り構わずバイキングのデザートを食べまくっているそうだ。豪華客船だから食事は超一流で、なんと『セザンヌ』のシェフがデザートを担当してる。立場を利用してそんな名品をカネも払わずに食べまくるなんて、国家公務員としてあるまじき行為だ」

白鳥は、かつてないほど、怒気を孕んだ声を上げた。この人が本気で怒るポイントってそこなのか、と彦根は呆れた。たぶん心底羨ましいのだろう。

「セザンヌ」ってそんなに有名店なのかと思ったが、そのことを聞くのは止めた。下手に突っ込んでそっち方面に行ったら怒濤のように喋《しゃべ》りまくるに違いなく、二度と問題点に戻ってこられなくなってしまいそうだったからだ。そこで彦根は話題を本筋に戻した。

「でもこのまま放置したら、検疫じゃなくて疫病培養になってしまいますよ」

「わかってる。でも顔を潰された衛生感染学会員は逃げ出し、もう二度と人員は派遣しないと宣言した、気持ちはわかる。酷い検疫体制を自分たちのせいと思われては学会の名折れだもの。おかげで船内のDMATの親分からもSOSが来た。なので明日、ナパーム弾を投下するよ」

「はあ？　まさか感染源を丸ごと焼き尽くすという原始的な感染対策を実施するんですか」

平和民主主義国家日本で、そんな軍事演習みたいな真似《まね》ができるはずがないと確信するが、非常識が服を着て歩いているようなロジカル・モンスターならやりかねない、なんて思っている時点で彦根もメンタル・バランスを崩されている。

「まさか。日本でナパーム弾を発射するにはものすごい承認が必要なんだぞ。ゴジラを爆撃するのでさえ七重チェックが要るんだ。ナパーム弾というのはもちろん喩えに決まっている。蝦夷《えぞ》大学から名村《なむら》先生を呼び寄せたから、もうじきここに来るよ」

「うげ、そっちのナパーム弾とはまた、過激なことを」と彦根は絶句する。

名村芒《ぼう》。蝦夷大学感染学教室の五十過ぎの現役教授だ。

著作も多い、感染学の第一人者。「感染症専門家は現代の探検家だ」と言って憚《はばか》らない。

エボラが出ればアフリカへ駆けつけ、SARSの時は中国へ飛ぶ。まさに口八丁手八丁だ。

だがそんな破天荒な行動力もさりながら、本当に恐るべきはその発信力だ。SNSや動画を駆使しツイッターのフォロワーは二十万人、発言は影響力が大きい。感染病学会界隈では歯に衣着せぬ発言で物議を醸すこと数知れず。だが決して世を煽りバズることを目的にしているのではない。インフルエンサーとしての顔が目立つので誤解されやすいが、名村教授のスタンスは単に学術的真実を元に世の現象を読み解き、できるだけ多くの人に知ってもらいたい、という学者の欲望に純粋に忠実なだけ。これは体制維持が金科玉条である官僚集団にとっては、厄介な超A級の危険人物だ。彦根にも、名村教授の投入が最も効果的、かつリスキーな一手だということは簡単に理解できた。会うのは初めてだが、彼のことはそこそこ知っていた。

だからそれを踏まえて、一般常識的なツッコミを入れてみた。

「厚生労働省が仕切現場にそんな劇薬を投入するのは、本田審議官がにらみを利かせている以上、不可能だと思うんですけど」

「おっしゃる通り。でも今回はＤＭＡＴからの要請だからね。魔女ゴーゴンの前にひとり取り残されたＤＭＡＴがあまりに不憫《ふびん》だから、二重三重に救いの手を準備しておいた。今回派遣された衛生感染学会の指導医に退去することになったらＤＭＡＴの親分に僕の連絡先を渡すよう、伝えておいた。そしたら昨日、救難信号が届いたから名村さんを船内に侵入させるよう手筈を整えた。でも手を引いた学会は今さら派遣できない。なので、僕がやるしかないワケさ」

「なるほど。でも白鳥さんは、名村さんを現場に放り込める当てがあるんですか？」

「本田審議官が自分の縄張りだと頑張っていたら無理だよ。何しろ彼女のバックには天下無敵の首相補佐官がいるからねえ。同じ厚生労働省の同僚だと更にハードルが高いってわけさ」

「それじゃあ、どういう手を考えているんですか？」という質問に、白鳥はへらりと笑う。

「将を射るにはまず馬を射よ。ゴーゴンが気にしない周辺から固めて行こうと思ってね。ま、そのうち彦根センセにも手伝ってもらうことになるから、それまで待っててよ」

その時、レストランに入ってきた人物が、まっすぐ奥の机のところにやってきた。

中肉中背、細身で彦根と似た体型の男性は、たぶん年齢も彦根と同じくらい。

目が細く眼光は鋭い。それが黒縁の細いゴーグル型の眼鏡の奥で光っている。

「白鳥氏、お久しぶりです。この度は散々コキ使ってくださって、感謝してます」

「諸々ご苦労さま。『シンコロコロリン』代表として、名村センセには期待してるよ」

名村は会釈しながら、彦根に視線を投げた。

「こちらはどなたですか？」

「こちらにあらせられまするは天下の素浪人、彦根新吾センセですぞ」

名村教授はきょとんとした顔になる。盛大にスベりやがったな、と彦根は思う。自分をネタにされたので、いたたまれない。白鳥はこほん、と咳払いをすると、続けた。

「この方は、いくつかのプロジェクトを一緒にやっている共同研究者みたいな感じかな」

「初めまして、フリーランスの病理医、彦根新吾です。白鳥技官にはいろいろな局面で、時々お世話になってます」と彦根はぺこり、と頭を下げた。

「コイツは『スカラムーシュ』と呼ばれているロクデナシなんだ」

白鳥の言葉にむっとした彦根だが、名村教授は気に掛ける様子もなく無邪気に訊ねる。

「スカラムーシュって、どういう意味ですか、彦根氏？」

「古いイタリア歌劇の登場人物で、からいばりする道化役者のことらしいです。ピエロなんですが、なぜか『大ボラ吹き』って呼ばれます。不本意なあだ名ですけど、主に僕のことを嫌う人が、使っているようです」

「なるほど。『大ボラ吹き』なら、今回は出番があるかもしれませんね」と名村教授はさらりと言ってのけた。これなら白鳥と悪夢のデュオが組めるかもしれない、と彦根は思う。

「コイツは人畜無害ってワケじゃないけど、この場にいても無害だから同席させてもいい？」

「構いませんよ。私には一切隠し事はありません。まあプライベートは別ですけど」

「じゃあ手短に行こう。名村先生がＤＭＡＴとしてクルーズ船内に入れるよう、手配したよ」

「ありがとうございます。でも私は救急医療のたしなみはありませんが」

「知ってる。これはデザスター（災害）でもヒューマニタリアン・デザスター（人災）だからね。救急医療のたしなみよりも、システマティックな防疫工学が必要なんだ」

「わかりました。ではもうひとつ。私、見たものはそのまんま発信しますけどいいですか？」

「もちろんさ。ていうか、むしろそうしてもらいたいんだよね」

「白鳥氏は変わり者だ、というウワサは耳にしていましたが、ほんとみたいですね。お眼鏡に適《かな》う働きをできるかどうかは別にして、この前の仕事と同様、今まさにやりたい仕事なので、全力で対応します。では急ぎますので失礼します」と言って名村教授はレストランを離れた。

　その足でまっしぐらに横浜港に向かったのだろう。

だが、ある程度想定できていたとはいえ、話はすんなりとはいかなかった。一時間後、名村教授から白鳥技官に連絡が入った。白鳥は未だに携帯を持っていないので名刺にはこのレストランの電話番号が書いてある。取り次ぎ役は、レストランのウエイトレスだ。

「どうなってるんですか、白鳥氏。ＤＭＡＴの権田氏から乗船を断られてしまいましたよ。誰とは言えないけど、私が乗船したら困る、と言われたんだそうです」

「ち、権田センセは救急の腕は一流だけど、政治力は皆無だからなあ。本田審議官が危険を察知したんだな。今どこ？　横浜埠頭ね。じゃあそこで待ってて。すぐ連絡が入ると思うから」

　白鳥技官は、受話器を置いてからまた取り上げて、別の電話をかけ始める。

「権田センセ？　困るなあ、助けてほしい、と言われたから助っ人を手配したのに。え？　僕が本田審議官を説得しろ？　そりゃ無理だよ。じゃあ感染症の専門家じゃなくＤＭＡＴのお手伝いにしてもらえば。副大臣の許可をもらえばいいよ。でも本当の目的は言っちゃダメだよ」

十分後、名村教授から電話があった。

「なんかDMATの下っ端としてなら入れるって言われたんですけど、いいんですか?」

「うん、それでいいんだよ」

「でもさっきも言いましたが、私は救急は爪の先ほどすら、できないんですけど」

「大丈夫。DMATのトップの権田センセは乗船後すぐに、クルーズ船用のトリアージを作ってしまうような、無駄の大嫌いなリアリストで、本田審議官とは合わないタイプなんだ。たぶん、入ってしまえば、ちゃんとしてくれると思うよ」

「たぶんって、そんな無責任な……」という名村教授の言葉をシャットアウトするように、白鳥は電話を切る。それから別の電話をかけ始めた。DMATのお偉いさんにコールバックしているようだ。会話を隣で聞いていた彦根は、正真正銘の大悪党め、と苦笑していた。


名村効果は劇的だった。まさにナパーム弾と呼ぶにふさわしい衝撃だった。

名村教授はクルーズ船の内部映像を映像サイトにアップしてしまったのだ。しかも日本語と英語の二バージョンで。その動画を彦根は厚労省のスカイレストランで、白鳥と一緒に鑑賞した。

動画サイトの見方がよくわからないから、一緒に見てほしい、と白鳥に頼まれたのだ。

飄々《ひょうひょう》と画面に登場した名村教授は、乗船の経緯から、簡潔に語った。

「乗船していた専門家からSOSがあったと、厚労省の某氏から連絡を受けました。衛生感染学会は決まりを作ったので、私だけ特別扱いはできないという。そしたら厚労省の人がDMATの一員ならOKというので埠頭に行ったら電話が掛かってきて『誰とはいえないが猛烈に反対している人がいる』と言われました。でも粘ったら『DMATの職員の下で、感染対策の専門家でなく、ＤＭＡＴの仕事をやるだけなら入れてやる』という奇妙な返事をもらったんです」

「うん、小心者の権田先生にしては上出来だ。名村先生も嘘《うそ》はついてないし、役者だねえ」

他人事のように言う白鳥を、彦根はあきれ顔で見る。画面の中の名村教授は続ける。

「で、船内に入ったらＤＭＡＴの人が『専門家でない人間に救急の仕事をされても困る。あなたはご専門の感染対策をしてください』と言われて何がなにやら。『え？　いいんですか？』ということで取りあえず船内の様子をチェックしてみたんです」

確かに嘘はついてない。でもここで実名を出したら阿鼻叫喚《あびきようかん》になるな、と彦根は思った。

「でもって中に入ったらビックリ、私は二十年以上、世界中のいろいろな場所に行きましたが、あんな酷い検疫現場は初めてでした。アフリカの僻地《へきち》のエボラだってあんな酷くない。エボラの現場は感染症対策がきちんとされています。感染症は怖いけど自分が罹る恐れはない。でもクルーズ船の中は怖かった。私はプロだから、自分が感染症に罹らない、あるいは他人を感染症に罹らせない方法は熟知しています。どんな風にシステム構築すればいいかもわかる。これはグローバル・スタンダードです。でもクルーズ船内は全然そうじゃなかった。これじゃあ感染が蔓延して当たり前、言い方を変えれば『コロナウイルス培養船』だとすら思えました」

「言うねえ、名村センセも。まさにナパーム弾、周囲を焼け野原にしちゃっているよ」

白鳥は楽しげだ。名村教授の語調がやや落ち着く。

「検疫の原則は単純で、ゾーニングして、レッドゾーンでは防護服をつけグリーンゾーンでは何もしないエリアにすること。でも係員を統括する責任者がそうしたゾーンを平気で跨《また》いでレッドゾーンからその足で、グリーンゾーンに行ってケーキを食べたりしてたんです」

「あ、『セザンヌ』のクレーム・ブリュレだな」と言った白鳥の髪が逆立った。

いや、逆立った気がした。

画面の中の名村教授には当然、白鳥の激怒は届かない。

「私は乗船したのは厚労省の検疫班が乗船して二週間くらい経った頃ですが、それまでそんな調子だったとしたら船内は無法地帯です。乗員の人たちもマスクをつけたりつけなかったり、自分の部屋から歩いて医務室にいくなんてザラ。彼らが配膳や客室からのコールに対応する。検疫官やＤＭＡＴの医師が陽性になったのもさもありなんです。でも医療従事者は感染から自分の身を完全に守り、患者さんや一般の人に対応しなくてはなりません。パンデミックになるような病原菌に対しそうしないのは根本的なルール違反です。衛生感染学会の人たちが、中に人を入れないと決めた理由もわかりました。推測するに彼らが最初に入った時、正しい進言をしたけど却下されたんでしょう。それなら二度と足を踏み入れないというのは専門家として正しい判断です。私が入った時は救急患者を外部病院に搬送している真っ盛りでしたが、一緒に歩いていた係員が『あ、患者さんとすれ違いましたね』なんて笑っている。全然笑い事じゃないんですが」

機関銃のような名村教授の言葉に、白鳥が微笑する。

「名村センセはいい仕事するねえ。衛生感染学会の人たちも、これで浮かばれるね」

「そんなことになったのは感染症のプロが常駐していないせいです。仕切っていたのは厚労省の偉い人だったので進言しましたが『なんであなたのような人がここにいるのよ』とヒステリーを起こされる始末。せめて夕方のカンファレンスで進言したいとＤＭＡＴのトップの人に言ったら、一旦はＯＫが出たんですが、夕方になって突然『あなたは出ていきなさい』という電話が掛かってきて『検疫の仕事に関わる許可は与えない』と言われたんです。検疫所につれていかれたら船に乗せる手はずを整えてくれた厚労省の中の人からは、『だからＤＭＡＴの仕事をしてなさいと言ったのに』と怒られました。でも『そのDMATの人に感染管理してくれと言われたんです』

と言うと、中の人は『とにかく名村にムカついた人がいる。誰とは言えないけどムカついた、と。だからもうセンセは出ていくしかないんだよ』と言われたんです」

そこで画面の中の名村教授は、うっすらと笑った。

「ほとんどほんとだけど、ひとつ嘘を言ってるね。僕は埠頭に行っていないからね」

「もちろん知ってますよ、白鳥技官」と彦根はうなずく。

名村教授から電話を受けた時、白鳥はにっと笑っていたし、電話の向こう側では名村教授も、にやりと笑っていたに違いない。画面の中の名村教授は話を続ける。

「そこで私は言ったんです。『今、私がここを去ったら、感染対策するプロが一人もいなくなりますよ』。すると『そうなったらそれはそれで仕方がない』と言われちゃってビックリです」

名村教授は心底驚いた、という口調で言った。これはたぶん本音だろう。

「これはとんでもない事態です。船内の医師は『自分が感染する』という恐ろしい状態に置かれている。しかもそれを防ぐ方法が世界標準で確立されているのに、船内に適用されていない。そのことを知らされないまま医療業務をしている。彼らは医療従事者ですから船を下りたら自分の病院で働く。そうしたら彼らから院内感染が広がり病院のクラスター化、医療崩壊になります。日本にはCDC（疾病対策センター）がないけど、この大変な事態ではちゃんとした感染症の専門家が入り、専門家が責任を持ってリーダーシップを取り、感染対策のルールを決めるのが当たり前なんです。でもクルーズ船の現場は全然違ってた。もう一度繰り返しますが、これはとんでもない事態なんです」

画面の中の名村教授は、ふう、と吐息をついた。つられて白鳥と彦根もため息をついた。

「新型コロナに関して中国の陰謀説も流れているけど、医療情報は日本よりオープンです。経済大国を目指す中国は、ＳＡＲＳの時に情報を隠蔽して国際社会から非難され、ビジネスが行き詰まった経験を反省して、姿勢を改めたんです。日本のダイヤモンド・ダスト号の内部で起こっていることは外に伝わらないからもっと酷い。ワイドショーでは船内の装飾やカジノやショーとか、どうでもいい情報はダダ流しするけど、検疫体制の不備は報じない。そもそも感染症の発生時には発熱のオンセットを記録し感染カーブを作成する、エピ・カーブという超基本的な統計手法があるんですけど、その基礎データすら船内では取られていない。これでは検査をしても感染状態はわからない。すると感染に気づかず対応もできない。日本の検疫の大失敗です」

名村教授の舌鋒は鋭く、その切れ味が鈍ることはない。

「でも間違いを指摘すると排除される。確かに『マズい対応がバレるとマズい』という気持ちはわかるけど、隠蔽したらもっと恥ずかしいことになる。ミスは悪くないけれど、ミスをごまかしたらマズい。感染症対策では何より情報公開が大切です。現場の医師や係員は、専門的なプロテクションを受けることもできたのに、危険に身をさらして働かされるのはシャビイなことで、つくづくお気の毒です。個人的にはお役に立てなかった無力感と、このまま放置されたらまずい、ということを市民のみなさんと共有したくて、この動画を上げました。あしからず」

動画が終わり、彦根と白鳥は顔を見合わせた。次の瞬間、ふたりともにやりと笑った。

完璧だった。それを後押しするように勝利は更に拡大した。

乗船した本橋厚労副大臣が名村教授の動画に反論し「ゾーニングできています」とツイッターに船内写真を上げた。ところがその写真が、ゾーニングができていない証拠になった。いい加減なゾーニングが「清潔」「不潔」という無神経な言葉でされていることにネット界は炎上、副大臣は不潔大臣と呼ばれてしまった。日を置かずしてダイヤモンド・ダスト号から米国人乗客三百名が退去した。米政府から船内にとどめるよう依頼があったが、急に方針転換されたのだという。

数日後、名村教授は告発動画を削除した。伝えたいことが伝わったから、というあっさりした理由が添えられていた後追いで、厚生労働省の子飼いの医師が、名村教授を非難した。

「あの人は二時間しか乗船せず、デッキ周辺しか見ていない」

その反論の骨子は正しかったが、二時間でデッキ周辺だけしか見なかったのが事実だとしても、そこのゾーニングができていなかったのも真実だった。そして防疫というものはどこか一ヵ所がダメなら、全てが破綻してしまうという仕組みなのだ。

しかも船に米国CDCのOBが乗船し、名村教授と同じ危機感を訴え本国に救援を要請し、立ち去った直後だった。それは船室のゾーニングもできていなかったという傍証である。すると、船全体でできていなかった、という仮説も無理なく成立してしまう。

厚生労働省は上書き消去しようと、後日、「ダイヤモンド・ダスト号の真実」という「検証」番組を地上波で垂れ流したが、名村教授の発言には、一切触れていなかった。

名村教授の告発動画を見終わった彦根は白鳥に訊ねた。

「これでクルーズ船問題が解決したとは、とても思えないんですが。船からは次々に重症患者が下船します。その先でも同じようなことが起こったら、パンデミックになってしまいます」

すると白鳥は小首を傾げて言った。

「彦根センセは、この僕が、その先を考えていないボンクラだと思っているの？　目立ちたがり屋の本田審議官は、下船した患者には毛ほどの興味もないから他に押しつけた。だから僕は、下船患者の搬送治療という、地味な丸投げ案件をこっそり引き受けることができたんだよ」

「え？　下船患者に対する対応は万全なんですか？　一体どこに患者を集約したんです？」

「実はこの僕が自由に使える現場はそれほど多くないんだけど今回はぴったりの場所があったんだよね。それはあっとビックリ、彦根センセの母校、東城大の付属病院さ」

彦根は呆然として白鳥を見た。白鳥はふふん、と得意げに鼻を鳴らす。

「ついでに感染症対策の本部長には田口センセを指名しておいた。『イケメン先生』のウェブ連載もあるから、食いつく媒体もあるかもね。その上で名村先生に桜宮のゾーニングのアドバイスを頼んで、既に完了してる。これで対策はバッチリさ」

「恐れ入りました。そこまでつなげた深謀遠慮は、僕にはできませんでした。それにしても、つくづく田口先生はお気の毒な人ですねえ」と彦根は言った。

するとと白鳥はにっと笑って言った。

「そうだね。ただしひとつ困ったことが出来てね。名村先生を桜宮に引っ張っちゃうと名村さんに頼んだ北海道プロジェクトが遅延しちゃうんだよ。でもまあ、実働部隊は喜国《きくに》さんだから、あまり問題にはならないんだけどさ」

かつて弱毒性インフルエンザ・キャメルが社会を揺るがす大騒動になった時、村雨や鎌形と共に、浪速独立運動に協力した浪速検疫所出張所検疫官・喜国忠義《ただよし》は現在、蝦夷大学感染学教室の非常勤講師となり、陰に陽に、名村教授をサポートしていた。

「まあ、派手な現場第一の学者と地道なデータマンという組み合わせはある意味、最強のバディだからな。とりあえず名村センセのお手並み拝見、というところかな」

「へえ、それってどんなプロジェクトなんですか？」

「それはまだ、ひ・み・つ」

人差し指を立てて、虚空を叩きながら、白鳥はスタッカートで言う。

彦根は思わずむっとしながら、言う。

「何を企んでいるかはわかりませんけど、つまり白鳥さんの指令を喜国さんに伝えればいいんですね。それなら僕が北海道に行きましょうか。喜国さんなら気心が知れてますし」

白鳥は腕組みをして考え込む。そして言う。

「それはいい考えかもしれないな。お前は北海道知事の益村さんには受けがいいし。これは医療の枠を越えて政治に関係するかもしれない話だから、首長との関係はものすごく大切になるし。そうか、そうなると小日向美湖東京都知事も籠絡《ろうらく》しておく必要があるかもしれないな」

「白鳥さん、言葉遣いを完全に間違えてます。東京都知事は籠絡するんじゃなくて、事前協議するんでしょ。で、僕は北海道で何をすればいいんですか？」

「うん、厚生労働省では近々、専門家の諮問委員会を設置する予定がある。その時に喜国さんに委員になってもらうつもりなんだ。役割はもう決めてあるからね」

白鳥はＰＣを起動しテキストをパラパラと打った。印刷すると封筒に入れ彦根に手渡す。

「これを喜国さんに渡して。その前に中身をよく読んで、上手く喜国さんに伝えてよ」

二月十五日、クルーズ船内は統計上外国と見做《みな》され、船内のＣＯＶＩＤ-19感染者二百十八名は国際統計上のルールで日本の感染者からは除外されるので、日本国内では三十八人だった。

中国で六万六千人、世界全体では六万七千人、中国以外の世界の感染者は千人だった。

12章　光冠の肖像

二〇二〇年二月
北海道・雪見市救命救急センター

蝦夷大学のキャンパスに着くと、彦根は一番奥にある二階建ての建物に向かった。

レトロな昔の結核病棟を改装して設置されたのが名村教授の砦《とりで》、感染症研究所だ。

裏手にある小さな池のほとりに人影が見えた。泳いでいるカモを眺めている、地味な中年男性に、彦根は歩みよる。

「お久しぶりです、喜国さん。インフルエンザ・キャメルの時以来ですから十一年ぶりですね」

男性は振り返ると一瞬、眩《まぶ》しそうな表情をした。彦根の言葉に喜国忠義は微笑する。

「トラブルシューターの彦根先生がお見えになったということは、国難襲来ですね」

「さすが、気配りの喜国さん。厚生労働省の問題児なら、僕をトラブルメーカーと言うでしょうね。やっていることは同じなんですけど」

「あの方は異次元モンスターですからねえ」と喜国はしみじみと言う。

「では早速、本題に入ります。白鳥さんからの伝言で、今後の展開を見据えて喜国先生に、データマンとしてコロナ感染爆発のシミュレーションを作成していただきたい、とのことです」

「それはもう取りかかってます。これまで累積したデータを解析していますが、いかんせん、症例の母数が少なすぎます。ですのでとりあえず、インフルエンザの症例で先行的に疑似解析しています。だが果たして厚労省が私のデータを受け入れてくれるでしょうか」

「そこは白鳥さんの爆発的な突破力に期待しましょう」

「まあ、期待はしてません。衛生感染学会がクルーズ船に入った時、本田審議官にクソミソに罵られて激怒していたそうですから。やっぱり変わらないんですよ、あそこは」

水辺にしゃがみ込んでいた喜国は立ち上がると、膝の埃《ほこり》を払った。

「ではとりあえず、部屋の方へどうぞ」


「喜国さんに珈琲を淹れてもらえるなんて、恐縮です」と彦根が言う。

「感染症研究所と名前は立派ですが名村先生と私、大学院生が一人、秘書さん一人の四人の小所帯ですので、珈琲くらい自分で淹れないと。昔は日本茶を片手に時代小説を読んでいましたが、北海道に来てからは、珈琲を飲みながら海外ミステリーです。変われば変わるものです」

「白鳥さんは、新型コロナが蔓延した場合の感染増加カーブを作成して、素人にもわかりやすく周知させる手法を開発してほしいそうです」

「理論疫学を専攻する私の研究課題ですのでインフルエンザでひな形を作っています。私からもお願いがあります。小規模施設でのインフルエンザ症例の患者データをいただきたいのです。性別や年齢、既往症の有無などの情報もほしい。地域密着で患者の移動が少ない中規模の病院、しかも医療活動は活発な病院が希望です。どこか紹介してもらえますか」

「蝦夷大学付属病院に頼めばいいじゃないですか」

「いや、私のような外様には敷居が高くて」と喜国は苦笑する。旧帝大でプライドが高い蝦夷大では、ささいな意地悪が横行しているのだろう、と彦根は推察する。しばらく考えて、言う。

「心当たりの病院に、連絡を取ってみます。フットワークのいい病院ですから、返事はすぐにもらえると思います」

「そんな対応が早い病院が、本当にあるのですか？」

「ええ、雪見市救命救急センターです」

「ああ、救命救急の将軍が君臨している、という病院ですね。僕は速水先生の後輩で、先日お会いした時、勉強会をやりたいと言っていたので、ついでに新型コロナのレクをしてあげてください」

「さすが速水先生のお名前は轟《とどろ》いているんですね」

お安い御用です、と喜国が言うので、善は急げとばかりに彦根は携帯を掛け始める。相手が出ると、なにごとか会話していたが、携帯を切ると喜国に言った。

「さすが将軍、判断が速い。今からでも可能だそうですが、行きますか？」

「もちろんです」と言って立ち上がる喜国に、彦根が言う。

「実は僕は今日、喜国さんのレクチャーを受けに来たんですけど、どうせならそこで同時に説明してくれれば効率がいいですし」

「わかりました。学生の講義用に作ったハンドアウトがあるので問題ありません」

喜国は鞄をとりだし、机に積まれている書類を詰め込み立ち上がる。

正面の駐車場に停めてある、喜国の赤い軽自動車に乗り込んだ。

「窮屈で申し訳ないですが、私は結構気に入っていまして。雪国だから軽でも四駆なんです」

「十分に広いですよ。それに僕は、車は走ればいい、と思っているので」

雪見市は札幌から車で一時間ほど掛かるが、道は空いているので、ストレスはない。

「今年の雪まつりは二百万人の人出でした。中国のコロナ騒動で昨年より七十万人減少しましたが、心配はしているんです。武漢のロックダウンは一月二十一日で中国の春節と重なりました。中国は広いですから、武漢周辺に感染が広がっていた可能性は大いにあります。そうなると雪まつりのような人出は感染爆発の母地になりかねないんです」

杞憂《きゆう》だとは言えない。約二十年前にSARSが流行した頃と比べて人の移動は活発になった。特にここ数年来、政府が推進した観光奨励政策によって、中国人観光客の数は激増している。

「感染疫学の専門家としてのご意見では、道庁はどのように対応すればいいですか」

ハンドルを握る喜国は、真っ直ぐ前を向いたまま、言った。

「現実的に不可能なんでしょうが、専門家としては雪まつりは中止、中国全土から訪日客の入国を全面禁止です。もちろんそんなこと、百パーセント不可能です。でもコロナの蔓延が明らかになれば、いずれそうなります。しかし、それでは遅すぎるのです」

「キャメルの二の舞を踏む、ということですね」

「そうです。厚労省の対応は水際阻止、患者追跡、クラスター監視です。それは間違っていません。でも感染経路不明の患者が出たら、蔓延防止策に切り替えないとダメなんです。厚生労働省はそのフェーズが苦手で、第一フェーズにこだわりつづける。すると市中で隠れコロナが増殖し、一気に感染爆発になるでしょう。私にはそんな暗黒の未来図しか想像できないんです」

彦根は瞬時に、喜国が描いた未来図を共有した。キャメル騒動から厚労省は何も学ばず、何ひとつ進歩していないのはチャーター機とクルーズ船への対応から明白だ。

「白鳥さんは、『シンコロ』専門家諮問会議に喜国さんを押し込むつもりだそうですよ」

「もしそれができたら、私は心底から白鳥さんを尊敬します」と喜国が言う。

車中に沈黙が流れた。彦根は携帯電話を取りだし、どこかに電話を掛け始めた。

「お久しぶりです。実は所用で、雪見市に行くんですが、よければお茶でもご一緒しませんか？

OKですか。ではメールでお知らせする喫茶店で二時に待ち合わせで。また電話します」

彦根は電話を切ると大きく伸びをする。遠目に雪見市救命救急センターが見えてきた。飛んできたヘリコプターが次第に大きくなり、センターのヘリポートに着陸したのが見えた。

駐車場タワーに車を止めエレベーターで降りようとすると、エレベーター内にストレッチャーに乗った患者と二名の作業服姿の医師と看護師が付き添っていた。

彦根と喜国が乗り込むのを躊躇《ためら》っていると、「乗ってください」と看護師が言う。確かにまだ余裕はある。怪我人は工事現場の作業服を着ているから、業務中の事故だろう。

ここでは救命救急現場が、日常に自然に溶け込んでいる、と彦根は思った。一階に到着するとストレッチャー部隊は、脇目も振らずに待機していた救急車に乗り込んで、走り去った。

「救急現場は修羅場ですね。私のような者が訪問したらお邪魔なのでは？」と喜国が言う。

「将軍は、そんなデリケートなお方ではないので、心配無用ですよ」と彦根は微笑する。

三階のセンター長室では男性四人と女性二人が待っていた。

「初めまして、センター長の速水です」と背の高い男性が挨拶すると、続いて他のメンバーが名乗る。白衣姿の男性は副センター長の伊達で、背広姿の二人は、痩せた中年の事務長は小田《おだ》、太った青年は医療情報部部長の槇村《まきむら》と名乗った。女性はＩＣＵ病棟の五條師長と、若い看護師は整形外科病棟の保阪と名乗った。挨拶が済むと、喜国が言った。

「ここ三年の冬期のインフルエンザのデータをいただきたいのです。氏名は必要ありませんが、属性と紐付けしたいのでナンバリングしていただきたい。必要な属性は性別、年齢、職業です。入院日や外来受診日と予後、つまり完治か死亡か、治療離脱かを載せてください」

「対応できるか、医療情報部長？」

「技術的にはできますが、院内データを外部提供するなら要請書をいただき、院内倫理審査委員会に諮《はか》り承認を得てから院内作業チームを構成し、作業に掛かります。ですので、データをお渡しできるのは、最速で二ヵ月後になるかと」

「二ヵ月なんて遅すぎます。それじゃあ何の役にも立ちません」と喜国が言う。

「でも昨年のインフルのデータ解析でしょう？　緊急性は乏しいと思いますが」

「病院の事務方はこう言っているが、どうする？」と速水は彦根に視線を投げる。

速水の倫理嫌いは有名だ。母校東城大では倫理審査委員会を叩き潰した、と風のウワサに聞いた。その速水が事務方の判断に反論せず、彦根にスルーパスしてくる。彦根はぴんときた。

ははあ、速水先生は僕に事務方を説得させるつもりだな。彦根は口を開く
「センターの方針は理解しました。患者情報の扱いが厳正で、速水先生は素晴らしいスタッフをお持ちです。下がきちんとしてこそ、上はわがまま一杯に振る舞えるわけですから」

彦根は意趣返しでちくりと速水をイジる。一瞬、速水はむっとした表情になるが、黙っている。

「このデータは緊急性が高く、重要です。でも今そのことに気づいている人はごく少数です。今話題のダイヤモンド・ダスト号と同じことが、今後北海道でも起こりうるのです。あのクルーズ船には三千人を超える乗員乗客がいました。たったひとりから一ヵ月も経たずに感染者は五百人を超え、まだ増えるかもしれません。視点を変えると、北海道は巨大なクルーズ船です。三千人の乗客感染を防げなかったこの国の防疫市中感染が防げると思いますか？」

「北海道だけではなく、日本全体があのクルーズ船と同じになるんだな」と速水が言う。

「そこで、蝦夷大学の感染症研究所の喜国准教授に、新型コロナ感染症の実態と、今回の研究の重要性を説明してもらいましょう」

喜国は立ち上がると、改めて一礼した。

「最初に新型コロナウイルスのレクチャーをします。臨床の最前線の方たちですから感染症の知識の素養は十分だと思いますので、重要なポイントに絞って説明させていただきます」

「その素養も怪しいもんだよな、将軍さまよ」と伊達が混ぜ返す。

喜国はそんなやりとりを気にする様子もなく、言う。

「ヒトに感染するコロナウイルスは風邪ウイルス四種と重症急性呼吸器症候群コロナウイルス〈SARS-CoV〉、中東呼吸器症候群コロナウイルス〈MERS-CoV〉の六種が知られていました。今回の新型コロナウイルス〈SARS-CoV-2〉の病原性はMERSやSARSより高く、昨年十二月末、中国の武漢の海鮮市場の勤務者が罹患し、あっという間に武漢中に広がりました。ですので、中国政府は素早く武漢をロックダウンしたのです」

「いわゆる『武漢ウイルス』だな」と伊達が言う。

「そうは呼びません。二〇〇九年に流行したH1N1亜型ウイルスは豚インフルエンザと呼ばれました。結局ヒト＝ヒト感染でしたが命名のせいでメキシコ政府は当時飼育していた豚を全て殺処分せざるを得ませんでした。二〇一二年にMERSが流行しましたが、その時は発生地に因み中東呼吸器症候群と名付けられました。でもそのせいで中東に悪い風評が立ちました」

「なるほど」と伊達がうなずく。喜国は続ける。

「以後WHOは病原菌の命名についてガイドラインを策定し、ウイルスの名に含んではいけない要素を公表しています。①地理的な位置、②人名、③動物や食品名、④特定の文化や産業、という四項目です。『武漢ウイルス』という呼称はWHOのガイドライン違反なんです」

「だが、その方がわかりやすいし、最近ニュースでも時々耳にするが」と速水が言う。

「中国と貿易戦争中のトランペット米大統領が、嫌がらせでそう呼びます。『武漢ウイルス』と呼ぶのは、米帝の手先かネトウヨか、無知蒙昧《もうまい》な輩ですので、ご注意ください」

「恥をかかずに済んだな、将軍ちゃんよ」と伊達が、くく、っと笑う。

「お前だってそう呼んでいたくせに」

「俺は国粋主義者だからいいんだよ」という伊達の言葉を聞きとがめ、彦根が言う。

「本当の国粋主義者なら、余計そう言っちゃダメです。真の国粋主義者はかつての三島由紀夫《みしまゆきお》のように自《おの》ずと反米になります。今、武漢ウイルスと呼ぶとネトウヨみたいにミッキー・トランペット大統領に追随することになる。真の右翼なら帝国主義の米国に尻尾を振っては恥です」

「お前の後輩は理屈っぽいな」と伊達は鼻白んだ顔で速水に言う。

喜国はそんなやりとりは気にもとめずに言う。

「ウイルス命名には時間が掛かります。ウイルス学会がウイルスに２０１９－ｎＣｏＶと名付け、その後ＷＨＯがウイルス感染症をＣＯＶＩＤ-19と名付けました。湖北省の致死率は２％超ですが、それ以外の地域はもう少し低いようです。飛沫及び接触でヒト＝ヒト感染を起こしますが、空気感染は否定的です。ひとりの感染者から二、三人に感染させると言われています」

するとと小田《おだ》事務長が口を開いた。

「私の叔父は旅行会社の重役で、中国の感染状況について聞いていました。一月中旬、武漢が封鎖され中国全土への入国を制限されましたが、中国全土からの入国は制限されず、厚労大臣も『現時点では人から人への感染は確認されていない』と発表したのでほっとしていたんですが」

「その大臣発言は完全な間違いです。一月中旬には中国とＷＨＯから新型コロナウイルスはヒト＝ヒト感染すると公表していますから」と喜国准教授はばっさりと切り捨てた。

「新型コロナウイルスはコウモリが宿主と言われ、ＲＮＡ塩基配列はＡ・Ｂ・Ｃの三種類の変異が認められています。中国のコウモリに近いＡは中国や日本で見つかり米国や豪州の患者に多く、Ａから変異したＢが武漢中心に広がり、近隣諸国で爆発的に増えました。Ｂから変異したＣは伊、仏、英国など欧州で多かった。二〇一九年十二月から翌年三月までに患者から採取され国際データベースに登録されたものでは、源流のＡでもすでに大きく変異しています」

「ＲＮＡウイルスは変異が激しいからな。特徴的な臨床学的な所見は？」と速水が訊ねる。

「症状は発熱、頭痛、乾性咳嗽《がいそう》、筋肉痛が主で、時に食欲低下、疲労感があります。味覚・嗅覚障害が高率に認められ、かなり高度で味や匂いがまったく感じられなくなるくらいだそうです。これは嗅上皮の支持細胞に『ＡＣＥ２』が発現しているためと考えられます。腎臓にも多く発現しているため、腎不全も起こります。肥満は高リスクで、英国ではＩＣＵの重症患者の四人中三人が男性で、人工呼吸器をつけた五十歳以下の患者の九割が肥満だそうです」

　みんなの視線が、一斉に医療情報部の槇村に集中した。太った槇村はうつむく。

「子どもや若者は罹りにくいっていうウワサですが、どうなんですか？」と五條師長が訊ねる。

「罹りにくく、罹っても軽症ですが、持病があると死亡率は高くなります。最初は風邪やインフルエンザと区別がつかず七日目に改善します。重症化する患者は七日目から十日目に突如症状が悪化します。呼吸苦がなくても両側性ウイルス肺炎を呈し低酸素症状で、重症例はＩＬ－６が上昇するサイトカイン・ストーム状態でＡＲＤＳ（急性呼吸窮迫症候群）から多臓器不全が出現します。こうなると回復は不可能です。八割の患者は軽症ですが15％が重篤になり５％が死に至ります。増悪因子は男性、高齢者、糖尿病、高血圧、心疾患などです。それは先ほど申し上げた、『ＡＣＥ２』や『ＦＵＲＩＮ（フーリン）』という細胞膜受容体が分布する組織が母地です」

「つまり不倫をする男が一番危険ということだな」と伊達が混ぜ返し、他のメンバーの非難の視線、特に五條師長にとげとげしい目で睨まれて、身を縮めた。

「軽症者が八割ですが、重症化した15％の患者の致死率は5％なので、病原性は高いと考えられ、そこがキャメルと違います。一番の違いはコロナには治療薬がないことです。その他の臓器症状は心筋炎、心外膜炎、心不全など循環器症状と腎不全が出ます。早期に人工呼吸器が必要になり、データ的にＣＲＰとフェリチンが上昇します。両側性肺炎、正常白血球、リンパ球減少、フェリチン高値ならコロナだと言っていいようです」

「チャーター機とクルーズ船を押さえれば、国内感染はないと考えていいのかな」

「感染症防衛には二つのフェーズがあります。第一フェーズは外部からの侵入を防ぐことで、チャーター機やクルーズ船の対応がこれに当たります。でもその処理は公衆衛生学的にメチャクチャでした。帰国者は十四日間隔離するのが国際的な常識なのに、指示に逆らい帰宅した人が二名いました。これを許した係員の責任は重いです。更にクルーズ船内ではゾーニングできていなかったと名村教授が告発しました。これは厚労官僚が検疫の基礎を理解していなかったせいです。ちなみに武漢からチャーター機が到着した前日に、近畿で武漢からの団体客を乗せた観光バス運転手とガイドの感染が確認されています。そもそも日本政府は中国人の入国制限をしませんでした。これでは穴の空いたバケツに水を入れるようなもので、いくらチャーター機やクルーズ船の検疫を厳密にやっても、意味がありません。しかもクルーズ船では大勢を船内にとどめたことで却って培養船のようにしてしまいました。今は既に、海外からの不特定多数の感染者が入っている第二フェーズなので、クラスター追跡方式と併用して、新たな戦略を加えるべきです」

「どのくらいの割合の人が、重症化するんですか？」

そう訊ねたのはでっぷりと太った医療情報部の槇村だ。肥満者は致死的になるリスクが高いと聞いてから、急に熱心になったように見えるのは彦根の気のせいだろうか。喜国は続ける。

「武漢で二〇一九年十二月下旬からの一ヵ月間に確定診断されICU治療した『重篤な肺炎患者』七百十名中7%、五十二名の調査データが報告されています。『重篤患者』の定義は機械的換気が必要な患者、吸入気酸素濃度60%以上が必要だった患者です。平均年齢六十歳で、67%が男性です。全員の両肺野に浸潤影があります。病態の根本は間質性肺炎で、他症状は発熱が98%、咳嗽80%、呼吸困難60%、疲労感が35%出現します。一割は二〜八日後まで発熱せず、六割が鼻カニューレ酸素療法、七割は人工呼吸器を使用、一割が体外式膜型人工肺、所謂《いわゆる》ECMOを受けた患者の六割が死亡しました」

話を聞いているスタッフは静まり返った。すると五條が手を上げた。

「PCR検査ってよくわかりません。教えていただけないでしょうか」

「もちろんです。学生の講義用プリントをお配りしますので参照してください」

資料はA4用紙二枚。一枚目にウイルスの概略、二枚目に今回の新型コロナウイルスとその感染に対する概略が記載されていた。PCRについては一枚目の終わりに記載されていた。

＝＝＝＝＝＝＝＝＝＝＝＝＝＝

ウイルス関連の検査法。
①PCR　②抗原検査　③抗体検査
①PCR　PCR法はポリメラーゼ・チェイン・リアクション法の頭文字を取ったもので、一九八三年に米国の生化学者、キャリー・マリスが発明した。この功績で彼は一九九三年にノーベル化学賞を受賞している。ウイルスに特徴的な配列を見つけ出し、プライマーと呼ばれる短い塩

基を二対作成し、これを検体と混ぜる。温度によってこの塩基対は検体内のＲＮＡと結合し自動的に両側からＲＮＡ合成が始まる。これが中央で融合し、短い塩基の断片ができ、温度を上げると離れる。再び温度を下げるとまた別のプライマーが結合し、新たに短い断片が合成される。これを自動的に繰り返すと、ある大きさのＲＮＡ断片が増加し、その量を検出する。

＝＝＝＝＝＝＝＝＝＝＝＝＝＝

「わかりますか？」と喜国が訊ねると、五條は半分首をひねりながら答える。

「難しいですけど、後で看護学校時代の教科書を引っ張り出して勉強します」

「二枚目の『ウイルス感染の機序』ですが、このウイルスの細胞内侵入は、表面の抗原タンパクの『ＡＣＥ２』受容体に結合し、細胞膜タンパク分解酵素『ＦＵＲＩＮ（フーリン）』等が細胞内への侵入を助けます。細胞内に注入されたウイルスＲＮＡを細胞が大量に再生産します。すると血圧調節受容体である『ＡＣＥ２』が役割を果たせなくなるので高血圧の人は重症化します。この受容体は他に肺、心臓、小腸、腎臓、精巣、肝臓の上皮細胞にも発現するのでそれらの組織で症状が出やすく、喫煙で受容体が増えるので喫煙者が重症者になりやすいのです。男性ホルモン受容体も標的なので男性の方が悪化しやすいのです。『ＦＵＲＩＮ（フーリン）』は肺胞や気管支上皮細胞に発現しているので、呼吸器症状が前面に出るのだと考えられます」

「なるほど、これが新型コロナウイルスの最新の知見なんですね」と彦根が言う。

「そうですが、私が言うことを鵜呑みにしてほしくないんです。私は理論疫学の専門家で、臨床医ではありません。なので専門分野以外では、とんちんかんなことも言いますので。それとこのウイルスの病状や病態は確定していません。もともとＲＮＡウイルスは変異が激しくて、確定的なことはなかなか言えないんです」

「プリントには治療法が記載されていないようだが」と速水が言う。

「治療法はなくワクチンも特効薬も未開発です。それがコロナの恐ろしいところで、インフルエンザとの違いです。基本は対症療法です。肺症状が悪化すると回復は困難で高濃度酸素吸入、人工呼吸器の導入は必然です。最終的にＥＣＭＯを投入せざるをえないようです」

「ところでＥＣＭＯって何だ？」と速水が訊ねると伊達が得意げに言う。

「知らんのか。体外式膜型人工肺による酸素化だ。人工肺で酸素と二酸化炭素のガス交換を行ない、酸素化した血液を患者の体内に戻す、という治療法だ。ＥＣＭＯは二種類あり、呼吸補助のため静脈脱血＝静脈送血の『Ｖ－Ｖ　ＥＣＭＯ』と、呼吸と心臓補助のため静脈脱血＝動脈送血の『Ｖ－Ａ　ＥＣＭＯ』の二種類ある。心臓血管外科の領域では緊急時の備えで必須なんだ」

「そんなもの、どこにあるんだ？」

「日本では千三百台くらいあるが、救急現場で使われるＶ－Ｖは四百台くらいかな」

急に饒舌になった伊達に「最新技術オタクめ」と速水は吐き捨てる。

「ドクターヘリで満足して、ドクタージェットにまったく興味がないお前は化石野郎だ」

「なんでも最先端がいいってワケじゃないだろう。ドクタージェットに興味がないのは、全然使えないからだ。それにＥＣＭＯだって北海道にあるのかよ」

「蝦夷大救命に二台ある。ドクタージェットも使われていないだけで整備はされてるんだぞ」

「お二人とも止めてください。喜国先生が困っていらっしゃいます」

五條看護師に言われ、二人とも黙り込む。彦根が口を開く。

「重篤化の理由に、サイトカイン・ストームがあるとすると仮にワクチンができたら免疫を誘導するわけですから、却って悪化させることになるかもしれない可能性はありますね」

「つまりワクチンは特効薬にならないかもしれないのか」

　速水の問いに、喜国は首を振る。

「現時点では他のＲＮＡウイルス特効薬の転用は検討され、治療効果がありそうな薬剤もいくつかあります。日本で開発された核酸アナログでＲＮＡポリメラーゼ阻害剤の『アビガン』という新型インフルエンザ用の薬剤もそのひとつで、発症初期では効果がありそうだという中国の論文もありますが、厚労省所管の外郭団体の国際薬事審議会（ＩＭＤＡ）は承認を渋っています。治療効果があるという報道もありますが、自然治癒期と重なっただけという見方もでき、慎重かつ冷静な臨床研究による検討が必要です。重要なのは感染予防を徹底することで、基本は濃厚接触者を出さないように、コロナのコロニーを孤立させ、封じ込めることです」

「濃厚接触者ってどういう人ですか？」となぜか五條は顔を赤らめながら訊ねる。

「濃厚接触者の定義は今のところ『発症日以降に接触した人と二メートル以内を目安に会話などをしていた人』とされています。ただしＷＨＯが定義を近々変更するかもしれないのでＷＨＯのニュースレターは常にチェックし、最新にアップデートするようにしないといけません」

　釜田厚労大臣が「新型コロナウイルスの感染経路はヒト＝ヒト感染は確認されていない」というトンデモ発言をしたと聞いた喜国は強い口調で強調した。この時の喜国の心配は現実のものとなる。ＷＨＯは濃厚接触者を「発症の二日前から一メートル以内で十五分以上接触した人」と三月二十日に変更したが、厚労省が同様に定義を変更したのは一ヵ月後の四月二十一日だった。

　小田事務長が口を開いた。

「私には専門的なことはチンプンカンプンですが、大変な病気だということは理解できました。喜国先生が依頼されたデータ調査とこの問題はどう関係するのですか」

「この調子だと、いずれ日本は感染爆発状態になります。その時に感染数の予想曲線を出し、人々を説得する材料にしなければなりません。でもコロナの感染者数の予想曲線は前例がないので、今のところ作成できません。そこでインフルエンザの感染者数の予想曲線を事前に構築しておいて、それと類推し、新たな感染曲線を描こうと考えているのです。その構築にはざっと一週間掛かりますので、二ヵ月後にデータをいただいても、もう手遅れなのです」

「喜国先生は、雪見市にもコロナがやってくるとお考えなんですか」

「北海道に感染が侵入するということは雪見市にも来る、ということです」

「事務長としては病院の規則に従う、としかお答えできません。私には無理なんです」

そう言って速水を見た。伊達が笑う。

「小田事務長は、将軍ちゃんの得意技を出せと催促しているわけだ」

伊達の皮肉なもの言いに速水は顔をしかめたが、腕組みを解いて言う。

「ではセンター長権限で、喜国准教授からのデータ研究への協力依頼を承認する。小田事務長は後日、倫理審査委員会で追認を取るように手配してくれ」

「了解しました。そのように対応いたします」

「槇村医療情報部部長、データの提供は可能か？」

「今すぐ取りかかれば明朝にはお渡しできるかと。医療従事者の協力者が必要ですが」

「五條、患者の属性把握は看護師が一番だ。協力してほしい」

「そう思って保阪さんを同席させています。彼女は新人ですが患者データの電子カルテでのまとめ役をやってもらっていますので」

「ありがとうございます。私の希望は昨年と一昨年の、一月から四月までの四ヵ月間で、インフルエンザに罹患した患者の属性、つまり性別と年齢に加えて、入院日、退院日、帰結をリストにしてもらいたいです。可能ならば既往歴があると助かります」と喜国が頭を下げる。

「性別と年齢の提供はＯＫですが、氏名データはお渡しできません」と槇村が言う。

「十分です。名前はナンバリングで十分です。今年と去年の一月から四月の間で月ごとの入院者数と、インフルエンザでの入院患者数が必要です」

「それは病院統計ですから問題ありません」

「よし、では全員、作業に掛かれ」という速水の言葉に皆が一斉に立ち上がった。

その時、それまで黙っていた保阪看護師が口を開いた。

「あの、先月末、肺炎でお亡くなりになった伊東さんは新型コロナだったかもしれません。伊東さんは観光バスの運転手さんで、世間話で武漢からの団体を乗せたと言っていました」

「何ですって？　どうして早く言わなかったの」と五條は悲鳴のような声を上げる。

「一ヵ月前は武漢がそんなところだと知らなかったので、看護記録にも書きませんでした」

自分も一時間前はそんなことは重視していなかった、と気づいて、五條師長は冷静になる。

「ごめんなさいね、保阪さん。つい、カッとなっちゃって」

「いいんです。私が言いたいのは大曽根先生のことです。当直で伊東さんの急変に対応した先生は、十日前の雪まつりの日に熱を出し、咳をしてました。熱が三十八度を超えたので二日病院をお休みして、その後は勤めていらしたんですが、ここ二、三日、また苦しそうなんです」

その場にいた人たちは、回りの人と顔を見合わせて、立ちすくんだ。

13章　檻の中の将軍

二〇二〇年二月
北海道・雪見市救命救急センター

「遅太郎は今日は勤務だな。今すぐ、部屋に連れてこい」と言う速水を、喜国が制止した。

「感染疑いなら、彼をここに呼んではいけません。濃厚接触者が増えてしまいます」

「だが、診断はついていないのでは？」と伊達が言うと喜国が答える。

「お話を聞いた限りコロナに感染している可能性は高いので、検査結果を待たずに隔離しておいて、問題なければ解除すればいい。それと彼が勤務している病棟は閉鎖すべきです」

速水は絶句した。しばらくして絞り出すように言う。

「無理だ。整形外科の機能を止めたら、救急病院でなくなってしまう」

「でも診療を継続したら、病院の体を成さなくなるかもしれませんよ」

「俺はどんな患者も受けてきた。そういう病院を作ってきた。それは壊せない」

「私は学者で、医療現場についてはド素人です。ですので、ご判断は現場の責任者にお任せします。私は学問的立場から忖度のない提言をするだけです。でも……」

そう言って喜国はまっすぐ、速水を見た。

「指導部の判断ミスで、多くの人たちがコロナに冒されていくのを見るのは、辛いです」

速水は腕組みをして目を閉じた。こんな苦しそうな表情は初めて見た、と五條師長は思った。いつだってどんな苦難の時だって、真っ直ぐに勝利だけを見据えていた将軍。

そのまなざし、その表情に迷いが浮かんだことはなかった。伊達が言う。

「俺はお前が大嫌いだ。唯我独尊、周囲を顧みない傲慢さ。だが俺がお前にイヤイヤ従っている理由がわかるか？　お前の判断が濁っていない、ということは信じているからだ。もちろん人間だから間違うことはある。だが濁っていたことはない。俺はお前の決断に従うよ」

反対すると思われた伊達が速水に全面委任した。しかも議論もせずに。彦根が言う。

「速水先生のポリシーは輝かしく、北のレガシーを築き上げました。それは速水先生がベストを尽くそうとして、もがき続けた結果です。今、専門家の喜国先生が専門家としてサジェスチョンしました。喜国先生がおっしゃる通り、それは専門家の提言であって、採用するかどうかは現場の責任者の判断に委ねられます。そしてその立場にあるのは速水先生、あなたなんです」

更に速水の苦悶の表情が浮かぶ。彦根はさらりと次の言葉を告げた。

「僕から見ると今の速水先生は、ダイヤモンド・ダスト号で失策を続けて、乗員乗客三千人を苦境に陥れてもなお、自分の決めたことに固執している厚労官僚と同じ顔に見えますけど」

場が凍りつく。速水が激怒するのでは、と五條師長は思ったが、速水は何も言わなかった。

時を刻む秒針の音だけが、部屋に響いた。やがて速水は静かに告げた。

「喜国先生のアドバイスに従い対応する。今からこのセンター長室を新型コロナウイルス対策本部とする。現段階では大曽根医師の感染は確認できていないので早急にＰＣＲ検査を行い、陽性と判明した時点で整形外科病棟を閉鎖する。大曽根医師と接触したスタッフを洗い出せ」

「その必要はありません。四日間勤務していたらほぼ全スタッフと接触しています。でも速水先生、大曽根先生も問題ですが、もっと問題なのは亡くなった伊東さんの方なのではありませんか。エピソードからするとコロナ感染の可能性が高いと思われますので」と五條師長が言う。

「伊東さんとの濃厚接触者は……」と速水が言いかけると、伊達が続きを引き取った。

「伊東さんは、整形外科からＩＣＵに転科して、翌日死亡したんだよな」

「ＩＣＵまで封鎖しろ、というのか」と言って速水は絶句した。

拳《こぶし》で、ばん、と机を叩いた。崩れ落ちるように椅子に座り込むと頭を抱え、髪をかきむしった。

顔色は青ざめ、幽鬼のようだ。

やがて、ゆらりと立ち上がると、力のない声で言う。

「喜国先生への依頼を変更する。整形病棟ならびにＩＣＵを閉鎖するため院内協議に入るが、専門家としてのアドバイスを頂きたい」

「もちろん、全力で協力させていただきます」と喜国はうなずくと、ＩＣＵ師長の五條が言う。

「現在の入床者は五名ですが、回復は順調で、一両日中に全員の転科は可能です」

「つまり、明日にはＩＣＵはカラにできるな」と伊達が確認すると、五條師長はうなずく。

「整形病棟は紙谷師長を呼びましょう。保阪さん、呼んできて」

「伊達、一緒に行って遅太郎をＩＣＵのクリーンルームに入れてくれ」

「承知した」と伊達はうなずき、保阪看護師と一緒に部屋を出て行った。

二人を視線で見送ると、速水は喜国に真っ直ぐな視線を向けた。

「ではＩＣＵ・整形外科病棟封鎖計画の策定に移ろう」

その目にはもう迷いの色はなかった。それはいつもの、我が道を行く速水だった。


整形外科病棟に着いた伊達は「大曽根はどこにいる」と大声で言う。

すると遠くの個室から、「ここにいます」とひょっこり大曽根が顔を出した。

「今、処置中ですので、これが終わったら行きます」

「処置なんてどうでもいい。誰かと代われ。とにかくすぐにここに来い」

その剣幕に驚いたように大曽根は部屋から出てきた。

「遅太郎、お前、顔色が悪いな。具合が悪いだろう」

「ええ、ここ二、三日、倦怠感《けんたいかん》があります。あ、でもサボってはいませんよ」

「熱は測ってるか？　昨日は三十七度五分？　熱があるのにどうして仕事をしてるんだ」

「伊達先生に、三十七度台は発熱とは呼ばん、と怒られたからですけど」

「余計なことを言うな。今からＩＣＵに行くぞ」

「わかりました」と大曽根はうなずく。ＩＣＵの手伝いに呼び出されたと思ったらしい。

「お前は紙谷師長を連れて、センター長室に戻れ。俺はコイツとＩＣＵに行く」

伊達に指示された美貴は小走りにナースステーションに向かう。その後ろ姿を見送った大曽根は、伊達に急かされＩＣＵに向かったが、そこでいきなり入院しろ、と言われたので面食らった。

「体調は悪いですけど入院するほどではありません。ましてＩＣＵなんて大袈裟です」

「遅太郎のクセに生意気いうな。黙って言うことを聞けばいいんだ」

「伊達副センター長に逆らうつもりはありませんけど、病名と理由くらい教えてくださいよ」

そう言った大曽根は小さく咳き込んだ。一瞬黙り込んだ伊達は言った。

「新型コロナウイルス感染による肺炎疑いだ。検査結果が出るまでお前を隔離する」

大曽根の脳裏に、真夜中の個室で咳き込んでいた伊東の姿が浮かんだ。

紙谷師長と美貴がセンター長室に戻ると、雪見市救命救急センター全職員のリストがプリントアウトされていた。総勢三百名。美貴が初めて聞く名前もあった。

医療とは医療者以外の大勢の人の手で支えられているということを美貴は初めて実感した。何人かが蛍光マーカーで線を引かれている。ＩＣＵは数名、整形外科病棟の美貴の名にも、当然マーカーで色づけされていた。紙谷師長は整形外科病棟の全員をマーカーで塗り潰す。ただし黄色と赤の二色を使った。

「伊東さんの濃厚接触者は赤マーカーの八名で、大曽根先生の濃厚接触者は病棟の看護師ほぼ全員です。大曽根先生はナースの申し送りの場に同席されていましたので」

「ち、遅太郎め、余計なことを」と呟いた速水に五條が言う。

「それは酷いです。ナースの情報を聞くため申し送りにはできるだけ同席しろ、とおっしゃったのは速水先生です」と言われ、速水はぐっと詰まる。

「前言撤回。悪かった。紙谷師長の考え方は重要だ。事務長、職員リストをもう一度プリントしてくれ。全部、紙谷師長方式でやり直そう」

すぐにまっさらな職員リストがテーブルの上に載せられた。喜国が言う。

「ＩＣＵでは手袋やマスクを着けますよね。感染対策をしていたら濃厚接触者になりません」

「そうか、それならＩＣＵで人工呼吸器を装着した前に接触した者に限定されるな」

速水はペンを取ると二名の看護師に線を引いた。そして自分の名前のところにも赤いマーカーを走らせた。そこにいる者みんなは一瞬、速水を見つめた。

五條師長が「伊東さんが亡くなった後のエンゼル・ケアとお見送りに同行した看護師も濃厚接触者と見なした方がいいと思います」と言ってペンを走らせ、自分の名に線を引いた。

「事務員もいますね。当日の当番事務員を調べます」と言い、小田事務長はパソコンに向かう。

そこへ戻ってきた伊達が、「お？　濃厚接触者はこんなにいるのか。景気がいいな」と軽い調子で言い、五條師長に睨《にら》まれて肩をすくめる。喜国が言う。

「学者は机上の空論になりがちなので、現場の先生方のご意見は大変参考になります。特にこのケーススタディは時系列の異なる二つの感染源が混在しているわけで、二次感染分析には大変貴重なデータで、おそらく現在進行しつつある市中感染モデルになります」

嬉々として言う喜国は、周りの密やかな顰蹙を買っていることに気がつかない。彼のはしゃぎぶりに冷水を浴びせるように、紙谷師長が醒めた声で言う。

「二日前から整形外科病棟の看護師二人が、三十八度台の発熱で休んでいます。風邪かインフルと考え勤務は組み替えたのですが、ひとりは熱発の当日の病棟で勤務していました」

そう言って紙谷師長は二人の看護師の名を赤い蛍光ペンで囲った。

「その看護師さんたちもICUに入院させた方がいいと思います」と喜国が冷静に戻って言う。

「現在のICU病棟が空床になり次第、入院させろ。五條、ICUのベッド移動を急がせろ」

速水のオーダーを五條師長が電話で病棟に伝えた。

「濃厚接触者は、どうすればいいのですか」

「感染者と接触したら二週間の自宅待機を推奨しています」

「俺に自宅待機しろと言うのか？　そんなことをしたら救急医療ができなくなってしまう」

「ICUを閉鎖するんだ。救急には対応できないさ」と伊達が、ぽん、と速水の肩を叩く。

「救急医療は医療の基本だ。救急医療の看板を下ろすことは、断固拒否する」

すると五條師長が隣から口を挟む。

「センター長のアパートには以前、患者対応の相談で伺ったことがありますが、家具も料理道具もありませんでした。あんなところに閉じ込めたら、速水先生は餓死してしまうかも」

「そんなことはない」「でも食事はきちんとしてないでしょう」「コンビニ弁当を食べている」

「そういうのは、きちんとした食事とは言いません」

五條師長の剣幕に速水もたじたじだ。そのやりとりを隣で聞いていた伊達は腕組みをした。

「それならセンター長室に隔離したらどうだ？　もともと年間百日は救命救急部に寝泊まりしているんだから、病院が自宅みたいなものだろ。そうすれば病院食を提供できるし病院の状態も把握できるし、病棟やＩＣＵと直結したモニタもあるから救急医療体制の指示も出せる。センター長機能を維持しつつ隔離ができるじゃないか。これならどうだ？」

「すごいぞ、伊達。俺はここに来てから初めて、お前の判断に敬服したよ」

伊達は、ち、と舌打ちをする。

「今、こうしているのはまずくないんですか」と五條が訊ねる。

「速水先生は発症していませんから問題ありません」と喜国が言うと、伊達が発言する。

「救急医療は閉鎖したくない気持ちを尊重するにしても、規模は縮小しないと無理だ。すると外科の救急に特化すべきだろうな。病棟も整形外科とＩＣＵを閉鎖するなら、外科系病棟の病床数が著しく低下してしまう。この矛盾をどうするんだよ、将軍さまよ」

速水は腕組みをする。しばらく考え込んでいたが、やがて顔を上げる。

「雪見市救命救急センターは外科に特化し、内科患者は他の病院に引き取ってもらおう」

「内科病棟の入院患者は百人近くいるんだぞ。無茶だ」

「極北市民病院に内科治療と内科救急を分担してもらう。世良先生は引き受けてくれるだろう」

「その発想は悪くないが、救急はやりたくないとダダをこねたテレビ先生が引き受けるかな」

「問題ない。あそこには今中先生が外科部長として勤務しているからな」

「確かに。もともとアイツは救急をやりたがっていたからな」と伊達はぽん、と手を打つ。

するとそれまで黙っていた彦根が、言う。

「先生方に意識してもらいたいことは、雪見市救命救急センターの対応が北海道の対応のひな形になり、ひいては日本全体のモデルになるということです。もし北海道でコロナが蔓延したら、直ちにこの雪見モデルを展開しましょう。お役所は新しいモデルを作るのが苦手ですので、先行して実地モデルを作り、益村知事に提示して北海道モデルとして採用してもらい、それを全国に波及させる、というボトムアップの政策提示が可能になります」

その言葉で全員、これから行なう検討や作業が、日本の基本になるのだ、と一瞬で理解した。

「私がすべきは喜国先生のデータを一刻も早く提供することですね。失礼して作業に取りかかります。必要でしたら電話をください」と医療情報部の槇村が言う。

「保阪さんは濃厚接触者だったわね。とりあえず家にお帰りなさい。また連絡するから。槇村先生のお手伝いは、病棟から他に誰かひとり、看護師を行かせます」

美貴は、立ち去る前に、部屋の隅にいた彦根に歩み寄る。

「彦根先生はダイヤモンド・ダスト号のことをご存じなんですよね？　実はばあちゃんが乗船しているんですけど、ばあちゃん、スマホを持っていなくて連絡がつかないんです」

「それは心配だね。わかった。何かわかったら連絡するから、メアドを教えてもらえるかな」

「私は保阪美貴で、ばあちゃんの名前は保阪貴美子です。メアドは……」

すると次の瞬間、美貴の携帯に着信音がした。見ると彦根からのメールだった。

「それが僕のメアドだからね。あなたはおばあさんから名前をもらったんだね」

「実はわたし、逆子だったので、ばあちゃんの名前もひっくり返してもらったんです」

部屋を出て行く美貴を見送った彦根は、ふと思いついたように、携帯を掛け始めた。

「ちょうど先生の話が出たところなので、よろしければその店ではなく、こちらにお見えになりませんか？　そうですか。では雪見市救命救急センターのセンター長室でお待ちしています」

そう言って電話を切った彦根は、速水に言う。

「十分で世良先生がお見えになります。実はデートの約束をしていたんです」

彦根のその言葉を額面通りに受け取った者はひとりもいなかった。


ちりん、ちりんとドアベルが鳴って、世良は喫茶店を出た。

「気持ちのいい店だったのになあ。まったく、彦根とつきあうとロクなことがない」

ゴーグルをつけヘルメットを被り、ハーレーにまたがる。ぶるん、とエンジンを掛けると黒い鋼鉄の馬は、一気に走り出す。その先に雪見市救命救急センターの建物が聳えたっている。

十分後。センター長室の扉がノックされ、世良が姿を現した。

「どうも、世良先生、お休みのところ、ご足労ありがとうございます」

「どうもこうも、お前が呼びつけたんじゃないか」

「呼びつけただなんてとんでもない。たまにはデートでもどうかな、と思っただけです」

「誰も、お前のたわ言を本気で受け取るヤツはいないよ。おまけに、一緒にやろうぜと提案した勉強会を提案者抜きでやりやがって。僕だけ仲間はずれにするなんてひどいよなあ」

「成り行きで仕方なくて。正直、僕も話がここまで進むとは思わなかったんです」

「で、僕をこんなところに呼びつけた理由は何なんだ？　手っ取り早く説明してくれよ」

「さすが世良先生、話が早い。ほら、速水先生、世良先生に頼み事があったんでしょ」

この野郎、と速水は彦根を睨むが、適切なハンドリングなので逆らえない。

「一月末に死亡した入院患者がコロナ疑いでした。当時、認識せずに対応したら、病棟勤務の医師と看護師にコロナ疑いの発熱者が確認され、検査結果を待って病棟閉鎖を検討しています」

「それは大ごとになったもんだ。で、どの病棟を閉鎖するの？」

「整形外科病棟とＩＣＵです」と答えた速水を、世良はじっと見つめた。そしてにっと笑う。

「病棟閉鎖しても外科系救急から撤退したくない、とダダをこねた速水にずる賢い彦根が、内科はよそに押しつけて外科を維持したらと焚きつけた。そして僕に連絡が来たということは、極北市民病院に内科と内科救急を押しつけ、ここで外科救急体制を維持しようというわけか」

みな唖然《あぜん》とした。多少の齟齬《そご》はあるが、概ね適切に見通していたからだ。

「いや、押しつけるなんて、そんなつもりは……」と速水がうろたえて言う。

「いいんだよ、速水。その依頼は受ける。ウチには速水が鍛えた今中先生がいるから全部やってもらう。ま、昔は病院再建請負人なんて呼ばれてたから、実はそういうのは得意なんだ。今回は広域医療の縮小再建パターンだな。ただその前にこの枠組みを、北海道医療連絡会議で報告しておこう。益村知事に招集を要請する。さすがに今日は無理だから明日になるだろうけど」

「そんなに簡単に行政とコンタクトが取れるんですか」と喜国が驚いたように言う。

「益村知事が極北市長だった頃から連絡を取り合っていたんです」と世良がうなずく。

「それなら専門家の意見を政策に取り入れてくださる可能性が高いですね。責任重大だ」

「おっしゃる通りです。ただ、ひとつ訂正を。取り入れてくれる可能性が高いのではなく、我々に医療に関する政策の舵取りを委ねてくれるのは間違いありません」と彦根が言った。

世良は翌日の夕方、益村知事と面談のアポを取った。

大曽根はＩＣＵ病棟の隔離ベッドに入れられていた。パジャマ代わりにオペ着を着た大曽根はベッドに寝そべり天井を見上げた。約束した美貴とのデートも中止とがっかりした。すべては伊東の急変に対応したせいだ、と恨もうとしたが、それはできなかった。

——美貴ちゃんと仲良くなれたのも、そのおかげだもんな。

ノックの音がして扉が開く。そこにはマスク姿の美貴が立っていた。小顔の半分以上が白いマスクで覆われて、それが可憐《かれん》に見えた。大曽根が身体を起こすと、美貴は言った。

「さっきウイルスの専門家の先生がきて新型コロナについて教えてくれました。先生のＰＣＲの結果が陽性なら、整形外科病棟とＩＣＵは閉鎖します。速水先生が決断されました」

「うげ、将軍の城をめちゃくちゃにして、また怒られちゃうな」

大曽根は頭を抱えた。すると美貴が首を横に振った。

「いいえ、速水先生は怒っていません。外科診療は閉鎖しませんので。極北市民病院に内科患者を引き受けてもらって、ここは外科専門の病院にするんだそうです」

「さすが将軍、しぶといなあ。でもこれって、そんなに大変な病気なの？」

「八割は軽症ですが二割が重症化して、重症化すると致死率は五割だそうです。お年寄りや持病のある人、太った人が重症化するらしいです。だから先生も用心してください」

ぺこりと頭を下げ、部屋を出て行こうとした美貴の背中に、大曽根は声を掛ける。

「お見舞いありがとう。でもこれじゃあ週末の約束はキャンセルだね」

美貴は立ち止まり、振り返る。

「仕方ないです。元気になったら、また誘ってください」

「どこか行きたいところ、ある？」という大曽根の質問に、美貴は少し考えて言う。

「スカイツリーを見てみたいです」

「はあ？　いきなり東京？　なんで？」

「だって見たことないんですもの。元気になったら、連れて行ってください」

そう言って美貴は病室を出て行った。

その余韻を嚙みしめていたら、入れ替わりにぬっと姿を見せたのは速水だった。

「ど、どうしたんです、突然」と大曽根が戸惑って言うと、速水はにっと笑う。

「遅太郎が入院しても気を緩めないように、俺が主治医になった」

うげ、と大曽根は言った。

「外科医が患者になったら、患者の気持ちを考えろ。将来、きっと役に立つぞ」

そう言って速水は姿を消した。まったく主治医ならもっと患者の話を聞けよ、と思いながらも、大曽根はほっとした気持ちになった。

速水の訪問がどれほど心強く思えたことか。

病室のベッドに横たわり天井を見上げながら、しみじみ考える。俺はこれまで患者の気持ちを全然考えていなかった。病室にひとりでいると世界から取り残されたような気持ちになる。

その時、美貴の言葉が、速水の回診が、どれほど気持ちを和らげてくれたことだろう。

大曽根は、医師としての自分の姿を、ゆっくり見直し始めた。

彼の心は、窓の外の快晴の空のように晴れ晴れとしていた。

14章　シンコロ対策本部・イン・桜宮

二〇二〇年二月
桜宮・東城大学医学部付属病院黎明棟

節分も過ぎ、暦の上で春を迎えたが、寒さは厳しく、春の兆しはみられない。そんな中、俺は久々に院長室、もとい、学長室に呼び出された。理由はうすうす察している。

「イケメン内科医」のウェブ連載が第一回で中断していることのお咎めだろう。確かに、連載と銘打ちながら一回しか掲載せず、三ヵ月近くも放置していたのでは、仲介者の面目丸つぶれで、叱責したくなる気持ちもわかる。でももし高階学長が俺を詰《なじ》ったら、言い訳はできている。二人羽織方式でダメ出しを食らったのは白鳥の執筆部分だから、俺のせいではない。まして前半も第一回は藤原さんが、第二回は兵藤クンが書いているから、いよいよ俺に咎はない。

それをバラせば、高階学長も納得するしかないはずだ。

だが俺に降りかかってきたのは想像を絶する、斜め四十五度上からの新たな依頼だった。

「田口先生に、流行中の、新型コロナウイルス感染への対処について議論する検討会を作っていただき、その委員長になってほしいのです」

またか、と俺はうんざりした目で高階学長を見た。その伝でどれほど俺に不要不急の肩書きがくっついたことか。少し考えただけでも、リスクマネジメント委員会委員長、電子カルテ導入委員会委員長、Ａｉセンターセンター長など数え上げたらキリがない。

「田口先生の心労はごもっともです。東城大に降りかかる災厄は、なぜか田口先生という滝壺《たきつぼ》に怒濤のように流れ込みますからね」と高階学長が気の毒そうな顔で俺を見た。

まるで他人事だが、その怒濤の滝壺のように俺に災厄の急流を注ぎ込んだ張本人はあんたじゃないか、という俺の心中の怒濤の罵りは当然、高階学長には届かない。

ロマンスグレーの高階学長は淡々と、タンタンタヌキの口調で言う。

「でも今回の依頼はあまり大したことはないんです。新型コロナがどこまで広がるかはわかりませんが、幸い桜宮ではまだ一例も報告がありません。ですのでとりあえず、形式的に作っておこうか、という程度のノリでして。リスクマネジメント委員会を流用すれば、新しく委員会を立ち上げる必要もありません。ね、簡単でしょう？」

「つまりリスクマネジメント委員会を招集して一度ミーティングを開けばいいんですね」

「その通りです。さすが田口先生、打てば響くような反応ですね」

確かに高階学長の指図を実現化するため俺が今考えたことだが、小学生だって思いつきそうなことだ。確かに全然大したことはなさそうだから、ちゃっちゃっと片付けるか、と思った俺は、ふと不安になってひとつだけ、確かめる質問をした。

「あの、この依頼って、背後に白鳥さんがいるわけではないですよね」

するると高階学長は両手を大きく振り、首も大きく左右に振って言う。

「まさか。この程度のことを白鳥さんに依頼されるなんて、あるわけがないでしょう」

学長のオーバーアクションは珍しく、却って疑惑が増す。すると高階学長は更に言い訳する。

「それに白鳥さんは今、横浜港に停泊したクルーズ船の対応でてんてこ舞いですから、桜宮になんてかまけているヒマはありませんよ」

「あれ？　白鳥技官はクルーズ船に関わっているんですか。そんなこと、本人から聞かないとわからないのでは？」

高階学長がぎょっとした表情になり、ぱちぱちと瞬《まばた》きした。

そうか、この人がウソをつくと、こんな風になるのか、と学習した俺は、更に続けた。

「わかりました。お話から推測すると昨晩あたり、白鳥技官からこんな電話があったんでしょう。『僕は今、横浜港に停泊中のクルーズ船の対応でてんてこ舞いで、桜宮にかまけているヒマはないんですが、高階先輩に敬意を表してご忠告。新型コロナウイルス対策本部を立ち上げておいた方がいいですよ。田口センセにリスクマネジメント委員会を改変して形だけでも作らせておけば、簡単にケリがつくし』なんて言われたんじゃないですか？」

高階学長は目を丸くして俺をまじまじと見た。

「ビックリしました。白鳥さんそっくりですね。M-1選手権に出られますよ」

「やめてください。M-1はモノマネ大会じゃありません。それより今の問題は中身です。そうなんでしょう？」

「田口先生がそこまで確信をお持ちでしたら、真実を言っても信じてもらえそうにありませんが、答えはノーです。でもそれで田口先生が納得できるのなら、イエスでいいです」

何だかはぐらかされた気もするが、高階学長にすれば、俺が命令を受ければいいだけだから、どっちでも同じなのだろう。結局、序盤に圧倒的に優位だった将棋を、詰みを見逃してひっくり返された将棋指しみたいな気持ちと、新たなミッションを抱いて、俺は学長室を後にした。

実際、仕事は全然大したことがなかった。ここしばらく開催しなかったリスクマネジメント委員会を招集し、会議を開き、新型コロナウイルス対策本部を兼任すると宣言し解散した。特段の議論もなく、十分で終わった。夏休みの登校日みたいだな、と思いつつ、担任が配る注意事項プリントのように、その日の議事録を作成して、メンバーのメーリングリストに流した。すぐに承認の返信が集まり、夕方には「東城大学新型コロナウイルス対策本部」が設置され、俺が委員長を務めることが病院内のネット掲示板に掲載された。

どうということのない仕事で、俺はしばらく、そのことを忘れていた。

実はそれは俺が安穏とした生活を送れた、最後の日々だったのだが。


一週間後。ここのところ本業の不定愁訴外来が開店休業状態だ。愚痴喫茶が開店前閉店になったことが、風評被害になったのか。あるいはウェブで連載し一回で止まった「イケメン内科医」が不評だったのか。あんな軽薄な医師に大切な患者を任せられない、と思われてしまったのか。

そんな風にあれこれ考えてしまう。被害妄想だと笑われるかもしれないが、そうでも考えないとここ一ヵ月ほどのヒマさは説明がつかない。

だが藤原さんは一向に気にする様子もなく、控え室でのんびりテレビを見ていた。

「このクルーズ船騒動ってほんと派手ですねえ。でも船のプロモーションビデオをダダ流しにして意味があるのかしら。今さら煽っても、この船での旅行はありえないでしょうしねえ」

「たった一人の乗客から始まっただなんて、すごい感染力ですね」

「その人も、最初の五日しか乗船していなくて、香港で下船して熱を出したから新型コロナ肺炎だとわかったんですものね。その人が最後まで乗っていたら大変でしたね」

「確かに。船内で感染が広がった上に新型コロナと診断がつかないまま、みんな一遍に下船することになったら、日本中に広がっていたでしょうからね」

自分で言って、ぞっとした。その時、扉がばたん、と開く音がした。

そちらを見た俺は、驚いて椅子から転げ落ちそうになった。

そこに立っていたのは俺にとっての疫病神、厚生労働省のはぐれ技官、白鳥だった。

「どうしてあんたがいきなりこんなところにやって来たんですか。ダイヤモンド・ダスト号の対応でてんてこ舞いしてるんじゃないんですか」と、うろたえた俺は敬語を忘れて思わず言った。

白鳥は俺と藤原さんとテレビ画面のダイヤモンド・ダスト号を交互に眺め「まったくパンピーは気楽でいいよね」と言いつつ、パイプ椅子にどかりと腰を下ろし「藤原さん、珈琲、お願い」と言う。藤原さんは弾《はじ》かれたように立ち上がると、珈琲をカップに注いで白鳥に手渡す。

「ああ、美味《おい》しい。藤原さんが淹れてくれる珈琲は絶品だね。田口センセに独占させておくなんてもったいない。どうせ燻っているなら、いっそここで喫茶店を開業してみたら？」

な、なんてことを言うんだ。それは周回遅れの話題だぞ。俺は最近になってようやく癒《い》えた、藤原さんの悔恨が再燃しないよう、話題を白鳥の来訪理由に戻した。

「で、今日はどういったご用件で？」

珈琲を飲み干した白鳥は、俺を見て言った。

「どうやら無事、リスクマネジメント委員会の看板を掛け替えて新型コロナウイルス対策本部を立ち上げてくれたようだね。感心感心。弟子の進歩が見て取れて師匠としては嬉しいよ。高階ガクチョーに依頼した時は、念のためのセイフティネットのつもりだったんだけど、どうやら本当に作動させないといけなくなりそうなんだ。そうなるともう、しっちゃかめっちゃかの大騒動になるから、その前にせめて担当者にお詫《わ》びと感謝の気持ちを伝えておくのが礼儀かなと思って、クソ忙しい合間を縫って表敬訪問にきたんだよ」

「ちょっと待ってください。何なんですか、その『しっちゃかめっちゃかの大騒動』ってのは？」

「そのまんまだよ。あ、待てよ、『前代未聞の未曾有のドタバタ混乱劇』の方がいいかな」

そう言って白鳥はテレビ画面のクルーズ船に視線を移した。

「ま、まさか、クルーズ船の感染乗客を、東城大に移送しようというのでは……」

「すごーい、田口センセ、冴えてるねえ。大当たりだよ」

白鳥はパチパチと拍手をした。するとそれに合わせて隣で藤原さんまで拍手をした。

「船内は指揮系統がメチャクチャ、ああ、違う、指揮系統のトップの判断がメチャクチャなんだ。ま、それって同じことなんだけど。今は医療の基本がわかっていないくせに首相の威光を笠に着て威張り散らす怪物が仕切っている。ソイツがひとにらみするとすべてクズになってしまう現代版ゴーゴンさ。僕は外部でロジをやってるんだけど、全部ねじ曲げられてしまう。でも目立ちたがり屋のゴーゴンは地味な仕事は嫌うから、下船患者のケアには興味がなくて僕がこっそり引き受けた。僕がやってると知ったら邪魔するから、ＤＭＡＴが高階学長に依頼した形にしてある。つまりもうちょっとすると、ここにクルーズ船の陽性患者百名以上がやってくるんだ。そしたら『しっちゃかめっちゃかの大騒動』か『前代未聞の未曾有のドタバタ混乱劇』になるだろ？」

俺はあんぐりと口を開けた。すぐさま懸命に言い返す。

「そんな話、高階学長から聞いてません。契約違反です」

「ああ、だって僕、高階学長にはまだ説明してないもん。まあこれは、師弟の阿吽の呼吸ってヤツかな。言葉はなくてもボーイ・ミーツ・ガール、わかりあえるのさ♪、というわけで次世代の師弟の僕たちもこれだけでわかるだろ？」

要するに俺は『しっちゃかめっちゃかの大騒動』にいきなり放り込まれるわけだ。

やれやれ、なんて言っている場合じゃない。

「そんなの無理ですよ。東城大では救命救急センターは廃止されているんですから」

「そんなことは知ってるよ。だから救急にならないよう事前に仕組みを整えておくんだ。搬送されてくるのはPCR陽性の軽症者や無症状者だからうまくやれば問題ない。ただしその中の二割は悪化して、人工呼吸器やECMOが必要になるから、そこは対応してもらいたいんだよね」

「まあ、ICUはありますけど……」と俺は言葉を濁す。院内ICUは術後患者に対応している。ECMOを導入した時は宝の持ち腐れだと非難されたが、循環器の先生が押し切ったのだ。

「でも感染症の専門家はいませんから、感染症に十分に対応できると思いませんけど」

「そこは僕が手はずを整える。その枠組みに素直に従えば『しっちゃかめっちゃかの大騒動』にはならないよ。だってそれは人類が積み上げてきた叡智《えいち》、検疫ってヤツなんだから」

「検疫は厚生労働省の業務でしょうから、指導体制はバッチリなんでしょうけど」

「その通りだけど、厚労省の連中は海外からの観光客の監視くらいしかやってこなかったんだ。日本は島国だから、そこをきちんとやっていれば問題はなかったんだ。でもすでに入ってしまった病原菌に対する検疫に関してはてんで弱い。それはキャメルの時もわかっただろ」

確か十年くらい前の「しっちゃかめっちゃかの大騒動」を思い出し、俺はうなずく。

「あれから厚労省は一ミリも進歩してない。過去の失敗を反省せず、事実を塗り替えごまかしてきただけだからね。でもその悪しき連鎖はここ、桜宮で絶対に食い止める。いいかい、田口センセ、東城大は日本の最終防衛ラインで、新たな防疫を構築し直す城砦《じょうさい》になるんだ」

白鳥の無茶ブリには何度も遭遇したが、こんなに真面目な依頼の仕方は初めてだった。

いつもならムカつくはずなのだが、今回はなぜか怒る気にならなかった。

「わかりました。できるだけのことはします。でも私も感染症には詳しくないのですが」

「もちろん田口センセの能力は把握してるよ。やれっこないことをお願いするつもりはないから、指導してくれる専門家を手配した。田口センセはそれに乗っかって舵取りすればいいだけだ。でもお手本があるから大丈夫。それって高階ガクチョーがやってきたことさ。高階ガクチョーにできて田口センセにできないってことはないから安心して」

言いたいことを言うと、白鳥はさっさと姿を消した。俺と藤原さんは顔を見合わせた。

テレビ画面にはさっきからずっと、沖合に停泊しているクルーズ船が延々と映されていた。

数日後、白鳥から届いたオーダーは驚愕するものだった。俺はメールをプリントすると、直ちに学長室に向かった。渡した紙を手に高階学長はしばし沈黙した。さすがにこんな無理難題にはびっくりしたのだろうと思っていたら、しばらくして顔を上げた。

「さすが白鳥さん、こんなドラスティックな対応策をお考えとは。もちろん新型コロナウイルス対策本部長の田口先生は、この青写真の実現に全力を挙げるおつもりですよね？」

「え？　あ？　いや、あの、そのですね、ていうか、やっちゃっていいんですか、これ？」

「いいかどうかは新型コロナウイルス対策本部長の田口先生が、新型コロナウイルス対策本部のメンバーと議論の上でお決めになることで、私が口を挟むことではありません」

うわあ、ここでパーフェクト丸投げ炸裂かあ、と愕然とした。同時に俺は学長室に駆け込んだ時に、高階学長に難色を示してもらいたかったんだとわかった。でも考えてみたらそんなことになったら余計に俺の仕事が難儀になるだけではないか。俺のバカ。

「わかりました。では質問を変えます。白鳥技官の提案通り、旧病院棟、現在ホスピス専用の黎明棟をコロナ感染陽性患者の収容病棟とするという基本ラインを、学長として承認されますか」

「もちろん、それが新型コロナウイルス対策本部長の田口先生の要請であるなら承認します」

「では、新型コロナウイルス対策本部長として……ああ、もうめんどくさい。『シンコロ』と省略していいですか？」

「もちろん結構だし、大賛成です」と高階学長はうなずく。その時の俺は知らなかったが、俺の考え出した略号は、お国が雨後の竹の子のように、政府やあらゆる省庁でにょきにょきと立ち上げた、コロナ対策本部の略称として使われていたものと完全に一致していた。

まあ、さほど威張るほどのことでもないのだが。

「では『新型コロナウイルス対策本部』略して『シンコロ』本部長として、黎明棟をシンコロ陽性患者の収容施設として転用することを要請します」

「了解しました。すると現在、黎明棟に入院しているホスピス患者を移動する必要がありますね。どこにしましょうか。常識的には内科病棟なんでしょうけど」

「実はひとつアイディアがあるんです。ホスピス病棟に入院されている方にシンコロ陽性患者のケアのお手伝いをお願いすれば、病棟を移動せずに済みます。現在は余裕あるスペースで在院していただいていますが、多少詰め込む形にすれば、一遍に問題は解消します」

「確かに新病院棟が完成するまでは、あそこに東城大医学部の全診療科が入っていたわけですからスペースは十分だし、病棟機能もすぐ復帰できますね。ただ人員配置は簡単ではないし、白鳥ペーパーによると患者の二割が重症化しその半分が死亡するそうです。そうした重篤な患者対応は、黎明棟の転用では不可能でしょう」

「それは高度な救急医療に対応できる施設で、現在、使われていない施設を復活させます」

「まさか、オレンジ新棟一階を？　確かに合理的ですが、誰がそこを仕切るんです？　佐藤《さとう》部長は病院のＩＣＵで手一杯ですし看護師も慢性的に人手不足です」

「看護師はオレンジ新棟二階に如月《きさらぎ》師長がいます。彼女は救命救急センターの経験者で現場のことはよくわかっていますし、黎明棟の若月師長とも懇意です。二人に任せれば大丈夫です。そしてドクターはアイツを呼び戻します。今こそ過去の借りを返してもらう時です」

「いや、さすがにそれは無理でしょう。彼も現在勤務している病院がありますし」

「でも要請はしておいて損はないと思います。事態がどう変わるかわからないですし」

「なるほど、東城大から帰還依頼があれば、局面の変化で考えが変わるかもしれないですね」

「その通りです。今回の白鳥技官の要請は日本全体の医療と検疫を視野に入れています。クルーズ船患者の収容はわが県でやるべきなので、東城大が対応するのは当然ですが、県境ぎりぎりの当院は本来、収容施設の対象にはなりません。それなのに白鳥技官が名指ししてきたということにはふたつの意味があると思います。ひとつは総崩れになった検疫体制を後方で立て直し、日本標準を再構築するということ。もうひとつは行政区の区分けを越えて、患者のための対応を模索しようということです。そんな時、アイツが自分の病院に拘《こだわ》るとは思えません」

「わかりました。では田口委員長のご提案通り、東城大学医学部は雪見市救命救急センターの速水晃一《こういち》センター長に、東城大・新型コロナウイルス対策本部への協力を要請します」

俺は病院長室から窓の外を見た。遠く、桜宮岬《みさき》の突端に、キラリと硝子の塔が光った。


二日後、速水から返事が来た。現在の業務で手一杯なので依頼には応じられない、ただし状況の変化によっては柔軟に対応するので、その時は遠慮なく連絡してほしい、というものだった。

予想通りの返事だ。戻ってきてほしい気持ちはあるが、戻ってこなくても構わない。

ただ、なにかあった時に協力をお願いできるかもしれない、という感触があれば十分だ。

俺たちは今も細い線で繋《つな》がり続けていることが確認できたのだから。

その細い線が、いつかは太い命綱になるかもしれない、と俺は思った。


三日後、白鳥技官の救援部隊が届いた。蝦夷大学の感染学研究所の名村茫教授が感染症対策のためにやってきたのだ。

名村教授は感染病関連学会の異端児で「掟破りのナパーム弾」などという物騒なあだ名がある、とネット情報検索で知ったが、俺はビビらなかった。厚労省のファイヤー・バードの襲撃を何度も食らっている俺は、攻撃タイプには免疫があるのだ。

トレードマークの黒縁で細いゴーグル型の眼鏡は、細面の精悍《せいかん》さを引き立てているが、名村教授の第一印象は最悪だった。

「やあ、あなたが巷で大人気の『イケメン』田口氏ですか。初めまして、名村です」

連載といいながら一回しか掲載しておらず、巷で大人気のはずがない。途方もないイヤミかと思ったが、しばらく話をしていて誤解だとわかった。この人は天然で世事に関しては集めた情報を吟味せずにそのまま使ってしまうのだ。すると普段露出が少ない俺の名前を検索すれば、出てくるのは『イケメン内科医の健康万歳』のサイトだから、そういう対応になってしまう。

そうだとわかったのは、名村教授の無駄のない行動様式からだ。いきなり俺の診察室をアポなしに訪問するのは普通じゃない。少なくともメールとかで知らせて確認を取ってから来訪するのが常識だろう。はっきり言えば非常識だが合理的だ。白鳥が俺の勤務実態を、むかつくけれどヤツの適切な表現で伝えていたら、俺はたいていここにいて今は診療事案が少なくヒマにしているとわかる。訪問目的もはっきりしているし、こちらの受け入れ準備も整っていることもわかっているからメールを打つ必要もない。すると当然こうなるわけだ。

それは名村教授の普段のスタイルで、おそらく世界各地の重病の感染症流行地で働くための、グローバル・スタンダードなのだろう。そう考えるとナパーム弾というあだ名も不当ではない。最強最悪の伝染病、エボラ出血熱が流行した時、感染対策として軍隊が小さな村をナパーム弾で焼き払ったというエピソードを聞いたことがあるからだ。

ナパーム弾すなわち名村教授は、感染症に対する最終兵器であることは間違いなさそうだ。

まあ、そんな風に考えるのは俺なりの、名村教授への適応でもあるのだが。

社交辞令的なやりとりは冒頭のひとくさりだけで、名村教授はすぐに本題に入った。

「田口氏、感染患者を収容する施設の見取り図を見せてください。ふんふん、なるほど、この病院棟を丸々使えるのですか。素晴らしい。救命救急棟が離れているのが気になりますがこの距離なら問題ないでしょう。今入所中のホスピス患者は何名ですか？　十五名ならワンフロアに移動してもらえば目一杯使えますね。うん、理想的な環境です」

「提案があるんですが、ホスピス入所者にコロナ患者をケアしてもらうのは無茶ですか？」

「とんでもない。全然無茶ではありません。私の仕事は感染地帯と非感染地帯の分離を構築することで、レッドゾーンとグリーンゾーンの区分けができれば終わりです。当然、レッドには厳しい制限をしますがグリーンは日常社会です。でも最初にきちんと構築しないと、そのふたつがぐちゃぐちゃになって新たな感染巣になる。今、クルーズ船の船内がそうなっているようです。なので白鳥氏に船内に潜入する手はずを整えてもらっているんですが、それまでヒマだろうから、下船後の受け入れ先の準備に協力しろといわれて、ここに来たんです」

「名村先生も白鳥技官に振り回されているわけですね。ご愁傷様です」

「はあ？　何をおっしゃっているんですか。白鳥氏の判断は適切で怜悧《れいり》、かつ最速です。厚労省関係者で初めて私が納得できるスピーディな判断をしてくれる方と巡り会えて、とってもラッキーです。これでギリギリ、日本は救われるかもしれません、あ、前言撤回、コロナはもう日本に入っているので、守り切れませんが」

白鳥への高い評価に驚いている間に、名村教授はあれよあれよと先に行ってしまう。

俺はかろうじて話の流れに追いついて言う。

「コロナがすでに日本に入っているとしたら、東城大ではどうすればいいんですか？」

俺の質問に、名村教授は答えようとして言葉を止める。

「今、田口氏に説明するのは吝《やぶさ》かではありませんが、どうせなら新型コロナウイルス対策本部を招集してもらい、そこで説明した方が一度で済んで効率的なのですが」

「おっしゃる通りです。早速、招集します。とりあえず一時間後には設定できると思います」

「田口氏も迅《はや》いですね。まず俺に説明しろと固執して二度手間を掛けさせるお偉いさんも多いですが、そこをすっぱり割り切れるなんて、さすが白鳥氏のお弟子さんです」

それは単に俺がお偉いさんではないからだが、麗《うるわ》しき誤解はそのままにしておいて害はない。

「では会議が招集されるまで、ここでおくつろぎください。珈琲でもいかがですか？」

「それなら一時間ほど眠らせてもらいます。休める時に休め、が私のモットーですので」

そう言うと名村教授は返事も待たずに、ゴーグルの代わりにポケットから取り出したアイマスクを着け耳栓を嵌め、ソファにごろりと横になる。三十秒後にはすうすうと寝息を立て始めたので、俺と藤原さんは、音を立てないように控え室を出て、診察室に移った。

「凄《すさ》まじい方ですねえ」と藤原さんがぽつんと言う。

「きっと名村先生は、いつも戦場にいるんでしょうね」と俺はうなずく。

感染症という名の戦場のコマンダーの隣で、俺と藤原さんはのんびりと珈琲を飲んだ。


シンコロ対策本部の緊急会議は一時間半後になった。三十分遅れだが臨床の先生方を招集して一時間半後に七割出席とは上出来だ。これも普段俺が会議をやりたがらない性質だとメンバーが熟知している賜物だろう。なので会議開催ギリギリまで寝かせてあげようと思ったら、かっきり一時間後、しゃっきりした顔で起きてきた。ゴーグルを額に載せたままで名村教授は言う。

「寝心地がいいソファですね。シエラレオネのエボラ対策本部にあったのとそっくりです」

「申し訳ありませんが、会議は三十分後になりました」

「いやいや、日本では希《まれ》に見る迅速な対応です。三十分後なら先に現場を見ておきましょう。会議場はこの病院棟？　では最初にオレンジ新棟を見学しましょう。田口氏の秘書さん、お名前は？　藤原嬢、ビューティフルですね。あなたは赤と緑の付箋《ふせん》を用意しておいてください」

「わかりました。早速手配します」と藤原さんの返事は普段よりも華やいだ声だった。

すると名村教授は俺を置いてさっさと出て行ってしまった。俺はあわてて後を追った。

冬の陽射しは弱々しく、オレンジ新棟へ向かう小径には寒風が吹きすさぶ。

早足の名村教授に追いすがるようにして、俺は訊ねる。

「白鳥技官とは古くからのお知り合いなんですか？」

「いえ、知り合ったのはごく最近です。白鳥氏は武漢からのチャーター機が到着し、クルーズ船で感染が疑われた翌日か、その翌々日に連絡してきました。私がＳＮＳで武漢のチャーター機の帰国者への対応をケチョンケチョンに批判していたのを見て会いに来た、と言ってました」

「先生は蝦夷大でしたよね？　白鳥技官はわざわざ北海道まで会いに行ったんですか」

うなずく名村教授を見て、ははあ、カニだな、と俺はピンときた。

「それで、二時間ほど、現在の検疫体制の問題点と本来あるべき検疫体制について話したら、その間ずっと黙って聞いておられた白鳥氏は最後に、私の言うことはもっともだし明快だから、できれば今後の日本の防疫体制を担ってもらいたいと言いました。なので、私如きがお役に立てるのなら、いくらでもコキ使ってください、と答えました。因みに私の部下に喜国准教授という厚労省技官上がりの理論疫学の専門家がいるんですが、彼にもオーダーを出す、と言っていました」

白鳥が黙って話を聞いていたということに驚いた俺だが、次の言葉には更に驚愕した。

「ダイヤモンド・ダスト号では最悪の場合、大量のコロナウイルス陽性患者が出るかもしれない。その時は桜宮にいる弟子に対応させるのでその指導も頼む、と言われました。その時に田口氏の仕事ぶりは聞かされていましたので、なんだか初対面に思えなくて」

なんということだ。クルーズ船が到着した時点で今日の状況を見切って対応していたのか。

「それって、すごいですね」と俺が言うと、名村教授は首を横に振る。

「そんなことありませんよ。検疫の原則がわかっていれば誰にでもやれる対応です。それが日本の厚労省の内部では標準ではなかった、というだけです」

ひと言で白鳥の優秀さを斬って捨てた名村教授のゴーグル姿を見ながら、この人は日本人ではなくコスモポリタンなのだなあ、と実感させられた。

「ひとつ解せないのはそんな合理主義者の白鳥氏が、なぜわざわざ北海道まで足を運んできたのかということです。今の時代、携帯電話やスカイプでいくらでも連絡できるのに」

それは携帯を持っていないのと、別の目的があったからだと思った俺はさりげなく訊ねる。

「ほんと、蝦夷大までわざわざ会いに行くなんて、熱心ですよね」

「いえ、白鳥氏と会ったのは空港内にある『カニ天国』でした」

ほーらやっぱり、と読みが当たった俺は得意満面だ。残念なのはそのことを誰にも自慢できないことだ。それより気になるのは、白鳥が俺のことをどんな風に話したのかということだ。そのことを聞こうと思ったらオレンジ・シャーベットのような建物が目の前に立っていた。

俺たちはオレンジ新棟に到着していたのだった。

名村教授は一階の閉鎖中のICUを眺め、「中を見せてもらえますか？」と訊ねた。

「二階の小児科病棟は動いていますから、そこの看護師長に頼めば大丈夫だと思います」

「ほう、二階は小児科なんですか。一応そこも見ておきたいのでご一緒します」

二階に上がった途端、世界がいきなり明るくなった。子どもたちの笑い声が響き、それを叱る看護師の声が追いかける。

「太郎、走っちゃダメだって言ってるでしょ」という声に追われた男の子が俺にぶつかり、俺はその子を抱き留める。追いかけてきた看護師は立ち止まると俺を見て「あら、田口先生、お久しぶり。ここのところすっかりお見限りなんだから」と声を上げる。

小児科病棟の如月翔子《しょうこ》・看護師長だ。

「それは依頼がないからです。小児不定愁訴外来も設置されていますから、不定愁訴が発生していないということで、如月師長の患者対応が素晴らしいという証拠ですよ」

するとと如月師長は、ばあん、と俺の肩を叩いた。

「もう、田口先生ってば相変わらずお上手なんだから。そんな気遣いができる『イケメン内科医』なのに、なぜお嫁さんが見つからないのかしらね」

アレはオレンジにも伝わっていたのかと愕然としたが、さりげなく話題を本題に戻す。

「一階の救命救急センターを見学したいんですが、鍵はありますか？」

ころころ笑っていた如月師長の顔が一転、真顔になった。

「もちろん鍵は預っていますし、見学も問題ありません。でもなぜ見学したいんですか？」

「これは重要なミッションですので、如月師長に案内してもらいながら、一緒に説明を聞いてもらえるといいかもしれません」

「わかりました。それなら他のスタッフに仕事を引き継いでくるので、少しお待ちください」

鍵を手に戻ってきた如月師長と、名村教授と俺の三人で一階に下りていく。如月師長は、勝手知ったる様子で鍵を開け、電気を点《つ》ける。長い間、使っていない部屋なのに、つい昨日までここで誰かが働いていたような気配がした。閉鎖して十年近くなるのに、廃墟《はいきょ》特有の打ち捨てられた荒《すさ》んだ空気は、感じない。

俺がそう言うと「週一回、私が掃除していますから」と如月師長が答えた。俺は如月師長を見つめた。この女性は今もヤツが戻ってくることを信じて、待ち続けているのだろうか。

そんな感慨に耽《ふけ》っている俺の隣で、名村教授は興奮して歩き回る。

「素晴らしい。環境は完璧です。あとは本部棟との間をつなぐ専門搬送車が一台あるといいんですね。あとできればこの近くにもう一室、特別な空間があると助かります」

「搬送専用車は公用車を転用すれば対応できると思いますが、スペースはちょっと……」

俺が口ごもると、「スペースは三階にありますよ」と如月師長が言う。

「ああ、そうか、オレンジ新棟のクリスマス星見会の会場ですね」

「是非、見せてください」と名村教授に言われ、俺たちはエレベーターに向かう。

三階は長年封鎖されていたが、ある時如月師長が気づき、プラネタリウムが設置されていることが判明したので、それから毎年、クリスマス会が開かれるようになった。

部屋に入ると名村教授は両手を広げて、くるくる回りながら言った。

「ワンダフル。理想的です。是非ここも使わせていただきます」

「でも、ここを病棟として、多数の重症患者をケアするのは無理だと思います」

「ここは特別室です。白鳥氏によると東城大には独裁大魔王がいてわがままいっぱいやり放題で、不要不急のＥＣＭＯを購入したものの、使う機会がなくてＩＣＵの隅で邪魔者扱いされていると聞きました。それをここに設置します。一台しかないので一人しか使えませんが」

高階学長に対する誇大、かつ悪意あふれる印象操作的情報伝達を是正しようと思う前に、俺は驚いて「ＥＣＭＯが必要になるような、大変な状況になるのですか？」と訊ねた。

「発症者の二割が重症化し、その半数が死にます。重症化したら治療法はなく対症療法で人工呼吸器を使用するしかありません。それでダメならＥＣＭＯを使います。せっかくあるんですから活用させていただきましょう」

するとと俺たちのやりとりを聞いていた如月師長がおずおずと言う。

「全体がわかっていないのに口を出して申し訳ありませんが、お話を聞いていると新型コロナの問題って、看護師にも関係する気がするんですけど」

「おっしゃる通りです、如月嬢。この体制は、看護師さんの協力なしには実現不可能です」

「でしたら看護師向けにもレクチャーしてください。あたしの伝え聞きでは不十分なので」

「わかりました。十一時半に田口氏にお呼ばれした会議で説明しますので、最速でその後になります。看護師さんたちは何時に何人くらい集まれますか？」

如月師長は腕時計を見た。時刻は十一時十五分。

「昼休みなら休憩中の看護師を集められますので、十二時から一時間ほどです。ラッキーなことに今日は猫田《ねこた》特別顧問が出勤される日ですので、顧問に頼めば大丈夫だと思います」

「素晴らしい。それではすぐにやりましょう」と名村教授がうなずく。

「では看護師レクの段取りは如月さんにお任せします。場所と時間を設定して看護師さんを集めてください」と俺が言うと、如月師長は元気に返事をして白衣の裾を翻し姿を消した。

俺は腕時計を見た。十一時十五分、間もなく「コロナウイルス対策本部会議」の時間だ。

「そろそろ旧病院に戻りましょうか」と俺が言うと名村教授は言った。

「田口氏、相談があるんですが。対策本部の会議と看護師へのレクチャーを同時にやれませんか」

俺は絶句した。そんなことをしたらシンコロ会議のうるさ方が激怒しそうだ。だが説明は一度で済ませたいと名村教授が考えるのももっともだ。俺は少し考えてうなずく。

「わかりました。新型コロナウイルス対策本部の緊急会議を十二時に延期して、看護師レクと合同開催できるか、藤原さんに聞いてもらいます」

俺は不定愁訴外来に電話を掛け、藤原さんに変更をメンバーにメールしてほしいと頼んだ。

俺と名村教授が旧病院に戻ると、出迎えた藤原さんが報告する。

「ご指示通りメールしたら、垣谷《かきたに》先生から怒りの返信が来た他は、みなさん了解してくれました」

電話が掛かってきて藤原さんが受けると「わかった。ご苦労さま」と言い受話器を置いた。

「『ネコ』からです。看護師レクに昼当番以外の看護師を全員参加させられるそうです。場所は黎明棟四階、大講義室ですって」

眠り猫と呼ばれた藤原さんの愛弟子、猫田総師長の切れ味と看護師動員力は相変わらずだ。

そこはかつて学生の講義が行なわれていた場所だ。二百人は入るので広さは十分だ。

「この棟の四階ならすぐですね。それなら腹ごしらえしましょう。病院食堂はありますか?」

「新病院に移設したスカイレストラン『満天』は歩いて十分です。この上にも元満天で今は分店の軽食喫茶『清流』があります。どちらがいいですか」

「この病院の上がいいです。新病院は私には関係ないので」

俺は教授と一緒に部屋を出て外付けの階段を上り、二階から病院棟に戻ると、エレベーターで十三階に向かう。

二人で食事をしていると、名村教授は窓の外の景色を見て、唐突に言った。

「桜宮は美しい街ですね。今、コロナを蔓延させたらこの風景は壊れてしまいます。ここが勝負所ですよ、田口氏」

その時、背後で、からり、と扉が開く音がした。

振り向いた俺は、そこに入ってきた大柄な女性を見て一瞬、不思議な気持ちになる。

はて、どこかで見たことがあるような……。

大きなバッグを肩に掛けて、うんしょ、うんしょと言いながら近づいてきたその女性の顔を改めて確認した俺は、驚いて思わず大声を上げて立ち上がる。

「ひ、姫宮さん、なぜこんなところに?」

その女性は、あの白鳥技官の唯一の部下という奇跡的なポジションにいて、桜宮Ａｉセンターが倒壊した事件の時に共闘してくれた、通称「氷姫」と呼ばれる女性技官だった。彼女はかつて東城大のオレンジ新棟に出入りしていたこともあり、その後東城大と因縁のある碧翠院の崩壊にも関わったという物騒なウワサを持つ、厚労省の最終兵器だった。

姫宮は、バッグを下ろすと両手で名刺を捧げ持ち、差し出しながら深々と頭を下げた。

「田口先生、ご無沙汰しております。あと初お目見えの方、初めまして。私は厚生労働省大臣官房秘書課付技官補佐、兼、厚生労働省新型コロナウイルス対策本部マスク班班長代理補佐、の姫宮香織《かおり》と申します。上司の白鳥圭輔厚生労働省大臣官房秘書課付技官兼以下略の指示で参上しました。今のお前なら、きっと名村教授のお役に立てるはずだ、との伝言です」

「なるほど、白鳥氏の差配ですか。早速ですがあなたが運んできた、舌切り雀《すずめ》の大きな葛籠《つづら》のような荷物の中身は何ですか？」

「自衛隊の感染防護班からお借りした、防護服着脱練習キットです。至急だったので三着分しか用立てできませんでしたが」

「エブリバディ、この女性の素晴らしい機転に、クラップ・ユア・ハンド」

名村教授が立ち上がって、拍手をした。その勢いに押され俺もぱちぱちと拍手をする。

「ところであなたのような部外者が、なぜ自衛隊の中枢物資を入手できたんですか？」

「上司の白鳥が武漢のチャーター機が到着した直後の混乱したどさくさで、わたしを自衛隊感染対応部隊の研修に出したんです。五日間、みっちり研修を受けて、実質的に感染管理認定看護師の資格があるレベルというお墨付きを頂きました。今朝方、防護服と防護マスクの着脱練習用キットを持参して東城大に向かうようにと指示され、こうして参りました」

「そんな権限をお持ちだとも思えないんですが、よく、白鳥氏はそんな手配ができましたね」

「白鳥局長は手配していません。全部丸投げです。文句を言われたらこう言い返せ、という指示は受けました。実際に役に立ったので、それが上司としての手配と言えるかもしれません」

「へえ、白鳥さんは、どんな屁理屈を教えてくれたんですか？」と俺は興味津々で訊ねた。

「『厚生労働省新型コロナウイルス対策本部マスク班班長代理補佐からの要請だ』と言え、と指示されました」

なるほど、確かに筋は通っている。さすがロジカル・モンスター。

「さて、そろそろ時間です。四階に行きましょうか」と俺が言った。

姫宮が重そうなバッグを抱え上げようとしたので、俺が代わりに持った。

時刻は十一時五十分。まだ開会十分前なのに大講義室は既に満員だった。白衣姿の看護師ががやがや話している。講義室の最前列には最初に招集したリスクマネジメント委員会の面々が顔を揃えている。

返信時より参加者は増え、ほぼ全員いる。真ん中で腕を組みふんぞり返っている外科学教室の垣谷教授は、見るからに不機嫌そうだ。隣に倫理のボス、エシックス・コミティ代表の沼田《ぬまた》教授、その隣は最近第一解剖学教室の教授に就任した藤田《ふじた》教授、隣に古参の第二病理学教室の草加《くさか》教授など、うるさ型の面々が顔を揃えている。

そして俺の両脇には、感染症学会のナパーム弾と厚生労働省の氷姫。

最終兵器的な二人に挟まれた三蔵法師的ポジションの俺は、急に胃が痛くなってきた。

15章　ナパーム弾、桜宮に炸裂す

二〇二〇年二月
桜宮・東城大学医学部付属病院黎明棟

大講義室の入口で俺たちに近寄ってきた如月師長が、姫宮の顔を見て立ち止まる。

「あれ？　あんた、どこかで会ったことあるわね。そのデカい図体に、そこはかとない見覚えがあるんですけど」

「ご無沙汰してます、如月先輩。あの頃は新人の指導役でしたが、今は師長になられたそうですね。ご指導いただいた姫宮です」

「思い出した。姫宮、あんた立派になったわねえ。騒動の最中にいきなりいなくなっちゃうんだもん、びっくりしたわ。今はどこで働いているの？」

「その節はおいとまも告げず失礼しました。実は当時も今も、わたしはここで働いています」

そう言って姫宮は、先ほど俺たちに配ったのと同じ名刺を差し出した。

「え？　あんたって厚生労働省の職員だったの？　あたしが知り合いの厚労省のお役人っていうと、ひとりしかいないんだけど」

「たぶん、如月先輩がお考えになっている、その方の部下なんです、わたし」

「ええぇ？　マジ？　あんた、よくそれで人間壊れないわね」

「おかげさまでなんとか」

俺は二人の会話に割って入って言う。

「看護師さんの手配、ご苦労さま。猫田さんの威光は、全然衰えていないようですね」

「それだけではこんなに集まりません。みんな重要な問題だと思ったから集まったんです」

せっかく後ろからこっそり入ったのに、名村教授が足音高く講義台に向かったので、注目を集めてしまう。仕方なく俺は名村教授の後に続いて登壇した。するといきなり垣谷教授が言う。

「田口委員長、どういうことだね。立ち上げたばかりの新型コロナウイルス対策本部の緊急会議だと言うので来てみたら、大勢の看護師と一緒とは。一体何をどうするつもりかね」

俺がマイクを取ろうとしたら、名村教授が奪い取って、いきなり話し始める。

「初めまして。蝦夷大学感染症研究所の名村、と申します。ただいまのご質問は私がお答えするのが妥当だと思います。本日、厚労省のシンコロ対策本部の担当官から派遣され、ここ、東城大でシンコロ陽性患者の受け入れをお願いすべく、伺った次第です」

そう言って名村教授はぺこり、と頭を下げた。それから続ける。

「田口氏は私からの要請で新型コロナウイルス対策本部の緊急会議を招集してくれたので実地の下見をしていたら同行した看護師長にシンコロのレクをしてほしいと依頼され、それなら対策本部のと十把一絡げで済ませたいと田口氏にお願いし、合同開催になりました。私は一連のレクを終えたら横浜に行くかもしれません。停泊中のクルーズ船の船内はしっちゃかめっちゃかで事態収拾に悪戦苦闘中で、どれもこれも最初の設計を間違えたせいで、同じことを繰り返してはならないので最初の設計はしっかりします。ゾーニングの意義をきっちり理解していただくためレクと議論と質疑応答と指導を全部ひっくるめて同時に済ませてしまいたいのでご了解ください」

一気呵成の名村教授の言葉に、垣谷教授は沈黙する。

「以上、よろしいですか？　シーン、ではノーアンサー・ミーンズ・イエスとみなして……」

そこに待ったが掛かる。言わずと知れたエシックス・コミティの減らず口、沼田教授だ。

「新たな取り組みを病院で実施する場合には、まずは院内倫理審査委員会で、その倫理性をきちんと議論し、承認した上で、実地に移すというのが通常の手順であって……」

「それは平時の理屈で今は非常時です。敵が迫っているのに発砲許可を待っているようなもので、それではゴジラは倒せません。倫理はコトが済んだあと、ゆっくり検討してください」

粘着質で手強い沼田教授を一蹴すると、もはや誰も口を開こうとはしなかった。

「他にありませんか？　ない？　ＯＫ。ではレクを始めます」

名村教授がナパーム弾と呼ばれる由縁を、俺は心底理解した。名村教授は映写システムをオンにするよう指示すると携帯をシステムに接続する。スクリーンに球体のウイルスが映される。

「これが新型コロナウイルスＣＯＶＩＤ-19の電顕写真です。コロナとは王冠という意味で、そう名付けられたのは球体の表面から飛び出たスパイクが王冠のように見えるからです。いいですか、コイツが『敵』です。この『敵』からいかに身を守るかをこれから説明します」

一瞬で場が緊張に包まれる。短い言葉で名村教授は集まった人々の気持ちを集中させた。

「まず、この『敵』を打ち破ることは不可能です。いいですか、ここ大切ですから繰り返します。シンコロを打ち破ることは不可能、不可能なんです。ならばどうしたらいいのか。排除が不可能ならば共存しかない。ただ厄介な病原体で共存は難しい。すると人類がシンコロに合わせた社会を作るしかない。我々がここでやることは、そのひな形作りなのです」

「お話が難しすぎてよくわかりません。桜宮にコロナは来ていないのに、なぜこんなことをしなくてはならないんですか」と別の看護師が手を上げて質問する。

「ごもっともな質問ですね。厚労省からの内密の依頼でダイヤモンド・ダスト号のシンコロ患者のうち軽症者をここで引き受けてもらうことになったからです」

嘘でしょ、信じられない、という看護師の小声が響く。俺も度肝を抜かれた。

それは対策本部を立ち上げた後で徐々に発表するのが筋だろう。何しろ白鳥からの極秘依頼はあったものの、まだそれが正式依頼かどうか、わからない状況なのだ。だが名村教授からすれば、ここで依頼を暴露するのが手っ取り早い。そうすれば一気に覚悟は広がるし、依頼が空振りしてもそれならめでたしめでたし、というわけだ。俺はナパーム弾の発想法を理解し始めていた。

「この依頼をアンラッキーと思っている人はいますか？　そう思った方は挙手してください」

名村教授の質問に、左右を見回した看護師の数名がおずおずと手を挙げた。驚いたことに最前列のシンコロ対策本部委員会は全員挙手した。

「なるほど、七割の方がそう思っていますね。でも大間違い、あなたたちは選ばれしラッキー・ガイ、じゃなくて女性もいるからラッキー・ピープルです。なぜなら厚労省が拘る水際阻止作戦は大失敗して、ある日シンコロが、名乗りもせずひっそりとやってくるからです。医療従事者は無防備に対応する結果、院内感染が広がりクラスターが発生する。でも誰も気づかない。実体を知らないんですから。そうして病院はシンコロによって崩壊させられます。怖いですねえ」

会場は静まりかえる。名村教授の話には無理も無駄も、そして容赦のかけらもなかった。

「でもみなさんは意識的にシンコロを受け入れる。このトレーニングができる病院は他にありません。厚労省は日本にシンコロは入っていないと強弁して外部からのシンコロ追跡に夢中です。でも中国人が大勢日本に来ているのにシンコロが入ってこない道理がない。しかしこれから国が公表する感染者数は低くなります。だって検査してないんですから。その中でシンコロがそこらじゅうにいるという前提で医療にあたるみなさんは、シンコロ最先端対策部隊なのです」

講堂の空気は大きく変化した。半信半疑から、一心に聞く雰囲気になっている。

「ではステップ2『シンコロ、これで怖くない』へ行きます。これは一番大切なところですが、これは簡単です。シンコロがいる場所といない場所をきっちりわけ、いない場所にシンコロを入れないようにする。これだけです。患者に食事を運び処置をし検体を運ぶのは看護師さんです。シンコロ患者と触れたら全てシンコロ陽性＝ポジティブなので『コロポ』です。検体や食事後の皿も『コロポ』です。患者と接する時に防護服を着ますが防護服の外側は『コロポ』で内部はシンコロ陰性＝ネガティブで『コロネ』です。なので決められた場所以外では絶対に防護服は着脱しない。そうして外に持ち出さないようにする、ここ、一番大事です」

名村教授はバンバンと掌《てのひら》で黒板を叩いた。何人かの看護師がメモ帳を取り出した。

「シンコロがいるエリアはレッドゾーン、いない場所はグリーンゾーンで、レッドとグリーンは絶対に混ぜない。要はそれだけ。ゾーニングの徹底が必須です。感染患者の面倒を見るのは主に看護師さんのお仕事、ということは、レッドとグリーンの国境上にいる看護師さんの挙動が病院の存亡を決めると言っても過言ではありません」

講堂内にいた看護師たちの表情が、緊張感で引き締まる。

「患者さんに接する看護師さんは防護服を着る。鬼は外はレッドでコロポ、福は内はグリーンでコロネです。そこがごちゃごちゃになってしまう最大の危険地帯は、防護服の着脱場です。といってもピンとこないでしょうから、実地にお見せします。姫宮嬢、カモン」

バッグを手に姫宮が壇上に上がると「あれ？　あの娘、見たことある」と小声が上がった。

「姫宮嬢、トレーニングセットを用い、防護服・防護マスクの着脱のお手本を見せてください」

こくりとうなずいた姫宮は防護服を取り出し手際よく着て、最後に防護マスクをつけると仰々しい検疫官姿になる。ぺこりとお辞儀をして防護服を脱ぎ始める。脱ぎ終えた防護服を丸めて置くと最後にマスクを外して服の上に置いた。そしてまた、ぺこりとお辞儀をした。

名村教授は拍手をしながら言う。

「さすが厚労省から緊急派遣されてきた、感染管理認定看護師の実質的資格の持ち主、完璧です。ただ素人目には普通に服を脱ぎ着しただけに見えたでしょうから、ポイントを説明します。もう一度防護服を着てください。私がストップ、と言ったらそこで動作を止めてください」

姫宮はうなずくと防護服を着始める。だがストップは掛からず着終えてしまい姫宮はぺこりとお辞儀をした。そこで初めて、ストップ、という名村教授の声が掛かった。

「防護服を着る時はグリーン内なので特段注意は必要ありません。そもそも手術室で厳密な清潔を保つためのディスポ服なので、本来は着る時により注意が必要ですが、シンコロ対策で着用する場合は問題になるのは脱ぐ時です。ここまでで何か質問ありますか？」

前列の看護師が質問するとそれまで歯切れよく喋っていた名村教授がいきなり口ごもる。

「着終わった時と脱ぎ終わった時にお辞儀をされるのは、どういう意味があるのですか？」

「あ、いや、それはですね、私は存じ上げないのですが、感染症対策には常に未知の最先端の知識が投入されるので、私も都度都度、アップデートしているわけでして」

いきなりしどろもどろになった名村教授の隣で、防護服に身を固めた姫宮があっさり言う。

「クセ、です」

場が静まりかえる。名村教授は咳払いをひとつすると、おもむろに口を開く。

「さすがトレーニングを積んだプロ中のプロ、簡単にやっているように見えますが、実は多くのポイントを軽々とクリアしています。ではこれから脱ぐときのポイントを説明します。姫宮嬢、脱ぎ始めてください」

こくりとうなずき姫宮は背中に手を回し紐をほどき、エプロンを脱ぐように前に脱ぐ。

「ストップ。ほら、脱いだ外側には触れていませんね。はい、進めて。そう、子どもがセーターを脱ぐ時に裏返しになるのと同じように防護服を裏返しにして外部を丸めた服の内部にしまいこむように、そうそう、あ、そこ、もう少しゆっくり、そうです、ほーら、脱ぎ終えた防護服はお団子になり身体に密着していた内側が外になってるでしょう？　ここがポイントなんです」

名村教授は、姫宮の回りをうろうろと歩き回りながら続ける。

「マスクを外す時も要注意。姫宮さんのビューティフルな外し方にご注目、マスクの外側には指一本たりとも触っていないでしょ。エブリバディ、クラップ・ユア・ハンド」

今回は会場中に盛大な拍手が満ちて、名村教授は満足げだ。

「さすが姫宮嬢は脱いで丸めた防護服の内側にレッドを封じ込めました。着脱場はレッドだということをしっかり認識してください。というわけで一番重要な患者対応する看護師さんのグリーンの守り方でした。とにかくレッドとグリーンは混ぜるな危険、赤と緑を混ぜたら何色になりますか？　正解は黒、ダークゾーンに落ちてしまいます。ルーク、フォースを使え。……ええと、とにかくこのトレーニングは今すぐ直ちに始めてください。姫宮嬢、直接指導をよろしく。若月嬢と如月嬢で相談して、シンコロ担当看護師を決め、着脱訓練を開始してください。ええ、今すぐです。シンコロ患者がいつ搬送されてくるか、わかりませんからね」

如月師長と若月師長は、顔を見合わせてうなずいた。名村教授はぽん、と手を打って言う。

「大切なことを思い出しました。検査技師さんの問題です。臨床検査技師さんはふだんから細菌感染検体を扱い慣れているので、それに準じて対応してください。ただシンコロに関わる廃棄物は別に設定してください。ＣＴ撮影する放射線技師さんも徹底してください。画像診断検査室は一部、シンコロ専用にしていただけるといいと思いますが、いかがですか？」

「対応を責任者と検討します」と俺は答えた。島津に言えばいいだけだから簡単だ。

「以上でシンコロ・レクは終わります。なにか質問はありますか？」

そう言って名村教授は周囲を見回した。誰も声を上げない。

「ご理解、感謝します。わからないことやどうすればいいか迷ったら、こちらの田口氏に問い合わせしてください。二十四時間、三百六十五日対応します」

おい、勝手に俺の勤務時間を拡大するな、という間もなく、名村教授は続けた。

「田口氏から転送してもらい、目を覚ましていれば即レスします。というわけで昼休みが終わりましたので看護師さんはお帰りください。これから黎明棟を受け入れ病棟にするための作業に入りますので数名残ってください。説明後、看護師さんには防護服の着脱訓練をします」

看護師たちは一斉に立ち上がると何人かで話し合い、八人が残り、他は部屋を出て行った。

名村教授は話を続けた。

「では、シンコロ対策本部緊急会議レクを始めます。と言っても追加説明は特にナシ。問題点や質問事項がありましたらどうぞ」と言われ、垣谷教授が苦々しい表情になった。

だが誰も何も言わなかった。ナパーム弾の通り過ぎた後は焼け野原だ。

「お時間がある先生はコロナ受け入れ棟準備作業にお付き合いください。一時間程度です」

シンコロ対策本部のメンバー半分と看護師の十二名が部屋に残った。名村教授が言う。

「私が理解したところでは黎明棟は旧東城大学医学部付属病院として機能していて二階に旧手術室とＩＣＵ、三階までは外来窓口、事務、医局、講義室があり、大半は休眠中。四階から十二階までが従来の病棟ですがホスピス患者が入所中、とこれでいいんですよね」

「概ねその通りです。ただし黎明棟の開所当時からの方針で、ホスピス入所者には治療はしないので、患者ではなく『お客さま』と呼んでいます。現在十五名の『お客さま』が滞在しています」

黎明棟の若月師長が答えると、名村教授はうなずく。

「確かそのお客さまにもお手伝いしていただけるんでしたね。では最初にシンコロ患者の受け入れから始めます。一階ロビーの見取り図をスクリーンに出してください」

見取り図を眺めた名村教授は、レーザーポインターで場所を指しながら言う。

「東入口を患者専用にします。薬局前のスペースを受け入れ患者の待機所にします。一階の動線は一番重要ですので最後に説明します。ではまず入院病室の実地見学兼設置に行きましょう」

名村教授は階段で二階に下りると、手にした赤い付箋をぺたりと張り「重症者」とメモする。

「二階は重症者フロアです。重症者は人工呼吸器管理が必要なので旧ＩＣＵ病棟を重症患者病棟にして、更に重症化したらオレンジ新棟一階へ移送します」

その言葉に同行者はざわめいた。長年閉鎖されていたオレンジ使用まで根回しが済んでいることで、このミッションが病院全体の使命なのだということを実感したようだ。

それからナースステーションに行き、扉に緑の付箋を貼る。

「基本、どの階でもナースステーションは全てグリーンです。これは死守すること」

若月師長は、名村教授の側に寄り添い、彼の言葉を携帯のボイスレコーダーで録音している。

「では上に行きます。四人部屋は二人で使用にします。区分けは厳密でなくて構いません」

名村教授はそう言うと足早に階段に向かい、その後をぞろぞろ十二名のメンバープラス俺、若月師長、如月師長が続く。ふうふうと息を切らした垣谷教授が、階段の踊り場で俺を呼び止める。

「田口君、私はここで失礼する。忌々しいが度外れ教授の言うことは医療の基本だから支持するしかあるまい。今後は委員長に一任する。私は本業の外科手術に専念させてもらう」

「了解しました。ご理解とご支持、ありがとうございます」

ふん、と言って、鼻息荒く、垣谷教授は階段を降りていく。俺は急いで階段を上っていく。四階はスタッフルーム、五階から十一階は軽症患者部屋にした。そうして最後にたどり着いた十二階の旧神経内科病棟、通称極楽病棟で、名村教授はしばらく腕組みをしていた。

「不思議な雰囲気の病棟ですね。ここはブランクにします。でも何やら、あちらからは不思議な気の流れを感じますね」と廊下の突き当たりを見ながらそう言われて、俺はぎょっとした。

そこは東城大の因縁が錯綜した特室「ドア・トゥ・ヘブン」があった場所だった。

だが名村教授はそれには拘ることなく、あっさりと続けた。

「では一番重要な一階受け入れの動線を説明します。各自、一階ロビーに集合してください」

そう言うと名村教授は脱兎《だっと》の如く階段を駆け下りていった。残された者は顔を見合わせたが、エレベーターに乗り込む。一階に到着すると名村教授は既にロビーの真ん中に陣取っていた。

みんなが到着すると名村教授は足音高く歩き回り、身振り手振りを交えて話し始める。

「ここがゾーニングの第一歩です。小机を二十卓、机の両側に椅子を対面式に設置して病歴を取って聞き取り役の看護師さんはマスクとフェイスガードを付け患者に決して接触しない。患者と看護師さんの間にビニールのスクリーンを張りましょう。アナムネを取り終えたら、薬局前のデスクで待機してもらい、三人集まったら三台あるエレベーターの左を使い、収容階まで案内してください。案内役は防護服を着て患者の案内に徹してください。後で色分けしたビニールテープを床に貼ってもらいますが、絶対にレッドからグリーンに越境しないことが大切です。レッドはレッドに封じ込める。ゾーニングはそれが全てです。ね、簡単でしょう？」

名村教授は小机とパイプ椅子を持ってきて、机を挟み椅子をふたつ向かい合わせに置いた。

「こんな風に設置して二十組、間隔は離してください。こんな風に決めても、実際に患者を受け入れる時は予期せぬトラブルが必ず起こります。どんな時もゾーニングは死守してください。他は多少いい加減でも構いません。レッドがグリーンに侵入したら即座にそこをレッドにして切り離す。大切なのはそれだけです」

看護師たちは真剣に名村教授の言葉を聞いていた。彼の意図は完璧に理解したに違いない。なぜなら名村教授の原則はきわめてシンプルだったからだ。名村教授は続けて言った。

「さっきの付箋をビニールテープで貼り直し、レッドとグリーンの区分けをきっちりしておいてください。後は患者が運ばれてきた時にいろいろ問題が起こるでしょうから、その都度考えてください。ただし基本は今日、説明したことが全てです。次は簡単な原則と違い、習得困難で地道な訓練が必要な、防護服の着脱訓練に移ります。今、残った人は全員このトレーニングを受けてください。合格点を取るまでは帰しませんので、覚悟してくださいね。では姫宮嬢、ご指導をお願いします」

すると姫宮はこっくりうなずくと、大きな鞄から三着の防護服セットを取り出した。

「八人の看護師さんがいらっしゃいますので、二人一組で一着を使ってください。一列に並び、私が合図したら着始めて、着終わったらそこで待っていてください。それではどうぞ」

姫宮は、完全に名村教授の右腕になっていた。看護師さんの着方をあれこれ注意している名村教授に、俺は声を掛けた。

「もし先生が数日、ご滞在なさるなら、宿泊する部屋を提供しますが」

すると名村教授は、振り返って答える。

「ありがたいです。私は寝袋ひとつ、毛布一枚で大丈夫なので、どこでも構いません。ああ、でも、願わくば、オレンジ新棟三階を希望します。いつでも救急病棟の一階を見学できますし、合間にプラネタリウムも楽しめますから」

「あのプラネタリウムは旧式で病院の予備電力を使って全電源を供給しないと無理なんです」

あわてて言った俺に、如月師長が横から口を挟んだ。

「あらやだ田口先生、いつの時代のことを言っているんですか。それは初回の上映の時のことで、二回目からは城崎さんが電源を改造してくれたおかげで必要電力が大幅にカットされ、いつでも上映できるようになったんですよ」

それもそうか。そうでなければ毎年上映会なんてできるわけないな、と俺は苦笑した。

「それなら事務に手続きをしておきます。如月師長、着脱訓練が終わったら、名村教授をお連れしてください」

「了解です」と如月師長はうなずくと、若月師長と並んで熱心に着脱訓練を見学していたが、やがてその中に入り訓練に加わった。看護師さんたちに「ほら、またレッドに触った。ね、なかなか難しいでしょう?」と嬉々として訓練指導に当たる名村教授の声がロビーに響いた。

横浜港に停泊中のクルーズ船のシンコロ陽性患者受け入れを承諾した東城大では準備が着々と進められていた。だがそこにフライング気味の患者搬送が行なわれ、黎明棟は混乱を来した。県内の感染症指定病院は最初に下船した重症者の受け入れで手一杯になり、軽症者の受け入れを承諾していた東城大にいきなり三十五人の患者が押し込まれて来たのだ。

軽症者といいながらも呼吸困難な重症患者も数名いた。

ただしシンコロ感染者は、人工呼吸器の適用でなければ軽症者に入るので、軽症者の集団であることは間違いなかった。それでも問題が起こらなかったのは、感染症のプロ名村教授が病院に滞在してくれていたことと、スタッフに対し教授の事前のレクがされていたからだ。しかも看護師全体にそのレクが行き渡っていたことが何より大きかった。

だがそんな優位はあっという間に消え失せてしまった。搬送されてきた第一陣が、黎明棟一階玄関前に到着した時、出迎えた名村教授は激怒した。

「これだけ密に詰め込んだら隔離搬送にならないじゃないか」

四十人が定員の自衛隊の護送バスに三十五人が詰め込まれていたのだ。名村教授の怒りたるや想像にあまりある。しかも受け渡しを済ませるとバスはさっさと去ってしまった。確かに搬送を頼まれただけだからそれ以上はどうしようもないのだろう。残された彼らが手にしていたのは、自分の名前と性別、年齢を記載したタグだけで、問診票や聞き取り表はなかった。

「ええい、仕方がない。打ち合わせ通り一階ロビーの入口の左、薬局前のスペースにこの人たちを集めてください」

だがまだ仮のビニールテープによる区分けしかできていないのを見ると名村教授は、またまた激怒した。

「シット、ゾーニングがメチャクチャだ。ダメダメ勝手に入っちゃ」

だが長い間船内に閉じ込められていたクルーズ船の乗客は、うろうろと勝手に動き回る。

「ああ、これじゃあ、例の船と一緒になっちまう。ストップ。てめえら、死にたくなければ言うことを聞け。いいか、今の場所から一歩も動くんじゃねえぞ」

名村教授のドスの利いた声に、うろついていた人々はぴたりと凍り付いた。

「よおし、いい子だ。そのまま聞け。今からこのテーブルで聞き取りをする。向かいの看護師には絶対に触わるな。聞き取りが終わったら薬局のデスクのところに集まれ。防護服を着た看護師が病室に案内する。一度に三人まで、他はいい子でそこで待っていろ。エレベーターは左側を使い他は絶対に乗るな。いいな、絶対だぞ。病室に案内されたら同室の人とお喋りするな。死にたいなら勝手にしろ。俺の話がわかったヤツは、そのまま距離を取って三列に並べ」

好き勝手に動き回っていた患者たちは、荒ぶる魂がふうっと抜けたように、がらがらと荷物を引いておとなしく並んだ。

すると名村教授は、元の穏やかな口調に戻った。

「クルーズ船の乗客は大荷物なんですね。想定外でした。では荷物はまとめて後方に置いてください。後で部屋に運びますから、付箋で名前をつけておいてください」

その指図はクルーズ船で慣れているのか、みな粛々と従い、取りあえず混乱は収まった。

「フロア全体がレッド・ゾーンになってしまいました。患者さんの収容が終わったら表示を変えておいてください」

名村教授は若月師長に小声で告げた。こうしてドタバタ騒ぎは初日の搬送患者を全員収容したため一旦収まったかのように思われた。だがすぐに再燃した。入院直後に症状が悪化し、入院部屋に入った翌日に人工呼吸器の挿入が必要になり、オレンジ新棟に移送された七十代の女性が、わずか二日後に死亡してしまったのだ。

その女性は偶然にも桜宮の居住者だったので、夫がすぐやってきた。

だが遺体との面会も許されず、葬儀もできず、遺体は火葬されて、遺骨になって渡された。

なので、夫はキレた。

「なんでそんなことになるんですか。医療ミスでもあったんでしょう」

遺族に対応したシンコロ対策本部の本部長の俺は説明に窮したが、助け船を出してくれたのが名村教授だった。名村教授はシンコロの危険性、感染症状を諄々《じゅんじゅん》と説明し、亡くなった患者の持病に高血圧と糖尿病があり、高リスクだったことなどを、専門的な論文を引用して説明した。

半信半疑だった遺族も日本最高の感染症対策専門家である名村教授の説明を理解し、最後は納得して退院された。俺はほっと胸をなで下ろした。

「名村先生がいらして助かりました。私にはあそこまで説得力のある説明は不可能です」

「それはキャリアと知識量が違うので仕方ありませんよ。でもいいテストケースでしたね。コロナ禍での死者を医療ミスと疑われたら説得に難儀ですね。そうしたケースで重要な基礎データとなる解剖はやれっこない状況ですから」

「Ａｉを使えばどうでしょう」

「何ですか、それは。初耳です」

「オートプシー・イメージング、つまり死亡時画像診断のことです。間質性肺炎の診断がつくのでＡｉをスクリーニングに使い、間質性肺炎の死者がいたらＰＣＲを実施すればいいんです」

「それはいい。すべての死者にＰＣＲはできませんからね。そういえば厚労省の死亡者統計を見ていて気になったんですが、二月前半のインフルエンザ肺炎の死者が急増しています。死亡時医学検索が十分でなければ、インフルエンザ肺炎による死者の中に、新型コロナ肺炎の死者が混じっていても、不思議はありませんね」

「日本は死者の医学検索をしているのは解剖の２％だけですからね。死因不明社会なんですよ」

「コロナが蔓延すれば、コロナ死を見逃す可能性があるわけで、確かにＡｉでスクリーニングしてからＰＣＲを実施すれば、正確な死因確定になりますね。今回のコロナ禍で日本の疫学は世界的に信頼を失い、日本は疫学の三流国に落ちぶれてしまいました。でもＡｉを使えば、名誉挽回できるかもしれません。確かに有力な検査ですね。なるほど、Ａｉねえ」と名村教授はしきりに感心したようにうなずく。感染症対策の第一人者がＡｉを知らなかったのかと少々がっかりしつつ、アピールできてよかったとも思う。桜宮岬にあった桜宮Ａｉセンターは事故で倒壊したがその後、病院内に移設され、センター長も画像診断の専門家で雀友の島津が着任している。

そう、実は東城大はＡｉの聖地なのだ。

俺はふと、法医学者はどう振る舞うだろうかと考えた。本来なら死因不明の遺体を検査するといって死体検査専用ＣＴを法医学教室に導入したのだから、死因不明のコロナ疑い死者は積極的にＡｉで調べるべきだが。彼らは、事件性のある遺体だけが自分たちの業務の対象だと言い張るだろう。あるいは遺体のＰＣＲができず、法医学者が危険に晒されていると大騒ぎするか。

同様な問題は葬儀業者にも起こり得るが、法医学者はそんなことには言及せず、自分たちの身を守り、権益拡大につながることだけを大声で主張するに違いない、と俺は確信した。

「さて、第一陣が来て、後方支援の困難さが、おわかりになったと思います。いよいよ、患者の区分けと施設のゾーニングをきちんとやらないと大変なことになりますよ」

名村教授のレクのおかげで、東城大のメンバーは、肝に銘じているのは間違いない。

そこに第二陣の患者集団が搬送されて来た。自衛隊のバスで搬送された二十人だ。みな、自力歩行が可能な軽症者だったが、ひどく咳き込む者もいた。これで入院患者は五十人。

あっという間に病棟の半分が埋まってしまった。

だがそれでもスムースに患者を収容できたのは、第一陣の混乱を反省し、現場のナースが自分たちで問題点を洗い出し、改善したからだろう。

その頃、品のいい老婦人が七階の個室に案内された。「熱が高い方は個室に入ってもらっているんです」と看護師が言った。「そうですか」と言って老婦人は咳き込む。それからベッドの柵のネームプレートを見て「あら」と小声で言う。それを見た看護師が「前の患者さんのプレートを外し忘れていました。すみません」と言ってプレートを外して、出て行こうとした。

「あの」と老婦人は呼び止める。

「その方はこの部屋に入っていらしたんですね。今、いないということは退院されたんですか？」

「他の患者さんのことは、言ってはいけないことになっているんです」

「そうですよね。でもその方はクルーズ船で同室で、二週間近く一緒に過ごしたもので、つい」

看護師はじっと老婦人を見つめたが、小声で言った。

「お友だちだったんですか。それなら特別にお教えします。私が言ったってことは内緒にしてください ね。この方は昨日、急に容態が悪くなってオレンジ新棟という、重症患者を集める病棟に移されました。その後はわかりません」

そう告げると看護師は姿を消した。老婦人は「晴美さん……」と呟いた。

視線を窓の向こうに投げる。キラキラと、水平線が光って見えた。


同じ頃。オレンジ新棟三階で、名村教授はベッドに寝そべり天井で巡る星座を見つめていた。

そこに二階病棟の如月師長が駆け込んでくる。

「また患者さんが急変しました。先生、お願いします」

名村教授はゆっくりと身体を起こした。

「如月嬢、私に頼むのはお門違いだ。私は感染症の専門家で救急処置はズブの素人なんだから」

「そうなんですか？　あんなにズバズバと適切な指示を出していらしたのに」

「それは、感染症対策に関してだからだ。救急は何もできないんだ」

「ああもう、佐藤先生はＰＨＳに応答しないし。たぶん手術患者のケアしてるんだわ。救急病棟はオープンしてないのに重症患者を運び込むなんて、どうなっちゃうのかしら。ほんとに名村先生はからきしダメダメなんですか」

「その言われ方は傷つきます。だいたいですね」と言いかけた時、名村教授の携帯が鳴った。

「はい、はい、わかりました。すぐ向かいます」

そう言って携帯を切った名村教授は、如月師長を見て苦笑いした。

「白鳥氏から東京に戻るように言われました。私に遠隔監視装置をつけているみたいに人がヒマだと見越したタイミングですね。まあでも激甚感染症の最前線は戦場の最前線と同じですから、仕方ありませんね。というわけでこれにて失礼します。田口氏によろしくお伝えください」

名村教授は飄々とした足取りで、姿を消した。如月師長は掌で自分の腿《もも》を叩くと、叫んだ。

「ああ、もう。救急病棟を復活させるなら、救急医の手配をしてからにしてよね」

それは誰に向けた非難か、わからなかった。フライングで患者を押しつけられたのだから万全の準備などできているはずがない。東城大学医学部付属病院の混乱をその一身に引き受けたかのような如月師長は、怒髪天を衝く、といった形相でそのまま部屋を飛び出していった。

つい今し方、名村教授がここを去ったと如月師長から聞かされた俺は頼りなく感じたが、そこに彦根から電話が入った。保阪貴美子という七十代女性が入院したら知らせてほしいという。

雪見市救命救急センターの速水の部下の看護師の親族だという。

俺は名前と属性を簡単にメモして、彦根に承諾の返事をした。

「そういえば、速水にはダメ元で、東城大のヘルプのため帰還要請をしたんだが、けんもほろろに断られたよ。北海道の様子はどうなんだ？」

「北もてんてこ舞いです。研修医が感染してヤバいんです。僕も母校の危機だからお手伝いに行きたいんですが、北海道と東京の往復で行けそうにありません。でも東城大の対策本部の本部長に就任された田口先輩に、僕からちょっとしたプレゼントをお送りします」

「なんでお前がそんなことを知っているんだ？」と問いかけた俺は、その答えを聞くことができなかった。そこに第三陣の患者集団が搬送されてくる、という連絡が入ったからだ。

俺は電話を切ると、若月師長に電話をして保阪貴美子という入院患者がいるか確認を頼んだ。

その時、病棟で急変患者が出たので若月師長は搬送に付き添い中で不在なので後でかけ直すという返事をもらった。なので、俺はとりあえずそのことを彦根にメールを打った。

だがその後すぐに、俺のところに垣谷教授からの文句の電話が掛かってきたので、俺はすっかりそのことを失念してしまった。


二日後、彦根からの贈り物が届いた。

不定愁訴外来で、珈琲を飲んでいるところにノックの音がした。

扉が開くと、スレンダーで小柄な女性が、部屋にするりと身体を滑り込ませてきた。

「彦根先生から、田口先生のお手伝いをするようにと言われて参上しました」

スーパー画像診断医にして彦根のパートナー、桧山シオンは、細い髪をさらさらと揺らして、会釈する。

「そうですか。助かります」と俺は言い、Ａｉセンターの島津センター長に電話を掛けた。

桧山シオンがやってきたその翌日、クルーズ船内に潜入して、その問題を指摘した名村教授の動画が公開されて物議を醸した。識者は名村教授の独断専行を糾弾し、彼のエキセントリックさを言い立てた。だが東城大の医療スタッフは、名村教授の事前レクチャーがまさに現在のコロナ禍に対応する唯一の正解だということをはっきり思い知ったのだった。

後日、東城大学医学部・黎明棟は、感染患者百十一余を受け入れながら院内感染ゼロを実現した「奇跡の病院」と称賛されることになるのだが、それはまだしばらく先の話だった。

16章　北海道・緊急事態宣言発令

北海道・雪見市救命救急センター
二〇二〇年二月

二月下旬。雪見市救命救急センターは息を潜めていた。

極北市民病院との連携はスムースで、極北市＝雪見市の広域で内科外科の分業体制が完成した。もともと極北市の救急患者を引き受けていた雪見市救命救急センターは、この分業で業務が軽減された。濃厚接触者を自宅待機させ、職員数が半減してしまった同院にとっては天佑《てんゆう》だった。

速水センター長は濃厚接触者として自発的に隔離したが無症状で、自宅待機代わりにセンター長室に詰め、その階のトイレに出るくらいだった。食事は病院食で厳しくチェックされ、食堂の職員のストレスが少し増した。実害はそれくらいで病棟の変化はなかった。

それは当然で、ＩＣＵは閉鎖されていたため重篤な入院患者がいなかったからだ。

ＩＣＵ適用患者は蝦夷大の救命救急センターの満島《みつしま》センター長にお願いしていた。

入院した大曽根はＰＣＲ検査で感染者と認定された。同時に検査した熱発した看護師二人も陽性だったが、感染者はその三人だけだった。速水はモニタで繋がるＩＣＵ隔離室の大曽根と話をする機会が増えた。生まれは信州の山奥で、高校で松本《まつもと》に出て大学は蝦夷大に合格したという。

「山間の小村ですが、星が綺麗なんです。獅子《しし》座の流星群を一晩中寝ないで見てました」

「遅太郎が天文少年だったとは意外だな。どうせ地上の織姫《おりひめ》でも追いかけていたんだろ」

「速水先生に言われると傷つくなあ。女性にモテモテなのに救命救急一筋の方ですから」

「俺は不器用なだけだ。大切に思っている女性にはいつも愛想を尽かされる」

「驚きました。僕が先生だったら手当たり次第、好き放題しただろうなあ」

「お前、そんな調子で保阪に手を出したわけじゃないだろうな」

速水が部下の恋愛沙汰に口を出すなんて滅多にない。ひょっとしたら初めてかもしれない。

「あの子は僕にはもったいないですよ。怖くてキスもできません」

「ふん。それが本気で惚れるということだ。せいぜいその怖さを大切にするんだな。そうしたら、お前の想いは叶うかもしれんぞ」

「速水先生に恋愛指南してもらうなんて、もう二度とないだろうな」

そう言った大曽根は激しく咳き込んだ。

「おい、苦しいのか？」と聞かれて大曽根はうなずく。

「咳が出ると。気管を硝子のヤスリでギシギシ擦《こす》られるように痛むんです」

「CTを撮ったのは入院した時だな。念のため胸部CTを撮像しよう」

速水はICUの病棟に電話を掛け、詰めていた看護師に胸部CTのオーダーを出した。

ついでにO2サチュレーションを測れ、と命じた速水の耳に看護師の声が響いた。

「速水先生、大曽根先生のサチュ、60％しかありません」

「60だと？　挿管準備しろ。すぐ行く」

速水は白衣を羽織り、その上から防護服を着た。マスクをしてゴーグルを掛ける。

「鬱陶しいもんだな」と言い、センター長室を出て大股でICUに向かった。

ICUに到着した速水は「遅太郎、お前、苦しくないのか？」と訊ねた。

「ちょっと息苦しいですけど、人工呼吸器は大袈裟です」と言いながら息切れしている。

「データ的には間違いなく人工呼吸器の適用範囲だ。ＣＴは撮れないから胸部写真を撮ったが、間質性肺炎の所見が強い。挿管するからセデーションを掛けるぞ」

「待ってください。保阪さんに、約束を果たせなくてごめん、と伝えてください」

「何だか知らんが伝言は断る。元気になって自分で謝れ。セデーションを掛けるぞ」

静脈ラインから鎮静剤を注射すると大曽根は目を閉じた。続いてラリンゲアル・マスクを挿入する。この方がチューブを挿管するより身体的負担は少ない。

処置を終え、控え室に戻ると伊達副センター長がいた。速水はどさりとソファに腰を下ろす。

「コロナってヤツは実に奇妙な病気だな。自覚症状が乏しいのに肺炎が高度だ。この乖離はなぜ起こるんだろう。ところで速水、お前は大丈夫なのか」

「ああ、別に症状はないし息苦しくもない」

「念のためＯ２サチュを測ってみろよ」

「心配性だな。でもまあ、伊達がそこまで言うなら測ってやってもいいぞ」

恩着せがましい言い方に伊達はむっとするが次の瞬間、速水が驚いた声を上げる。

「サチュが70％だと？　信じられん」

「胸部ＣＴだな」と伊達が言う。二十分後、速水のＣＴ写真を見て伊達は呻《うめ》いた。

「酷い間質性肺炎だぞ、お前。ここまで進行しているのに苦しくないのか？」

「平気だ。俺も患者と濃厚接触しているから、少しでもおかしいと思ったら検査したさ」

「そうだろうな。でも、こうなるとお前も感染者と見なさざるを得ないな。だが、なぜＰＣＲに引っ掛からなかったんだろう」と伊達が首をひねる。

速水は念のため自発的に待機してから二度、ＰＣＲ検査を受けたがいずれも陰性だった。

「ウイルスはいるが、増殖して外部に出ていないということじゃないのかな」

「無症候でPCR陰性のサイレント感染者か。厄介だな」

腕組みをして考え込んでいた速水は、腕組みをほどくと立ち上がった。

「PCR陰性の俺は診断上コロナ感染者ではないが、高度な間質性肺炎像とO2サチュの極度の低下という臨床像はコロナ肺炎の特徴だ。だから俺を感染者と見なすべきだと思うんだが」

「臨床的な確定診断というわけか。その判断に異存はない」と伊達が同意する。

「これで当院からは四名の患者が出たわけだ。こうなったらクラスター発生を公表した方がいい」

「そんなことしたら風評被害に晒《さら》されるぞ。もう少し様子を見たらどうだ」

「そんな悠長なことは言っていられない。みろ、遅太郎は挿管して酸素を投与してもO2サチュはちっとも上がってこない。人工呼吸器を使っても改善しないとなると、厄介だ。一刻も早くクラスターだと公表し、益村知事に説明しないと大変なことになる。とにかく、まず世良さんに報告して判断を仰ごう」と言った速水は電話を取り上げる。

電話を受けた世良の判断は速かった。

「速水の言う通り、感染クラスター発生の公表は、市民に対する警鐘になる。ただそれは益村知事の行政と連動させた方がいい。公表の件については僕に任せてくれ」

「お任せします。よろしくお願いします」

「この前、お前のところでやった、喜国准教授のレクが、とてもためになったよ。あの後、北海道医療連絡会議を臨時で開いてもらった。そこに保健所長も出席していたから、喜国先生の提言通り発熱者外来の設置と、疑わしい患者の全数PCRチェック体制を整えて対応している。だから益村知事も、実情をよく把握されている」

「心強いですが、他の地域ではＰＣＲを受けられず、『帰国者・接触者外来』と開業医の間をピンポンみたいにたらい回しにされるケースが多いのになぜ北海道では対応できるんですか」

「益村知事に心酔している保健所長が、中央のマニュアルをガン無視してる。あと、喜国先生を介して蝦夷大の基礎学研究室が総力を挙げてＰＣＲを実施してくれている。基礎教室は研究でＰＣＲを使いまくっているから協力が得られれば天下無敵だよ」

誇らしげに言った受話器の向こうで、しばらく沈黙があった。やがて世良は口を開いた。

「お前がコロナになるとはな。大丈夫か？」

「怖くない、と言えば嘘になります。感染者の二割は突然悪化し、そうなったら手の施しようがないというのは、ロシアンルーレットの引き金を毎日引くみたいな気分です。俺が信じてきた医療の基礎が、土台から崩された気がします。この間、世良さんがウチにきた時に発症が発覚した研修医を、さっき人工呼吸器に載せました。その時たまたま俺のＯ２サチュを測ったら低酸素血症だとわかり、ＣＴで間質性肺炎の所見が判明したんです。足が震えました。だって、自覚症状がまったくないんですから。なのに、こんなに肺炎が広がっている。でも治療法はない。感染が判明しても、結局、昨日と変わらぬ生活を送るしかないんです」

そこで速水は言葉を切った。深呼吸して、続けた。

「画像上、これだけの肺炎があったら自覚症状があって当然なのにそれがない。医療従事者の俺だから危険を適切に認識できます。無症状でこれだけの肺炎を抱えても、無症状だから検査せず、隔離もされず普通に暮らし、強い感染力故にどんどん周りに感染していく。本当に恐ろしいです。世良さん、どうか益村知事と善後策を検討し、一刻も早い対応をお願いします」

「わかった。今、お前に言うことはない。だが速水、これだけは約束してくれ。死ぬな」

そう言って電話は切れた。速水はしばらく動かずにいたが、天井を仰いで苦笑した。

「相変わらず、無茶な命令をする人だ」

電話を切った世良は少し考えていたが、彦根に電話を掛けて事情を説明した。

「速水先生が無症候感染者になったんですか？」

受話器の向こうで一瞬、沈黙が流れた。だがすぐに彦根は言う。

「至急、益村知事に連絡して医療連絡会議を開いてもらいましょう」

「ああ、それは俺も考えていた。お前、北海道に来られるか？」

「行きます。今、幸い東京なので、うまくすれば夕方には札幌に到着します」

「それなら十九時に会議を設定できるかどうか、打診してみる。決定したらメールで連絡する」

「十分です。仮に今夜が難しくても、世良先生には会いに行きます。それと蝦夷大の喜国さんにも連絡して、参加を要請してください」

「わかった。すぐ連絡する」と言って世良は電話を切った。そして別の電話をかけ始めた。


十九時。勤務時間が終了した北海道庁は閑散としていた。赤煉瓦造りで天井が高い道庁を歩いていると、何だか母校の赤煉瓦棟を思い出す。薄明かりが点る廊下を足早に歩いていた彦根は、廊下の突き当たりの扉を開くと、部屋の灯りが煌々と光っている。

中央に益村・北海道知事。隣に世良・極北市民病院院長と蝦夷大の喜国准教授、札幌保健所長など他のメンバーはほぼ参集していた。ほぼ、と言ったのは雪見市救命救急センター長の速水センター長の姿がなかったためだ。

「遅くなりました」と彦根が言って着席すると、一瞬止まった議論が再開した。

「速水センター長の感染は本当に驚きました。感染予防には鉄壁の方と思っていたので」

「仕方なかったんです。感染者に対応した時、深夜帯でICU当直だった彼が病棟まで迎えに行っています。その時はまだコロナが知られていなかった頃でしたので」

「しかし雪見市救命救急センターでクラスターが発生したことを告知することは必要ですか」

その語調から、益村知事が乗り気でないとわかる。世良がすぐに応じる。

「もちろん病院の風評被害は起こるかもしれませんが、そこは知事がきちんと説明をしてくだされば、却って道民への注意喚起になります。コロナというヤツは百戦錬磨の速水センター長ですら恐怖を抱く、不気味な相手です。まして一般市民には得体の知れない怪物ですから、センターの集団感染の状況を適切に情報公開してその際に、コロナの現状について、知事がご自分の言葉で道民に語りかけてくださることが、最も適切かつ迅速な対応になると思うのです」

「病院集団感染を奇貨とし道民に危機感を持たせるんですね。彦根先生はどう思われますか」

「そのご提案は妥当だと思いますが、僕は益村知事にその先を考えていただきたいのです」

「その先、と申しますと？」と聞かれ、彦根は言い淀んだが、勇を鼓するように口を開く。

「集団感染公表をてこに、北海道全域に緊急事態宣言を発令していただきたいのです」

想定外の提案に連絡会議のメンバーは呆然とした。やがて、益村知事が口を開いた。

「それは無理筋です。国に相談せずに独断でやったら私の首が飛びます」

「そうかもしれませんが、うまくいけば道民の命を救えます。喜国先生、根拠の説明をお願いします」と彦根は丸投げすると、喜国はうなずく。

「北海道の保健所は中央のマニュアルに従わず、発熱があれば、蝦夷大の発熱者外来を受診して

ＰＣＲの全数検査を実施しています。それで市中のコロナ感染症例が増えています。蝦夷大ＩＣＵには呼吸不全が改善せず人工呼吸器適用の症例が地方病院から転院してきていて、二人は重症でＥＣＭＯ使用に踏み切りました。発熱者外来を受診した七割が新型コロナウイルス陽性でした。でも雪見市救命救急センターの協力のおかげで感染者増加曲線を描けました。Ｒ０、つまり基本再生産数をドイツと同じ２・５に設定すると、このままだと感染爆発を防げません」

「基本再生産って何ですか」と益村知事が訪ねる。

「疫学用語で感染症患者が、免疫を持たない集団に入った時平均して何人に感染させるかという数字で、Ｒ０が1より大きければ感染拡大、1で平衡、1より小さければ終息します。Ｒ０を２・５に設定すると感染爆発を抑えるにはヒトとヒトの接触を現在の八割に減らすことが必要です。ざっくり言うと、不要な場合は家から一歩も外に出ず、家族以外と話すのも避けるという状態です。ステイ・ホーム、というわけです」

「そんなこと、不可能ですよ」と益村知事が言うと、すかさず彦根が言う。

「政府が招集した専門家会議が発表した数値によると、東京のＲ０は１・７で、それなら人との接触率は55％減で済むという試算もあるそうですが」

「さすが彦根先生、情報が早い。でもそれは無意味な数字です。東京では感染疑いの患者の全数ＰＣＲが実施されていません。すると感染実態が把握できず、Ｒ０を算出できません。つまり東京のＲ０が１・７というのは、医学的に根拠のない、当てずっぽうの数字だと言えます」

その数字を叩き潰した喜国は、彦根が議論するために、あえて出したことを理解していた。

「今、八割の接触を絶てば感染増加を抑え込めるという結果が出ています。ところがそんな風に接触率を低く見積もろうとする連中が出てくる。でもそれはまやかしなんです」

喜国の静かな言葉を、彦根が引き取って言う。

「厚労省の方針で、日本ではPCR検査の実施は制限されています。すると感染者数は低く見積もられます。感染疑いの患者予備軍を検査せずに放置して、感染を市中に広げ、医療崩壊を招いても、感染者数を少なく見せかける。そして経済最優先、人命軽視の軽佻浮薄《けいちょうふはく》な政策ばかり推進し御用メディアに称賛させる。これは軍部が無謀な太平洋戦争に突入するのを批判せずひたすら礼賛した、戦前のメディアと変わらない体質がもたらした壮大な人災なんです」

益村知事は、即座に彦根の言いたいことを理解した。彼はかつて彦根と共に、村雨元府知事が提唱した「日本三分の計」に賛同し、行動を共にしていた時期もあったからだ。

益村知事は、同席した政策秘書を振り返る。すると政策秘書は首を横に振った。

「根拠になる法律がありません。荒唐無稽な無理筋です」と言うと、すかさず彦根が言う。

「法律に基づくものではなく、知事の独自判断での緊急事態宣言はきっと道民の心に届く。法律上罰則もなく、なんら拘束力はありません。首長として、道民に自粛を『お願い』するのです。それは法律以前のモラルの話です。そして、法とは最低限のモラルなんです」

黙り込んだ益村知事に彦根がダメ押しのように言う。

「これこそ、かつて僕が知事に提案した『日本三分の計』の発露です。思い出してください。あの提案をなぜ当時極北市長だった益村さんが呑《の》んだのか。国という傲慢な組織に従っていたら、地方は滅ぼされてしまう、とお考えになったからではありませんか」

世良がそれを受けて言う。

「なるほどねえ。僕はずっと彦根をすっとこどっこい野郎と思ってきたけど、思い違いを謹んでお詫びする。まさかここであの『日本三分の計』を引っ張り出してくるとは恐れいったよ」

益村知事も政治家としての初心を思い出した。地方自治体で初めて財政再建団体に指定された、極北市での悪戦苦闘の日々。何もしてくれないくせに口だけは出す国という組織に、絶望と怒りを感じた。今、自分は道民の命を預かり、そのために必要な施策を実施できる地位に就いた。

今さら何を躊躇《ためら》うことがある？

翌日、益村知事は、雪見市救命救急センターの医療従事者の集団感染を公表し、道民の注意を喚起すると同時に、緊急事態宣言を発し、三月頭の休日から道民に一切の活動の自粛を求めた。

それは、法的根拠は一切ないものだった。日本中がその決断に凍り付き、改めてコロナ感染の増大について危機感を露わにした。

ワイドショーは、その決断を大々的に報じる一方、渋谷や新宿の繁華街で夜な夜な遊び歩く若者のカップルを取材し、「なんつうか俺ってコロナに罹らないって、根拠ない自信があるんす」という愚にもつかないコメントを垂れ流した。

それはテレビメディアを丸ごと信じてしまう情弱に「コロナは怖くない、弱っちい病気だ」という潜在的メッセージとなってバカ者、もとい、若者たちの意識にすり込まれていった。

そうした報道判断は各局のディレクターのものだったが、情報操作の発信元は当然、安保内閣の内閣官房だ。それはメディア界では公然の事実だったが、視聴者に知らされなかった。

そんな中、道民の益村知事に対する支持率が九割を超えた、と報道された。

その翌日、ひっそりと、北海道の緊急事態宣言を理論的に支えた喜国忠義准教授の元に、厚生労働省新型コロナウイルス対策本部、略してシンコロタイホンの下に設置された、専門家諮問委員会への招聘《しょうへい》状が届いたのだった。

17章　大宰相と女帝

二〇二〇年二月
東京・首相官邸

二月になれば全てが解決する。宰三はそう信じていた。だが、事態は逆に悪化した。

発端はお友だちの黒原東京高検検事長の定年延長問題だ。二月上旬に六十三歳の誕生日を迎える黒原検事長は定年を迎えることになっていた。宰三の今日があるのは黒原のおかげだということを、アホボンの宰三といえどもよく理解していた。最大のピンチは有朋学園問題だ。あの時宰三が口走った「私や妻が関わっていたら国会議員だって辞める」をチャラにするため、官僚諸君は頑張ってくれた。特に財務省は明菜の関与部分を綺麗に削除し書類を作り直してくれた。

もちろん、ちゃんとお礼はした。財務省の悲願、消費税率十パーセントを呑んだのだ。

国会の疑惑追及は逃れたが、改竄がスクープされ大変なことになった。だがそれも瀬川元国税庁長官が国会の証人喚問を乗り切り、黒原検事長の指揮で公文書改竄やら背任やら公文書毀棄やらを全部ひっくるめて不起訴にしてくれた。起訴されたら少なくとも公文書毀棄の罪で瀬川が有罪になるのは確実だと酸ヶ湯が言っていた。だからその恩義に報いるのは当然だ。この件では雑《ざ》魚《こ》の下っ端が自殺したが、なぜかは宰三には理解できなかったし、「サイちゃんは悪くないわ」と明菜も言ってくれたので、大して気にとめなかった。

黒原検事長の恩義に応えるには検察の最高位、検事総長にしてあげるしかない。だが今の平林検事総長に早期退職を勧告したのに、彼は頑として聞かなかった。昨年末までに平林が辞任しなければ黒原検事長が検事総長になる道は途絶えるとわかっていた。だから新年を迎えた時、宰三はちょっぴり申し訳なく思っていた。だが一月中旬、久しぶりに酸ヶ湯が宰三のところにやってきて「これを閣議決定していただきたいのですが」と言って一枚の紙を見せた。

ちらりと見た宰三は驚いた。黒原の定年を半年延長する、という。

すると、黒原高検検事長の総長就任に難色を示している平林現検事総長の定年が先に来て、その後で黒原が悠々と総長の座に就ける、という一発大逆転の奇手だった。

宰三は、さすがに疑心暗鬼になって訊ねる。

「ほんとにこんなこと、できるの？」

「たぶん問題ありません。国家公務員法の定年延長規定を使えばなんとか」

そう言われて喜び勇んでその晩、私邸で明菜に報告したら、明菜も喜んでくれた。

「さすがスカちゃん、またお友だちに戻してあげようかしら」

巷では酸ヶ湯が宰三から疎遠にされた理由は、首相の座を狙っていることが宰三の気分を害したためと言われていた。だが実は酸ヶ湯が遠ざけられたのは別の理由だった。

ある日酸ヶ湯が「得体のしれない方と奥さまのお付き合いを少し控えていただけませんか」と宰三にやんわりと言い、宰三がそのまま明菜に伝えた。激怒した明菜が宰三に酸ヶ湯のお友だち倶楽部《くらぶ》への出禁を命じたのだ。だが酸ヶ湯としても我慢を重ねたぎりぎりの選択だった。マルチ商法で老人を食い物にした「ボロ儲けクラブ」会長を明菜枠で「満開の桜を愛でる会」に招待したことが明るみに出れば、安保内閣は一発で吹き飛ぶ。だから「名簿はない」の一点張りで突っぱねたが、内閣府は他省の出向者の寄せ集め部隊で守備力が弱く、野党連合への事情説明会でボロを出しまくり、酷いことになった。おまけにマルチ商法の会長を招待したことを正当化するため「反社」、つまり「反社会勢力」の定義まで変えざるを得なくなってしまった。

この未熟で無知蒙昧な夫婦は、日本国民が営々と築き上げてきた高いモラルの社会をどこまで壊せば気が済むのだろうと、酸ヶ湯は暗澹たる思いになった。やっとの思いで諫言《かんげん》したら遠ざけられた挙げ句、自分に忠実な部下の不倫スキャンダルまで炸裂した。

この仕掛け人が誰か、酸ヶ湯にはすぐにわかった。

酸ヶ湯とことある毎に張り合う、今川首相補佐官だ。親族に経済盟友会の重鎮を持ち、首相夫人の明菜とも姻戚で、小さい頃から親しい付き合いがあることを鼻に掛け、首相夫妻と公私共にべったりのこの官僚は、政界に何の足場もなく、叩き上げでここまでのし上がってきた酸ヶ湯のことを、ことあるごとに軽視していた。あなたには上流階級のサークルに入る資格はありませんよ、という横柄な視線を、機会あるごとに投げかけられているのを、酸ヶ湯は感じていた。

そんな綱渡りで政界を渡り歩き、官房長官という地位にまで酸ヶ湯はのし上がり、次の首相候補だともてはやされるところまで来た。ついにここまで、と思った矢先、たったひと言の明菜への諫言で彼の権勢は一瞬で地に落ちた。まさに築城三年、落城一日だ。だがさすがに黒原への恩義は、あのスチャラカ夫婦も忘れていなかったようで、久々に酸ヶ湯の献策が通った。

閣議で黒原検事長の定年延長を決定した瞬間、宰三は会心の笑みを浮かべた。

まさに会心の一撃、してやったり、という気持ちだった。

ところがこれはすぐに反転して、安保政権に対する、恰好《かっこう》の攻撃材料になってしまったのは、なんとも皮肉なことだった。

まず、弁護士上がりの憲法保持党の飯田《いいだ》党首が即座に噛みついた。

「首相を逮捕するかもしれない機関の人事に官邸が介入するとは法治国家の破壊行為だ」という言説は明快で説得力があった。

宰三はのらりくらりと批判を躱《かわ》し続けたが二月十日、今度は別の議員が「国家公務員法は検察官には適用できない」という一九八一年の国会答弁を持ち出してきた。

そんなカビの生えたような大昔の答弁が有効なのかと宰三が酸ヶ湯に聞くと、立憲民主主義とはこれまで積み上げてきた答弁で作られるという民主主義の原則を改めて教えられた。

宰三は不機嫌に黙り込んだ。宰三は「法解釈を変えた」と答弁せざるを得ないところまで追い込まれた。それを正当化するため見栄えだけはいい毛利《もうり》法務大臣に対応させたのだが、彼女はついうっかり、法解釈変更の内部決済を取ったと答え人事院の担当局長と食い違い、紛糾した。

自分の言い分がらくらく通ると信じ込んでいた宰三は、すっかりふてくされてしまった。

そこにクルーズ船のコロナ発生という厄介ごとが重なった。ちくちくイヤミばかり言う目障りな辻利議員の発言にカチンときて「意味のない質問だよ」と野次を飛ばしたら、議員質問の意義を破壊する行為だとお叱りを受け、久々に「真摯に」謝らされた。

だが宰三は黒原の定年延長だけは絶対譲れなかった。黒原がいなくなったら「満開の桜を愛でる会」問題で現役首相が公職選挙法違反で逮捕されるという前代未聞の不祥事になることは、火を見るよりも明らかだったからだ。それより更に大きな気がかりは「シンコロ」がイタリアで爆発しロックダウンになり、ヨーロッパ全域に広がり収拾がつかなくなっていたことだ。このままでは東京五輪が延期か中止になるかもしれない。ここは何としても日本がコロナ感染していないことを全世界にアピールする必要がある。このため宰三は、一度は切り捨てた泉谷首相補佐官と、不倫相手の部下の厚生労働省審議官を呼びつけた。彼の要望は「コロナをこれ以上増やすな」というシンプルなものだった。実際その通りに言ったのだが、首相が厚労省担当官に指示するなら「コロナ感染者をこれ以上増やさないように対応してくれ」と言うべきだった。

だがこれを受けたゴーゴン・本田審議官の対応策は医学的、疫学的、防疫的にはとんでもないものだったが、宰三の願いにはジャスト・フィットしていた。本田審議官は、日本にコロナがないか、少ないことをアピールできればいい、それこそが宰三の、真の願いだと見抜いた。

それなら検査対象を限定すればいいんだわ。

そう理解した本田審議官は早速、「帰国者・接触者外来」を立ち上げて、判断の全権を保健所に委託した。保健所には医師が少ないため、医療のセンスに乏しい。マンパワーに欠ける上、実働部隊は大泉内閣の財相・竹輪が運営に関わる人材派遣会社「ダンボ」からのパートで賄うアマチュアが大半で、上からの命令には、愚鈍だと思えるくらいにきわめて忠実だ。

この仕組みを用いれば、大多数の軽症者は感染者と認識されず、日本の感染者数は低く見積もられる。おまけに一日に可能なPCR件数は少ないので、感染者がそれ以上増えない。加えて軽症者は自宅待機にして仕上げはワイドショー御用達の、ろくにものがわかっていないクセに口だけは達者な識者連中に、PCRを大量に実施したら入院患者が増えて医療崩壊するというもっともらしい理屈を喧伝させればいい。こうしてシンコロ過小認識システムが完成した。

宰三は結論部分を聞いて、本田審議官の提案に飛びついた。隣では泉谷首相補佐官が安堵の色と得意げな表情を同時に浮かべていた。

彼は愛人の活躍で復権できた、とぬか喜びしていたのだ。

当時メディアでは、全数検査を目指した隣国・韓国の医療政策をテレビ識者が嘲笑《ちょうしょう》していた。それは安保政権が誘導した嫌韓政策とも合致した。だが医療従事者は危惧した。感染は軽症者からも起こる。安保スキームだと軽症者は判別されないまま市中に野放しになる。

検査しなければ自分がコロナかどうか判然としない。ならば無症状者は自由に活動する。

つまり本田審議官が構築したスキームは新型コロナを蔓延させるためのものだったのだ。

医学的に常識外れな施策に対し、一部の医師は異議を唱えた。だが最初はテレビ出演していたそうした反対者は、次第に姿を消していき、厚労省の意向に沿った発言者がテレビや新聞で、この日本版スキームの正当性を声高に主張し続けた。

「曽参《そうしん》、人を殺す」という故事がある。孔子の高弟で孝行者の曽参が人を殺した、と母親に告げ口した者がいた。一人目が告げ口をしたが母は信じなかった。二人目でも信じなかった。だが三人目が告げ口したら母は孝行息子の元に確認に行ったという逸話だ。もちろんデマなのだが。

日本のメディアは『フェイク』情報も政権に都合がよければそれをすり込むため、テレビや新聞は日夜努力している。だが国内はメディアを手なずけてごまかせても国際社会は欺せない。

当初日本の感染者数や死者数の少なさが称賛されたが、徐々に内実を知った海外メディアや外国政府は日本政府の施策がまやかしだと見抜き始めた。しかもそれが東京五輪を実現するためだ、とわかった時、外国の首脳とメディアは失笑した。

だがその『ファクト』を日本のメディアが伝えることはなかった。

そのスキームが決定された時、豪華クルーズ船と武漢からのチャーター機で帰国した少数に限られる者が対象だと医師たちは思い込んだ。医師にとってシンコロは他人事だったので、みな自分の専門業務で忙しく、それどころではなかった。だから厚労省が決定した誤ったスキームによって密やかに市中で増殖したコロナが、あちこちから吹き出るのは時間の問題だった。

そんな中、宰三が驚愕した出来事が起こった。北海道が国に相談もなく「緊急事態宣言」を発出したのだ。宰三はあわてて酸ヶ湯官房長官を呼んだ。「こ、こんなことが許されるのか。この私に相談なく、こんなすごいことを勝手に地方の知事がやるなんて、そんな掟《おきて》破りが……」

支離滅裂な発言だったが、酸ヶ湯には宰三が何を言いたいのかは、すぐわかった。

こういう格好いいことは自分が最初にやりたかった、と言っているのだ。だが遠ざけられていた酸ヶ湯は意見を言うことなく、黙って退出した。

その背後で、今川補佐官を呼べという喚き声が聞こえた。

そもそも人気投票でも目立ちっこ合戦でもないのだから、安保首相が益村知事と張り合う必要はないのだが、とにかく宰三は華々しい宣言が羨ましくて仕方がなかった。

だから今川に、自分も直ちに緊急事態宣言を発出したいと言い出した。

今川は、そんな宰三のハチャメチャな大声を黙って聞いていた。こうなったらこの坊やは止められない。困ったものだ、と思いつつも、北海道知事益村の暴挙には愕然としていた。

法的裏付けもない、極めて高圧的な宣言を道民が受け入れるはずがない、と考えた今川の読みは外れた。

北海道民は、益村知事の要請を受け入れ、週末から自粛モードに入ったのだ。

これには今川首相補佐官もたまげた。日本人とはこんなにも従順なのか。ならば安保首相に後追いさせない手はない。益村知事の命令は北海道限定だが、安保首相が発信すれば日本全国津々浦々まで威令は及ぶだろう。それでこそ安保首相の威厳が際立つというものだ。

全国一斉なら、北海道限定の緊急事態宣言はたちまち色あせる。だが北海道の真似はインパクトがないし経済活動が停止してしまい、元帝経連会長の父親にこっぴどく叱られてしまう。

経済こそ国の命と繰り返し叩き込まれた今川には、父の教えが体中に染みついていた。

その時、天啓が降りてきた。

――学校だけ緊急事態宣言で止めればいいんだ。学校なら経済にダメージが少ないからな。

そう提案すると、安保首相もはた、と手を打ち「妙案だよ、妙案」と手放しで褒めた。

今川は頭の中でシミュレーションし、問題はないと結論を出した。経済への影響も最小限で済む。こういう大きな案件は酸ヶ湯官房長官に事前に相談するのが通例だが、今川は酸ヶ湯を外した。失脚寸前で死に体の官房長官に筋を通す必要はない。ここは腕の見せ所、一気呵成《かせい》にやり遂げてみせる。こうして周囲をあっと驚かせた宰三独自の緊急事態宣言、それも教育現場に限定された矮小化されたものが発出された。

宰三は得意満面だった。

北海道の益村知事の自分勝手な緊急事態宣言は多くの人たちから絶賛されていた。それと同じことを遥《はる》かに大規模でやってのけるのだから、宰三は大絶賛されてしかるべきだ。だが宰三は、そして今川首相補佐官は、重大な見落としをしていた。

ひとつはこれまでのコロナ感染者は、二十歳以下の若年層の罹患が明らかに少なかったこと。だから緊急で学校を止める必要性は乏しかった。

二つ目は時期が悪かった。三月初旬、学校では卒業式の真っ盛りだ。学生生活の最後を締める卒業式が全国各地で中止に追い込まれた。このため子どもたちの哀しみの涙があちこちでこぼれた。それは無思慮な宰三の、無神経な差配に対する怨嗟の声となって巷に溢れた。

だが宰三は、益村知事は絶賛され自分が非難囂々《ごうごう》の理由が解せなかった。宰三は私邸に帰ると愛妻・明菜の腕の中で泣き濡れた。

明菜は、そんな宰三の背中を、頑是無い幼子をあやす母のように、とんとん、と叩いた。

だが彼女はその時、翌日に予定していた「なかよし会」のことで頭が一杯だった。

宰三は誰よりも孤独だったが、本人はそのことに気づいていなかった。

＊

薄くファンデを塗る。その上に更に、別系統のファンデを重ねる。それからくっきり赤い口紅を引く。仕上げにマスカラをつけ、目を二、三回、パチパチして、上目遣いに鏡を見る。

よし、今日も完璧。小日向美湖・東京都知事は立ち上がると、記者会見用の勝負服を選ぶ。

今日は縁起の悪い緑は止めて、赤でコーデしよう。

記者会見のお題は東京五輪実施について。美湖はＩＯＣのバッカ会長が大嫌いだ。相談もなくオリンピックの華、マラソン競技を札幌で開催すると勝手に決めてしまったからだ。

――バッカじゃないの。

記者会見でオリンピックの質問が出る度に、その言葉が口を突いて出そうになる。

我ながら会心のだじゃれだと思うのだが、使う機会がなさそうなのがどうにも口惜しい。

そう思っていると、記者の一人が挙手して質問した。

「イタリアでの感染拡大、ロックダウンなど新型コロナウイルス感染はヨーロッパに蔓延しつつあります。このような状態で東京五輪の開催が可能だとお考えでしょうか」

忌々しい女記者。美湖は目を細めて、質問を見遣る。

コイツのせいで二年前の衆院選の時、ポンコツ野党をひとまとめにしてそのトップに立ち、国政復帰をめざそうとした目論見が一瞬で瓦解してしまった。

なんであの時コイツの質問に、他の野党のメンバーは「排除します」だなんて本音を言ってしまったのだろう。あれは本当に取り返しのつかない失言だった。だが美湖の長所は深く後悔しないことだ。失敗したら次よ、次。そうやって蛇が脱皮するように、常に自分を更新してきた。

美湖は穏やかな微笑を浮かべ、それが最大限に魅力的に見えるように腐心しながら、そうしたことを気にしていないかのように、自然に見えるようにして答えた。

「その問題はＩＯＣが決定なさることで、今のところそのようなことはないと伺っております」

オリンピックには魑魅魍魎《ちみもうりょう》がとりつき、渦巻いている。なにが平和の祭典よ。親玉は安保首相の元親分の小森《こもり》元首相だ。組織委員会のトップに居座る老害は余剰金を自分が関係する財団に流し込もうと必死だ。美湖はマラソンの札幌開催が決まった時、五輪に興味を失った。あそこまで赤恥をかかされて、五輪に尽くす気になれない。でも安保首相が、何としてもやり遂げるぞ、と頑張っている。しかもカネは都税から引っ張ろうだなんて人のふんどしで相撲を取るようなもので卑《いや》しさ満開だわ。そう思って、あら、私としたことが、ふんどしだなんてお下品な、と照れ笑いを浮かべた。

美湖がオリンピックに興味をなくしながらも協力体制を保っているのは、五輪をやめるのが途方もなく大変なのと、安保首相に恩を売って次期知事選への協力を約束させるためだった。

知事選が七月頭に設定されたのは、安保首相のオリンピックへの執着を示したものだ。彼はなんとしても開会式で主役を務めたかった。だから直前の知事選で現職の美湖が敗れれば、着任したばかりの新知事は何もできず、宰三が事実上のトップとして振る舞える。

知事選の日程が決められた時、美湖は宰三の意志を読み取った。だからその後、五輪の主賓の座は宰三に譲るという密約を交わした。これで美湖の次期知事の座は首の皮一枚でつながった。

でも別にわたし、東京都知事のままでいたいわけじゃないのよねえ。

美湖の野心は日本初の女性の総理大臣だ。だが今のままではジリ貧だ。

だが美湖の辞書には、「諦め」という二文字はなかった。中東の大学に短期留学しただけなのに、名門大学を首席で卒業したと言いくるめ、テレビキャスターになった時から、美湖のサクセスストーリーは始まった。これまで何度もピンチはあった。だがその都度、摩訶不思議な風が吹いて、美湖を権力者の傍らに連れて行き、危機をすり抜けてきた。

だから今回だって、きっと何とかなる。美湖はそんな風に考えていた。

気がつくといくつか質問が終わり、それらにおざなりに答えて済ませた自分に気がついた。だが特に問題もなくやり過ごしたのを確認して、我ながら本当に都知事になったんだな、としみじみと実感した。

「では他にご質問がないようでしたら、これにて都知事の定例会見を終わらせていただきます」

進行役の秘書官の言葉で、会見は散会した。

会見が終わると、司会役を務めた秘書官が寄ってきた。

「相変わらず、切れ味鋭い、適切な受け答え、お見事でした。プロンプターがないと記者会見もできない、どこかの国の首相に、都知事の爪の垢《あか》でも煎《せん》じて飲ませてあげたいですよ」

「まあ、どこの国のお話かしら。それなら小学校の学級委員だって首相が務まらない?」

「そんなことを言ったら小学校の学級委員に失礼です」

「そうね」と言って、美湖はほほほ、と笑う。ニュースキャスターを経験していただけあって、自分を魅力的に見せることには長けている。

「ところで、この後の面会予定、いかがいたしますか」

途端に美湖は真顔になる。少し考えて、秘書官に言う。

「そうねえ。約束だし、一応、会うだけでも会ってみようかしら。知事応接室にお通しして。十分以内に伺います、とお伝えしてちょうだい」

「かしこまりました。そのように手配いたします」

美湖は化粧直しのため、化粧室に向かった。


応接室のソファに座っていたのは長身でダンディな紳士だった。

美湖が姿を見せると男性は立ち上がり、「お久しぶりです」と言って頭を下げた。

「堅苦しいご挨拶ね。数年前まで浪速府知事だった村雨さんのお言葉とは思えませんわ。今は虎視眈々と爪を研いで、政界復帰を狙っていらっしゃる、というおウワサを耳にしましたけど」

「いえ、もう政治はこりごりですよ。時々テレビに出て、言いたい放題している方が気楽で性に合っています」

「まあ、ご冗談を。政策集団『梁山泊』を立ち上げて二年、周囲は村雨さんが次にどんな一手を打つんだろう、と興味津々ですから。もちろん私も含めて、ですよ」

そう言って微笑しながらも、美湖は警戒心を解かない。

「日本三分の計」などという荒唐無稽な政策を掲げ、日本独立党という新党を立ち上げ中央政界に殴り込みをかけ、一世を風靡した。一時は本当に政権を取ってしまうのではないかと思われた浪速の風雲児、村雨弘毅・元浪速府知事。

でもその後、霞が関に刃向かい返り討ちにされ新党も解散、政治から完全に撤退した。

とっくに沈んだと思っていたのに最近、ワイドショーのコメンテーターとして復活し、切れ味鋭い舌鋒がお茶の間で支持を広げている。

男前で主婦層に抜群の人気を誇っている。

「お弟子さんの橋須賀さんも、最近はご活躍のようですね」と美湖が水を向けると、村雨はイヤそうな顔をした。

村雨の意志を継いだといわれる橋須賀守は「浪速白虎党」という、地元の人気球団の名前にあやかった新党を立ち上げ党首に納まった。最近の橋須賀は、市民主体だった師匠の村雨との本質的な違いである、新自由主義経済を信奉する金権主義者の立場を際立たせていた。

ガチの革新と見せかけた白虎党の中身は、安保の補完勢力だということは政界では常識だ。

「私の後継者を名乗るなら、せめて機上八策くらいは守ってもらいたいですね。散々、医療現場の人員を削減しておいて、コロナ問題が出ると、ころりと態度を変え、あたかも医療の守護神であったかのように振る舞う。あの変わり身の早さ、抜け目のなさは私など及びません。挙げ句の果てに滅菌ガウンが医療現場で不足したら、家庭で使っていない雨合羽を提供してほしい、などと府民に呼びかけるんですからね。そんな素性のしれないものを医療現場で清潔なガウン代わりにしようだなんて、センスがなさすぎて唖然とします」

村雨は自分が橋須賀と同類だと見做されるのが、とても嫌なようだ。だが彼の経歴と現在の立ち位置からすれば、市民がそんな誤解を抱いてもやむを得ない。いずれにしても、今の美湖の関心事は、そんな得体の知れない人物が今、なぜ自分に会いに来たのか、ということだけだ。

村雨のスタンスは反安保政権、反五輪だから、とうてい現在の美湖とは相容れない。

一体何をしに来たのだろう。

ソファに座り自慢の美脚をちらりと見せる。もちろん村雨がそんな小手先の技で心が揺らぐほどヤワな相手ではないことくらい、美湖にもわかっている。

だがこうしたコケティッシュな仕草は反射的になっているので仕方がない。

「お忙しい小日向知事の貴重なお時間を頂戴しているのですから、社交辞令は取っ払って本題に入ります。小日向知事、東京五輪は中止にしませんか？」

美湖はびっくりして言葉を失った。

まさかそんな無謀なことを真正面から言ってくるなんて、思いもしなかった。

「まあ、びっくり。そんなこと、今さらできるはずがないでしょう」

「まあ、常識的に考えればおっしゃる通りです。では質問を変えましょう。小日向知事は本当にオリンピックを開催したいと、今も思っているんですか？」

うわ、イヤな男。その答えは世間の常識で言えば、最初の質問とほぼ同じだから、同じ答えになるに決まっている。

なのにそんな質問をしてきたということは、美湖の本音を嗅ぎ取ったからに違いない。

……用心しなくちゃ。

「生涯で二度と巡り会えないような五輪を、主催したくない、と思う都知事がいますか？」

「それでは答えになっていません。つまりそれはストレートに答えられないという本心の現れです。それではひとつ、興味深い情報をお知らせしましょう。新型コロナは世界中でパンデミックになり、日本でも蔓延しつつあります。すると今年の七月には、いくら日本が開催したくてもできない状況になる。でもおそらく安保政権は東京五輪の開催に固執し続けます。ひょっとしたらコロナ感染爆発が起こるのと、オリンピック中止、もしくは延期する決定時期がクロスするかもしれません。その時、小日向知事は、安保政権と一蓮托生《いちれんたくしょう》で、オリンピック開催に固執しコロナ禍を無視し、都民の命を危険にさらすような選択をしますか、とお聞きしたいのです」

美湖は真顔になった。

この質問には、迂闊《うかつ》には答えられない。下手をすると自分の政治生命に関わる問答になるかもしれない、と美湖は思った。

同時にこの相手に、はぐらかしは通用しない、と直感した。

「村雨さんは難しい言葉をお使いですけど、質問の趣旨はシンプルですね。その答えは簡単です。五輪開催より、都民の命の方が大切です」

村雨はしばらく黙っていたが、やがて口を開く。

「今のお答えを即座にいただけたことで、小日向知事の政治家としての器の大きさがはっきりしました。それは現在の安保首相を上回るものでしょう。それでは我々梁山泊一同は、小日向美湖都知事を日本国首相に推戴《すいたい》すべく、協力したいと思います」

「首相？　わたしが？　ご冗談でしょう」

「あなたが首相の座を狙っていることは、我々の解析からも明白です。あなたは、東京五輪が終わり、安保首相が後継者に禅譲したタイミングで次の仕掛けを考えている。でも本当のチャンスはその前に訪れます。それが五輪とコロナの交錯する瞬間です。我々の協力を受ける、受けないはその時に判断していただいて結構。ただ、これだけは言っておきます。安保内閣は五輪を切れない。その瞬間、五輪開催よりコロナ禍から都民を守るという方向に舵を切れば、あなたの政治家としての資質が、多くの都民に認められ、圧倒的な支持を得るでしょう。そしてその瞬間こそあなたは、人気でも実力でも、安保現首相を大きく上回ることになるでしょう」

そう言うと、村雨は立ち上がる。そして小日向知事に右手を差し出した。

美湖は反射的に、その手を握り返す。

「これはひとつの提案であり、我々と連動する義務はありません。ただ、こうしたことが頭にあるとその瞬間、その道を選ぶのはたやすくなります」

「どうしてわたしに、そんな忠告をしてくださるの？」と美湖は素直な疑問を口にした。

「それはあなたが、都民を救う選択を出来る地位にあるからです。安保首相もその立場にある点では同じですが、彼は国民を救う選択は絶対にしない。東京で正しい選択をするのが当たり前でかつ素晴らしいことだということを見せつけることで安保政権を叩き潰すことができるのです」

そんな風に熱く語る村雨を、美湖は上目遣いで見た。ひょっとして今、わたしを助け出してくれるのは、この男かもしれない。美湖は艶めいた微笑を浮かべる。

「村雨さんの弁舌の切れ味は、以前よりもずっと研ぎ澄まされていますね。わたし、なんだか久しぶりに殿方に惹かれてしまいそうです」

村雨は、「ご冗談を」とさらりと受け流した。

そして「今日はお目にかかれてよかったです」と、白い歯を見せて微笑すると、大股で部屋を出て行った。彼の後ろをつむじ風が追いかけ、部屋を吹き抜けていった。

美湖は両肘を抱いて扉を見遣ると、ぺろりと舌を出した。

「さすがにそんなに都合よくは、いかないわよねえ」


二〇二〇年三月一日、ＣＯＶＩＤ-19の感染者は中国で七万三千人、韓国で三千人、クルーズ船感染者を除いた日本では二百三十人。全世界の感染者は八万五千人に達した。

18章　いのちの選別

二〇二〇年三月
桜宮・東城大学医学部付属病院オレンジ新棟

速水は相変わらず雪見市救命救急センターのセンター長室に詰めていた。大曽根が人工呼吸器に載り、受け持ち患者を失った。遠隔では人工呼吸器管理が難しいので担当は伊達になった。

だが事態は何も変わらない。治療法がない以上、現状維持がせいぜいだからだ。

ＩＣＵは閉鎖していて仕事はない。外科系の救急外来も手術が必要な患者は蝦夷大の救命救急部にお願いした。

Ｏ２サチュレーションは改善の兆しが見られない。症状がないのが却って不気味だ。

だが速水の心配は自分の身ではなかった。大曽根のＯ２サチュレーションが次第に低下しつつあった。コロナ感染肺炎に治療法はない。人工呼吸器は対症療法だ。肺の回復に人工呼吸器による代替呼吸は寄与しない。ＥＣＭＯしかないのか、と腕組みする。部屋にはＥＣＭＯに関する参考文献や書籍が山積みだ。せめて習得の準備だけでもしておこうと考えたのだ。

救命救急の基礎はあるから、そこに特殊部分を上乗せするだけなので理解は速い。

体内循環を外部に引き出し循環を代替する技術は従来からいくつかあった。古くは透析だ。腎機能が低下した患者の循環血を外部の機械に通し老廃物を除去する。腎機能の代替作業だ。

次いで人工心肺がある。循環を外部で行ない手術の間、心臓を停止させる。心臓の代替だ。

ＥＣＭＯは体外式膜型人工肺と呼ばれる。循環を外部に出し、肺機能の酸素交換を実施する。すると肺を休ませることができ、自力回復を待つ、究極の対症療法だ。ただし通常の三倍の看護師のケアが必要で、臨床工学技師も必須だ。大曽根はそろそろＥＣＭＯの導入を図らなければならない。時期を失すると全てが台無しだ。だが肝心のＥＣＭＯがない。蝦夷大救命に二台あるがコロナ感染症例で占有されてしまっている。どうやら北海道は蔓延状態にあるようだ。

だから益村知事の非常事態宣言は時宜に適ったものだった。だがそうした対応をしたところで目の前の大曽根を助けることはできないのが歯がゆい。苛立って、つい机を拳で叩いてしまう。

天井を仰ぎ見て嘆息する。他に道はないのか。将軍と呼ばれ、北の守護神などと持ち上げられたところで、研修医の命ひとつ救えないなんて情けない。

そこに電話が鳴った。受話器を取ると切羽詰まった女性の声が響いた。

「速水先生、突然お電話して申し訳ありません。自宅待機中の保阪です。実はクルーズ船に乗船していたばあちゃんがコロナ陽性患者として桜宮の東城大学へ搬送されたと連絡をもらいました。彦根先生が今日、人工呼吸器になったとメールをくれたんです、ばあちゃんが心配で、東城大に行きたいんですけど、どうしたらいいですか？」

一気に言われ、速水は混乱する。保阪のおばあさんが東城大学に？

その時、二週間前に、田口からぼんやりした帰還依頼が届いたことを思い出す。

今さら俺がここを放り出して東城大に戻る可能性は皆無に近い。そんなことはヤツも百も承知のはず。それならなぜ、あんなメールを今頃になって寄越したんだ？

速水の頭の中で押し寄せた、様々な事象が回転して、かちりと嵌まって一枚の絵になった。

それは速水に一筋の道を指し示していた。

——それしかない。

速水は保阪看護師に「折り返し掛け直すから、少し待ってくれ」と言って電話を切った。

速水は自分の机の引き出しを開けた。速水は名刺を持たないが、もらった名刺は律儀にとってある。整理はせずに机の引き出しに放り込んでおくだけだが。だから会ったことがある人物の名刺は、引き出しの中に絶対ある。速水は名刺の山をチェックし十分後、目的の名刺を見つけた。

一時間後。速水はモニタ画面で、ICUで勤務している伊達副センター長を呼び出した。

「将軍ちゃんは優雅にお昼寝からお目覚めかい」という伊達の揶揄を無視して、速水は訊ねる。

「遅太郎のO2サチュはどうなってる？」

「よくなる要素がない。じり貧だ」という声には覇気がない。

治療ができない救急医など、陸に上がった河童《かっぱ》のようで、どうにも情けない。

「最後の手がある。ECMOに載せる」と速水が言う。

「はあ？　それは俺も考えたが、近くのECMOは蝦夷大の二台だけで使用中だ」

「ECMOがある所に遅太郎を搬送する。俺の母校、東城大学医学部だ」

「何を寝言言ってるんだ。東城大は桜宮だろ。ドクターヘリだって届かない距離だぞ」

「ドクタージェットを使う。知り合いのAMES（航空機動衛生隊）の鷹村《たかむら》隊長に連絡を取って空飛ぶICU、機動衛生ユニットを搭載したハーキュリーズの出動を要請したが、さすがに無理だと断われた。だがドクタージェットなら可能だと提案してくれた。明日、飛べるそうだ」

「ドクタージェットには人工呼吸器は乗らないだろう」

「酸素ボンベが乗ればいい。ジェット機で二時間少々、俺が手動で換気する」

「そんな無茶な……」

「無茶はわかっている。だがこのままでは、じり貧だ。リスクを冒す価値はある」

「相変わらずだな。考えてみたらお前は感染患者の可能性があってここにいても穀潰しだ。それなら母校を手伝った方がいいかもな。東城大はクルーズ船の陽性患者受け入れ病院になっているそうだし。だがお前ひとりでは無理だ。誰か助手をつけないと」

「看護師の保阪を連れていく。彼女のおばあさんが東城大で人工呼吸器になったと、さっきべそをかいて電話してきた。それで半月前、母校の悪友からSOSメールで、東城大の救急に戻ってほしい、と言われたことを思い出した。その時は、何を、眠たいことを、と思ったが、そういうことだったんだ。雪見は伊達に任せる。俺は東城大に戻りたい」

一気に言うと、速水は黙った。伊達が言う。

「わかった。センター長命令に従うよ。お前がいない間、俺が代理を務めてやる」

「恩に着る」

「それなら遅太郎の搬送準備だな。明日、何時の離陸だ?」

「九時だ。桜宮には十一時に到着する。あちらには今から連絡する」

「相変わらずだな。それなら俺と話しているより、とっとと先方へ連絡しろよ」

伊達はモニタから姿を消した。速水は田口に電話を掛け、今後の行動について告げた。さすがに驚いたようだが、すぐ気を取り直し「こちらは救急医の手が足りないから助かる」と答えた。

ECMO希望の患者を同伴するというと、田口は珍しく口ごもった。

「それについては、こちらに到着してからすりあわせよう」と答えた。

歯切れの悪い返答に不安になりながら速水は電話を切り、保阪看護師の携帯に掛けた。

「大曽根を桜宮に搬送するので助手をしてくれ」と依頼すると、「やります。ご一緒させてください」という打てば響くような答えが返ってきた。

速水は一通り手配を終えるとソファに沈み込んだ。そして、しばし瞑目《めいもく》した。

＊

朝八時。ＩＣＵから大曽根が人工呼吸器ごと移送された。簡易電源をつけ救急車に乗せる。ビニールで覆い感染を予防した車内に防護服姿の速水と保阪看護師が乗り込み、伊達も続いた。機内では速水が大曽根をケアするので、ジェット機に乗り込むまでは伊達がケアするのだ。

大曽根医師搬送は、雪見市救命救急センターの総力を挙げたミッションになった。

到着した熊村空港は、海岸線に平行して作られた小さな飛行場で、かつては自衛隊の発着演習場で、今も自衛隊が管理している。そこに目を付けた雪見市の市長がドクタージェットの拠点にすべく、道庁の役人を口説き落とした。

冬の荒れたオホーツク海の向こうに小島が見えた。神威《かむい》島だ。遠くに択捉《えとろふ》島も見える。

駐機中の小型ジェット機に、速水に続いて保阪看護師が乗り込み、ストレッチャーに載せられた大曽根を中から受け取った。伊達が酸素ボンベと共に乗り込み、麻酔バッグに接続して人工呼吸器を外して、機外に出る。

「くれぐれも無理するなよ」という伊達に、防護服にフェイスガード姿の速水は目を細める。

「無理をしないと遅太郎が死んでしまう。無茶な要求だ」

「お前ならなんとかするだろ」と伊達が怒ったように言う。搬送してきた救急車に人工呼吸器を戻しながら、「グッドラック」と、二本指で敬礼を投げる。

格納扉が閉まり速水は人工呼吸の麻酔バッグを押し始める。二時間の長丁場は安定感が重要だ。セッティングされれば単純作業なので保阪看護師も短時間、交代しようと身構えている。

機長が後部座席にきて安全装置の着脱の説明をし、ストレッチャーの固定具合を確かめる。

「五分後に出発します。離陸時のGは強いのでご注意ください」

しばらくして飛行機が動き始め、次第に加速する。確かにGはきつい。保阪看護師は懸命に、ストレッチャーを押さえ速水は麻酔バッグを押し続ける。機体は轟音と共に離陸した。


二時間後。ガツン、という衝撃と共に機体は着陸した。逆Gが掛かり急激に減速する。大曽根の身体がストレッチャーから転げ落ちそうになり、速水と保阪看護師は身を挺《てい》して大曽根の身体を庇《かば》う。やがて機体は停止し、エンジン音が消えた。機内に静寂が流れる。

五分後、格納扉が開き始めた。見ると、救急車が停車していて後部の搬入扉が開いていた。

そこには旧友、田口の微笑があった。

「ご苦労さん。あとは任せろ」と田口と二人の付添いがストレッチャーを後部座席から降ろし、救急車に搭載した人工呼吸器に接続した。

「委員長自らお出迎えとは、ありがたい」と憎まれ口を利きながら、速水はよろめくようにして車中に乗り込む。保阪看護師が続き扉が閉まるとサイレンを鳴らしながら救急車が発進する。

「助かった。二時間は結構キツかったぜ」とぐったりして速水は天を仰ぐ。

「ところでECMOは使えるんだろうな」と一番気になることを訊ねると、田口は答えなかった。

「それについては、到着してから説明する」

いつもは愛想がいい男が、なぜかぶっきらぼうに答えた。


救急車が坂道の勾配を登っていく。病院坂だな、と速水は思う。久々の帰還だ。

しばらくして救急車は停止すると、後部の扉が開いた。

そこに待っていたのは、今にも泣き出しそうな顔をした看護師だった。

「速水先生、お帰りなさい」

立ち上がろうとしてよろめいた速水の腕を、如月師長はしっかりと摑んだ。

「はは、情けない。防護服は重いし、麻酔バッグを押しっぱなしだし、少し疲れちまったよ」

「長旅、ご苦労さまでした。患者さんを一階の救命救急病棟に搬入いたします」

如月師長が言った。速水はストレッチャーと共に中に入った。

人工呼吸器のセッティングを確認した速水は、田口の言葉に驚いて大声を上げる。

「ＥＣＭＯを使えない、だと。そんなバカな」

「正確には使えないのではなくて、こちらで一人、ＥＣＭＯ対象者が出たんだよ」

速水は黙り込む。そうなったらこちらの病院の患者を優先するのは当然だ。だがそれならどうして俺は、危険を冒しこんな大変な思いまでして大曽根を、ここに連れてきたのだ。

「それより、まずその暑苦しい防護服を脱いだらどうだ？」と田口は言い、速水は首を振る。

「俺はコロナに感染しているかもしれんから防護服を脱がず、レッドゾーン内で過ごすよ。ただ症状はないんだ。それが恐ろしいよ。無自覚でウイルスをばらまいている連中がうろうろしているということだからな。俺はたまたまO2サチュを測って、気がついたんだ」

「これからは無症状でも医療従事者はＰＣＲ検査をした方がいいな。それなら、昔のセンター長室をレッドゾーンにして、そこにいてもらおうか」

「望むところだ。ところでこの病院のＥＣＭＯ適用者はどんな患者なんだ？」

フライトで付き添ってきた保阪看護師がじっと佇んでいるベッドを、田口が視線で指した。

「お前のところの看護師、保阪さんのおばあさんだ」

センター長室の椅子に座り、モニタのスイッチを入れる。幾つも並んだ画面に、次々に灯りが点っていき、ベッドが映し出される。防護服姿の速水は椅子にもたれ、モニタ群を眺める。

十数年の時が、巻き戻された気がした。

――受けろ。

空間を漂っていた自分の声が、虚空《こくう》から降り注いでくる。

そのひと言で弾かれたように動き出すスタッフの、薄い影が浮かび上がる。

モニタの中には患者が三人いて、看護師がケアしている。あの頃と同じ光景だ。

主が不在のオレンジ新棟救命救急センターは、医療の危機を前にして速水の命を待たずに、自ら蘇生していた。当時と違うのはケアしている看護師がものものしい防護服姿だということだ。

モニタの中の光景はどこか現実離れしていて、ＳＦ映画の一場面のようだ。

だがそこに映っている患者は紛う事なき現実だ。ひとりは北海道から自分が搬送してきた部下。もうひとりは自分と同行してきた看護師の祖母。

腕組みを解いた速水は、立ち上がると部屋を出た。カンファレンス・ルームで新型コロナウイルス対策本部のボスが待っている。

これからタフな議論に臨まねばならぬ。

それは説得ではない。誰もみんな、わかっている。

そう、説得ではない。それは選択なのだ。

オレンジ新棟一階のカンファレンス・ルームに入ると、小柄な男性が速水を出迎えた。救命救急センターにいた頃の右腕、佐藤部長だ。お久しぶりです、と挨拶をする佐藤からは、十年以上、東城大の救急を支え続けてきた自信が漂っていた。

カンファレンス・ルームに顔を揃えたのは新型コロナウイルス対策本部委員長の田口。動画で暴れん坊ぶりを遺憾なく発揮した蝦夷大感染研の名村教授。旧救命救急センターの新人看護師だった如月翔子は今は小児科病棟の看護師長になっている。

そして、速水に同行してきた雪見市救命救急センターの保阪看護師。彼女は病院の部外者だが、祖母がオレンジ新棟一階の重病エリアに入院している関係者だ。速水を入れて計六名だ。

「感染症学会のナパーム弾」こと名村教授が、最初に口を開いた。

「あなたがウワサの速水氏ですか。東城大のみなさんはあなたの帰還を心待ちにしていました。なるほど、オーラはありますね。あなたは新型コロナウイルスの無症候感染者だそうなので医療現場復帰は反対しようと思っていたんですが、あなたの姿を見て気が変わりました。防護服を着れば患者対応して問題ありません。防護服を着用したあなたはレッド・ゾーンに封じ込めたままにしておきましょう。それよりも速水氏の病院で、感染した医療従事者の動線をどのように現場で構築したかとか、クラスター発生の機序など、興味深いことがいろいろあります。できれば時間がある時に雪見市救命救急センターの状況を詳しく教えていただけると助かるのですが」

「喜んで協力しますが、主に喜国准教授の指示にしたがったので、間接的に名村先生のご指示を仰いだようなものです。それと現在の東城大の新型コロナウイルス対策本部の救急部門の統括者は佐藤部長で、私は佐藤部長のお手伝いだと理解してください」

かつてのボスの言葉に、佐藤は黙って頭を下げた。そこには速水を前に萎縮していた以前の佐藤の姿はない。立派になったな、と速水は安堵した。

「ではシンコロの救急カンファに入ります。佐藤部長、オレンジの入院患者の説明をお願いします」と田口に言われて、佐藤部長は説明を始める。

「新規患者は本日、雪見市救命救急センターからドクタージェットで搬送され、転院してきた大曽根富雄さん、二十五歳、医師です。紹介状によると、シンコロ感染患者と思われる患者と接触し一週間後に発症、発症から十日後の一週間前、ＰＣＲ検査にて陽性確認、胸部ＣＴで重篤な間質性肺炎の状態であったため隔離していましたが、低酸素血症が高度で四日前に人工呼吸器装着するも酸素飽和度が改善せず、当院ＥＣＭＯ使用を希望しています」

そこで佐藤は言葉を切り、次の患者のプレゼンに移る。

「保阪貴美子さん、七十三歳、無職の女性です。同じく乗船者で先日亡くなった大山晴美さんと同室で、大山さんが亡くなった翌日に入院されました。持病に高血圧があり降圧剤を服用しています。三日ほど熱発が続きＯ２サチュレーション低下を認めたため、胸部ＣＴを撮像したところ両側性の間質性肺炎像を認めオレンジに転科、昨日人工呼吸器装着しました。Ｏ２サチュのデータは改善傾向が認められず、ＥＣＭＯ適用と判断しました」

佐藤はちらりと保阪美貴を見た。続いて三例目の入院患者について説明した佐藤部長は、話し終えると咳払いをして、速水を見ながら言った。

「今使えるＥＣＭＯは一台のみ、患者は二人。速水先生、どうすればいいと思いますか」

「それは、ここの組織の責任者が決定することだ」

「ズルいですよ、速水先生。先生に建前は似合わない。本音を言ってください。それとも私に言わせるおつもりなんですか」

速水は腕組みをして黙り込む。口を開いたのは空気を読まないナパーム弾、名村教授だ。

「みなさん、何を悩んでいるんですか。ＥＣＭＯは一台、患者は二人。どちらかを選ぶしかない。ひとりは七十代の無職女性。もうひとりは二十代の医師だ。社会的に考えたら後者を選ぶのが当たり前です。検討の余地などありません。そうですよね、速水先生？」

速水は腕組みをしたまま動かない。保阪美貴が声を上げる。

「この病院に入院していた患者が優先されるのが当たり前でしょう。違いますか？」

その声は悲痛だった。美貴は唇を嚙んで黙り込む。祖母の貴美子を助けたい一心からほとばしり出た言葉だが、同時に大曽根の命を奪う言葉でもあることに気がついたからだ。

美貴の困惑は怒りに変わり、冷静な発言をした名村教授に向けられた。

「患者に貴賤をつけて選別するなんて、おかしいです」

ナパーム弾に竹槍《たけやり》で突っ込むような無茶な反撃だ。案の定、美貴は盛大な返り討ちにあう。

その激しさは周囲の人間をも凍り付かせるような、徹底的なものだった。

「私の倫理は感染症を蔓延させないための考えで、感染予防に役立つものは正義、役立たないものは悪です。もちろん私が正しいとは思っていません。だが撤回するつもりもありません。私の判断は感染症との戦争に勝つという観点からは、絶対的正義です。二十代の医師と七十代の無職のご老人。どちらが戦闘員として役立つかなんて自明のことで、議論の余地はありません」

「でも、ばあちゃんは、わたしが小学生の頃に登校拒否をした時、何も言わずに三ヵ月、家で一緒にいてくれたんです。看護学校受験も応援してくれました。わたしが看護師になれたのはばあちゃんとじいちゃんのおかげです。じいちゃんは去年亡くなったから、せめてばあちゃんにお礼したくてクルーズ船の旅をプレゼントしたんです。なのにこんなことになってしまって……。私はもう一度、ばあちゃんと話がしたいんです。お願いです。ばあちゃんを助けてください」

その言葉を聞いた速水は、腕組みを解いた。

「俺は判断を拒否する。コイツを連れてきたのは俺だ。だからコイツのおばあさんも大曽根も両方助けたい。だから俺は判断から逃げる。この判断は、俺以外の誰かがすべきことだ」

「自分だけいい子になりたいんですか、速水先生。見損ないました」と佐藤が詰る。

「何と言われようと構わない。俺はコイツをひとりぼっちにしたくないんだ」

そう言って速水は泣きじゃくる保阪看護師を見た。皆が黙り込む中、如月師長が口を開く。

「あたしも速水先生を支持して判断はしません。速水先生をひとりぼっちにしたくないから」

「みなさんは医療従事者として、冷静な判断ができないのですか」と名村教授が呆れ声で言う。

「医療従事者の前にひとりの人間です。感情というものがあるわ」

佐藤部長が吐息をついた。

「この判断は、私がすべきなんでしょうね。感染爆発してロックダウンになったニューヨークではもっとシビアで、人工呼吸器を外すという選択すらあると聞きます。ガイドラインの基準は、『現在の重症度だけで判断しカラーコード（重症度）の指標を決める』と『四十八時間治療をしても回復しなければ人工呼吸器を外す選択も考慮する』という二つです。保阪さんの場合は四十八時間の人工呼吸器装着によっても状態が改善せず、ＥＣＭＯ導入が考えられていますが、アメリカでは同じ状況下で、人工呼吸器を外すという選択まであるんです。その時の判断基準は、その患者が回復できるか否か、ということだけです。お二人のデータを比較し私は、大曽根さんの方が回復の可能性が高いと判断した。ただそれだけです。以上を踏まえた上で、最終判断は新型コロナウイルス対策本部委員長、田口先生にお願いしたいと思います」

俺かよ、と田口は心中で叫ぶ。確かに田口はこれまでも無理難題が降って湧き、ついて回ってくるトラブル憑依《ひょうい》体質だが、こんな重い判断を全権委任されたのは前代未聞だった。

そういう勇ましい決断は速水や、掟破りの名村教授、はたまた厚労省のはぐれ鳥、白鳥技官のような人、もしくは老獪《ろうかい》な腹黒タヌキの高階学長の専任事項だったのに……。

速水まで逃げ出すとは……。田口は委任された事項に、最高責任者として直面した。

「ＥＣＭＯは一台、患者は二人。どちらを選ぶかという問題ですが、若い医師を選ぶべきが二人、当院に入院していたご老人を優先すべきという方がおひとり。判断拒否がお二人ですね」

田口はどうでもいいことを確認しながら、時間稼ぎをする。

幸か不幸か、コロナ肺炎の悪化症例は人工呼吸器に載せれば状態悪化はゆるやかで、ＥＣＭＯ導入は一刻を争う緊急の判断ではないため、こうした時間稼ぎも許される。

「これは命の選択という重い問題を突きつけています。実際コロナ感染患者が爆発的に増大しているイタリアやスペイン、ニューヨークでは、そうした問題に医療現場が直面しています。その時、現場の医師や医療スタッフにその判断を一任されては心的負担が大きく、とても保ちません。現に保阪さんは親族と同僚という二人から、一人を選ぶことを強いられています。たとえどちらを選んでも彼女の心の傷は大きいでしょう。そんなことはあってはならないのです」

「あってはならないが、その場面になった場合は誰かが判断し、誰かが傷を負わねばなりません。それが前線で戦う兵士と指揮官だ」と言う名村教授は完全にコマンダー・モードだ。

「名村教授のおっしゃる通りで、正しいと思います。私の選択も名村教授と同じものになるのは必然です。でも私はウイルス戦闘部隊の指揮官である名村教授と違い、ひとりひとりの命を扱う医療従事者です。その時に命に貴賤はないというのは基本原則で、そこを軽視してはならないと思うんです」

「田口氏の言うことはもっともで、おかしいというつもりはないし、議論を尽くすという姿勢は尊重したい。だがそれは平時の判断で、今は有事の真っ最中だ。悠長な議論の結論が出るとは思えない。我々はどちらかに決めなければならない。先ほど田口氏は、自分の判断を口にしている。今さら決定を引き延ばすのは、時間の無駄だ」

「無駄ではありません。結論を出せば反対意見や保留意見の方も、その結論を容認したことになります。保阪さんにはおばあさんを見捨てたという傷になり、速水には彼女の心情を知りながら何もできなかったという悔いが残る。これから医療を支えていく二人に心の傷を負わせたくない。だから私はギリギリまで道を模索しようと、こうして悪戦苦闘しているのです」

「まさか田口氏は、二人ともＥＣＭＯを適用しないという、優柔不断で喧嘩両成敗みたいな決断をしようというのではあるまいな。それこそナンセンスだ。目の前にある医療資源を最大限に活用し、救える命を救うのは医療の基本ではないか」

他の三人が、まさか、と驚いたような目で田口を見た。

もう限界だ。田口は目を閉じた。

その時、息詰まるような室内に、携帯の呼び出し音が鳴り響いた。

来た。

田口が携帯に出ると、そこから噴き出てきたのは罵声、暴言、罵詈雑言の嵐だった。

ものすごい大声なので外部から丸聞こえだが、あまりに激しい口調に誰ひとり中身は聞き取れない。田口は無用な罵倒部分は聞き流し、必要な単語だけを拾うようにして必要な情報を取得すると、相手が息切れして一瞬、罵倒が途切れた瞬間を捕らえて言った。

「お手数をお掛けしました。ご協力、感謝します」

　携帯を切った田口は、なにごとかと息を呑んで見守っていた他の五人に言った。

「シンコロ対策本部委員長として決定します。お二人はどちらもＥＣＭＯに載せます。二人の対象者に二台のＥＣＭＯ。これで問題は解決しました」

「他の施設からＥＣＭＯを調達したのか？」と速水に聞かれ、田口はうなずく。本来なら種明かしを得意げに言う性格ではないのだが、ここはそうでもしないとこの場は収まりそうにない。

　やむなく田口は内幕を暴露した。

「速水から転院依頼を受けた時、直前に保阪さんのＥＣＭＯ適用を打診されました。するとどちらかを選択しなくてはならなくなる。その時に単純な解決策を思いついたんです。ＥＣＭＯ適用患者が二人ならＥＣＭＯを二台用意すればいい。もちろんＥＣＭＯは高額な精密医療機器ですから、レンタカーを借りるみたいに右から左に借りるわけにもいきません。そこでそんな魔法使いみたいなことができる人がいないかと考えたら、思い浮かんだ人がいました。そう、お察しの通り、私の師匠だと勝手に自認する厚労省の火喰い鳥、白鳥技官です。私は白鳥技官に電話を掛けました。一か八かの賭けでした。白鳥技官は未だにスマホを持たず、出掛けていたら連絡がつかないからです。でも奇跡的にスカイレストランで捕まえることができました」

　田口はあの時の緊張感と安堵感をまざまざと思い出し、思わずため息をついた。

「そこで白鳥技官にＥＣＭＯの調達を依頼しました。案の定、技官は先ほどのような剣幕で私を叱責しました。そこで私は、これまで白鳥技官の依頼に忠実に対応した過去の事例を持ち出しました。今回の黎明棟の受け入れもそのひとつです。そしてもしＥＣＭＯ調達に協力していただけなければ、私と東城大は今後一切、白鳥技官への協力を拒否しますと啖呵を切ったんです」

「うわ、田口先生も思いきったわねえ。下手したら火喰い鳥が怒りの火の鳥になっちゃうわよ」

隣で如月師長が目を丸くした。意味不明の合いの手を無視して、田口は続けた。

「成算がないわけではありませんでした。ＥＣＭＯは日本に千台以上ありますが救急現場で今、全てが稼働している印象はありません。調べると今回のコロナの件で稼働しているのは三百台少々だとわかりました。そこでこう言ったのです。『厚労省のお役人の白鳥技官は病院の不祥事をいろいろご存じのはず。なので東海地方でＥＣＭＯを持っているけれど使っておらず、不祥事を抱えている病院にＥＣＭＯの貸し出しをお願いしてみてもらえませんか』とね」

「あの白鳥さんに恐喝まがいのことをさせようとするなんて、田口先生って実はエグい人だったんですね。エクモの可愛い素敵な先生だと思っていたのに」と佐藤部長が言う。

ＥＣＭＯを絡めてだじゃれを飛ばそうとして盛大に滑っているのだが、本人は無自覚だ。

そもそも田口にはえくぼがないから、聞いた人たちはみなきょとんとしている。

「佐藤ちゃんは進歩したかと思ったが、俺の思い違いだったようだ」と速水が呟いた。

「一時間ほど、連射機関銃のような罵声を浴びせられましたが、あちらも便利な使い走りを失うのがイヤだと思ったのか、最後は心当たりを当たってくれると約束してくれました。ただ最後に『今回限りだぞ、今度こんな掟破りの下克上みたいな依頼をしてきたら師弟の縁を切るからな』と言われたのには戸惑いました。それは私には罰ではなく、むしろ希望事項でしたので」

「どうして、最初からそう言わなかったんだ」と速水がむっとして言う。

「仕方がなかったんだよ、速水。いくら白鳥さんが掟破りの魔法使いでも、この件に対応できるかどうかは確信が持てなかったからね。可能性を口にして結局無理だったなんてことになったら、保阪さんの絶望はより深く、傷も深くなってしまうだろう?」

速水は黙った。沈黙は、納得したということだろう。田口は続けた。

「というわけで明日午後、東海地方のさる病院からＥＣＭＯが搬送されてきます。一人はこれからすぐ、もう一人は明日の午後にＥＣＭＯを装着します。なので体力のない保阪さんを優先して本日装着、体力にゆとりがある大曽根さんは明日装着、と決定しますが、よろしいでしょうか」

場を見回すと、佐藤部長、如月師長、名村教授が大きくうなずいた。

「ＥＣＭＯはオレンジ三階で稼働し、管理、維持は速水先生にお願いします」

「了解した。佐藤ちゃん、厳しく指導してくれ」と速水が言うと、佐藤部長はうなずいた。

「手加減なんてしませんよ。それと今後は佐藤ちゃんではなく、佐藤部長とお呼びください」

「わかった。ではご指導をよろしくお願いします、佐藤部長」と速水が頭を下げる。

保阪美貴が泣きじゃくりながら、田口に抱きついた。美貴の身体を抱き留めた田口は言う。

「今回は幸運でした。今はまだ日本の救急医療が逼迫《ひっぱく》しておらず、こうした選択ができました。でもこれからシンコロが蔓延し日本中のＥＣＭＯや人工呼吸器が一杯になったら、先ほどのような苦渋の決断を強いられます。我々は今、崖っぷちに立たされているのかもしれません」

場が静まりかえった。しまった、偉そうなことを言ってしまったと後悔しつつ田口は言う。

「では、各自、仕事に掛かってください」という田口の言葉に、みな元気よく立ち上がった。

翌日。東海地方のある大病院からＥＣＭＯが届けられた。その裏でどんな交渉があったのか、わからないので、ここで親切な病院名を明らかにすることができないのが残念だ。到着後、大曽根医師にＥＣＭＯが装着され、オレンジ三階の星見ルームに二台のＥＣＭＯが並び、速水と保阪が二十四時間つきっきりで対応した。不明なことがあると佐藤部長を呼び出しモニタで教えを請う。ガス交換膜の交換時は本部棟から臨床工学士が派遣された。

オレンジの将軍として君臨していた頃の速水の雄姿を知る田口としては、今の速水が檻に閉じ込められた虎のように見えて不憫《ふびん》でならない。

だが本人はそんなネガティブな感情には囚われず、今の業務に集中しているようだ。

そんな中、ダイヤモンド・ダスト号からの搬送患者は着実に増え続け、ついに百名を超えた。

黎明棟の区分けは、名村教授が厳格な原則を確立してくれたおかげで、トラブルや事態の変更があってもその都度、対応ができた。何より、重症予備軍かそうでないかの判断基準が明確になったことが大きい。入院患者は軽症者四割、重症者三割だった。入院患者には全例にPCR検査を実施したが、陽性率は七割に留まったので、速水の提案で全例に胸部CTを実施した。これによりPCR陰性でも高度の間質性肺炎の患者を検出できた。

そうした人は重症化する確率が高かった。だがPCR陽性だが入院期間中、症状がなかった人も三割いた。その人たちは体温測定と共にO2サチュレーションを朝晩二度チェックし、数値の低下が見られたら要注意患者の枠に入れ監視を強めた。無症候者は二週間の経過観察をして、PCRと胸部CTに異常がなければ退院させた。こう書くと大変に見えるが、合宿させて簡単な健康チェックをして、異常値や症状が出た人を、感染者と同じように扱っただけだった。

二〇二〇年三月一日、COVID-19感染者は中国で七万人、韓国で三千人、クルーズ船感染者を除いた日本では二百三十人。全世界の感染者は八万五千人に達した。

19章　星に祈れ

二〇二〇年三月
桜宮・東城大学医学部付属病院オレンジ新棟

目を開けると、自分をのぞき込んでいる目と、目が合った。星見ルームに詰めている保阪美貴は目をそらし、速水から離れた。二台のＥＣＭＯが稼動して三日が経った。

「何時間、眠っていた？」と言いながら、速水は身体を起こす。

「三時間とちょっとです」

「三時間経ったら起こせと言っただろう」と言うと、保阪美貴は速水に背中を向けて言う。

「ぐっすりお休みでしたので。お疲れかと思って」

「それを言うならお前だって疲れているだろう」

「今は数値が安定してますから平気です。データが動いたらお休み中でも起こします」

「それでいい。そうしないといのちが失われてしまうからな」

速水は稼働中の二台のＥＣＭＯと、それに繋がっている二人の患者を眺めた。

「だが急変を認知しても打つ手がない。ＥＣＭＯは肺を休め、その間に自力で組織が修復されるのを待つ。俺は遅太郎にもお前のおばあさんにも何もしてやれないんだ」と速水は唇を噛む。

「そんなことありません。先生のおかげで大曽根先生はＥＣＭＯを装着してもらえました。わたしもばあちゃんのケアができきました。ひょっとしたら最後のお別れもできず骨になったばあちゃんと会うしかなかったかもしれません。でも速水先生がドクタージェットを飛ばして、一緒に連れて来てくれたおかげで、わたしはここにいます。それは速水先生がしてくれたことです」

そこで美貴は言葉を切った。そして続ける。

「ばあちゃんか、大曽根先生か、どちらにＥＣＭＯをつけるかという決断を迫られた時、わたしもわかっていたんです。誰が見たって大曽根先生につけた方がいいに決まってます。でもわたしは言えなかった。みんながそんな風に考えて、わたしまでそんな風に答えたらばあちゃんが可哀想すぎます。だからわたしは……」と言って美貴は声を詰まらせた。

「わかっている。みんな、わかっている。だからもう言うな」

防護マスクの中の、美貴の顔が涙で濡れた。その涙を美貴は指でぬぐうこともできない。

すすり泣きがしばらく続いた。しばらくして美貴は明るい声で言った。

「あと速水先生が答えを拒否してくれて、如月師長が支持してくれたのもうれしかったです」

「まあな。だが一番のお手柄は行灯の野郎だな。俺はいつも肝心の所でヤツに遅れを取るんだ。卒業麻雀の時も、北に左遷された時も……いや、何でもない」

「田口先生って行灯って呼ばれているんですね。どうしてですか」

「さあな、理由は忘れた。ところでお前は遅太郎と付き合っているのか」

「信じられない。速水先生、それ、セクハラです」

「す、すまん。つい気になって」とあたふたする速水を見て、美貴は微笑する。

「誘われて一度、雪まつりに一緒に行っただけです」

そうか、と言って速水は大曽根の話を聞かせた。故郷での子ども時代、蝦夷大医学部に合格した時の誇らしさ、救命救急センターの研修での苦労。美貴はその話に熱心に耳を傾けた。

「遅太郎の田舎は長野の山奥で、星が降り注ぐような所だそうだ。いつか好きな人と一緒に星を見たい、と言っていた。一緒に行ってやれば、喜ぶぞ」

「そんなこと、わからないです。速水先生ってほんと、デリカシーがない人ですね」

「すまん」と身を縮めた速水を見て「道理で如月師長が嘆くわけです」と美貴は吐息をつく。

速水は黙り込む。そして「交代の時間だ。もう寝ろ」とぽつんと言った。

照れ隠しにECMOのチェックに向かった速水の怒声が、星見ルームに響いた。

「二人ともO2サチュが下がり始めている」と言いながら、速水はモニタで佐藤を呼び出す。

「ECMOの状態は一時間前にチェックして問題はなかった。今、もう一度チェックしたが、やはり稼働は正常だ。どうすればいい？　打つ手がない？　佐藤ちゃんはECMOのプロだろう。なんとかしろ。プロだから無理なものは無理だと言うしかない？　ふざけるな」

速水はモニタに罵声を浴びせた。モニタの中の佐藤部長の表情が苦しそうに歪む。

速水はモニタを切った。

「祈れ、だとさ」

ふたりの患者は、申し合わせたかようにO2サチュが10も下がっている。危険な兆候だ。

周りの世界がぐにゃりと歪み、ふらついた美貴は、部屋の中央のプラネタリウムの映写機にもたれ、手を突いた。すると突然、ぐいん、ぐいんと大きな音がして映写機が動き始め、丸天井に星座が映し出された。そうして天井の偽りの星宿がゆっくり回転し始める。

「すいません。うっかり」と言って美貴がスイッチを探し、映写を止めようとする。

速水は「そのままにしておけ」と言い、部屋の隅の簡易ベッドに横になる。

「プロが、祈れ、と言うんだ。ならば星に祈るしかないだろう」

美貴は貴美子の足下に座り込む。学校でいじめられ三ヵ月不登校になった時、貴美子が海岸で夜通し一緒に星を見てくれたことを思い出した。

「遅太郎、星が綺麗だぞ。保阪もいるぞ。起きろ。起きて一緒に見ろ」

天井に映された星宿は、ゆっくりと回転を続けた。

いつしか眠ってしまった速水は、「先生、数値が」という美貴の大声で目覚めた。

立ち上がり、ＥＣＭＯに歩み寄る。二人ともデータが劇的に改善していた。

「私と速水先生の祈りが天に届いたのでしょうか」と美貴が言うと、速水は首を振る。

「バカ言え。もともと重症患者の死亡率は五割。つまり半数は治癒するんだ」

そう言った速水は、にっと笑った。

「だがもし、祈ることで患者を救えるのなら、俺はいくらでも祈ってやるよ」

三日後、二人の患者はＥＣＭＯから離脱した。速水と美貴はＥＣＭＯ担当の任を離れた。


オレンジ新棟三階の星見ルームでは、ベッドに横たわった二人と、彼らに寄り添う二人という二組が天井を眺めている。

「美貴ちゃん、昔、海岸で一晩中、星を眺めていたことがあったわよね。白んできた空に、金星が光ってたわよね。覚えてる？」

「もちろんだよ、ばあちゃん。なまら綺麗だったもん。忘れるわけないっしょ」

「美貴ちゃんが看護師さんでほんとよかった。側にいてくれると安心だわ」

「ばあちゃんをあんな船に乗せて、二度と会えなかったらどうしようって毎日泣いてた」

「船旅は楽しかったわよ。素敵な誕生日プレゼントだった。いいお友だちもできたし」

貴美子は言葉を切った。そしてぽつんと言う。「いつか、また会いたいわ」

隣のベッドでは、大曽根が速水に話していた。

「俺、夢を見たんです。故郷の村で、星空を見てたら気持ちが楽になって、ずっとこうしていたいなあと思ったら突然夜空一杯に速水先生の顔が広がって『遅太郎、仕事が遅い』って怒鳴られたんです。そしたらふうっと意識が遠ざかって、気がついたらこの部屋にいたんです」

速水は苦笑するしかなかった。

ふたりはＥＣＭＯを離脱し、一階のＩＣＵ病棟で数日経過を観察した後、黎明棟の軽症者病棟へ転科した。オレンジ新棟三階の丸天井には神話の英雄たちが歩みを続けていた。

三月下旬。クルーズ船の感染者を一番多く収容した東城大学医学部付属病院の黎明棟では名村教授がつきっきりで指導し、桜宮モデルが確立されていた。

四月一日、速水と保阪美貴、大曽根と美貴の祖母の貴美子の四人が北海道に戻る日が来た。

速水は最後までＰＣＲ陽性にならなかった。保阪美貴も感染せず、大曽根と美貴の祖母貴美子は二回のＰＣＲ検査が陰性だったので、退院を許可された。

その前日、速水がオレンジ新棟の一階のセンター長室でモニタを眺めていると扉が開いた。

如月翔子師長が立っていた。速水と目が合うと如月師長はうつむいた。

「お戻りになるんですね」

「ああ。雪見の救命救急センターが、今の根城だからな」

「もう、こちらには戻らないんですか」と言った翔子は、速水に歩み寄ると背後に立つ。

椅子の後ろから、速水の肩を抱きしめる。速水は身を固くする。

「触るな。俺はコロナかもしれないんだぞ」

「構いません」

「お前に感染ったら病院が困る。如月は小児科病棟の師長だからな」

翔子は速水の肩に回した手に一瞬、力を籠める。

「いつか、戻ってきてください」

「約束はできない。それより俺が戻る必要がなくて済むように頑張ってくれ。俺もそうならないようにする。俺は今回は東城大のために戻ったのではなく、東城大に助けを求めて来たんだ」

翔子の手から力が抜け、速水の肩からすべり落ちる。

翔子は速水を見ながら後ずさる。

扉が開き、とん、と軽いステップを踏んで、翔子は部屋の外に出た。

翔子は右手を挙げ、泣き笑いの顔になる。次の瞬間、扉が閉まった。

速水は、閉まった扉をいつまでも凝視《みつ》めていた。


名村教授も速水と一緒に北海道に戻ることになった。出発前に田口、島津、速水という悪友三人と、彦根の代役の桧山シオンを加えて愚痴外来でお茶をした。

「当院に入院したクルーズ船患者百十一名のうち三十一名が重症者で、四名にＥＣＭＯが使用され、今のところ死亡者は二名です」と田口がここまでの状況を総括した。

するとと名村教授が言う。

「残念ながら死者が二名出てしまいましたが、ここ桜宮に確固たるグリーンゾーンを築けてよかったです。ただしこれからは、皆さんが外来で診る患者の中にもランダムにシンコロが入り交じる時代が来ます。みなさんはそのフェーズ・コンバージョンに備えなければなりません」

「本当に、そんな風になってしまうのですか」

「三百パーセント確実です。あちこちの地方でシンコロ患者がぽつぽつ発生し、感染経路不明の患者も増えています。ということはその人に感染した人がいて、コロナと把握されずにうろうろしているわけです。ひょっとして東城大にも既に侵入しているかもしれませんよ」

「外来に感染患者が入り交じるとすると、今後どうすればいいんでしょうか」

シンコロ対策本部の委員長としての責任から、田口がぞっとして訊ねる。

「現実的には熱発患者をシンコロとみなして、ひとまとめにして外来で診るしかないでしょう」

「でも政府はまず保健所の帰国者・接触者外来に相談するよう、いまだに勧めていますが」

「ナーンセンス。保健所から病院へ、病院から保健所へとピンポンたらい回しになるだけです。そうやって検査を先延ばしにしている発熱者がシンコロだったらそこから広がるだけでしょ」

「そうだとしたら、もはやコロナ蔓延は防げないじゃないですか」

「だから貴重なグリーン・ゾーンを死守するしかないんです。ひとつが北海道で、もう一ヵ所がここ、桜宮です。このまま行けば日本の医療はひとまず崩壊します。シンコロ患者で病床が一杯になり、通常医療が滞ります。最初に救命救急部門がメルトダウンするでしょう」

速水がぴくり、と眉を上げる。

「そんなことになったら大ごとだ。どうすればいいんだ？」

「とにかくゾーニングを徹底することです。でも蔓延したら体内にシンコロを入れない個人レベルの防御にシフトすべきでしょう。手洗いを徹底すれば体外のレッドを体内に入れずグリーンに保てます。加えて死亡時の診断も重要になります。桜宮では法医学分野も含め死後画像が死者全例で撮像され、画像診断医の島津氏が読影する画期的なＡｉセンターが樹立されています。シンコロを疑わなかったが実はシンコロ死だと判明する遺体が絶対に出てくる。死亡原因がシンコロとわからず、死者数が過小評価されている可能性は高いんです」

「なるほど、肺炎死亡例の中にコロナ死が紛れ込んでいるのかもしれないんですね。しかし重症化因子がわからないのは不気味だな。桧山さん、あんたはここで当院の死亡者の画像診断所見を大量に取ってくれているけど、何か気づいたことはないかい？」

島津が訊ねると、黙って会話を聞いていた桧山シオンが、口を開く。

「ここの病院の死後画像データは整っていて貴重です。以前解析させてもらったので方法論は確立していました。なにより生前の臨床データの紐付けができるのがありがたいです」

「Ａｉセンターの創設時に、死後画像に臨床情報を添付し格納するデス・ファイルシステムを作ったからな。まあ、電子カルテのおかげもあるが」

桧山シオンは、一瞬、躊躇うように沈黙し、小首を傾げた。それから言う。

「それで気がついたことがあります。まだ個人的感触で学説として提起できるレベルではないのですが。呼吸困難症状がないのに重篤な間質性肺炎像が併存するのが新型コロナウイルス感染症の特徴ですが、通常の入院患者にも同様の所見を示した死亡者が数名いました。東城大ではほぼ全例の死亡者に対しＡｉが撮像されていますが先月法医学教室に運び込まれた行き倒れのご遺体でもその所見が見られました。病棟死亡例、法医学教室の症例に関し死後ＰＣＲ検査を要請しましたが、結果はまだ画像データに紐付けされていません」

「悪い。新しい検査項目で、かつクルーズ船患者は通常の電子カルテと別立てで運用してたのと、法医学教室の方はもともと臨床所見もないので、どちらも別立てだった。後でやっておくよ」

島津の謝罪に、名村教授がすかさず言う。

「島津氏、それ、ここで今すぐ、やりませんか。大変興味があるんですが」

「せっかちな人だなあ。まあ、やってみますよ。おい、行灯、PCを借りるぞ」

島津はキーボードを叩きはじめる。みんなが見守る中、島津は画面を見て言った。

「ビンゴ。二人ともコロナ陽性だ。つまり新棟にもコロナは侵入していたわけだ。直ちに対応が必要ですね、名村教授。それは当然、新型コロナウイルス対策本部の委員長の仕事ですね」

名村教授がうなずくと、桧山シオンは再び口を開く。

「他に気がついたのは重症化する患者の傾向です。高血圧、糖尿病といった生活習慣病の持病をお持ちの高齢者、男性、若年者は肥満者という傾向があるのは他の報告でも言われています。画像をチェックしていて重症者と高い相関を示した所見は、『アテローマ』の存在です。以上から動脈硬化と強い相関があると考えました。重症化するのは一般に老年層が多いのですが、若年患者では肥満者が多いという知見とも合致します」

アテローマとは粥状《じゆくじよう》硬化のことだ。動脈内壁に脂肪や脂肪酸、コレステロールが沈着し、ドロドロした粥状の硬化巣を作り血管内皮が肥厚、動脈内腔が狭窄《きようさく》し、やがて石灰化する。

高齢者には比較的よくみられる所見だ。当たり前すぎて却って見過ごすことはあり得る。

「ひょっとしてコロナ感染症には二ステージあり、ACE2受容体にとりついて体内に侵入を果たした次のステップで、血管内皮細胞にとりつくのではないでしょうか。すると間質性肺炎像も理解できますし、少数ながら腎不全患者が出現しているのも納得できます。そう考えて画像を見返してみると、その仮説と画像が一致するんです。いくつかの症例で脳炎所見も確認しました」

桧山シオンがそう続けると、島津がPCをいじり続けながら言う。

「桧山仮説は、小血管炎がコロナウイルス感染症の本態だというわけか。なるほど。そうすると標的臓器は肺、腎臓、脳で、報告された肺炎と急性腎不全が多いということと合致し、糖尿病や高血圧といった生活習慣病の持病がある方が悪化する、という知見とも整合性がある」

「脳炎を示す臨床所見は見なかったが」と速水が言うと、島津が言い返す。

「人工呼吸器に載せて、セデーションを掛けているから脳症状を見落としたのかもな」

「すると喫煙者が重症化しやすいことも説明がつく。リスクファクターが高い人は相当多いぞ」

「でも桧山嬢の仮説は有意義です。アテローマの検出は簡単ですから重症化を予想できる。動脈硬化の患者を頻繁にチェックすれば死亡者を減らすことができるでしょう」

そう言うと名村教授は立ち上がる。

「さて、そろそろ時間ですね。それじゃあ速水氏、行きましょうか」

「他の三人の北海道組はどうしたんだ?」と田口が訊ねると、速水はにっと笑う。

「連中は俺とは別で三人一緒に帰ることになった。地下鉄で途中下車して、スカイツリーを見て帰るんだと。お上りの田舎者は困ったもんだ」

「速水、お前は見学しなくていいのか?」

「バカいえ。俺はスカイツリーより、東京タワー派だ」と言って速水も立ち上がる。

名村教授は言う。

「みなさんは検疫精神を体得した、貴重な医療従事者です。これからシンコロとの戦いは新局面になります。政府と厚労省の指導に盲従する医療機関や、シンコロを舐めている病院は嵐に襲われます。ここからが真の医療危機で、医療人の真価が問われます。東城大で『桜宮モデル』を構築し、世に広めてください。本来ならこれは国の組織でいうと、国民の健康を司る厚労省の仕事なんですが、今は機能不全を起こしパニックになっていますから、民間が範を示すしかないんです。能吏の白鳥氏の差配でかろうじて優位を保っていますが、いつまで保つことやら」

名村教授は深々と一礼した。田口と島津、藤原看護師は立ち上がりお辞儀をした。

「こちらこそ先生のご指導のおかげで感染症対策の真髄を学ぶことができて感謝してます。医療者ひとりひとりの感染症に対する意識の高さでは、今の東城大は日本一でしょう。これから来襲するであろう市中患者への対応でもモデルになれるよう励みます。ここから卒業して独り立ちした我々の真価が問われるでしょうけど、先生の教え子の名に恥じない病院作りをしてみせます」

力強い田口の言葉に名村教授はにこりと笑う。

「田口氏、私の言うことをシャカリキになって守ろうとしてはいけません。相手は未知のウイルスですから、私だって間違えます。だからどんどんルールや教えを変えてください。でないと自分たちが作り上げた規則を絶対だと思い込み全てが後手後手で感染を拡大することになった、厚労省と同じになってしまいますからね」

「必要ならルールを変えろ、というわけですね」

そう答えた田口は、その言葉を遠い昔、聞いたことを思い出す。

「名村先生ご自身の、第二フェーズの対応について、お考えを聞かせてください」

「これはあくまで私の考えですが、実は私はこれまでの厚生労働省のやり方は、ただ一ヵ所の致命的なエラーを除いては、大枠ではそれほど間違えてはいなかったと思うんです」

「ほんとですか？　名村教授が日和るなんて信じられないなあ」と島津が驚いて言う。

「まあ、結果的なマグレ当たりで、厚労省の判断が優れていたということではないんですがね。シンコロは、八割が軽症で二割が重症化し、人工呼吸器を必要とする重症者の50％が死亡する病気です。この比率も現在は少し変わっています。これに対し厚生労働省は、ＰＣＲ実施の抑制を図りました。実はそこは間違えていません。軽症者にＰＣＲを実施して、コロナとわかったところで、結局何もしないなら、検査しても意味がありません。ここで必要なのは『診断』ではなくて『判断』なんです」

「それなら何がいけなかったんですか？」と「診断命」の島津はむっとした表情で訊ねる。

「まず、何が何でも自分たちが設置した『帰国者・接触者外来』に患者を誘導し、判断させたことですね。保健所職員は医師でない人も多く、病気の診断はできません。そこで厚労省が作成したマニュアル通りに対応したのですが、そこには『判断』がありませんでした」

　そこでひと息ついて、珈琲を口に含んだ名村教授は飄々と続けた。

「その時のマニュアルのＰＣＲ実施基準は『武漢からの帰国者、三十七度五分の熱が四日間続く』みたいに決められていました。でもそれは科学的根拠ゼロの官僚の作文です。それなのに厚労省のお役人は、それを絶対的な規則にして、各地の保健所に強要しました。保健所職員は、それに対し愚直に対応し、次々にコロナ疑い患者を差し戻しました。だって保健所の職員は医者じゃないんだから、判断なんてできっこないんですよ」

「加えて事務員を非常勤の派遣社員で穴埋めして、国が人件費を抑えようとしてますからね」と事情通の藤原看護師が口を挟んだ。

「それは知りませんでした。ではどうすればよかったのか。市中感染が見つかった時点で、最初の窓口を医療機関に切り替えて、ＰＣＲ実施の判断をお医者さんに任せればよかったんです。そうしたらこれはヤバい、と思った患者に適切にＰＣＲが実施できたはずです。だって鼻水を垂らしているだけの患者を調べても意味ないなんて、お医者さんはインフルの時に普通に判断してますからね。そしてヤバいと思った患者を隔離しつつ、検査結果を待つ。検査要請なら重症者を扱う病院に送る。そうでなければ自院で診るなり、退院させれば十分だったんです」

なるほど、と速水がうなずく。結果的に速水の病院では、それに準じた対応をしていたわけなので、深く納得したのだろう。

「一方、その頃テレビでは、ニューヨークやイタリア、イギリスの悲惨な状況を垂れ流していました。欧米であんな惨状になったのは諸説がありますが、ハグやキスの習慣がヒト＝ヒト感染原因になった可能性もあります。あれで日本は大したことがないと安心した人もいたと思います。でも『安心』を追い求めたら破滅します。『安心』は感情的で、そこに盲従がつきものだからです。私たちが追求すべきなのは『安全』です。これは論理的に希求できますから」

「よくわかりました。でも検査をしなければシンコロかどうかわからず患者が野放しになり、感染が蔓延してしまいませんか？　それに黎明棟でシンコロを完全にシャットアウトしようとした、名村先生の指導方針が根底から崩れてしまいませんか」

「その通りですよ、田口氏。だって私が黎明棟で指導したのは、シンコロとわかっている患者が押し寄せてきた時の対応ですから。シンコロ患者がわじゃわじゃいたら、厳格な封じ込めをするのは当たり前です。でも現実にはすでにシンコロは蔓延してしまっている状態なので、普段の防衛では新バージョンを適用する必要があります」

「そこを詳しく聞きたいです。教えていただけますか」と藤原看護師が言う。

「もちろんです。シンコロの感染経路は飛沫感染と接触感染の二つ。飛沫は小水滴でクシャミや咳で口や鼻の中の水分が水滴になって飛び散り、飛距離は最大二メートルで地面に落ちる。飛沫にいるウイルスを吸い込み感染します。接触感染は落下した飛沫に触れて感染します。テーブルや床、電話、パソコンに落ちたシンコロは、一週間ぐらい生き続けます。その間にウイルスに触れた手で目や口や鼻を触る、あるいはウイルスのついた食べ物を食べると感染する。ここで杓子定規で石頭の厚労省や保健所は、ウイルスのある場所を徹底的に清潔にしましょう、とやる。でもあらゆる場所を殺菌消毒するなんて不可能です。もっと簡単な方法は、ウイルスを体内に入れないことで、そのためには手洗いを徹底すればいい。それで九割以上のウイルス接取を遮断できます。見方を変えると体内のグリーンゾーンを守るため、防衛ラインを手と口の間に敷き、そこを徹底させるということになり、それは黎明棟で指導したことと本質は同じです。つまりシンコロ蔓延期のセカンドフェーズは徹底した手洗い、これに尽きます」

その場にいた一同は「なるほど」と、納得した。

「さて、そろそろ行きます。厚労省の専門家諮問会議で『八割パパ』として孤軍奮闘していた喜国先生が有象無象に叩かれ始める頃なので、守ってあげないと。あの人は元厚労省技官なので自分の言ったことを変えてはいけない、という妙な生真面目さがなかなか抜けないんです。前提条件が変わればR0を下げてもなんの問題もありません。そこは私が背中を押してあげます」

名村教授はそう言うと、飄々とした足取りで部屋を出て行った。

速水は田口と島津に歩み寄り、拳を突き出す。田口と島津は、拳と拳をぶつけた。

「じゃあな」と言って速水も姿を消した。彼らはこれから北海道でコロナ襲撃の第二波に本腰を入れて対応するのだろう。

続いて、島津と桧山シオンが立ち上がる。

「さっきの桧山仮説を急いで論文に仕立てて発表しよう。世界があっと驚くぞ。何せコロナ論文は世界の医療界の最大の関心事で、先陣争いは苛烈だからな」

「頑張ります。でも論文が通ったら、桧山仮説ではなく、桜宮仮説にしたいです」

「もちろん異存はない。それじゃあ行こう」

島津と桧山シオンは姿を消した。

彼らと入れ違いに入ってきた女性が、田口に挨拶する。

「こんにちは、先日は貴重な情報をありがとうございました。おかげさまでスクープ賞で金一封を頂戴しました。今日は味をしめて、追加取材をさせてもらいに来ました」

時風新報の記者、別宮葉子は相変わらず潑剌《はつらつ》としている。藤原さんが言う。

「最近の時風新報は絶好調ねえ。『コロナ難民の声』企画は考えさせられるし『宰三が行く』の報告もメチャクチャ面白いわ。最近、安保首相はお友だちご飯がなかなかできないから、相当イライラしてるみたいね。でもなんと言ってもすごいのは『赤星《あかぼし》さん、あなたを絶対に忘れない』の連続特集ね。そのうちあたしも読者欄に投稿しようかしら」

「いつでもどうぞ。紙面に載りきらない分はウェブサイトでも掲載しているので見てください。でもあれは時風新報の特集じゃなくて、全国に七十紙ある地方紙の連合企画なんです。だからどの都道府県でも同時連載してるんですよ」

「そうだったの。実は今一番楽しみなのは、来月からの連載が予告された『コロナ伝』かしらね。終田千粒って確か田口先生がエッセイ連載していたサイトで『健康なんてクソ食らえ』を連載してた作家さんでしょ？」

「藤原さんってチェック厳しいですね。あれも地方紙の連合体の合同連載なんですけど、ここだけの自慢ですけど、あの先生を発掘したの、実はあたしなんですよ」

「まあすごい。執筆の世界は厳しいですものねえ」と藤原さんは遠い目をして呟く。

「さて、先生方もお忙しいでしょうから、雑談はこのあたりにして早速、時風新報の人気特集、『院内感染ゼロの病院はこうして作られた』のインタビュー第三弾をさせていただきます」

別宮記者は椅子に座ると、鞄からボイスレコーダーとメモを取り出した。

ペンを持って田口を見るその目は、プロの記者になっていた。田口は語り出す。

「今や感染は市中に広がり、感染者追跡でクラスター潰しという第一フェーズの継続は必要ですが、第二フェーズの市中蔓延の中での医療態勢構築という新局面への対応が必要になります。東城大学の新型コロナウイルス対策本部の新たな対応としては……」

流暢に話す田口の言葉をメモする別宮記者の前に、藤原看護師がそっと珈琲を置いた。

話をしながら田口は、このインタビューを終えたら『シンコロ』対策本部の緊急会議を招集して、新棟におけるコロナ感染新患者発生に対する新たな対策を練らなければ、と考えていた。


エープリルフールのその日、日本中、いや世界中を震撼《しんかん》させた笑撃の速報が駆け巡った。

安保首相が「全世帯に布マスクを二枚ずつ配布する」と自信たっぷりにぶち上げたのだ。

そのニュースは、コロナ禍に苦悶していた全人類に、一瞬の微笑をプレゼントした。

二〇二〇年四月一日、ＣＯＶＩＤ-19の感染者は中国で八万二千人、韓国で一万人、そして日本では千八百人、全世界合計の感染者は十五万五千人に達した。

20章　小さな英雄

二〇二〇年三月十日
桜宮・赤星邸

桜宮市の地方紙、時風新報の二階は、翌朝の締め切りを前に、記者たちが電話を掛けたり、原稿を書いたりと活気があった。午後二時。この時間は新聞社が一番賑やかになる時間帯だ。

中堅の女性記者、別宮葉子は文化欄のコラムを書き上げ、ほっと一息ついた。

そこへ「おい別宮、ちょっと来い」と編集局長に呼ばれ、しぶしぶ向かう。

「おい、その仏頂面、なんとかならんのか」

「おい呼ばわりされて、機嫌がいい女性なんて、今時どこにもいませんよ」

「まあ、そう尖るな。お前にこの取材を頼みたいんだが」

局長から渡された封書を受け取った別宮葉子は、やる気ない様子でちらりと眺めたが、すぐに真顔になった。局長が言う。

「編集部宛だったから開封したんだが、中身はお前宛だった。お前は文化部のクセに、畑違いの有朋学園事件を未だに追いかけてたよな。これ、やってみるか？」

「もちろんです。あたし以外にこの件を扱える記者は、ここにはいません」と言い放つと、別宮葉子は書き上げたばかりの原稿をデスクに投げ渡し、手紙を引っ摑んで脱兎の如く駆け出した。

別宮葉子は、タクシーの中で、手の震えを押さえながら、手紙を繰り返し読んだ。

前略　時風新報　別宮葉子記者さま

初めてお便り申し上げます。私は、有朋学園事件で公文書改竄をやらされ、自責の念で自殺した赤星哲夫《てつお》の妻です。夫が亡くなり二年が経ち、気持ちが少し変わりました。

よろしければ、別宮記者にお見せしたいものがあります。

興味がおありでしたら、自宅へお越しください。

赤星知子《ともこ》

最後に住所が書かれていた。本当なら電話をしてから訪問すべきだが、電話番号は書かれていなかったので、やむなく直接訪ねることにしたのだった。

別宮は二年前に一度、彼女に取材を申し込んだが、あっさり断られていた。

タクシーの中で、手紙を繰り返し読みながら、別宮葉子は同じ疑問を繰り返し考えていた。

この人はなぜ、あたしを名指ししたのだろう。

そこはかとない恐怖心が湧いたが、彼女は首を左右に振って、その臆病心を振り払う。

あの事件は、絶対に風化させてはならない。


高台にある、こぢんまりとした平家の前でタクシーから降りると、背後に広がる桜宮湾を振り返る。別宮葉子は深呼吸すると、門柱にある呼び鈴を押した。

応接室に通された葉子は、趣味のいい調度品を眺めた。掛け軸に掛けられている書は、達筆ではないものの、温かみがあった。

「わざわざお越しいただき、ありがとうございます。初めまして。赤星知子です」

紅茶を出してくれた女性は、葉子の正面のソファに座ると会釈した。

「お手紙を読んで驚きました。お話は世の中に衝撃を与えるものになるかもしれません。でもお話を伺う前に、ひとつ確認したいことがあるんです。なぜ、わたしなんですか？」

「あなたの署名記事を読んで感心したから……なんて言っても信じてもらえないでしょうね」

「わたしの署名記事なんて数えるほどしかありません。そんな中でそこまで信頼してもらえる記事なんて、そうはありません」

そう言い切った別宮葉子の胸に、ある記事が浮かんだ。

ひょっとしてあの記事なら……。

「バチスタ事件の死刑囚さんの手記を書かれたでしょう。あの記事を読んだんです」

赤星知子は微笑した。やっぱり、と思った。アレは確かにセンセーションを呼び、別宮葉子の名をジャーナリスト界に知らしめた記事だった。

「でも、それだけでわたしを指名なさるのは無理があります。他に理由があるのでしょう？」

知子は視線を窓の外に遣る。小さな庭には、白木蓮が満開だった。

知子は、紅茶をひと口、こくんと飲んだ。それから口を開いた。柔らかな声だった。

「哲夫さんとは桜宮市役所に勤めていた時に知り合いました。その後二度ほど転職して、東海財務局の桜宮支所に就職しました。書の篆刻《てんこく》が趣味でした。字は下手だけど、こつこつと誠実にやっていれば必ず完成するから、篆刻は性に合っているんだと言っていました」

「壁に掛けた書は、哲夫さんの書ですか？」

「そうです。会心の篆刻が出来たのでそれを押したくて、しかたなく書を書いたんです。でもおかげで哲夫さんらしい書が手元に残りました」

「お人柄が表れた、温かみのある書だと思います」

すると知子は微笑した。

「ありがとう。でも天国の哲夫さんは篆刻を褒めてもらいたかったのに、と思って苦笑しているかもしれませんせん」

「すみません。篆刻のことはよくわからなくて」

「いいえ、哲夫さんは、きっと喜んでいると思います」

そう言うと知子はうつむいた。

「ごめんなさい。肝心のことになかなか入れないで。でも、もう少しだけ。あの人は東海財務局に就職した時に、これは自分にとって天職だ、と思ったと言っていました。こつこつと書類を積み上げ信頼を築き上げる、自分の作成した書類が国の信頼を築く城壁になるんだって。篆刻の勉強で、中国や韓国の歴史に興味を持ち、勉強会にも参加していました。お隣の韓国では記録文書は国王も手を触れてはならない、大切なもので、それを扱う史官も尊敬されていると知って、自分の仕事も同じだと胸を張っていました。融通が利かない人で、時々上役の人と衝突したけれど、哲夫さんは『自分の雇い主は国民だ。自分の仕事は国民の付託を受けたものだ』と言って一歩も引きませんでした。ですので、職場では煙ったがられていましたけれど、部下の人からは信頼されていたと思います。でも同僚を家に連れてくることはありませんでした。仕事は家に持ち帰りたくない、役所は仕事で、知ちゃんと一緒に過ごす時間が本当の僕の人生だ、というのが口癖でした。でもそんな哲夫さんが、有朋学園を巡る不正疑惑で、虚偽公文書作成という、とんでもない仕事を押しつけられてしまったんです」

別宮葉子は息を呑む。ほんの短い会話から、正義感が強く家庭を大切にする、まっとうな地方官吏の横顔が浮かび上がってくる。

「仕事では不満もあったようですが、家には持ち込まず、いつも楽しそうに笑っていました。私は料理が下手なのですが、失敗した料理も『これまで人類の誰も食べたことがない料理を食べられる、僕は果報者だよ』などと言って私を笑わせてくれる人でした。それなのに改竄を命じられたあの日から、哲夫さんはがらりと変わってしまいました。家でも部屋に籠もることが増えました。食事も食べなくなり、心配して声を掛けると『うるさい』と怒鳴られたこともありました。一度など『何もわかっていないくせにうるさいんだよ』と言って平手打ちをされました。怖いとか、痛いというより、ただびっくりしてしまいました。結婚して三十年、一度も夫婦喧嘩をしたことがなく、もちろん私に手を上げるなんてなかったからです。哲夫さんははっと気がついて『ごめんね、知ちゃん。ああ、僕はなんてことをしてしまったんだ。最低だ』と言って自分の頭を拳でゴンゴン叩き続けました。でも転属願いを出していて、この仕事を終えたら異動させてもらえる、それまでの辛抱だ、と自分に言い聞かせていました。ところが異動時期になり同じ部署でこの件に関わった人たちが全員異動になったのに、哲夫さんだけがひとり残されたのです。その日、帰ってきた哲夫さんは、奇妙なことに、さっぱりした顔をしていました。『これではっきりした。あの人たちは、責任を僕ひとりに押しつけるつもりなんだ』と言いました。その時初めて手短に、自分がこの半年、どういう仕事をさせられてきたか、それがどれほどイヤだったか、徹底的に上司に抗議したけれど、結局その仕事をやらされるとわかった時、部下の人たちを庇うため、自分ひとりでやったこと、などを説明してくれました。私は、哲夫さんを抱きしめ、声を上げて泣きました。それからの半年間は地獄でした。哲夫さんは眠れずノイローゼ状態でした。それから半年して、あの毎朝新聞のスクープが出てしまったのです。文書が改竄されたという証拠が新聞の一面に載っていました。そしてそれをやったのは哲夫さんでした」

言葉を切ると、赤星知子は目頭をぬぐう。別宮葉子はただ身を固くして、知子の言葉を全身で受け止めていた。それしか、できなかった。

ちちち、と鳥の声がした。窓の外の白木蓮が激しく揺れている。風が強いようだ。

「哲夫さんは記事が出た五日後に自殺しました。わたしは何も考えられなくて、お葬式の時のことはほとんど覚えていません。同僚の人がお葬式に来てくださったと、親戚の人に聞きました。でも誰も記帳せず、お名刺も置いていかなかったと聞いて変だな、と思いました。時間が凍り付いたようで毎日、息を詰めるようにしていました。そんなある日、哲夫さんの上役の部長さんが突然、家に来ました。仏壇の遺影に手を合わせるのもそこそこに、哲夫さんの遺書はないか、あったら見せてほしいと言われました。わたしはそんなものはないとお答えしました。部長さんは、そんなはずはない、パソコンを見せてほしい、と言いました。哲夫さんのパソコンはありましたが、なんだかイヤな感じがしたので、哲夫さんは家に仕事を持ち帰らない主義でしたので、とお断りしました。はじめのうちは部長さんは半信半疑の様子でしたが、私が本当のことを言っているようだと感じたらしく、ほっとしたような顔になり、こう言ったのです。奥さんもテレビなんかでご存じだと思うけど、赤星君のやったことが国会で問題になっている。だからもし遺書が見つかったら真っ先に知らせてほしい、決して悪いようにはしないから、と言ってそそくさとお帰りになりました。その後月命日に仏壇に線香を上げに来てくれる職場の人もいましたが、だんだん減ってある日、哲夫さんが一番信頼していた部下の方に、転勤でもう来られなくなります、と言われた時、こうして哲夫さんは忘れられていくんだなあ、と切なくなりました。でも仕方がないんだな、と思いながら、哲夫さんが亡くなった日からそのままにしておいた部屋を掃除しました。すると机の引き出しの篆刻道具の中に、封筒を見つけたのです。それがこれです」

そう言って、赤星知子は、背後のダッシュボードの引き出しから封筒を取り出し、テーブルの上に置いた。別宮葉子は、その封筒をじっと見つめた。

手を伸ばそうと思ったけれど、できなかった。別宮葉子は訊ねた。

「拝見してもよろしいんですか？」

「ええ、そのつもりで出したんですけど」

別宮葉子はしばらくその封筒を凝視めていたが、やがて言う。

「記者としては今すぐ拝見したいです。でももう少しお話を聞かせてください。奥さまはまだ、なぜあたしなのかを説明されていません。そこが納得できなければ、拝読できません」

赤星知子は胸に手を当てて、ほう、と小さく吐息をついた。

「やっぱり日高先生がおっしゃった通りの方ね。話は長くなりますけど、よろしいですか？」

「ええ、もちろんです」

「わかりました。紅茶が冷めてしまったので淹れ直しますね。ちょっとお待ちください」

知子は立ち上がり、紅茶カップを盆に載せて、台所へ姿を消した。テーブルの上には、薄い封筒が残された。別宮葉子は、封筒に手を伸ばしたくなる気持ちを必死に抑えた。

やがて扉が開き、湯気が立ち上る紅茶ポットとカップを持って知子が戻ってきた。

「私は紅茶の淹れ方だけは自信があるんです。哲夫さんがいつも褒めてくれましたので」

そう言って紅茶ポットからカップに注ぐと、赤星知子は、改めて正面に座った。

「別宮さんを紹介してくださったのは日高正義《ひだかまさよし》さんという弁護士さんです。事務所の名前は正義法律事務所。お名前の通りの真っ直ぐな方で、訪問した時は失礼だけど笑ってしまいました。その日高先生が別宮さんを紹介してくださったんです。わたしは、マスコミは信用できないから、日高先生にお任せしますと言ったんですが、日高先生が、仲介するのは簡単だけど、大切な哲夫さんのことを託すことになる記者さんだから、直接お目に掛かった方がいい、と言うんです。その時に渡されたのがバチスタ事件の死刑囚の手記を載せた、時風新報の記事だったんです」

どくん、と心臓が鼓動を打つ。なんだか、このつながり方には奇妙な違和感がある。

「日高先生のことはよく存じています。あの手記の時にお世話になりました。信頼できる弁護士さんですが、ひとつわからないことがあります。なぜ日高先生の事務所に行かれたのですか？」

知子はひと口、紅茶をすすると、うつむいた。

「哲夫さんの自殺に対して、国家賠償裁判を起こそうと思って」

窓の外では白木蓮の花が激しく風に揺れていた。だが強風は部屋の中には入ってこない。

「奥さまがそうした裁判を起こされることは、まったく妥当です。でもちょっと不思議な感じがするんです。どうしてそんなことを思い立たれたんですか？」

「別宮さんならきっとそう聞くだろう、と日高先生はおっしゃっていました。実はアドバイスをしてくださったのは数年前に哲夫さんが家に連れてきた方です。そんなことは滅多にないので、びっくりしました。哲夫さんはその人と意気投合したのではなくて、むしろ酔っ払った哲夫さんが、この人の性根はたたき直さないといけないと言って家に連れてきたのです。居酒屋で同僚と国家談義をしていたら店の片隅で飲んでいたその人がぽつんと『みなさんの議論は素晴らしいけれども、僕から見たら、あなたたちが批判している上司の方と同じ穴のムジナですよ』と言って言い合いになったそうです。でも家に来たその方を見たら、哲夫さんの話は信じられませんでした。とてももの静かな方でしたので」

別宮葉子の背中に一筋、冷や汗が流れる。なんだかすごくイヤな気分だ。

「その時は、温厚な哲夫さんにしては珍しく興奮していました。哲夫さんがまくしたて、その方がひと言、ふた言、応じている感じでした。そのうち哲夫さんが塩を持ってこいと言うので、塩は汚らわしい人を追い出した後で家を清めるために撒《ま》くものですが、こんな夜更けにお招きした方を追い出すつもりですか、と聞いたら、哲夫さんは我に返って、確かに失礼した、許してほしい、とその方に向かって頭を下げました。その方は気にしないでください、僕にむかつくのは正常な精神の持ち主ですから、と許してくれました。でもその言葉を聞いた時、その冷たい響きに、わたしは心の底から凍えるような気持ちになりました。そして哲夫さんが怒る気持ちが少しわかったような気がしました。わたしがあんな気持ちになったのは、あの時が初めてでした」

「その方は、どんな人でしたか？」と別宮葉子は、唾を飲み込んで訊ねる。

「小柄で三十代くらいだったと思います。目が細く、唇も薄くて、剃刀《かみそり》みたいでした。白い作務衣を着ていらしたので、お帰りになった後でわたしと哲夫さんで、『白い仙人』さんというあだ名をつけました。桜宮のことはよくご存じで、長い旅から最近戻ってきたんだ、とおっしゃっていました。それも仙人さんや虚無僧さんなら不思議はないな、と思いました」

別宮葉子は確信に近づきつつある自分を感じていた。身体が微かに震えている。

「翌日、哲夫さんは有休を取りました。当日になって突然有休をとるなんて初めてのことでしたし、その後もありませんでした。応接室でふたりで差し向かいでずっと話をしていました。お昼はお蕎麦《そば》を取りました。でもずっと話をしていて、お茶を出そうと覗いた時はどちらも手を付けず、お蕎麦は伸びていました。夕方、お帰りになった白い仙人さんを、門まで見送った哲夫さんは、疲れ果てた様子でした」

「なにか、相当酷いことでも言われたんでしょうか」

「違うと思います。あの人は容認できない。でも説得できなかった。僕が生きる世界とまったく別の世界があるんだと思い知らされた、と言っていました。でもわたしにはひとつ気がかりがありました。白い仙人さんが立ち去る時にわたしにこう言ったのです。あなたのご主人はとても立派な方です。この人が無事に人生を全うできることを祈っています、と。その言葉はずっと、ところに棘《とげ》のように刺さっていました。いつしか忘れていたんですけれど、哲夫さんが自殺した時に、なぜか白い仙人さんの顔とその言葉が蘇ってきたんです」

別宮葉子は、唇を噛みしめて、身を固くする。赤星知子は続けた。

「哲夫さんが亡くなって二年経ち、いろんなことをもうどうでもいいように思うようになりました。天国にいる哲夫さんのところに行きたくなったんです。そんなある日、この家を訪れてきたのがあの人だったのです。白い仙人さんはいきなりこう言ったのです。

——奥さんは、哲夫さんの後を追おうと思っていらっしゃいますね。

びっくりして、何も言えませんでした。白い仙人さんは続けました。

——僕は止めません。でも哲夫さんからひとつ頼まれごとをされたんです。もしも自分が先に死んで、奥さんが困っていたら、ひとつだけアドバイスしてやってほしい。蕎麦を奢《おご》ったんだから約束してくれ、と。なので約束を果たそうと思い、お邪魔したのです。

そう言うと白い仙人さんは一枚の紙を差し出しました。古びた一枚の名刺でした。

——気がかりなことがあるなら、その先生に相談してみてください。面倒を見てくれるはずです。今は鹿野《しかの》法律事務所ではなく正義法律事務所のはずですが、住所は変わっていないと思います。

それだけ言い残して、白い仙人さんは姿を消したのです。まるで風に散った白木蓮の花びらみたいでした。その時に渡されたのが、日高先生のお名刺だったんです」

赤星知子は庭の白木蓮の花に目を遣った。

別宮葉子は全て理解した。本当は日高正義弁護士の名前を聞いた時からわかっていた。全てはアイツの差配だったのだ。日高正義が別宮葉子の名前を出したのは、国家賠償裁判はメディアの後押しがなければ勝つことは困難だ、と悟ったからだ。

そして日高は、そのパートナーに別宮葉子を指名してきたのだ。

望むところだった。有朋学園事件は日本を揺るがす大事件だ。なにしろ首相夫人の口利きという、前代未聞の醜聞だったからだ。だが本当の問題はそこにはない。収賄は志の低い政治家のありきたりの犯罪で、闇に葬られてしまうこともよくある。有朋学園問題が闇に沈んでしまったこと自体はよくある話で、たとえそれが総理大臣とその身内の犯罪であったとしても、所詮は卑しい一政治家の個人的犯罪にすぎない。

だが許し難いのはその愚劣な政治家が、国権の最高機関である国会の場で「金輪際そんなことはありえない、あったら自分は首相どころか国会議員も辞める」と啖呵を切ったこと、そして最大の罪は、その発言を正当化するため官僚が公文書を捏造したことだ。「公文書は改竄していい」という、容認してはならない低いモラルを、国家官僚機構全体に浸透させたこと。これは民主国家の根幹を揺るがす、とんでもない不祥事だ。この時点でこの問題は、単なる一政治家の汚職から、民主国家の根幹を瓦解させてしまうような、青史に残る大罪になった。官僚は上から下まで、その城砦を死守しようとした現場の最後の一兵卒に全ての責任を押しつけて、逃亡したのだ。

胸の底から深い憤り、そして絶望が立ち上がる。トンデモ首相夫妻の不行状はもちろん許し難い。だが周りの人間もそれを容認し、あまつさえ迎合した点で同罪ではないのか。

安保首相の不行状を責められるのは、自らの職責を全うしようとしたがそれが叶わず、そのことを職責の真の付託者である国民に謝罪し、その責を引き受け自ら死を選んだ真の官僚である、赤星哲夫さんその人しかいないのではないだろうか。

　そのことを知った以上、その問題を座視し続けたら、別宮葉子も、哲夫さんに責任を押しつけ、自分の保身と出世だけに汲々《きゅうきゅう》としている彼の元同僚や上役、そうした指示を出した財務省のお偉方と同じになってしまう。哲夫さんの言葉を聞いた者の責任として、その真意を汲んで社会に訴えることが、せめてもの償いではないだろうか。別宮葉子は顔を上げた。

「わかりました。では遺書を拝読させていただきます」

　別宮葉子は目の前の封筒に手を伸ばす。便箋を取り出すと、ふわり、と金木犀《きんもくせい》の香りが漂った。

　庭先で白木蓮が激しく揺れている中、別宮葉子は手紙を読むのに没頭した。

　やがて手記を読み終わり、顔を上げた別宮葉子の顔には、怒りと哀しみと、決意が表れていた。

　別宮葉子は冷めた紅茶をひと口飲んで唇を湿すと、決然とした口調で言う。

「哲夫さんは小さな英雄です。そうした人たちによってこの国は守られてきました。でも今、それが壊されようとしています。いえ、もう壊れてしまったのかもしれません。でも壊れたらやり直すしかない。そのために哲夫さんの言葉を、全身全霊掛けてお預かりします」

　向かいで緊張した面持ちで別宮の顔を見つめていた、知子の顔が一瞬、透明になった。

　頭を下げた知子は、そのままテーブルに突っ伏し、号泣した。

21章　地方紙ゲリラ連合

二〇二〇年三月十日
桜宮・時風新報編集部

　別宮葉子が赤星邸を辞した時、とっぷりと日は暮れ、高台から見た桜宮湾は闇に沈み、漁船の灯りがぽつりぽつりと点っていた。大通りまで出た別宮葉子はタクシーを拾った。車中で日高に電話を掛けた。待ち構えていたらしい日高は挨拶もそこそこに、今後の戦略を手短に語った。

　基本ラインは別宮が予想した筋書きと同じだ。国家賠償請求の民事裁判で訴訟相手に財務省とその時の責任者、瀬川元国税庁長官を入れる。これなら本人が出廷を余儀なくされる。知子未亡人の意向があって初めてできる離れ業で、戦略は最強だ、と日高弁護士は熱く語った。

「設立趣旨と外れますが『冤罪被害者を救う会』の久馬《きゅうま》会長と篤子《あつこ》夫人、師匠の鹿野先生で最強の弁護団を組めました。でもまだ弱い。相手は最強官僚組織・財務省、その裏に保身に全力を挙げる官邸、正義の魂を売った検察の悪玉三兄弟です。ですので別宮さんの破壊力に期待します」

「それは買いかぶりすぎです」

「買いかぶりだとしたら、買いかぶりにならないよう、策略を練ってください」

　無茶を言う、と別宮は苦笑する。だがそれくらいやらなければ、この戦いには勝てない。

「わかりました。考えます。案を練って明日中に上京して事務所に伺います」

　その時、別宮は、あるアイディアを思いついていた。

　帰社すると局長がイライラしながら待っていた。電話での報告を控えていたからだ。

「大スクープです。赤星哲夫さんの未亡人が、遺書を見せてくれました」

「ほんとか？　今から明日の一面を差し替えるぞ」と局長が立ち上がるが別宮は首を横に振る。

「それでは弱いです。相手は財務省と官邸、検察も敵です。一瞬、話題になってもすぐ忘れられてしまうか、否定報道や中傷で真意がねじ曲げられ、貶《おとし》められます」

「む。それはそうだが……。それならどうしようもない、ということではないか」

「ひとつだけ、か細い声をかき消されない手があります。地方紙ゲリラ連合を発動するのです」

「それは……」と局長は絶句する。地方紙は各都道府県に一紙か二紙ある。部数は少ないがその地方の占有率は高い。一千万部の全国紙は四十七都道府県で割ると一県あたり二十万部強。二十万部の地方紙はそこでは拮抗《きっこう》している。更に全国紙は省庁から記者クラブへの援助という寄付をもらっているので相手を手酷く批判できない。勢い忖度が働き、筆は鈍る。それどころか相手に都合の悪い記事はボツにされる。安保内閣になって状況は悪化し、全国紙の政治部キャップが首相とお食事会を開いて嬉々としている。その意味では地上波も似たり寄ったりだ。

もはや今のメディアに、第四権力として権力監視をするといった気概はない。政権と癒着し、なあなあで政権運営を擁護するていたらくだ。日本の報道は瀕死《ひんし》の状態だ。

だがジャーナリスト魂を健気に守り、気を吐く一団もいる。それが『新春砲』と呼ばれる週刊誌報道と地方紙ゲリラ連合だ。各地の地方紙を結び壮大な告発キャンペーンを実施する機動力は、首都で官の禄を食みヌルい記事を書く全国紙の記者では、とうてい太刀打ちできない。

「確かに新聞協会賞はここ数年、地方紙のスクープ記事が独占している。昇進試験問題集の執筆料として、出版社が現役警察官五百人に総額一億円を支払い、副業禁止規定に抵触した、という昨年のスクープは、地方紙ゲリラ連合の実力を見せつけた。あんな凄味のある記事は、警察に餌付けされている、全国紙の記者には絶対に書けないよな」

「それも地方紙連合が互いの情報を融通し合い、協力したからこそできたものです。この問題では、その機動力と破壊力を用いるべきです」

「そうカッカするな。気持ちはわかるが、この案件で地方紙ゲリラ連合の協力を要請するのは難しいだろう。警察官の副業規定違反問題は、現在進行形のスキャンダルだったから成立したが、この件は不起訴に終わり、もう解決済みだとも考えられる。そうすると発動は難しいだろう」

「確かに地方紙の編集長の頭が固くて不発になった件も多いです。泉谷首相補佐官が沖縄の基地工事推進のため現地入りし『本件は官房長官直結で私が仕切る』と言い放ったスクープは単発に終わり、文部省事務次官に向かい『首相が言えないから代わりに私が言う』発言とか、部下との不倫旅行ついでにノーベル賞受賞医師を恫喝した問題も同時多発展開ができず、『新春砲』にスッパ抜かれてしまいました。昨年暮れに露見した『満開の桜を愛でる会』の名簿破棄、首相後援会前夜祭問題など各地の地方紙の意欲的な告発記事は散見されますが、それでもやはり……」

「まて、言いたいことはわかった。だがお前は俺の質問に答えていない。不起訴で解決済みのこの問題を、どうやって地方紙ゲリラ連合に協力要請しようと言うんだ？」

「まず、この記事を各地方紙に同時配信で提供します」

「げ。そんなことをしたら時風新報のスクープでなくなってしまうぞ」

「それでいいんです。時風新報の読者は桜宮市とその周辺のせいぜい十万人です。でも地方紙ゲリラ連合に情報提供すれば、全国五百万の読者に届きます」

「確かにそうだが、それなら地方紙ゲリラ連合など使わず、単に記事を配信すればいいだろう。その時に時風新報配信、と但し書きをしてもらえれば、こちらとしては万々歳だ」

「さすが局長、他の地方紙への記事配信という手は思いつきませんでした。でもここからがポイントです。各地方紙はＬＩＮＥを使い双方向的な情報源を開拓し、記事にする試みをしています。赤星さんの遺書に関する配信記事を使用する条件として、各地方新聞のＬＩＮＥ情報網を使い、合同意識調査をして、その結果は時風新報で集約し、再び参加地方紙に配信する形にするのです」

「地方紙大連合を形成し、全国紙に匹敵する部数と影響力を行使しようというわけか」

「外枠はそんな感じです。アンケートの形式は統一します。質問事項は三つ。赤星哲夫氏の仕事と判断を支持するか。財務省の再調査を要望するか。再調査は国会に設置する第三者機関に委任すべきか。この三問にイエス、ノーの回答と、その理由を付記してもらうのです」

「それは大事になりそうだな」

「でも、それだけの意義がある調査になると思いますが」

しばらく腕組みをして考え込んでいた局長は、やがて顔を上げた。

「この件はお前に任せる。地方紙では全国ニュースの供給源は合同通信か事実通信しかないが、うまく行けばこれで地方紙独自の全国ニュースのソースを手にできるかもしれん」

「おっしゃる通りです。情報の中央集権制打破は、報道の権力監視という本来の機能を取り戻すためにも絶対に必要です。そもそも新聞報道の危機を新聞が報じないのが問題だと思います」

「ま、俺にはそこまで高邁《こうまい》なことは考えられない。目先の一日の紙面作りで頭がいっぱいだよ。だが、この問題はお前がずっと追っていたからな。思う存分やってみろ」

「ありがとうございます。一応、合同記事の掲載は一週間後を目指します。それまでお時間をください。なんでしたら有休を使っても構いません」

「そんなセコいことはいわん。どこでも勝手に出張しろ。この一週間の出張や経費は無条件に認める。事前許可も必要ない。思う存分、やってみろ」

「ありがとうございます。必ずや局長のご期待に沿えるようなご報告をお持ちします」

局長は、椅子をきしませて背にもたれかかると、片手でしっしっと別宮を追い払うような仕草をした。そして、腕組みをして目を閉じた。


翌日、別宮葉子が向かったのは東京ではなかった。桜宮丘陵へ向かう坂の途中の分かれ道を左に折れると、赤星邸がある瀟洒《しょうしゃ》な住宅地だ。今日は三叉路を右に折れ、桜宮丘陵のてっぺんに向かう。そこにあるのは、市民から「お山の病院」と呼ばれている東城大学医学部付属病院だ。

グレーとホワイトのツインタワーのグレーが旧病棟、ホワイトが新病棟だ。東城大学医学部には他に二つの建物がある。ひとつはドーム型でオレンジ新棟と呼ばれ、小児科病棟がある。もうひとつは土手道の向こうの真四角の建物で赤煉瓦《れんが》棟。大正時代の病院棟で、旧々病院棟だ。

東城大は白、灰色、橙《だいだい》、赤の色とりどりの建築群で構成されている。今日向かうのはグレーの旧病棟で、目的の場所は建物横の外付け非常階段の出口に扉があるという、奇妙な部屋だ。

扉を開けると中廊下にもうひとつドアがある。ノックすると「どうぞ」という返事があった。

扉を開けると暖気と珈琲の香りが流れてきた。机の向こうに白衣姿の壮年の男性が座っている。不定愁訴外来担当の田口医師だ。患者の愚痴を聞くのが仕事で、ついたあだ名が愚痴外来。ぼうっとした風貌に似合わず、その他に、なんとか委員会の委員長という肩書きをたくさん持っている。だが相手はそうした肩書きを使って呼ばなくても頓着しないタイプなので気が楽だ。

「これは別宮さんじゃないですか。もう特ダネを嗅ぎ当ててくるとは、鼻がいいですね」

「は？　特ダネって何のことですか？」

「ダイヤモンド・ダスト号でコロナウイルスに感染した百名超を、黎明棟でお引き受けしたんですが、その取材ではないんですか？」

「違います。あのクルーズ船の感染患者は確か一週間くらい前、全員下船しましたよね」

「だから陽性患者をあちこちの病院で引き受けたんです。その感染者はあちこちの病院に収容されているんです。当院は受入数では最大規模だと思います」

「そうだったんですね。でも、あたしが今追っているのは、新型コロナではないんですよ」

「そうでしたか」と言った田口は安堵と失望の吐息をごちゃ混ぜにして、ひと息で吐き出した。

相変わらず頼りない先生だわ、と心中で思いながら別宮葉子は言う。

「実は『イケメン先生』に、教えていただきたいことがありまして」

田口医師は心底イヤそうな顔をした。そう名乗ってもおかしくない程度には整っている風貌なのに、何でそんなに拒否感が強いのかしら。そう思いつつ、別宮葉子は訊ねた。

「田口先生のエッセイを掲載している、サイトの担当者の連絡先を教えていただけませんか」

「それならお安い御用です」と田口医師はパソコンのキーを叩き、一枚の紙を印刷した。

「それが兎田さんの連絡先です。私も直接お目に掛かったことがないし、そもそも連載のためのやりとりは、二回目がボツになったきり連絡は取っていません」

あまり深い関係ではないのか、と別宮はがっかりしたが、田口医師に連絡を取ってもらうよう頼んだ。田口医師がうなずいたので、別宮葉子は改めて名刺を渡した。

「へえ、副編集長になられたんですか。出世されたんですね」

「そんなことありません。副編なんて掃いて捨てるほどいます。外部取材の時にちょっと箔《はく》がつく程度の肩書きですよ」

田口は紹介状メールを打つと、それに別宮のメアドをＣＣにつけて送信した。

次の瞬間、チリン、とメール着信音がした。別宮がメールを開くと、田口が言う。

「そのメールで、直接返信が行くと思います。レスは早い方ですから」

「ありがとうございます。さっきは追っていないと言いましたけど、せっかくのスクープですので、東城大にコロナ陽性患者が搬送されてきた件について教えてください」

別宮記者はメモを取り出す。田口は依頼が来た経緯を話した。ただし白鳥技官からという部分は、新型コロナウイルス対策本部からとぼかした。名村教授が登場したあたりから、別宮記者のメモを取る手に熱がこもり始める。そこへチリン、とメールの着信音がした。

「あ、兎田さんからメールが来ました。ありがとうございます」

「では、話はここら辺で終わりにしますか？」

「まさか。こんな貴重なお話、途中で止められません。この話、記事にしていいですか？」

田口医師は、ちょっと考えてからうなずく。

「患者の個人情報はありませんし、依頼者からも情報を外部に漏らさないようにとは言われていませんからいいと思います。ただ念のため、記事を事前にチェックさせてください」

「もちろんです」と応えた別宮記者は、田口の話に没頭した。

三十分後。話を聞き終えた別宮は「ありがとうございました」と言って立ち上がった。

「なんだか、『カモがネギ背負ってきた』という気分です。すぐ記事にします」

それまで取材の様子を隣で見ていた藤原看護師が言う。

「別宮さん、この一連のことをそのことわざで喩えるのはちょっと違うと思うんですけど。むしろ『漁夫の利』というのではないでしょうか」

「うわ、すみません。あたし、故事成語音痴なもので……」

二人のやりとりを聞いた田口医師は、どちらも違うと思ったが、口には出さずにいた。

別宮は黒いバッグを肩に掛け、急ぎ足で部屋を出て行った。約束通り記事は二時間も経たないうちに田口の元にメールで届いた。別宮は東京へ向かう新幹線の中で記事を書き上げたのだ。

田口は記事を確認すると、念のため高階学長に電話で相談し、ＯＫをもらった。

新幹線の車内では、記事を送信した別宮が「これで局長も満足ね」と思っていた。だがなんと局長はこの記事を地方紙ゲリラ連合の合同企画にして「コロナに罹った、又は罹ったと思ったら」をＬＩＮＥアンケートで集めろという。別宮葉子は返信を読んで武者震いした。確かにこの記事と企画は地方紙ゲリラ連合へのいい手土産だし、赤星プロジェクトの予行演習にもなる。

「だから侮れないのよね、あの親父は」と呟いた時、東京到着を告げるアナウンスが流れた。

二日後、時風新報、ならびに地方紙十五紙の一面トップの見出しに東城大学の名前が躍った。

「東城大学医学部、感染患者百十一名受け入れ。一ヵ月経過後も院内感染者ゼロの奇跡」

この記事は地方紙ゲリラ連合の「コロナキャンペーン」の華々しい号砲となった。


正義法律事務所で別宮は、久々に日高所長と顔を合わせた。別宮は空とぼけて訊ねた。

「バチスタ裁判の手記掲載以来ですね。その後、例の人物から連絡はありましたか？」

「無意味な腹の探り合いはやめましょうよ、別宮さん。赤星さんの奥さんが古びた名刺を持ってお見えになった時、これはあの人からの依頼だな、とすぐにぴんと来ました。ならば受けるしかないし、あの人に借りがあるあなたも協力するしかないんですから」と日高正義は言う。

自分は借りはない、と言おうとしたが、時間の無駄なので止めた。

どのみちアイツの掌の上で踊らされていることには変わりがないのだから。

「それで、国賠の訴訟の勝算はどのくらいとお考えですか」

「正直、勝ち目は薄いです。でもその点は知子さんも理解しています。もともと哲夫さんの苦悩、彼が守ろうとしたこと、それを書いた遺言を世に伝え、哲夫さんを死に追いやった当事者の考えを聞きたいということでしたので。ただ弁護士としては依頼を受けた以上、勝たなければならないと思っています。そこで思いついたのが別宮さんの協力を得て、メディアと連動させる手です。私はこれを多数の国民を陪審員とした国家裁判にしたい。たぶんそれしか勝ち目はないでしょうし、逆にもしそんな夢みたいなことが実現したら、絶対に勝てると確信しているのです」

「日高さんとは考えがシンクロしてますね。あたしも哲夫さんの遺書を拝見させてもらった時、似たようなことを考えました。全国紙や地上波には政権から指導が入り、忖度自主検閲状態になっています。だから中央の影響が弱い地方紙でタッグを組んで、展開しようと思うんです」

「なるほど、国賠提訴をそのキャンペーンと合わせられると効果的ですね。提訴はできるだけ早くしようと思っています。ですが最低でも十日はかかると思いますが」

「それなら十分可能です。こちらは十日あれば十分な連携を目指せますので」

「では、十日後を目処《めど》に、できるだけ前倒ししとしましょう。さあ、忙しくなるぞ」

腕まくりをした日高弁護士に別宮葉子が言う。

「あの、無理にとは言いませんが、今からこの関係で全国紙の関係者に会いに行くんですけど、ご一緒しませんか？　帝国経済新聞系のウェブサイト連載の担当者です。あたしも初対面なんですけど、知り合いの連載が堂々と厚生労働省批判を掲載していたので興味があって……」

「ほう、経済盟友会とべったりで、今の安保内閣の絶対的な支持者である、悪評高い帝国経済新聞で？　面白そうですが、私なんかが同行してもいいんですか？」

「いいですね。前回はご馳走になったから今回はご馳走します。今回の出張はデスク公認なので経費はバッチリ落とせますので」

「うーん、それって適切な使い方なのかなあ。わかりました。せっかくですのでお供します。それならランチでもご一緒しましょうか」

「ええ、ほら、『猫の手も借りたい』ってヤツですから」

さすが銀座だけあって、少し贅沢なランチを二人で食べたら軽く五千円をオーバーした。気の小さい別宮葉子は怖じ気づいたが、この程度でビビったらデカいスクープなんて取れっこない、と思い直し、これからはどんどん経費を使おう、とあらぬ方向の決意を新たにした。

指定されたビルに行くと受付で待たされた。最近マスクをする人も増えたがまだ半数弱だ。ロビーに流れるニュース画面に安保首相が登場し胸を張っている。G7の首脳が初のテレビ会談をして新型コロナウイルスの感染拡大について討議した後の会見だ。

――人類がコロナに打ち勝つ証《あかし》として東京五輪を完全な形で実現することについて、支持を得ました。この私が責任を持って提案し、G7首脳は同意してくれたのです。

「この人の頭の中は五輪しかないんですね。コロナの感染拡大を討議するための史上初のG7テレビ会議で、五輪なんて誰も興味を持たないということがわからないのかしら」

「正確に言えば安保首相とその取り巻きですね。ほら『アボは感染る』と言うから」

「あらやだ、日高さん、それは『アホは感染る』の間違いですよ」と別宮は笑う。

その受けはあんまりだと、日高弁護士はむっとした。その後、安保首相の発言は世界中のアスリートたちから袋だたきにあったのだが、それは以後の三日の間に起こったことである。

「お待たせです、兎田っす」と業界人風の軽い口調で挨拶したのは、小柄で小太りの男性だ。

第一印象は毛むくじゃら、のひと言に尽きた。この人が兎田ですと自己紹介したら、十人中九人は、ウサギじゃなくてカピバラだろ、と思うだろう。残りのひとりはウサギじゃなくてヌーだろ、と突っ込むに違いない。とにかく別宮と日高という反体制分子は、兎田というヌーかカピバラに似た人物の手引きで、新自由主義の牙城《がじょう》、帝国経済新聞本部に潜入したのだった。

「会議室はふんだんにありまして、ここは窓からお堀と皇居が見える特別な部屋なんす」

「兎田さんはウェブ健康サイトの担当責任者でしょう？　新聞本社とは縁遠いのでは？」

「ウェブといえども帝国経済新聞の系列である以上、その指揮下にあるんすよ」

「じゃあ厚労省や検察を批判した『イケメン先生』は大変だったんじゃありません？」

別宮が言うと、兎田は途端に汗を拭い始める。

「なななななにをおっしゃるんす。あんなの全然全然、へへへっちゃらでチャラいっす」

「それならなぜ昨年末に一回こっきりの掲載で放置してるんですか？　田口先生は気に病んでおられましたよ」と別宮が虚偽の指摘をすると、兎田は汗を拭い、ふう、と吐息をついた。

「あ、そか、別宮さんは田口先生のご紹介っすね。あれは全国紙の自発的忖度検閲コードに引っ掛かったんです。ところで、今日のご用件はなんすか」

別宮は反射的に、赤星問題ではなく、もうひとつの持ち玉のコロナ感染患者受け入れの話を持ち出した。なぜそうしようと思ったのか自分でもよくわからなかったが、ここは敵の総本山のようなところだと感じ取ったからかしら、と後で自分で説明をつけた。

「そういう話はウチではムリすね」と兎田はあっさり首を左右に振った。まあそうよね、と立ち上がろうとした別宮を、兎田は思いついたように呼び止める。

「ちょっと待ってください。帝国経済新聞とは無関係すが、対応してくれるかもしれない心当たりがあるす。よければご紹介するっすけど」

「ええ、是非」と別宮は勢い込んで答えた。その勢いに気圧されのけぞった兎田は、少し考え込んだが、「了解っす」と顔を上げた。

「タイミングよく明日、緊急会議があるので、ご参加いただき直接訴えてはいかがすかね」

「わあ、嬉しい。明日、ですね。了解しました。どちらに伺えばいいですか?」

「明日十三時、銀座六丁目にある篁ビル、通称麒麟タワー十階、政策集団『梁山泊』オフィスの会議室す。手続きは兎田がやっときますんで。ちなみに兎田は、事務所の番頭役なんす」

小柄で毛むくじゃらな兎田の小さな目が、きらり、と光った。

会談を終えた別宮記者と日高弁護士は、さっきまで自分たちがいたビルを外から見上げた。

夕闇の中、黒々とした無機質の巨軀《きょく》が、のしかかってくるような圧迫感を覚えた。

日高が言う。

「『梁山泊』とは物騒な名前ですね。北宋時代に酷政に耐えかねた庶民の中から義賊が立ち上がり、百八人集まって時の政府に反抗するため立てこもり、抵抗した場所の名前ですからね」

「それなら今の安保政権を倒すのにはぴったりじゃないですか」

「さあ、どうでしょう。物語の最後、梁山泊の義賊は、腐敗した皇帝の手先になって官軍の一員として、あちこちの義賊を叩き潰して回るんですよ」

日高の冷ややかな言い方に、別宮葉子は黙り込んだ。

22章　潜入・梁山泊

二〇二〇年三月十七日
銀座・麒麟タワー十階・「梁山泊」オフィス

麒麟タワーの一階ロビーでは仕事を抜け出した兎田が、別宮と日高を待ち受けていた。

「ようこそ。プレゼン会議にお連れします」と言うと、エントランスホールにある三基のエレベーターを通り過ぎ、突き当たりの目立たないエレベーターに乗り込んだ。

「あちらではなく、わざわざこちらの小さなエレベーターに乗ったのは、なぜです？」

「会議の参加メンバーとプレゼンターが直接顔を合わせないようにするためです。プレゼンターからメンバーは見えないようになってて、別室で発表をビデオでご覧になって判断するんです」

「ふうん、なんだか仰々しいのね」

「身バレがまずいメンバーも多いんです。イヤなら、お引き取り願っても構わないです」

「そんなこと、言ってないわ」と別宮葉子は言った。そのうちにエレベーターは十階に着いた。

扉が開くとその前のスペースで不機嫌そうな声でブツブツ言っている中年の男性がいた。

「この方は？」と別宮は小声で訊ねる。

「あなた方の次にプレゼンする方で終田千粒という作家先生です。もちろんペンネームです」

「知ってる。田口先生と同じウェブで連載してるわよね。因みに先生は何をプレゼンするの？」

「日本の将来に関わる大切なお告げを聞いたから、一刻も早くなんとかしたいんだそうです」

「スピリチュアル系もＯＫなんですか？」

「普通はダメなんすけど、スペシャルでして。サイトで一番人気連載『健康なんてクソくらえ』

を執筆いただいているんすが、先日NGコードに触れてボツになったんす」

「エッセイ連載にNGコードなんてあるんですか？」

兎田は、しまった、という顔をしたが、やむを得ず説明する。

「経済最優先、政権マンセーの帝国経済新聞が母体なんで、政権批判や役所批判はNGなんす。特に安保首相と奥さま、そして厚労省と検察批判は御法度なんす」

「でも『イケメン先生』も堂々と批判していたような……」

「アレには裏があるんす……あ、準備が出来たようっす。ブースにお入りください」

小部屋に入ると机の上のPCにカメラが設置されている。画面に自分と日高の顔が映り込む。背後で兎田が、「では、プレゼンをどうぞ」と言うと扉を閉めた。

別宮は見えないメンバーに頭を下げる。

「桜宮市の地方紙、時風新報の記者の別宮葉子です。新型コロナ感染者の受け入れで素晴らしい展開をしている病院があり、そのことを世に広げたいと思いまして伺った次第です」

すると画面の上のスピーカーから素っ頓狂な声が上がった。

「あれ？　別宮さんじゃないか。どうしてそんなところにいるんだい？」

別宮葉子はすぐにそれが誰か思い当たった。それは怒濤の言葉が続いたからだった。

「そんな陳腐なネタを持ってくるなんて、血塗《ちまみ》れヒイラギらしからぬとんちんかんな鈍さだね。田口センセにこれを依頼したの、僕だってこと気がつかなかった？　だから別宮さんのプレゼンはここでは不要ってことさ。残念だけどお引き取り願おうかな」

ああ、確かにあたしはトロい。それは二重の見落としだったけど、仕方がない。

確かに、田口先生に依頼したのが白鳥さんだということは見抜けてもいい。

でももうひとつのトロいこと、梁山泊なる組織に白鳥さんが属しているのは想定しなかった。梁山泊の名前も初耳なんだからさすがにムリ、と自分に言い訳して、一瞬で体勢を立て直した別宮葉子はひと息で言う。

「待って切らないでそのことじゃなくてもっと大きな社会展開について訴えたいの」

スピーカーは沈黙した。やがて別の男性の、バリトンの落ち着いた声が聞こえてきた。

「面白そうですね。とりあえず中身を伺いましょうか」

「時間の無駄だと思うけどね、僕は」と白鳥の割り込みがうるさい。別宮は白鳥を無視して言う。

「ありがとうございます。今回の記事は『クルーズ船の感染患者百十一名受け入れ。一ヵ月経過した今も院内感染者ゼロの奇跡』として明日配信予定です。それは地方紙ゲリラ連合を使い全国紙に匹敵する記事にしようと思っています。その後、ＬＩＮＥを使った双方向調査部隊を使い、コロナ感染の実態を把握し、現状を正確に発信します。この仕組みを確立したいんです」

しばらくがやがやと意見を言い合う雑音がした。やはりジャミングされているようだ。

やがて、さっきの落ち着いたバリトンの声の男性が言う。

「メンバーの話し合いの結果、別宮さんの提案は承認されました。この案件にてメンバー参加していただきますので、会議室にお越しください」

「あの、実はもう一件、提案があるんですけど」

別宮葉子が日高を見ながら言うと、電子音声が答えた。

「一度のプレゼンで提案は一件だけデス。次回、あらためてご提案くだサイ」

「待って。今の提案はダミーなんです。本当に提案したいのは日高さんの方なんです」

「プレゼンにはメンバーの推薦が必要デス。そちらの方のプレゼン内容を、メンバーは誰も知りませン。よってプレゼンは不可能デス」

「どうしよう。こんなことなら、ダミーなんか出すんじゃなかった」と頭を抱え机に突っ伏した別宮葉子はしばらく動かなかった。だがやがて、がばっと頭を上げた。

「ねえ、司会者さん、あたしってもうメンバーなの？」

「ハイ、そうデス」という回答を聞いて、別宮葉子はすかさず言う。

「それならあたしが日高さんをプレゼンターとして推薦します。それならＯＫでしょ」

しばらく司会者は沈黙していたが、やがて言う。

「問題ありませンが、このような事態はまったく想定していませんデシタ」

再び議論の声が聞こえ、やがて電子音声が回答する。「日高さんのプレゼンを承認しマス」

別宮葉子はガッツポーズをして、「やった。日高さん、頑張って」と言った。

日高弁護士はモニタに向け頭を下げると、淡々と説明を始めた。

「有朋学園事件で公文書改竄を実行し自殺した職員、赤星哲夫氏の奥さまの知子さんから国家賠償請求の民事訴訟の依頼を受けました。奥さまはお金の問題ではなく、真実を知りたいというお気持ちです。しかし国賠訴訟の勝率は高くありません。そこでメディアとタイアップし、この国賠裁判をクローズアップし、国民を陪審員にした国民投票的裁判にしたいのです。以上です」

スピーカーの向こうに、重苦しい沈黙が流れた。やがてうめくような声がした。

「これは……まさか、そんなことが……」というのは、別宮を支持したバリトン紳士だ。

しばらく絶句していたが、やがてバリトン紳士が言う。

「この方にはなんとしても、メンバー入りしていただき、この件を討議したい」

「それは不可能デス。新メンバー加入は半年に一人デス」

「では、先ほどの別宮氏のメンバー入りを取り消してその代わりに……」

「それも承服しかねマス。梁山泊は柔軟に融通無碍《むげ》に事態に対応していマス。根底には人と人との信頼がありマス。それ故、新メンバー加入に対するルールは絶対根本原理として変更不可と設定してありマス。根本原理変更は不可能デス」

するとスピーカーから忌々しい声が流れてきた。

「あのさあ、僕のよく知っているお偉いさんに『必要ならルールは変えろ』っていうのが口癖の爺ちゃんがいるんだけど、その人の言葉に従えばいいだろ」

「ロジック破綻、ロジック破綻、出来かねマス」という杓子《しやくし》定規の回答に、バリトンの声がした。

「では、梁山泊法八条の適用を申請します」の声に電子音声が応じる。

「梁山泊法八条：根本原理変更ノ議決ハ、総帥権限トシテ議題提起サレ、出席者全員ノ賛同ヲ以テ可決ス。議題ガ否決サレタ場合、総帥ハ辞任ヲ要ス。以上を了承の上、総帥はこの議題を発議されマスカ？　では、メンバーのみなさん、議決をドウゾ」

しばらく間があり、拍手が聞こえた。バリトンの声がした。

「日高弁護士の提案は承認されました。同時にメンバー参加も認められます。別宮さんと日高さん、会議室へお越しください」と言われて、別宮と日高は顔を見合わせた。

右側の壁が扉となって開き、下へ降りていく階段が見えた。階段の下に小さな扉があり、それを押し開けると眩しい光に照らされた。目が慣れてくると、部屋の全貌が見て取れた。

少し広めの会議室に机が二十、国連の会議場のように円形に並んでいる。着席している人々が別宮葉子と日高を一斉に見た。正面に座っていたダンディな男性が言う。

「ようこそ、梁山泊へ。新メンバーのお二人を歓迎いたします」とバリトンの声がした。

「さっきの司会の人はどこ？」と別宮葉子が言う。どうやら杓子定規の対応に、ひと言文句を言おうと思っている様子がありありだ。すると先ほどと少し響きが違う電子音声がした。

「司会役のニコル君は、総帥権限議決発動ならびにその可決により論理破綻したため、自動消去されまシタ。私は二代目ニコル君デス。なお初代ニコル君の言動につきましては一切の責任は負いかねマスので悪しからズ」

するとすると右斜め方向の席に座った毛むくじゃらのカピバラ、兎田が言う。

「別宮さん、とりあえず空いている席に座ってほしいんす。入会の手続きするんで」

別宮はしぶしぶ、指定された机に着席する。椅子がふたつあるのは、日高もこの机を一緒に使えということなのだろう。何だか転校生みたい、と思いつつ並んで座ると、電子音声が言う。

「発言は自動スクリプターでテキスト化されモニタに映し出されマス。その時に名前を一文字の漢字に転換しマス。デスのでお好きな漢字を一文字、お選びくだサイ」

「ちょっと待った。別宮さんの入会は僕が骨を折ったんだから、僕に決めさせて」と、突然発言したのは、左斜め四十五度の席に座った、青い背広、黄色いシャツ、赤いネクタイという、派手しい三原色の背広姿の白鳥だ。彼が入会に骨を折ってくれたようにはとても思えなかった。

むしろ足を引っ張ったような気もするが、別宮は無表情でうなずく。

「本人の同意があれば、差し支えありまセン」

「じゃあ『柊《ひいらぎ》』だ。文句ないよね」と白鳥はなぜか晴れ晴れとした声で言う。

「差し支えなければなぜ『柊』か、教えていただけますか」とバリトン声の紳士が言う。

その発言がモニタ上でたちまちテキスト変換され、発言者の名が「雨」と表示された。

「それは、この女性の昔のあだ名が『血塗れヒイラギ』だったからだよ」

「ほう、それはまた、物騒なあだ名ですねえ」

「実物の本人の方が、もっと物騒なんだけどね」という白鳥に、別宮が抗議しようとした。

「私語はおやめくだサイ。では日高さまの通り名の漢字はいかが致しまセウ」

日高は少し考えて、「では『杉』で」と答える。

「当然、聞きたいんだけどさ、なぜ『杉』なの？」とテキスト化された発言者は『鳥』。

白鳥だから「鳥」だなんて、相変わらず手抜き親父ね、と別宮は思う。

「父が、私の名前を付けた時、男なら杉のように真っ直ぐ育てと願ったと聞いていまして」

「正義センセ、そろそろパパから自立しようよ」

日高は白鳥を相手にしなかった。その代わり正面に座った、村雨総帥に視線を向ける。

「入会前にひとつ伺っておきたいことがあります。先ほどこの会のトップのあなたが、その地位を辞す危険まで冒しながら、私の入会を勧めてくださいました。その理由を伺いたい。さもないと私はここにいる資格があるかどうか、わからなくなりますので」

いかにも四角四面の正義の使徒、日高正義らしいけじめの付け方だ。

正面の席に座った村雨は、まっすぐに日高を見つめて、静かな声で答えた。

「それは、この梁山泊が創設された、最大の目的を達成するために、非常に重要なパートになるからです。いや、ちょっと違うか。日高さんがやろうとしている、まさにそのことを実現しようとしてこの梁山泊を作ったのです」

「私は昨日、これまでの梁山泊の活動を検索してみました。するとこの政策集団の主目的は打倒安保内閣、五輪中止であると理解しました。つまり赤星さんの無念を追及することで、その目的を達成できる、とお考えなのですね。それなら理解できるのですが」

するると村雨は微笑した。

「それはタマゴが先か、ニワトリが先か、ということになりますが、少なくとも創設メンバーである私たちにとって、日高先生の提起した問題の方をタマゴだと認識しております」

聞きながら日高と別宮は、タマゴとニワトリと、どっちを上位に置いているのだろう、と迷う。

「わかりにくいようですね。では適任者に説明をしてもらいます。鎌形さん、お願いします」

村雨総帥は右隣の紳士に視線を投げた。日高の視線をまっすぐに受け止めた彼はうなずいた。

「罪滅ぼしです。有朋学園問題で毎朝新聞のスクープが表に出た五日後に赤星氏が自殺しました。スクープが赤星さんを殺したと言えるかもしれません。その元データを記者に流したのはかつての部下で、背中を押したのは私でした。もちろん、そんなことは予測不能です。そう言って彼を慰めました。それは同時に自分に向けた言葉でした。でも気持ちは晴れませんでした。それは彼の気持ちも晴れていないということです。この罪滅ぼしは公文書捏造を命じた真犯人に、司法の処罰を下すことでしか果たせません。国民に誠実に使えた官吏を自死させたのは、私たちです。このために私ができること、部下がやれることはなんでもやる決意です」

鎌形の言葉を聞いていた日高はうなずいた。

「わかりました。みなさんの推薦を誇りに思い、梁山泊の一員として活動させていただきます」

鎌形と村雨はほっとした表情でうなずいた。そうした様子を見た別宮葉子は、絶対にこのプロジェクトは成功する、いや、成功させなければならない、と確信したのだった。

そこに司会役の二代目ニコル君の電子音声が響く。

「時間をかなり超過しておりマス。待機室の次のプレゼンターが激怒しておりますので、三番目のプレゼンを聞いてからお二人の提案を検討していきませウ」

異議なし、という数名の声が上がる。モニタ上に新たなプレゼンターが現れると、村雨と鎌形がひそひそ声で「終わりだ、せんつぶ？　変なペンネームですねえ」と言う。

別宮葉子が「ツイタ・センリュウと読むんです。下手な川柳を趣味のツイッターに流し、一時注目された作家です」と説明すると、なるほど、と紳士がうなずいた。次の瞬間、画面一杯に終田千粒の顔が映り込んだ。「散々待たせやがって」とかなりご立腹のご様子だ。

「これで俺の提案を落としやがったら承知しないぞ。人類の未来が掛かっているんだからな」

「アレ系ですかねえ？」「どうしてこんな方が」というひそひそ声に兎田が言う。

「ウチの連載でNGコードに触れてボツを食らった先生なんす。でも言っていることがちょっと梁山泊の話題に関係しているようなので、念のために来てもらったんす」

「お待たせして申し訳ありませんでシタ。早速、終田先生のご高説を拝聴させていただきたいのですが、よろしいでセウカ？」と電子音声の司会の二代目ニコル君が言う。

「お、おう。聞いてくれ。俺は神のお告げを聞いたんだ。その物語を大ベストセラーにして世の中を救えと命じられた。だが俺は作家破門状を食らったので本を出せない。だがこの本を出さなければ人類は滅びてしまう。だから何としても俺の作品を出版してほしいのだ」

会議場にため息が満ちた。誰がこんなヤツを呼んだんだと視線が、仲介者の兎田に集中する。いたたまれなくなった兎田はマイクをオンする。

「終田先生、前置きはいいので、その神さまのお告げとやらを、プレゼンしてください」

「うむ、わかった。あの声は今もはっきり覚えていて、言葉もくっきり刻み込まれている。神はあの日の午後、俺の前に煙のように現れて、こう告げた」

そう言うと、終田は目を閉じ、声音も変えて言った。

――余は神ぢゃ。余は横暴な人類を滅ぼそうと決意したがその前に作家の本道に専心している汝《なんじ》にチャンスをやる。コロナが蔓延した今も、安保首相は三千億円の追加を払ってでも五輪開催に執着しておる。いのちかカネかの選択でカネを選ぶようなら余は人類に鉄槌《てっつい》を下す。頼みの綱は小日向美湖・東京都知事の造反じゃがこれは五分五分ぢゃ。彼女には幼稚な安保宰三と同じ、自分の欲しか考えない魔女の顔と、人々を愛する女神の顔というふたつの顔がある。厄介なことに最終決定をするとき彼女がどちらの顔になるか、わからぬが、見分ける方法がひとつだけある。七月の都知事選で小日向知事が公約に『五輪中止』を掲げれば女神、『五輪実施』と言えば魔女の決断ぢゃ。汝はその前にそれを仄めかした作品を書き大ベストセラーにし、事前に魔女を駆逐するのぢゃ。急げ。都知事選前の五月に出版せねば効力は切れるぞよ。

周りはしーんと黙り込む。新参者の別宮葉子が周囲を見回して、言う。

「あの、メンバーになったばかりですけど、発言してもよろしいでしょうか」

「ドウゾ」と電子音声司会の二代目ニコル君が即答する。

「終田先生、作品の説明ありがとうございました。あたしは桜宮市の地方紙、時風新報の記者です。先生が神さまから示された構想は大変興味深く、時風新報で掲載を検討したいのですが」

「ほ、ほ、本当か？　直前にやっぱやーめた、なんて言わんだろうな」

「そうは言いませんが、社に持ち帰り、デスクと相談しなくてはなりません。その時のためにふたつ条件があります。ひとつは連載前に執筆を終えていること」

「それは問題ない。もう書き終えた」

するとメンバーのモニタ上に終田が持ち込んできた原稿が映された。

別宮葉子はさらさらと流し読みし、メンバーの誰よりも早く読み終えた。

「すごい作品です。是非ウチの新聞で掲載したいのですが、ウチの部長は感性が古くこの作品の斬新さを理解できないかもしれず、あたしの力不足で掲載できないかもしれません。そこでお願いです。現状の四百八十二枚を八十枚に圧縮してください」

「俺の大傑作を六分の一に縮めろ、というのか。そんなことは断じて出来ん」

「でもそうしていただかないと神様が先生に与えた使命に応えられません。七月の都知事選前に先生の小説を人民に呑み込ませるには公示前に出版せねばならず出版は五月末がギリ。逆算すると五月頭から十日間の集中連載で一回分を通常の新聞小説の二倍の八枚として十回連載で八十枚。これでいかがでしょう」と別宮葉子は一気にまくしたてた。

「むう。神はなんという試練をこの俺に下されたのだろうか」と画面の中で終田は凍りつく。

「孟子《もうし》曰く、天は大いなる使命を人に下す時、その人にあらゆる困難を与えると言います。私の目には、先生の双肩に人類の救済者の重い十字架が見えます」と村雨も後押しした。

「よし、わかった。困難極まりない試みだが、やってみる。取りあえず無駄を省いてみよう」

無駄だらけというのは自覚してたのね、と別宮葉子は拍子抜けした。だがすぐさま言う。

「表題の『余が神に命じられたこと』は冗長です。『コロナ伝』でいかせてください」

「むう、タイトルは作品の顔であり魂魄《こんぱく》なのだが」とぶつぶつ言ったが、最後は提案を呑んだ。

「いつまでにお原稿を頂戴できますか」「最速で三日後だ」「遅いです。明後日には」「むう、わかった。ならばすぐ仕事に掛からねば。ではこれで失敬する」

「あ、あたしの連絡先は兎田さんに聞いてくださいね」と言うとぷつん、とモニタが切れた。

「別宮さんの豪腕ぶり、初めて見たけど、大したもんだねえ。どうせ連載させる気なんてないクセにさあ」と白鳥が言った。

「今のは全部本気です。でもって終田先生は約束を守って仕上げてきます。プロですから」

「そんなもんかねえ」と白鳥は半信半疑で呟いた。

後日談。別宮の予言通り、終田は二日で四百八十二枚を八十二枚に減量してきた。別宮は約束通り連載し、その後書籍化したが、電子版三百円という価格設定にした。ＤＬ数はぐんぐん伸びて、出版一ヵ月でミリオンＤＬを達成した。こうして『コロナ伝』は令和二年、コロナ禍で壊滅的だった出版界で唯一のミリオンセラーになったのだった。

後の大ベストセラー作家、終田千粒が姿を消した後、梁山泊のメンバーは、地方紙ゲリラ連合の展開と、赤星哲夫氏の細君の国賠訴訟に関する戦略を練った。驚くべきことにその双方に終田プロジェクトが絡みつき、連動させると全てが円滑に行きそうだと徐々にわかってきた。

最後に議論をまとめた村雨総帥が、しみじみと言った。

「しかし、あんなお方がこれほどのキーマンになるとは思いもしませんでした。あの方は本当に神さまの使いだったのかもしれませんね」

「まあ、『アレな人』って教祖と紙一重って言うからねえ」と今回、妙におとなしかった白鳥がぽつんと言った。そして別宮に向かって言う。

「こうなった以上、別宮さんにも田口センセと連動してたっぷり働いてもらうからね」

「望むところです」と言って、別宮葉子はにっこり笑った。

その凄みのある笑顔は、まさに「血塗れヒイラギ」という通り名を彷彿《ほうふつ》とさせた。

23章　令和冷春

二〇二〇年三月
東京・首相官邸

二〇二〇年。記念すべきオリンピック・イヤーで盛り上がるはずだった三月。

宰三は思い通りにいかないことばかりが続いたので、苛立っていた。

まず二月二十八日、北海道で緊急事態宣言が発出された。宰三は、腰を抜かすほどびっくりした。なんだ、その格好いい命令は。私をさしおいて一番乗りで発出するなんて許せない。発出という言葉も、自分が最初に使いたかったと歯ぎしりした。学校登校や繁華街への外出、レジャーを自粛してほしいという強い要請だったが、道民は文句も言わずに粛々と従った。

え？　そんな強引な命令を出しても平気なの？　それなら自分もやってみたい。

そう思った宰三は、側近ナンバーワンとなった今川首相補佐官を呼びつけた。

「あの、緊急事態宣言ってヤツ、やってみたいんだけど」

今川は、宰三は天真爛漫《らんまん》で、その無邪気さが国民を惹きつけるのだと考えた。いくら広告界の権威である通電社の提案とはいえ、かりそめにも一国の首相がテレビゲームのキャラに扮し世界に発信するなど、尋常ではない。首相は無垢な子どもの心を持ったお方なのだ。ならばその望みを実現するのが自分の使命だ。今川は、酸ヶ湯官房長官と二枚看板と言われたが昨年暮れ、安保首相は酸ヶ湯官房長官系を切り捨てた。泉谷＝本田の不倫カップルの密通報道も安保首相のゴーサインがなければできないし、酸ヶ湯官房長官もそのことは感じたはずだ。

二月のクルーズ船集団感染では泉谷＝本田ペアに後れを取ったが、武漢のチャーター機帰国では主導権を握れた。あの時小日向都知事から、羽田空港近くのホテルを押さえたので帰国者全員を一時待機させたらどうかと打診があった。彼女に借りを作るのは業腹なので今川は、房総県南部の温泉ホテルを手配した。その時、勝手に帰宅するトンデモな輩がいて、世の顰蹙を買った。幸い、厚労省連中に責任を押しつけて事なきを得たが、コロナは鬼門だ。今川は経産省からの出向でウイルス関係は門外漢なので当然だ。だがコロナが国民全体の関心事項になりつつある今、泉谷と不倫相手の審議官に舵取りさせるわけにはいかない。幸いコロナウイルス対策本部委員長は西田経産相が拝命したため、今川が全方位的に対応できるようになった。

だが、さすがに範囲が広すぎて、ひとりでは手に負えないので、二月から四十代の若手の部下を内閣官房に入れた。調子がいいだけが取り柄の太っちょ小僧だったが、明菜夫人に気に入られ、若者の流行を指南しているようだ。

コロナが蔓延したのは、厚労省のうすらトンカチカップルが設定した検査の枠組みのせいだ。「帰国者・接触者外来」で感染者を見つけてクラスター追跡し封じ込めるスキームはおかしい。それは一名でも「感染経路不明者」が出たら崩れてしまう。感染経路不明者がひとりいたら、ソイツに感染させた親玉がいて、さらにその親分が……と考えるとひとりの感染経路不明者の周りに百人の感染者がいてもおかしくない。なのに熱が出たので病院に相談すると保健所に行けと言われ、保健所では病院で調べてもらえと言われ、無意味なピンポン往復運動をさせられる。

しかもソイツがコロナかどうか、わからない。何しろ検査をしていないのだから。

厚労省の「保健所中心主義」では軽症患者は見逃され、病院と保健所のピンポンの間に病院待合室で他の者に感染させているかもしれない。挙げ句、熱発したら自宅で様子を見ろと言う。患者の二割が重症化するのだから、もし自宅で具合が悪くなったらどうするのだろう。

どうでもいい屁理屈小理屈ばかりをこねくり回すものだから、首相の傍で聞いていて思わず「もういい、下がれ」と怒鳴ったら、あの雌猫はびっくりした顔で今川を見つめていた。

だがクルーズ船問題はいずれ沈静化するからコロナ問題は鎮火するはずと信じた今川に、大きな誤算が生じた。欧米でコロナが猛威を振るい、大都市が次々とロックダウンされたのだ。

そうした状況を見て、今夏の五輪開催は不可能だという意見が噴出した。

オリンピックをやりたがっているのは安保首相と取り巻きだけ。今川は「どっちでもいい派」だが、経済盟友会会長を務めた大叔父は、断固開催すべし、と怪気炎を上げ続けている。

そんな中、宰三の気持ちを挫《くじ》くような出来事が、立て続けに起こった。二月二十八日、全国の学校へ春休みまで休校要請を出した。北海道の益村知事の英断が高く評価されたから自分も褒められるだろう、と宰三は思った。だが逆に宰三は非難囂々の嵐に晒された。教育を統括する文部科学省にも各自治体の長にも、ましてや総理大臣にも休校要請をする権限はなかったのだ。

本来は教育委員会と自治体の責任者が協議して決定することだから越権行為だ。北海道の益村知事の緊急事態宣言にも法的根拠はないが、知事は人として道民に訴え掛けた。

だが、益村知事と道民の間には、強い絆があった。

一方の宰三は、単にかっこよく命令してみたかっただけだ。

お側の今川がこれを提案したのは、教育関係ならば経済界への影響が少ないと考えたからだ。活動を止めても補償は必要ないから、ハードルは低い。だが彼らは子どもの気持ちに、あまりにも無頓着だった。その時期は卒業式があり、友人や教師と別れを惜しむ大切で特別な時だった。だが想像力に欠けた宰三に、そんな細やかな配慮は期待できなかった。

子どもたちの哀しみが巷にあふれ、密かに宰三の決定を憎んだ。

Ｇ７緊急テレビ会議でコロナ感染蔓延による世界経済危機について話し合われた。英語ができない宰三はおいてきぼりを食ったが、「コロナ終息の勝利の証として東京五輪を敢行したい」と最後に準備原稿を読み上げた。反対者はいなかった。各国首脳にとってオリンピックなど、どうでもいい些末事《さまつごと》だった。翌日、「オリンピック実施をめざすことを各国首脳に同意いただいた」と宰三は誇らしげに報告した。だがその裏では今夏の大会の延期、もしくは中止で実行委員会はまとまっていた。それに先立つ三月十九日、米メディアから中止が妥当とする報道がされた。

わずか三千少々のクルーズ船の乗客すらコントロールできない安保政権が、数百万人にのぼるであろう訪日客をガバナンスできるはずがないと判断されてしまったのだ。

ギリシャでの採火式は無観客だった。ギリシャ時代の服装で身を固めたオリンポスの女性たちが、人のいない会場で粛々と聖火を運んだ。その様は五輪発祥の時代にタイムスリップしたかのようだった。聖火が特別機で日本に到着した日、強風が吹き荒れ新幹線が止まり、大臣が式典に間に合わず、聖火式ではあやうく火が消えかかった。聖火が各地に出発する寸前の三月二十四日、安保首相はＩＯＣバッカ会長との電話会談で、オリンピックの開催延期に合意した。

翌日、ギリシャで採火式準備に当たった外務省職員が、新型コロナウイルスに感染したことがわかったが、延期で悲嘆に暮れる選手の報道の陰に隠れ、そのニュースは注目されなかった。

オリンピックの実施の可否決定が先延ばしされている中、早春の三連休があった。桜の花がほころび始め、繁華街に人々が溢れた。ワイドショーのレポーターは「俺はコロナには罹らない」と叫ぶ若者にマイクを向け、居酒屋で気炎を上げるおっさんたちを画面に映し出した。

浪速府知事は兵庫県知事と共同で外出を自粛し、府県を跨いだ移動を避けるよう訴えた。

小日向美湖・東京都知事は自粛を要請しなかったが、ＩＣＯのバッカ会長が東京五輪の延期を発表すると態度を一変、東京は感染爆発の危機的状態にあり、ロックダウンが必要だと表明した。その豹変ぶりにキャスターが、「今まで五輪開催のため忖度していたのですか」と質問したが、「そんなことはありません」とひと言で斬り捨て、次の週末に東京都独自に緊急事態宣言を発出すると予告した。これに同調し、日本医師会の横槍《よこやり》会長が医療的緊急事態を宣言した。

宰三がうろたえた理由は他にもあった。宰三がＧ７テレビ会議で上手くやり遂げた、と思ったその日、驚愕する知らせがあった。有朋学園問題で、宰三の失言を正当化するため官僚が公文書を捏造してくれた時、実際にコトに当たったことを苦にして自殺した小役人の細君が、国家賠償訴訟を提訴したというのだ。そのニュースを聞いて、宰三はキレた。

「あの事件は終わったんじゃなかったのか？　なんでこんな大々的に報道されているんだ？　お友だち食事会でメディアを抑えていないのか？」と側近の今川に喚き立てた。

「この報道は、官邸の機密費で接待のできない地方紙の連合キャンペーンでして、そこに、言うことを聞かない『新春砲』まで暴発しまして」と説明され、宰三は唇を噛んだ。

今川首相補佐官の説明は表層的だった。この問題がゾンビのように復活したのは、国民の多くがその結論に納得していないからだ、ということに気づいていなかった。

「＃赤星さんを忘れない」というコメントがＳＮＳ上に溢れた。それは自然発生的なものだった。

普段は忖度報道に徹するワイドショーやニュース番組でさえ、ちらりと触れたのは、大勢の市民の憤りに突き上げられた証拠だった。この怒りは市民にとって本質的なものだった。

無名の彼らは、自殺した赤星さんと同じだ。たまたま自分でなかっただけだ。

安保政権だと、自分もいつか、こんな風に殺されてしまうかもしれない。ここにきてようやく市民も、安保政権の恐ろしさに気付き始めたのだった。

愛妻・明菜の行動が、非難に火に油を注いだ。外出自粛中、明菜は都内のレストランで恒例のお友だち会を開き、三十名以上を集め花見に興じた。またスピリチュアルな団体が主催した九州のパワースポット神社への参拝旅行に参加したのがバレて、恰好の週刊誌ネタになった。

安保首相は、日本国民に緊急事態宣言を発出する前に、家庭内で緊急事態宣言を発出し、それが達成できてから国民に発出すべきだ、とまで言われてしまった。まさに正論である。

内憂外患が一気に吹き出た感のある宰三の頭上で、官邸の満開のさくらが咲き誇っていた。

令和は二〇一九年五月、初夏に始まった。だから二〇二〇年、令和は初めて春を迎えたわけだ。

それはこれまで経験したことがないような、凍えた春だった。

安保内閣下の厚労省は、乗客乗員三千七百人のクルーズ船の検疫コントロールに失敗したことが、誰の目にも明らかになった。そして今度は安保内閣が、日本という乗客乗員一億二千万人の巨大クルーズ船のガバナンスに失敗したことが、世界中に明らかになった。

エイプリルフールの四月一日。厚生労働省から内閣府に出向していた本田苗子審議官が、内閣官房の任を解かれたという辞令が、官報の片隅に載った。

同日、フェイクニュースと見紛うニュースが、世界を駆け巡った。コロナ対策の目玉として、日本の全世帯に二枚ずつ布マスクを配布すると発表した時の、宰三の顔は光り輝いていた。

だがすぐにネット大喜利の炎上ネタになった。「アボノミクス」をもじり「アボノマスク」ひいてはコロナに引っかけ「アホなマスク」という造語を外国メディアも取り上げた。

それは四年前、人気ゲームのキャラクター、マリ坊の恰好でオリンピックの引き継ぎ式に登場して以来、久々に宰三が全世界のメディアを席巻した瞬間だった。

この「アホなマスク」を妊婦に優先して配布しようとしたところ、毛髪が混入しているもの、黄ばんでいるもの、汚れているもの、虫が入っているもの、はてはカビているものが発見され、出荷停止になった。

そして巷には「ムシノマスク」「カビノマスク」「ゴミノマスク」という言葉が溢れた。

小さくて顎と鼻が出てしまう「アホなマスク」を着用している人を街角で見かけることはなく、提案者とされた、今川首相補佐官の部下で小太りの若手経産省官僚に非難が集中した。

そんな彼は霞が関で、「マスクマン」と嘲笑されるようになった。

だが、実は彼は被害者だった。彼が「国民がみんな喜んで不安がぱあっと消えてしまいますよ」などと言ったとされたが、それは正確ではない。そう言った人物に対し「まったくその通りです」と阿《おもね》って同意しただけだ。では誰が言ったのか。これだけの赤っ恥を宰三にかかせたにも拘わらず、彼が側に置かれ続けているという事実から、誰でも容易に推理できるだろう。

五輪延期が決定すると、堰を切ったように、報道はコロナ一色になった。

五輪開催に拘り続けた政府は対応が遅れ、すべてが後手に回った。

しかも宰三は踏ん切りが悪かった。東京の小日向知事に押し切られる形で、いやいや緊急事態宣言を発出したものの、効果をみるため二週間は自粛要請を自粛するという、意味不明のコメントでお茶を濁した。そうこうしている間に、法律の規定文に、地方自治体に縛りをいれるために「何事も決定時に国と相談すること」という姑息な一文を入れた。これで小日向知事は三日の無為な待機を余儀なくされた。その時に揉めたのは美容院とホームセンターを自粛要請に入れるかどうかという枝葉末節な話だった。だが国会の議連がたっぷり献金を頂戴しているパチンコ業界をリストから外すのが真の目的だった。そのことがネットにすっぱ抜かれると、国会議員たちは掌返しをして、パチンコ店を攻撃し始めた。だが、市民は政治家の偽善を見抜いていた。

小日向知事が緊急事態宣言を発出すると、二週間様子を見て自粛要請すると言っていた宰三は、結局十日後に自粛を要請した。それは自分の見込み違いを白状したに等しかった。

五月一日。緊急事態宣言はゴールデンウイーク最終日までなので、宰三は再延長を宣言した。

だが国会の予算委員会の質疑で「コロナに罹患している国民の人数はどのくらいいるんですか」という、ごくごく基本的な質問に答えられず、宰三は、手にした答弁書を叩いて、「だって、こ、これに書いて、これに、これに、これに書いてないじゃないですか」とキレた。

それは質問通告書で、確かにそこには質問としては書かれていなかったが、基本的な数値は把握して当然だった。何しろ宰三は新型コロナウイルス対策本部の本部長でもあったのだから。

その画像を素材にして、またもネット大喜利は炎上した。

安保首相が「国民の健康のために迅速に、一世帯あたり二枚のマスクを配布する」と大号令を発した「アホなマスク」は、ゴールデンウィークが終わっても、厚労省ホームページ上では配布中は東京都のみで、十二の道府県で翌週から配布開始予定、他は「準備中」だった。

そんな中、政府は、黒原東京高検検事長を検事総長にするために、二月に官邸が行なった脱法行為を合法化すべく、検察官定年延長法の審議に入り、五月十四日に強行採決を目論んだ。

だがこの暴挙に対する抗議ツイートが一千万を超えるという、前代未聞の事態が起こった。

安保政権にとって、不気味な地殻変動が蠢動しつつあった。

24章　梁山泊始末記

二〇二〇年五月十五日
銀座・麒麟タワー十階

五月中旬のある日の午後。鎌形雅史は昔の職場を訪問した。

検察庁は久しぶりだったが、足が内部の地図を覚えていた。

目的の部屋に到着し、扉を叩くと「どうぞ」という、間延びした声がした。

扉を開けると馬面の男性がソファに座り、長々と足を投げ出していた。

その傍らに小柄で目が細い男性が寄り添い、佇んでいる。

「よお、久しぶりだな、鎌形」

「お前が私を呼び出すなんて、どうしたんだい、福本《ふくもと》」

ふたりはかつて鎬《しのぎ》を削るライバルだった。だが厚労省が関わった汚職事件の立件で証拠捏造という冤罪を着せられた鎌形は検察を去り、福本は順調に出世して特捜部部長になり、今や黒原高検検事長の懐刀と目されている。

「しかも斑鳩《いかるが》が一緒とは珍しいね。ここで旧交を温めるつもりなのかな」と鎌形が言う。

福本の側に控えていた小柄な男性は目礼した。警察庁の無声狂犬と呼ばれていた斑鳩芳正《ほうせい》は、警察庁刑事局新領域捜査創生室室長で、二〇〇九年からは東京地検特捜部特別捜査班協力員を兼任していたが、現在は警察庁警備局長として公安を仕切り、政権の番犬役を果たしている。

「俺とお前の会話の証人になってもらおうと思って呼んだんだ。まずかったか？」

「いや、私は気にしないよ。ところで今日は何の話なんだい？」

福本は新聞をばさりとテーブルの上に投げ出した。

「お前ら、一体何を企んでいるんだ？」

「さあ。私はこの件には、あまり関わっていないものでね」

「とぼけるな。貴様が村雨とツルんでブイブイ言わせているのはとっくに把握済みだぞ」

「別に隠してないんだから、そんな力まなくてもいいよ、福本。でもそんなことでわざわざ呼び出すなんて大袈裟だな。公安の神通力が低下したのかな」と言って斑鳩をちらりと見る。

「吠えるな。貴様らの目論見はお見通しだ。この記事で有朋学園事件を蒸し返し、政権を揺さぶろうとしているんだろうが、そうはいかない。黒原体制は盤石だ」

新聞の紙面を見遣った鎌形は、血塗れヒイラギは手加減なしだな、と苦笑する。

一面の見出しに「赤星夫人、勇気の告発」とあり、隣に「週刊新春」の今週号が置かれている。

「新春砲」と「地方紙ゲリラ連合」に同じ記事が掲載されるなど前代未聞の出来事だ。

新聞記事が雑誌の広告にもなり、「週刊新春」は通常の倍の部数が完売したという。

たまりかねて私を呼び出したわけか、と鎌形は微笑する。

全く動じない鎌形を見て、福本は怒号を上げる。

「図に乗るなよ。昔の手下の千代田を東京地検に戻したから、早速ヤツから情報を得て有頂天になっているんだろうが、あれは全部こちらがわざと流した情報だ。それで踊ったら赤っ恥だぞ。昔の同僚のよしみで教えてやったんだ。ありがたく思え」

「福本、お前は偉くなって、ちょっとボケたのかな。千代田をマークするなんて、当然だろう。実は今夜、久々に一緒に呑むつもりなんだよ」

く、と福本は一瞬、悔しそうな顔をする。無声狂犬、斑鳩が掠れた声で言う。

「村雨さんとの盟を復活させ、あの彦根まで絡んでいるということは、『梁山泊』の真の目的は『日本三分の計』の復活なんですか？」

「普通はそう考えるだろうね。でも梁山泊はそんな大層な組織ではない。小さな正義を実現するため、私が村雨さんに頼んで作ってもらったんだよ。そもそも村雨さんには、政界に復帰しようだなんて気持ちは微塵もないからね」

「でも『梁山泊』ははっきり、政策集団だと謳っていますが」

「あの看板は彦根さんの『まやかし』だよ。私たちの目的は本当にささやかなものなんだ。お前たちが見殺しにした、赤星哲夫さんの敵討ちをしたいんだよ」

「ばかな。内調の報告では、貴様等は安保政権の倒閣を画策していると……」

そう言った福本は、はっと口を押さえる。鎌形は微笑する。

「相変わらず福本はそそっかしいね。そんな大切なことをうっかり漏らしたらダメだろう」

「うるさい。要はこっちには丸わかりだ、ということだ。だいたい地方のノンキャリの敵討ちをするために、あんなややこしそうな組織を作るなんてありえないだろうが」

「そうかなあ。私たちにとっては重要なことなんだ。要は順序が逆なんだよ。赤星さんの敵討ちをするために、行きがけの駄賃で倒閣しないといけなくなった、ということなんだ」

「冗談言うな」と福本が吐き捨てる。

「冗談ではないよ。私が冗談が苦手なことは、福本、お前も知っているだろう」

鎌形は微笑を浮かべたまま言った。福本は押し黙る。

「なぜそれほど、あの件に拘り続けるのですか」と斑鳩が訊ねる。

「そんなこともわからないのかい、斑鳩。有朋事件は首相夫妻が関わったから大騒ぎになったが、所詮は卑しい政治家の乱脈で、よくある事件だ。それを誤魔化すため財務省が公文書を改竄させる指示を出したのは未曾有の大罪だが、霞が関に巣食う卑しい小役人ならやりかねない。でもね、検察が一連の事件を立件しなかったのは言語道断だ。担当者が起訴を見送り、見返りにちっぽけな出世を選んだあの時、検察の正義は死んだんだ。検察を殺した下手人は、その断を下した黒原さんだ。だから排除する。それが小さな正義を実現する『梁山泊』の真の目的なんだよ」

福本と斑鳩は、黒サングラスの奥の、鎌形の視線が何を見つめているのか、見極めようとするかのように黙している。鎌形は続けた。

「安保さんが首相でなければ黒原さんは消える。あるいは黒原さんが辞めれば安保政権は倒れる。あの二人はコインの裏表で、今の日本の腐臭は全てそこから発している。これは倒閣運動ではなく、安保病に罹って瀕死になった検察の治療なんだ。安保首相は腐った巨大ハリボテ、黒原さんはそれを支える姑息な黒子、その黒原さんに唯々諾々と従う福本、お前は死骸に湧いた蛆虫だ。小さな正義も守れない蛆虫が、大義を語ったらいけないんだよ」

福本と斑鳩は黙り込む。鎌形の痛烈な一撃に返す言葉もない。

その上、蛆虫呼ばわりされても、言い返せないことも耐え難かった。

「今、私が言ったことを前提にして、調査をやり直してごらん。全部本当だとわかるから」

「そうだとしたら、鎌形さんはなぜそれを私たちに話したのですか」

斑鳩の質問に、鎌形は微笑した。

「宣戦布告、かな。私は世の中、英雄は最後は勝利すると信じているんだ。その英雄は、小さな正義と市民の矜持《きょうじ》を守ろうとして、自ら死を選んだ赤星さんだ。そんな偉大な英雄の檄《げき》を掲げ、奸雄《かんゆう》を討つ義賊集団、それが私たちの『梁山泊』なんだよ」

黒サングラスの奥で、鎌形は目を細めた。

「福本、忠告のお礼に、ひとつお返ししておこうか。黒原さんは相変わらず新聞社の黒原番を集めてリャンピンで打っているらしいけど、身辺に気をつけた方がいい、と進言してあげるといい。梁山泊に入山したての敏腕女性記者が、週明けに大きな動きがありそうだと教えてくれたんだ。もっとも、もう手遅れかもしれないけどね」

鎌形はそう言うと、沈黙した二人を後に残して、部屋を出て行った。

天気がいいので、銀座の麒麟ビルまでぶらぶら歩いていくことにした。

途中コンビニに立ち寄ると、雑誌棚に「週刊新春」の今週号が一冊だけ残っていた。

雑誌を手に取ると、大見出しに「赤星哲夫さんの遺書、全公開」とあった。グラビアには遺書の写真があり、赤星未亡人の手記が載っていた。

自筆の遺書は紙面の半分程度の短いものだった。遺書と言うよりは遺筆だな、と思う。

鎌形は雑誌の記事にざっと目を通した。

「さいごは下がしっぽを切られる　なんて世の中だ　手がふるえる　こわい　大切ないのち」と、震える細い線で書かれた文字が目に突き刺さる。次のページに知子夫人の手記が載っていた。


哲夫さんが亡くなって、四度目の春が来ました。これまで私は、一日も早く哲夫さんのところへ行きたいと、そのことだけを思って生きていました。

そんなある日、哲夫さんの古いお友だちが訪ねてきました。その人は私に向かって、私が死んだら哲夫さんの言葉や気持ちは消えてしまう。それでいいんですか、と言いました。

気持ちが揺れました。そして導かれるがままに日高先生の事務所に伺い、新たな道を教えていただきました。それは私の義務だ、と思いました。

その時、日高先生にも言わなかったことがあります。

哲夫さんが自殺して半年くらい経ったある日、見知らぬ男性が訪ねてきて、お仏壇に線香を上げさせてほしい、と言いました。背広姿の若い方でした。哲夫さんの後輩かと思い、居間にお通ししました。その方はお線香を上げると両手を合わせ、しばらく動きませんでした。五分ほどそうしておられたでしょうか。合掌を解くと私にこう言ったのです。

「申し訳ありません。哲夫さんは、私が殺したのです」

私はびっくりしました。その人は続けました。

「私は、有朋学園事件を担当した同僚からいろいろ聞かされていました。その時、ご主人が作成した、捏造前と捏造後を比較した文書を見ました。これは絶対埋もれさせてはならないと思い、クビ覚悟で知り合いの記者にコピーさせました。そしてあのスクープが世に出ました。でもそれがまさかご主人の命を奪うことになってしまうとは……自分は未熟者です」

その人は仏壇の前で正座したまま拳を握り、震えていました。私はその人の姿が、亡くなる前の哲夫さんの姿と重なって見えました。そうだ、この人は哲夫さんなんだと思いました。

この国には哲夫さんみたいな人が大勢いて、同じように苦しんでいる。それなら哲夫さんの言葉を、誰よりも知っている私が、一人でも多くの人に伝えなくては、と思ったのです。

国賠を提訴した時、お金が目当てだろうと中傷されました。それは違います。私はほんとうのことを知りたい。哲夫さんを死に追いやったのが誰か、それを知りたいだけなのです。

今年も庭の白木蓮が咲きました。哲夫さんが大好きだった花です。

来年は哲夫さんの仏前に報告して、晴れ晴れとした気持ちで白木蓮を見たいです。

最後の「改竄文書スクープ記事が出た直後に訪問した元上司の方との会話」という記事には、その上司との会話の録音の書き起こしが載っていた。

——ほんとに遺書はないんですか？　まさかマスコミに持っていったりしませんよね。それなら安心しました。ここだけの話ですが、この件では近いうちに大きな動きがあるんです。それを見たら悪いようにはしない、という私の言葉を信じてもらえると思いますよ。

これは隠し録音で、赤星氏の奥さんが用意周到に国家賠償請求訴訟を狙っていた証拠だという誹謗中傷があったが、実は側でゲームをやっていた小学生の甥御さんが録音したのだという。

「ダモレスクの剣」という携帯のＲＰＧゲームをやっていたら、上司がやってきて彼の隣で話し始めた。ちょうどその時に現れた賢者が「ウソつきを見抜く法」を教えてくれたのだという。

「ウソつきはウソをつくとまばたきをする。でもウソつきはウソをついていないとごまかすから、ウソつきの話はろくおんしなさい」と言われて隣を見たら、その上司がすごい勢いでまばたきしていたので咄嗟《とっさ》にスマホで録音したのだという。子どもらしい説明なので、信憑性があった。

手にした雑誌を棚に戻す。一人でも多くの人に読んでもらいたいと思い、購入しなかった。

ＳＮＳで「＃赤星さんを忘れない」という言葉とコメントが多数寄せられ、ネット署名も五十万筆を集め、まだ増え続けている。そこに政府がひそかに進めていた検察庁改革法案についても、自然発生的に「＃検察庁改革法案に反対します」というツイートが溢れ、関連ツイートを合わせると一千万ツイートという前代未聞の数に達した。

国家公務員法改定で公務員の定年延長を決めた一般法案に特別法の検察庁法を含めて、法務委員会で審議せず内閣委員会の議決で済ませるという、いかにも法の抜け穴ばかりを模索してきた安保政権らしい姑息な一手だった。

一般法に優先する特別法の検察庁法として不当な扱いである上に、十本の法案を一括した「束ね法案」で可決するのは安保政権の常套手段だ。

当然、野党は抗議したが、与党は強行採決も辞さず、の構えだった。

この問題は、なんとしても黒原高検検事を検事総長の座に就けたい、という安保首相の強い意向で、彼の定年を恣意的に延長した今年二月の閣議決定に端を発していた。それは過去の政府答弁と矛盾した決定で、非合法の脱法行為だったので、後からつじつま合わせで合法化しようという姑息な意図が、一般市民にも丸見えだった。

検察庁改革法案に反対するツイート発信者に著名タレントや文化人、作家が並んだ。そうした投稿に「ステークホルダーとして政治的発言は考えた方がいい」などと政権マンセー作家が恫喝したり、ツイートをした芸能人に脅迫紛いのリプライがあったりと大騒ぎになった。

この大量ツイートの本質は、これまで沈黙していた市民の政治参加だった。

そしてそれこそが、安保首相や官邸官僚が真に恐れていた事態だった。

国は口を出すがカネは出さない。だが国民には、口を出さずにカネを出せ、という。

そんな従来の政府と国民の関係性が、音を立てて崩れ落ちた瞬間だった。

それはコロナ禍がもたらした事態でもあった。コロナ対策で政府のやることなすことで欺瞞が露呈し、ひとつの不祥事を忘れる前に次の不祥事が重なり、関心は薄れるどころか高まった。

それまでの安保首相は、不祥事があると「私が責任を取る」と言いながら何一つ責任を取らずに放置し、やり過ごすという手法が常態化していた。そして古い不祥事を新しい悪意で上書きして、国民の視線を逸らし続け、それを官邸と癒着したメディアが後押しした。

だがそんな安保政権と御用メディアの流儀を破壊したのは、コロナだった。

コロナは居座り続け、安保官邸が主導した種々の政策は国民の関心の的になり続けた。

全世界から嘲笑された「アホなマスク」はその象徴だった。

四月一日、マスク不足を解消するため、華々しく「全世帯に二枚の布マスクを配布します」と宣言し、四月中旬に東京の一部で早々に配布が始まり、御用メディアが大々的に取り上げた。

だが五月の連休が明けても、東京以外の地域では一枚も配布されなかった。

しかもコロナ感染から脱した中国からマスクが届き、簡単に入手できるようになった。

おまけに「アホなマスク」には虫や髪の毛が入っていたので、誰も着けようとしない。

これまでは国民は、そうした政府の失政はすぐに忘れたが、今回は決して忘れなかった。

命に関わる医療に関係することだったからだ。

安保政権は医療と相性が悪い。経済のことは言いっぱなしでも御用メディアが尻拭いをしてくれた。だが、それと違って医療に関わる発言には責任が伴った。

普段なら無関心な人々が、国会中継をネット視聴した。関心が高い国会審議を中継しないことで、ＴＨＫ（帝国放送協会）が政権べったりの姿勢であることも露わになった。

——コロナが全ての虚飾を剝ぎ取った、というわけか。

呟いた鎌形は、ようやく福本が自分を呼び寄せた真意に思い当たった。

福本はあのツイートの発信源が「梁山泊」だと考えて、何とかして鎌形から情報を引き出そうとしたのだろう。

周回遅れの発想に、黒いサングラスの下で微苦笑して、鎌形は立ち止まる。

日比谷公園から霞が関を振り返り、これから検察も大変だな、と呟いた。

＊

梁山泊の定例会議の開始の二十分前。部屋には村雨と彦根、別宮葉子の三人がいた。

この二ヵ月はジェットコースター気分だった、と別宮葉子はしみじみ思う。

別宮が仕掛けた地方紙ゲリラ連合の企画は大当たりした。「コロナ」「捏造」「報道」という三つのテーマを主導し、地方紙ゲリラ連合（公式には「地方紙連合」）のリーダー的な地位に就いていた。共用サイトにスクープ記事を登録し、出典を明記すれば翌日以降、掲載できるシステムを打ち立て、公開サイトを併設し地方紙ゲリラ連合で実施したアンケート調査や双方向ＬＩＮＥで集めた人々の声を掲載した。全国紙に匹敵する一大新聞網の情報量は全国紙を凌駕した。

全国紙は政府や省庁から記者クラブに供給される大本営発表が主だから、五大全国紙の情報量はほぼ同じだ。一方、地方紙ゲリラ連合の情報網は、四十七都道府県の隅々に広がっていた。しかも記事は各地方紙の特ダネの中から取捨選択できる。

それはまさしく、地方紙連合体形成という大事件だった。

村雨が彦根に言った。

「そろそろ別宮さんには種明かしをしてもいいかな、と思うんですが、いかがですか？」

ヘッドホンをつけて頭を上下動させて、音楽を聴いていた彦根は、ヘッドホンを外して一瞬、遠い目をした。そして「まあ、別宮さんならいいんじゃないんですか」と答えた。

「実は梁山泊のスポンサーは彦根先生なんですよ」と村雨は言った。

「えええ？　まさかあ」と絶叫した別宮に、村雨が「本当ですよ」と微笑する。

「彦根先生って、利用金額上限ナシのブラックカードを持っていて、理想のお嫁さんを探すために世界中を旅している財閥総帥の御曹司、とかなんですか？」

「それはコミックの読み過ぎです」と彦根は苦笑した。

「『梁山泊』の設立原資は、モナコ公国の貴族が管理しているA資金です。『日本三分の計』の実現のため、軍資金集めのために世界中を駆け巡った時に僕が、運用を委託されたんです」

ポケットから星《エトワール》のエンブレムを象ったキーホルダーを取り出し、天井のライトにかざす。

「僕たちは桜宮と縁が深い。僕は東城大の医学生だった時、モンテカルロのエトワールと出会い、その後の行動指針が決まりました。村雨さんは市長秘書で桜宮のため尽力していた。別宮さんは桜宮の因縁、碧翠院の崩壊に居合わせた。ここにいる三人のルーツは桜宮にあるんです」

彦根にとっての英雄の横顔を思い浮かべながらそう言うと、村雨もうなずく。

「『日本三分の計』は地方分権運動で、首都からの独立を目指していました。今こそ肥大し慢心し腐敗した首都東京の文化、政治、その他の森羅万象に一撃を加える時です。日本の原点、桜宮からそのムーブメントが発信されることになるでしょう。さあ、会議が始まりますよ」

村雨の声を聞いたかのように、次々とメンバーが集まってきた。


五分後、ＡＩ司会者・二代目ニコル君の仕切りで会議が始まった。

冒頭、赤星国賠問題を、日高弁護士が経過報告した。

「赤星哲夫さんを殺した怪物は、それだけでは飽き足らず彼の声、良心、矜持までも亡き者にしようとしました。その証拠の録音テープと国家官僚の対応を、『地方紙連合』『新春砲』の特集記事で出せました。財務官僚による公文書改竄という組織ぐるみの犯罪を、検察が黙認したというのが事件の本質ですが、ようやくその真相が市民に届いた手応えを感じます」

　すると普段は会議の場では寡黙な鎌形が、珍しく口を開いた。

「検察腐敗は、民友党前政権の『海山会事件』からの流れです。あの事件は会澤次郎・元民友党副党首が掲げた過激な官僚改革に対し、危機感を覚えた官僚が抵抗した総力戦でした。官僚機構防衛システムの最終ライン、検察は、政治資金規正法違反で彼を起訴しましたが、かなりの無理筋で結果、でっち上げの冤罪になりました。会澤代議士は裁判で無罪になりましたが、多大なダメージを受けて結局、官僚機構改革は棚上げにされたのです」

　鎌形は黒サングラスの下で、遠い目をした。

「二〇〇九年、私は厚労省汚職事件で捏造捜査を讒言され特捜を去りましたが、特捜改革が焦眉の急になりました。同年十月、法相の諮問機関『検察の在り方検討会議』が設置され、道後地検に着任して三ヵ月の黒原検事正が呼び戻されました。『花の三十五期』の彼は、事務方責任者として類い希な調整能力を発揮し、提言を取りまとめ、二〇一一年八月には大臣官房長に昇進します。そして、その年の『海山会事件』裁判で同期の作田特捜部長らによる証拠捏造が明らかになった時は、その揉み消しに奔走し、一二年十二月の政権交代後の自保党政権でもその座に居座り続け、都合五年間、その地位に留まりました。その時の二大改革は、取り調べ可視化とセットにした『司法取引』導入と通信傍受法改定による盗聴の正当化でしたが、その後、民友党政権が終わると、黒原さんは安保政権に食い込み、検察中枢にいた間、政治家案件は次々に不起訴になりました。その集大成が有朋学園事件とその後の財務省の公文書改竄に関する告発を一括して不起訴にしたことです。そして今まさに『満開の桜を愛でる会』前夜の安保宰三後援会パーティで、政治資金規正法違反で捜査に着手しないのも、黒原検事長の判断だと言われています」

「安保政権以前から、黒原さんはかなりの重要人物だったんすね」と兎田が言う。

「当時は改革派の急先鋒として南野検事総長が、守旧派と血みどろの戦いを繰り広げました。その時に対抗し守旧派の陣頭指揮を執ったのが黒原検事長です。結局南野検事総長派は敗れ、黒原さんの天下になった。現在の検察の腐敗と堕落はその時に始まり、今も続いているのです」

「腐敗検察と腐敗政府がグルになって生まれたのが安保独裁政権だったんですね。それはまさに、『クソのツレはクソ』っていうヤツですね」と彦根がさらりと言う。

「それって『旅は道連れ、世は情け』ということですか」と別宮が質問する。

「全然違います。諺《ことわざ》では『類は友を呼ぶ』というんです」と彦根は首を横に振る。

そのやりとりを聞いて、村雨は苦笑する。

「安保政権が美しい諺『李下に冠、瓜田に靴』を破壊したことは間違いないでしょうね」

「なんですか、それ。わたし、故事成語に弱くって」

「正確には、『李下に冠を正さず、瓜田に履を納れず』という『古楽府・君子行』の一節です。スモモの木の下で帽子を直したり、瓜畑で靴を履き直すのは、スモモや瓜を盗んでいるように見えるから、やってはならない。君子は疑わしい行為は厳に慎むべきだとたしなめた故事です」

「なるほど、『立ち読みは泥棒の始まり』みたいなものですね」

メンバーが一斉に、それは違う、という顔をした。

「先ほど、東京地検特捜部の福本副部長に呼び出され、会ってきました。私にまで声が掛かるとは、向こうは相当焦っているようです」と鎌形が言うと、村雨が驚いたような声で言う。

「ほう、黒原検事長の懐刀と呼ばれている福本さんから、ですか」

「検察庁改革法案に対するツイッター・抗議デモは梁山泊が震源だと疑っているようです」

緑の髪をしたツイッターの女王、紫蘭エミリが両手を左右に振る。

「それはないです。わたしもビックリしましたもん、アレは。おかげですっかり乗り遅れてしまいました。フォロワーに拡散しましたケド、勢いありすぎて手も足も出ませんでしたね、アレは」

「近々、元検事総長の意見書が法相に提出されるという話もありますね」と彦根が言う。

「俳優やタレントに『わかってないのに軽率な発言をするな』みたいな同調圧力を掛けられても、さすがに元検事総長には無理ですね。ネトウヨ軍団が次々に撃破されてネット上で死屍累々です。うくく。御用メディアは火消しに躍起です。あたしはこういう怒濤のムーブメントを起こすため散々トライをしてきましたケド、いざ、激流になったら何にもできませんでした」

「その源流は赤星知子さんの告発だと思います。再調査を望んだ知子さんに安保首相と阿蘇財相が『再調査は必要ないと考える』と答えた時に、知子さんが『捜査される側に決定権はない』と斬って捨てたのは痛烈でした。ようやく市民は、赤星さんの死は他人事ではない。明日は自分が同じ立場になるかもしれないということに気がついたんです」

別宮の発言に、場は沈黙した。直後、ＡＩ司会者二代目ニコル君の電子音声が響いた。

「そろそろ、次の議題に入りマス。お題は『コロナ』デス」

三原色の服を着た小太りの白鳥が発言ボタンを押す。

「現在シンコロ感染者は日本で一万六千人、世界全体で四十二万人だね。『帰国者・接触者外来』でＰＣＲ実施の可否を判断し、クラスターを追跡して隔離を徹底するパラダイムは第一フェーズの感染襲来期では正しいけど、第二フェーズの感染蔓延期では間違いなんだよ。厚労省は最初の決定に固執しすぎて全部ダメダメにしてしまったけど、上手い具合に日本医師会が後始末を引き受けてくれたので、事なきを得たんだ。裏で彦根センセが動いてくれたらしいけど」

にっと笑った彦根は、白鳥の言葉には答えず、話題を変える。

「シンコロ対応で、海外からは厚労省の信頼はガタ落ちになりました。安保首相が大好きな米国にすら、日本では適切な対策がされず公衆衛生のデータも信用できないとバッサリ斬られ、在留米国人に帰国命令が出る始末です。普段は言いたい放題やり放題、天下無双のトランペット大統領でさえシンコロ対策ではCDCのファウル長官に絶対服従しているというのに、日本では経産相をシンコロ対策本部の委員長に任命するなんて、言語道断意味不明な話です」

彦根の発言を受けて白鳥が言う。

「アボ友の西田経産相にシンコロの専門家会議をコントロールさせて、安保首相が最終判断する形にしたかったんだろうけど、そもそも専門家会議は御用学者集団で、医学の知見を安保首相のご意向に沿うように丸めて、なあなあに翻訳するだけだからなあ」

「人同士の接触を八割減にせよと提案した『八割パパ』こと蝦夷大学感染症研究所の喜国准教授も御用学者なんですか？」

別宮葉子が驚いて訊ねると、白鳥が首を振る。

「喜国センセは違うよ。クルーズ船の対応でドタバタしている最中に、僕がこっそり諮問会議にねじ込んだんだ。『シンコロコロリン』は全省庁に設置される乱立ぶりだから、ごっちゃになるけど、テレビで話題の有識者会議、正式名称『新型インフルエンザ等対策有識者会議・基本的対処方針等諮問委員会』は『新型インフルエンザ等特措法』の改正版に基づく緊急事態宣言を所管するもので、委員長の近江センセは地域医療推進研究所という面妖な組織の所長さんで、座長は国立感染症研究所所長が務めているというややこしさだ。でもって『八割パパ』こと喜国センセは厚労省の『新型コロナウイルスに関連した感染症対策に関する厚生労働省対策推進本部・クラスター対策班』の一員なんだけど、近江センセは厚労省のクラスター対策班にも所属しているから、素人目には何が何やらさっぱりわからないだろうね」

「そんなややこしいこと、理解できませんよ。でもその接触減八割説を、安保首相が七割でいいと言い直していましたけど、あれってどういうことなんですか?」と別宮が訊ねる。

「喜国センセは、シンコロの基本再生産数R0をドイツと同じ2・5と設定したら、人間同士の接触を八割減じないと感染終息しないと提言した。これは厚労省クラスター対策班の結論だよ。でも安保首相は八割減は経済的な影響が大きすぎるとビビって、せめて七割にしてくれませんかと値切った。イエスマンの近江センセは、いいんじゃないんですか、と答え、直後の安保首相の七割から八割という意味不明の発言になったワケ。それを聞いた喜国センセは、自分はそんな提言はしていないと怒りの記者会見を開いたんだよ。おかげで安保首相赤っ恥、近江センセ真っ青、諮問委員会の信頼は黄信号ってわけ」

　大喜利じゃないんだから発言まで服と同じ三原色でまとめなくても、と彦根は苦笑する。

「なるほど、白鳥さんのおかげで、ドタバタ劇の内幕がよくわかりました。では第二フェーズの対応は具体的にはどうすればいいのでしょうか」との村雨の質問には彦根が答える。

「名村教授によれば、感染症対策の原則は『追撃せず、迎撃せよ』だそうです。今やシンコロはそこら中にいます。そこから導き出されるのは『医療現場に入れない、体内に入れない』という二系列の防衛ラインの死守です。医療現場に入れないようにするために発熱外来を設置し、感染疑いの患者は隔離ホテルに収容しPCR検査を実施し、陽性者は専用病棟に入院させる。母校の東城大では黎明棟というホスピス棟をシンコロ受け入れ専用病棟にしてダイヤモンド・ダスト号の感染者百十一名を受け入れ『院内感染ゼロ・奇跡の病院』と話題になっています」

彦根の隣で白鳥が、なぜか得意げな表情でうんうん、とうなずいている。彦根は続ける。

「あれから二ヵ月、現在は重症者が十二名のみで、空いた病室を感染疑い患者の待機所に変更しています。そこで二週間を過ごせば隔離は完成します。その『桜宮モデル』を各地方の実情に合わせ実施すればいいのです。北海道ではその試みが地域共同で行なわれています。ただし重症病棟のオレンジ新棟は医療物資が不足し、野戦病院化したままです。最前線での医療従事者の頑張りが、コロナの蔓延をかろうじて防いでいるんです」

「日本のコロナ禍は、外国と比べると緩やかな気がしますが、なぜですか?」と村雨が訊ねる。

「それはジャパン・ミラクルと呼ばれていますが、理由はわかりません。日本が清潔でマスク着用と手洗いの厳格な遂行のせいではないか、とは言われていますが、公衆衛生学的には証明されていません。少なくとも政府や厚労省の対応がいいからだ、と考える外国報道は皆無ですが」

「薬やワクチンはどうですか? 『アビガン』という薬が注目されているようですが」

「『アビガン』は先日、シンコロに対する薬効はないという医学的な結論が出ました。報道ではしきりに効果を言われていましたが、自然回復と区別がつかなかったようです。ワクチンも望みは薄いでしょう。類縁コロナウイルスのＳＡＲＳが発生して二十年経った今も、薬物やワクチンは開発されていませんから」

「すると個人的な防衛ラインで頑張るしかないんですね。具体的にどうすればいいんですか?」

と別宮が訊ねる。

「手洗いの徹底です。95%は接触感染で手指を介し、目、鼻、口から侵入して来ますから」

それを聞いて、白鳥がうなずく。

「彦根センセの言う通り、感染症対応の原則はシンプルだけど、官僚は自分たちは間違えないという思い込みでこじらせる。シンコロは未知の病原体だから適度にルールを決めて、間違えたらコロコロ変えればいい。でも厚労省の連中は現実に合わせてルールを作るんじゃなくて、ルールに現実を合わせようとするから、こんがらがるんだ。初期対応も保健所でなく医療機関に委託すれば、お医者さんがふだんインフルの時にしているように必要と思う患者にＰＣＲ検査を実施して、軽症者は自宅待機させ、重症者は入院させるという常識的な判断ができたんだよ」

「その意味では『必要ならルールを変えろ』が口癖の高階学長が率いる東城大で、シンコロ対策が上手く行ったのは当然かもしれませんね」と彦根が言う。

「その通り。みんな高階センセみたいに腹黒くやればいいのさ。杓子定規なマニュアルを押しつけておいてうまくいかなくなったら『保健所の対応が追いつかず誠に遺憾です』と現場の一兵卒に責任を押しつけちゃう審議官が、陣頭指揮を執り続けたから混乱が広がった。彼女はクルーズ船で名村教授を追い返した張本人だからね。第一人者の専門家から教わろうという謙虚な姿勢がない厚労官僚の権化で、自分が作ったルールを守ることには命がけ。その考え方は人権と戦略を無視したバンザイ・アタック、神風特攻だと見做されているのに、ほんと困ったもんさ」

「ＰＣＲ実施マニュアルをスクープしたんですけど、ＰＣＲ検査にたどりつくまで幾重もの関門があってすぐ振り出しに戻る、絶対上がれない双六《すごろく》みたいな代物で、最初に帰国者・接触者外来に相談してしまうと、市中の患者は病院と保健所のたらい回しになるムリゲーです」

別宮の説明に、彦根はうなずいて付け加える。

「それは割れ鍋に綴じ蓋ですね。シンコロ対策本部の本部長の安保首相は一月末に対策本部ができた直後は、お友だちと会食するわ、パーティには出まくるわで三月に『まだ感染爆発ではない』と言い張り、春の三連休の緩みを誘導してましたからね」

「『クソのツレはクソ』ってヤツですね」と珍しく別宮が、適切な合いの手を入れる。

ここで「類は友を呼ぶ」の方が出てこないのが、いかにも別宮らしい。

「その点ではクルーズ船の感染患者百十一名を引き受け院内感染ゼロを達成し『奇跡の病院』と賞賛されたシンコロ対策本部長で『イケメン内科医の健康万歳』というエッセイも連載している多才な田口センセは、もっと脚光を浴びていいと思うんだけどなあ」と白鳥が言う。

「そこで微妙にスポットライトから外れてしまうのが田口先輩の奥ゆかしいところです。速水先生だったら日本中の注目の的になっていたでしょう。そう言えば東城大で桧山先生が中心になり、外来患者五百人にシンコロの抗体検査をしたら二十五人の陽性患者が見つかったそうです。5％という数値を日本全体に適用したら感染者は六百万人です。もはや水際迎撃は無意味ですね」

「厚労省の初期方針は瓦解して、まずはめでたしめでたし、かな。今年の二月はほんとに危機的だった。クルーズ船は国民三千人の小国みたいなもので、しかもみんな船長の命令に絶対服従する従順な国民だったのに、そのガバナンスすらできないなら、一億二千万の国民を擁する日本丸のコントロールなんて不可能だ。本当ならあのクルーズ船でトライアル＆エラーすべきだったんだ。それができなかったのは、色惚け＆欲呆けの失楽園官僚カップルによる判断ミスで、そんな人材を重用した安保首相と官邸厚労官僚ＫＫＫの人災なんだよね」

容赦ない白鳥の評価に、彦根が言う。

「重症患者を扱っている施設では修羅場が続いていて、感染終息なんてとんでもない話だそうです。臨時の陰圧室を作りレッドゾーンに入る人物を限定するのは、医療ガウンやマスクが絶対的に不足しているから、節約するためです。僕は、他の病院でも同じように悪戦苦闘しているという事実を、海外の番組で知りました。日本のメディアはそんな現状をなかなか報道しない。ひな壇芸人にどうでもいい意見を開陳させるヒマがあったら、現場の実態を取材すべきです。でも海外メディアに可能なことが、日本ではできていないんです」

　彦根の話を聞いて、白鳥は吐息をついた。

「未確認ルートの感染者が現れた国内で感染疑いの患者をたらい回し地獄に陥れ、無症状感染者を病院に誘導し、院内感染クラスターを発生させる。病院閉鎖を余儀なくされたその病院の患者は行き場をなくす。それで通常の救急業務の実施が難しくなると、ここぞとばかりにメディアが叩く。ワイドショーでは、自粛しないおバカな若者の言葉を放送して『コロナは怖くない、自粛しないでも平気だよ』という潜在的なメッセージを垂れ流す。官邸経済官僚ＫＫＫに牛耳られた官邸は、経済ばかり気にして医療のことは気に掛けない。そんな無法地帯の最前線で医療従事者がバタバタ倒れていく。そんな生き地獄で医療崩壊の一歩手前の惨状は、暗愚な安保首相と彼を取り巻く害虫官僚、粛々と間違った方針を強要し続けた僕たち厚生労働官僚、そうした実態を報じないメディアが作り出したものだったんだ」

　一気にそう言い放った白鳥は、大きく吐息をついて天井を仰いだ。

「これじゃあ医者も壊れるよね」

　呟くように言った白鳥は、はっとした顔で口を押さえた。

「畜生、なんでこの僕が、よりによってあのクソ野郎の言葉を口にしてしまったんだ。バチスタ・スキャンダルから十四年、結局この国は何ひとつ変わらなかったということか」

　呻くようにそう言った白鳥は、これまで見たことがないほど、消沈した表情になった。

　白鳥は生まれて初めて徹底的な敗北感に打ちのめされたかのようだった。

　やがて彼は、椅子からふらりと立ち上がると、挨拶もせずに退場した。

傍若無人な厚労省の火喰い鳥の、思わぬ形の退出にみんな言葉を失った。

その空虚な部屋に突然、携帯の呼び出し音が響いた。ダースベーダーのテーマ曲だ。

電話を見た兎田が、発信者の名前を見て奇声を上げた。

＊

「明菜夫人からっす」

電話に出ると、「はあ、はあ」と生返事をして、彦根を見た。

「彦根先生とお話ししたいそうす。どうします?」

彦根が「スピーカーにつないでください」と言うと、ハスキーな声が天井から流れ出した。

──彦たん、お久しぶり。覚えてる? 先日お電話でお話しした、安保明菜です。

「もちろん、覚えてます。いきなりどうされたんですか?」

──以前、お食事に誘ったでしょ。私、今ヒマだからどうかなと思って。

「せっかくですが、自粛要請が出てますのでお断りします」

──そうよね。私もサイちゃんに、しばらく外食は控えてってお願いされているの。国会で約束しちゃったらしょうがないわよねえ。

「単なる食事のお誘いだったんですか?」と彦根が驚いて訊ねる。

──まあ、そうね。それとひとつお願いがあるの。週刊誌を読んだんだけど、サイちゃんをあまり虐めないように、助けてほしいの。彦たんならやってくれるかな、と思って。

「記事を書いた記者をよく知らないので、僕では無理です。だいたい安保首相が国民の気持ちを考えないから、あんなことになるんじゃないんですか？」

——国民の気持ち？　そんなのわかりっこないでしょ。私たちが大切にしているのはお友だち。お友だちだって国民でしょ？

「それは身内びいきというもので、総理大臣としては一番やってはいけないことです」

——どうして？　国民みんなを幸せにしてあげるなんて無理よ。でもお友だちを幸せにすることはできる。サイちゃんはそのために毎日一生懸命お仕事してる。でもみんな文句言ってばっか。だから私だけはサイちゃんを守ってあげたいの。それはわかってね。じゃあまたね、彦たん。

あっけらかんとした挨拶で、電話はぷつん、と切れた。

兎田が携帯をポケットにしまう。部屋に倦怠感が漂った。

この夫婦は無敵だ。空疎な言語を弄する舌は宰三が、どんな非難にも動じない強靱な心は明菜が担当する二人羽織だ。

それは彦根が操る空蟬《うつせみ》の術と同じ、虚を実に、実を虚に。本体は空洞だ。

空っぽの相手にはどんな攻撃も利かない。それは彦根自身の護身術でもあったのだ。

「でも、安保首相はこれで『レイムダック』ならぬ『令和ダック』になったのね」

ぽつんと別宮葉子が言い、彦根が「誰がうまいことを言えと……」と呟いた。

その時、梁山泊総帥、村雨が言った。

「みなさんにひとつ、提案があります。政策集団『梁山泊』は今月いっぱいを以て、とりあえず解散したいと思います」

別宮、兎田、紫蘭といった面々が驚いた顔をしたが、彦根と鎌形の表情は変わらない。

ようやく別宮が「どうして、そんな急に……」と言う。

「『梁山泊』の当初の設立目的は赤星さんの遺志を、ひとりでも多くの人に伝えることでした。それは別宮記者と日高先生のおかげで、ひとりひとりの市民の心に赤星さんの勇気と無念が根付きつつあります。その障壁となり立ちはだかった黒原検事長を検事総長にするため、安保政権がひねり出した究極の奇策で天下の大愚策の『検察庁改革法案』も、覚醒した市民の反対で頓挫しつつあります。別宮さん情報によれば『黒原賭け麻雀スキャンダル』が来週の『新春砲』で炸裂するとのこと。これで黒原は終わり安保つじつま合わせ政権の終わりの始まりになるでしょう。キリがいいのでひとまず解散しようと鎌形と彦根先生と相談しました。何かあれば離合集散自由自在、それが我ら『梁山泊』です。ゲリラはいつもワンマン・アーミーなんです」

「それもいいかもしれませんね。さっきの明菜夫人の話を聞いて、何だか気が抜けちゃいました。なんだか、『糠《ぬか》に釘《くぎ》』っていう感じなんだもの」と別宮が言う。

それは正しい用法だ、と彦根はひとりこっそり笑う。

村雨が言う。

「不祥事塗れの安保内閣は国民を欺し、茶化し、恫喝し、誤魔化し続けました。その問題を御用メディアが裁断し、分断し、攪拌《かくはん》し、封じ込めてきました。すると他人事だから忘れてしまう。そしていざ自分が被害者になり声を上げても、他の問題と同じように裁断され、分断され、攪拌され、封じ込められてしまう。でもコロナは違いました。国民のひとりひとりに等しく関わる問題で、常に目の前にあり、問題を突きつけ続けました。なのでこれを裁断し、分断し、攪拌し、封じ込めるのは不可能です。誰もが自分事として考え続けた今、安保首相の欺し、茶化し、恫喝し、誤魔化すという基本姿勢はもはや通用しなくなったのです」

「国民は安保政権のしたことをすぐに忘れてしまっていたけれど、コロナ騒ぎと赤星国賠と黒原問題が一塊になったことで、ようやく安保政権の全体像が理解できたんですね」

別宮の発言を受けて、彦根が呟くように言う。

「あまり言いたくないんですが、僕と安保首相は表裏一体、コインの裏表みたいな存在で、互いに似ているから、安保首相の手法がよく理解できたような気がするんです」

「ほう、興味深いご発言ですね。どういった点が似ているんですか」と村雨が訊ねる。

「僕の『空蟬の術』は虚を実に、実を虚に入れ替え、ひらひらと目眩ましして実相を隠します。安保政権は『ファクト』と『フェイク』をごたまぜにして誤魔化してきた。そこには『お友だち』となかよくしたいという明菜夫人の、単純で強烈な願望があっただけです」

「確かに彦根先生と安保首相の方法論は似ているのかもしれません。でも中身は全然違います。安保首相の言葉はがらんどうで中身は何もありません。でも彦根先生の言葉には人々のため世の中を変えたいという、切実な思いが込められていますから」

村雨の力強い言葉を聞いて、彦根は、泣き笑いの表情になる。

彼自身は、ずっとそのことを気に掛けていたのだろう、と感じた村雨は続けた。

「政治家は言葉が命です。言葉で国民と約束したことを果たすのが力の源泉ですが、もはや安保首相の言葉は誰も信じず、彼の周りを『国民の軽蔑』という負のオーラが包んでいます。つまり安保首相は完全に死に体です。でも彦根先生は安保首相が諸悪の根源とお考えのようですが、果たしてそうでしょうか。たとえば国民から反対された検察官庁法改正案は、自分を守る番犬みたいな黒原さんを手放したくない一心から出たものでしょうが、安保首相と取り巻きだけであんな大層なことはできるとお考えですか？」

「つまり、首相と官邸の官僚一派の他にも、安保支持者がいるという意味ですか」

「安保ハリボテ政府の中身は、色と欲に凝り固まった有象無象の集合体で、本性は『反社』です。『反社』連中は裏金を稼いで国に巣くうシロアリに貢ぐ。かつて検察はそんな悪党を問答無用で叩き斬る、正義の使徒でした。だが過去の輝かしい遺産をドブに沈めた『不起訴の黒原』が現れ、社会の底が抜けた。証拠のPCを破壊したドリル小畑議員、後援会にうちわを配った金沢議員、口利きあっせんの録音という証拠があっても不起訴になった甘粕議員、パーティ券を所管領域の会社に購入させた上村元文科大臣、その集大成が有朋学園事件です。それらの案件は以前の検察ならば立件して政権に打撃を与えたものです。それを悉く不起訴に沈めた黒原は、政権の守護神と崇められるようになりました。そうした判断の震源地は当然、官邸なのでしょうが、黒原一人でできるはずはありません。彼の取り巻き集団が受容して、実行部隊が行動して初めて成立した、共同謀議だったのです」

言われてみれば、確かに官邸経済官僚ＫＫＫや恫喝不倫ペアは市民の利を考えず、自分の快適さだけを追求し、モラルや法を無視し続けた。それはまさしく『反社』連中のメンタリティだ。

そんな彼らの挙動を過小評価し、安保首相を巨悪だと見做していた自分は、ひょっとして真の敵を見誤っていたのかもしれない、と気づいた彦根は唇を噛む。村雨は続けた。

「安保政権は、国家官僚が自己保身に汲々とし、大義を捨てた時に生まれたペスト（害虫）です。無責任宰相に依存した害虫官僚は、日本という青々とした大樹を根腐れさせ、腐った蟻塚にしてしまいました。その栄養源は市民の無関心です。赤星さんの同僚や、あの時に声を上げないことで栄転した官僚は、赤星さんの義俠心を見殺しにしたんです。安保首相は巨悪ではなく、ちんちくりんな小人物にすぎず、裏で糸を引いている黒幕もいない。絶望的なくらい猥雑で矮小な害虫集団が、自分の回りを最適化することだけに全力を傾注した結果、出現した暗黒世界です。そんな害虫官僚にとって居心地のいい腐敗巣が安保官邸です。しかし安保政権はいつか終わりますが、害虫官僚は辞めずに居続ける。これから注視すべきはコロナだけではありません。安保菌に感染した害虫官僚の方が、日本社会にとっては危険度は高いのです」

彦根は目を見開いた。

「なるほど、民友党政権の公務員改革を逃れた害虫官僚が、安保政権の隠れ蓑《みの》の下で繁殖し続けたんですね。すると彼らが『反社』の定義を変更したことも腑に落ちます。従来の反社の定義は『暴力や威力、詐欺的手法を駆使した不当な要求行為により、経済的利益を追求する集団、又は個人の総称』というものでしたが、その文を読めば何のことはない、検察や霞が関の害虫役人は、とっくの昔にかつての『反社』連中と同じ存在になっていたんですね」

『ファクト』を伝えず『フェイク』で誘導する裏で都合のよいことをひっそり進めていく。

それは他の人を食い殺して肥え太る、「反社」の親玉、ヤクザとやり口はそっくりだ。

官僚は国家マフィアとルビを振ることもあるから、当然なのかもしれない。

彼らは掲げた旗を派手派手しく打ち振るが、その旗の下には荒れ地しかない。

そこに「民意」はなく、「御意」があるだけだ。

自分たちの欲望の充足を目的とし、安保政権と害虫官僚のアドリブ政策は、公文書を捨ててしまえば失政の歴史としては消滅し、全ては正当化される。だから彼らは、公文書を捨てるという、民主主義を破壊しかねない、前代未聞の行為を原則としたのだ。

安保首相ご自慢の布マスク二枚が東京で配布が開始されたと大々的に報じられたが、五月を過ぎた今も、他の地域には配布されていない。この期に及んで「お友だち」と随意契約を結んだ疑惑も浮上している。今回は安保首相の「お友だち」の、阿蘇財相の「お友だち」らしいが。

国民の困窮した経済対策のため一次補正予算を組んだが、アボノマスクに投じた五百億円弱は、医療現場の喫緊の予算である人工呼吸器確保二百五十億、ワクチンや治療薬開発費二百五十億を合算したものとほぼ同額だった。

国民に自粛要請しながら休業補償しない。観光業界に一兆七千億円のキャンペーン費の予算をつけながら雇用調整助成金はその半分にも満たない八千億。国民ひとりに十万円配るという打ち上げ花火政策は遅々として進まず、末端のもの言わぬ人々から息絶えて行く。

一方、政権に都合がよい『検察庁改革法案』は電光石火の可決を画策する。

そんな、腐りきった政府に対し国民は、凡愚な宰相の罷免を求めることもなく、彼の治世が終わるのを辛抱強く待っているように見える。

なんと醜悪な宰相であることか。そしてなんと面妖な国民だろう。

その時、彦根は、自分はすでに絶滅した種族の〈アナキスト〉なのだと自覚した。

国家という醜悪な組織を拒否した彼らは、歴史の徒花だ。なぜなら彼らの理想が成就した瞬間、それを維持するシステムが必要になるが、それを国家と呼ぶのだから。大いなる矛盾撞着は人類の悲喜劇だ。だから〈アナキスト〉である自分は、いつか必ず消滅する運命にある。

だが悲しむ必要はない。ヒトは誰でも、いつか必ず死ぬのだから。彦根は発言ボタンを押した。

「人間にも組織にも寿命があり、それを超えて生きようとすると癌細胞になります。村雨さんと鎌形さんから『梁山泊』の解消を相談された時、真っ先に浮かんだのはそのことでした」

彦根の発言がテキスト化され、黙読した村雨総帥は立ち上がる。

「では、『梁山泊』解散に同意の方は、ご起立願います」

別宮が立ち上がると次々にメンバーは起立した。そして最後には全員が起立した。

「解散発議は出席者全員一致を以て議決されマシタ」とＡＩ司会者ニコル君が告げる。

始めはまばらだった拍手は、やがて会議室を聾する盛大なものになった。

村雨は出口の前に立ち、部屋を出て行くメンバーと抱擁し、握手をして見送った。

村雨は別宮と日高を一緒に、両腕に抱いた。

「お二人のおかげで、曇り空だった私の胸は、快晴になりました」

緑の髪のツイッターの女王・紫蘭エミリは村雨の頬に真っ赤なキスマークを残すと、一足先に出ていった別宮を「あん、お姉さま、メアド教えて」と言って追いかけた。

髭もじゃの兎田が照れくさそうに右手を差し出すと、村雨はしっかりその手を握った。

そんな風に次々とメンバーと別れを交わした村雨は、最後から二番目の彦根に言った。

「私の後釜の浪速白虎党が本義を忘れ腐りきっているので、彦根先生の『日本三分の計』の復活は遠ざかってしまいました。不徳の致すところで申し訳ありません。浪速の人間はお祭り好きなので、白虎党の威勢のよさに引きずられるんじゃないかと心配しています」

「北海道で益村知事が頑張ってくれるので心配ないです。東日本連合が出来れば自ずと西も追随します。それに浪速白虎党は必ず崩壊しますよ。村雨さんの魂、機上八策の根本原理である、医療立国の精神を踏みにじっていますから。滅菌ガウン替わりに庶民から雨合羽の寄付を募るなんて、『アホなマスク』レベルのセンスのなさだし、党首の橋須賀さんはＰＣＲ検査は必要ないと威勢よく放言しておきながら、ちょっと体調を崩したら、誰にも言わずにこっそり検査を受け、巷で『平熱パニックおじさん』と呼ばれ、医療に対する無知さを曝け出しましたから」

そうして彦根は、更に続けた。

「小日向都知事と梁山泊が連携する、という話は今後どうするおつもりですか？」

「彼女は都知事選を前に、学歴詐称問題が噴出していますから、もともと難しかったんです」

「なるほど。確かにそうですね。ではまた、どこかで」

彦根はそう言ってうなずくと、村雨と握手をして部屋を出て行った。

他に誰もいなくなった会議室に残った村雨と鎌形は、顔を見合わせた。

「結局、鎌形さんと私の二人が、梁山泊の最後を見届けることになりましたね」

鎌形は黒サングラスを外すと、綺麗な目で村雨を見た。

「村雨さんには感謝しています。千代田もほっとしているでしょう。私はヤメ検弁護士として、検察の腐敗を追及し続けます。安保政権の致命傷になりそうな、マスクの随意契約の裏側に潜む闇でも追及してみようかな、と思っています」

「それはスリリングですね。頑張ってください」と村雨は微笑する。

二人は固く抱擁した。そうして鎌形も姿を消した。

ひとり残った村雨は、天井のカモメのモニュメントを見上げて言った。

「ニコル君、後片付けを頼んだよ」

「かしこまりマシタ」と答えた電子音声が、がらんとした部屋に響いた。

＊

その夜、都内の、とある法律事務所内の一室で、ソファに座り寛いでいた男性が、隣で一心に雑誌を読み耽っている青年に声を掛けた。

「別宮さんは気を遣って、一生懸命隠そうとしてくれたようだけど、奥さんの手記を読んだら、情報漏洩者が誰かはバレバレだよね、千代田」

「そうですね。でもこれで少し、肩の荷が下りました」

雑誌を置いて、顔を上げた千代田は微笑する。

「そうだろうね。でもさすがにもう検察には、いられなくなるかもしれないね」

「しかたありません。その時はこの事務所で雇ってください」

「いいけど、給料は安いよ」

「それは構いません。浪速の電撃部隊カマイタチの復活ですね」

「それなら比嘉《ひが》にも声を掛けてやらないといけないな。仲間はずれは可哀想だ」

「ええ？　それはイヤだなあ」

千代田は、かつて自分の上司であり鎌形の部下だった、特捜の暴れん坊の顔を思い出す。

それから二人は雑誌を前に、缶ビールを開け、祝杯を挙げた。


二〇二〇年五月十五日。

この日の新型コロナウイルスの感染者は以下の通りだった。

中国の感染者は八万四千人、死者四千六百人。数字は数日間、横ばいを続けている。

隣国の韓国では、感染者一万一千人、死者二百六十人。

そして日本の感染者は一万六千人、死者は七百二十五人。

全世界の感染者は四十二万人を超え、死者は二十九万人に達した。

終章　いちごの季節

二〇二〇年五月二十九日
桜宮・アグリパークいちご園

季節は令和の冷たい春から、乾いた夏へ移っていた。

五月下旬の金曜日、高台にある「アグリパークいちご園」に、場違いな三人が集まった。

平日なのに、俺と藤原さんをこんなところに誘ったのは、能天気な高階学長だ。

学長命令ならばやむなし、と業務をサボり、しぶしぶ従ったわけだ。

白いポリ袋を手に、温室から戻った高階学長は言った。

「自粛で食べ放題はダメでしたが、パック売りが半額でした。みんなで公園でいただきましょう」

そう言って一袋ずつ、いちごを配った。

真四角な木製のテーブルの各辺に二人がけの木のベンチが置かれ、そこに一人ずつ座った。

誰も座らない一辺の先に、光り輝く桜宮湾が見える。

高階学長が言った。

「田口先生、このたびは八面六臂のご活躍、ご苦労さまでした。今日はささやかな慰労会として、私のお気に入りのいちご園にご招待しました。本当なら新鮮ないちごをたらふく召し上がっていただくつもりだったのですが、いちご狩りが自粛なので、一袋で勘弁してください」

「もちろんです。わざわざご配慮いただき、ありがとうございます」と言って、俺は白いポリ袋から、もぎたてのいちごを一粒つまんで、口に放り込む。

甘酸っぱく、どこか切ない味が口の中いっぱいに広がる。

八面六臂と言われて考えてみる。一面が医療エッセイ、二面がシンコロ対策本部の委員長、三面がクルーズ船ダイヤモンド・ダスト号のシンコロ陽性患者の受け入れ、四面が黎明棟のシンコロ受け入れ本部設置、五面が感染症学会のナパーム弾処理、六面が北海道からの患者受け入れ、七面がＥＣＭＯの強制徴用、八面が地方紙ゲリラ連合への取材協力。

確かに八面なのは間違いない。六臂の方は面倒くさくなって、考えるのをやめた。

「私は田口先生にお任せしておけば大丈夫だと、信じていましたから」と言いながら、高階学長はゆっくりといちごを口にする。その隣で藤原さんは、いちごを陽にかざしている。

「今回も白鳥技官には振り回されました。でも結果的に技官の先読みが冴え、マイルドに軟着陸できた気がします。ダイヤモンド・ダスト号の阿鼻叫喚がそのまま本土に上陸しかねませんでしたから」と俺が言うと、藤原さんがうなずく。

「名村先生の派遣とか、今思うとぴったりの差配でしたね。勇ましいゴーグル姿が今も浮かびます。いろいろ言われていますけど、とってもいい先生だったと私は思います」

あ、まだ懐柔されたまんまだな、と苦笑した俺が補足する。

「感染侵入期と感染蔓延期の二つのフェーズでの防御法は、とてもわかりやすかったですよね。おかげで今、東城大には全国各地から研修希望者が殺到しています」

「如月師長と若月師長は二人揃って大活躍で、すごく忙しそうよ」

藤原さんが言うと、高階学長がうなずく。

「ひとつだけ残念だったのは、せっかく息を吹き返したオレンジ新棟一階が、いまだに重症病棟として継続中で、救命救急センターとしての復活が叶わなかったことですね。あのまま速水君が居残ってくださればよかったのですが」

「仕方ないですよ。ヤツには守るべき土地があり、患者がいるんですから」

俺は遠く、北の方角を見遣る。

患者と助手を連れて東城大に救いを求めてきた速水は、東城大の一員ではなくなっていた。

だがそれは悲しむべきことではない。

彦根の話では速水は「北の将軍」と呼ばれ、北海道全域ににらみを利かせているそうだ。

北方民族の匈奴を抑え込んだ、漢帝国の衛青将軍みたいなエピソードだな、とふと思う。

もっとも彦根の話だから、どこまで本当かは、よくわからないが。

『八割パパ』と呼ばれた喜国准教授はあっさり八割を撤回して平然としている。その様子を見て
「間違えたら変えればいいんだよ。パパは神さまじゃないんだから」と背後でそそのかしている
名村教授の声が聞こえた気がした。

俺はいちごを食べ終えると、白い袋をくしゃくしゃと丸めながら言う。

「シンコロの恐ろしさは人のつながりを破壊するところです。接触を断たなければ感染が拡大するなんて、これまでの人類の友愛の基本を叩き壊すようなものです。それは人類が初めて直面したジレンマでしたが、新しいつながりが生まれました。その一つがＳＮＳです。直接の接触はできないけれど、人々の連帯は保たれる。私たちは絶望することなく淡々と、コロナに対処していくしかないんだと思います」

先日のニュースで政府は、ツイッターで一千万人の反対ツイートを集めた悪評紛々のお手盛り法案「検察庁改革法案」の今国会での成立を断念した、と報じた。

五月十八日はＳＮＳの声が政治を変えた、記念すべき日になったのかもしれない。

続いて放たれた『新春砲』の追撃弾が、黒原検事長の頭上に炸裂し、違法賭博疑惑に晒された

政権の守護神は、その一撃であっけなく退場した。

そうした激動の変化は、コロナ自粛の静謐な社会で、色鮮やかに展開した。

これまで市民は、政治は自分たちと無縁のものと思い込まされていた。そうした姿勢が、自分で言い出しておきながら評判が悪くなると人のせいにしてごまかす、無責任宰相を守り続けた。

だが市民は、声を上げれば政府の暴挙を止めることができることを学んだ。

これまで国は市民を恫喝し服従させてきたが、これからは市民の批判に戦々恐々とする政府が生まれるかもしれない。それは間違いなく市民にとって福音だろう。

俺がそんなことを言うと、藤原さんがうなずいて言う。

「田口先生のおっしゃる通りです。でもそうした時に判断の前提になるのが『ファクト』です。『フェイク』は人々を憎悪に導きますが、『ファクト』は共感につながります」

「なるほど、ついに人類が覚醒する時が来た、というわけですね」と高階学長が言う。

どうしてこの人が言うと、ガリレオの地動説なみの画期的なフレーズも、胡散臭く聞こえてしまうのだろう。そんな高階学長が、何やら藤原さんをつついている。

「ほら、肝心のことを言わないと。田口先生はいちごを食べ終えてしまいましたよ」

俺と目が合った藤原さんは微笑する。

「あのね、田口先生。長いことお世話になりましたけど、あたし、今月いっぱいでお暇しようと思うんです」

え、と言ったきり、俺は絶句した。今日は五月最後の金曜日だから、今月いっぱいというと、来週からもう来ないということではないか。そういえば今週、藤原さんは、俺の手伝いの合間に、ちょこちょこ荷物整理をしていたのを思い出した。

藤原さんが言う。

「先生とお仕事をするのがイヤになったわけではないんです。むしろずっとご一緒させていただきたいと思っているくらい。でも、あたしもうおばあちゃんだし、いつまでも生きられるわけじゃない。だからそろそろ自分が本当にやりたいことをやりたいな、と思ったんです」

俺はからからになった喉をごくりと鳴らし、訊ねた。

「藤原さんが本当にやりたいことって、何ですか？」

彼女は恥ずかしそうに顔を伏せ、小声で言った。

「紅茶専門の喫茶店です。一緒にやらないかって、お友だちに誘われたの」

愚痴喫茶の時は本気だったんだ、と呆然とした。

何だか急におかしくなって、俺は声を上げて笑い始めた。

「はは、それは最高ですね。開店したら毎日入り浸りますよ」

「お待ちしてます。珈琲ではなくて紅茶ですけど」

「構いません。私は最近、紅茶も、わりと好きになったんです」

「それなら田口先生は、お客さん第一号として永遠に無料にしてさしあげます」

一瞬、辞退しようかと思ったけれど、遠慮するのはやめにした。

「ありがとうございます。それなら毎日寄らせてもらいます」

「あ、いいなあ。私もいいですか」と高階学長が割り込んで来たので、俺が言う。

「高階学長はダメですよ。無料客が二人も入り浸ったら、お店が潰れてしまいます」

高階学長はむっとして、いちごを口に放り込んだ。

俺は立ち上がると、海の方に何歩か歩いて、大きく伸びをした。

「いい天気だなあ。新しい旅立ちにふさわしい午後ですね」

両腕を空に向けた俺は、空の眩しさに目を瞬かせ、こぼれそうになる涙をこらえた。

一陣の風が、頬を撫でていく。

天から舞い降りた光冠は、森羅万象の実相を白日の下にさらけ出した。

それは政権や霞が関の欺瞞《ぎまん》をつなぎ合わせ、全体像を国民に理解させた。

不条理な仕事をさせられ、自らの命を絶った気骨の官僚の無念を、市民の心に宿らせた。

そして病院の片隅でひっそりと働いていた女性に、自分の夢を思い出させた。

コロナの猛威は凄まじかったが、それは驚くほど静謐だった。

俺は視線を背後の丘陵の上に転じ、屹立する白と灰色のツインタワーを見上げる。

あそこには天空から降り注いだ災厄にも汚染されることのないグリーン・ゾーンがある。

それはポスト・コロナの世界の希望の象徴になるだろう。

世界中が経済活動を止め、息を潜めた。たとえばささやかだが、ここのいちご園の食べ放題の客が三名、確実に減っている。そんな経済的損失が世界中で積み上がっている。

過去の経済破綻とは次元の異なる凄まじさで、人間社会は根底から変わるだろう。

残念だが経済が破綻したせいで、無辜《むこ》な人たちが命を落とすことになるかもしれない。

その影響はあまりにも大きすぎて、誰も正確な未来図を描くこともできない。

人類は、それほどまでにこの破壊者を恐れている、ということだ。

今やコロナは、撲滅が不可能なくらいに広がってしまった。

これからは名村教授が予言した通り、コロナと共存する知恵が必要になるだろう。

コロナは破壊神のようなものかもしれない、と無神論者の俺はふと思う。

自然から出現してきたこと。人間にはどうにもならない相手であること。
その相手に対応するため、人々の生活様式を大きく変えざるを得なかったこと。
だがそんな破壊神が降臨しても、人類は叡智を磨き、希望を抱き続けている。
俺は桜宮湾に視線を投げた。
その時、携帯が鳴った。
出てみると耳の奥で、風の音がした。
——もしもし。
女性の声がして、やや間があった。
そして次の言葉を告げると、電話は切れた。
——碧翠院を蘇らせてくれて、ありがと、田口先生。
俺の視線は宙を彷徨い、桜宮岬の突端に輝く光塔（ミナレット）にたどり着く。
硝子の尖塔は、陽の光を受け、きらり、と輝きを放った。
どうかしましたか、という藤原さんの声に我に返る。
俺は振り返って言う。
「なんでもありません。桜宮の神話の環がたった今、閉じたんだなあ、と思って」
高階学長も藤原さんも、俺が何を言っているのか理解できなかったに違いない。
でもそれを理解する必要はないということを、二人はわかっているようだった。
テーブルに戻った俺は、藤原さんの真っ赤な苺をつまみ上げ、口に放り込む。
甘酸っぱい味が、再び口の中に広がった。
なんだかくすぐったい気持ちになって目を閉じる。

人々の生活が信じられないくらい大きく変わっても、空は青いし、潮騒は響いている。
そしていちごは、目に染みるように赤く、涙が出そうなくらいに甘酸っぱい。
世界は、なにも変わっていないように見えた。
どうにも不思議なことだったけれど、ひどく安心もした。
そんな俺の肩先を、五月の風が、銀色に輝く海原へと吹き抜けて行った。

本書は書き下ろしです。

この物語はフィクションです。作中に同一の名称があった場合でも、実在する人物・団体等とは一切関係ありません。

〈参考文献〉

『新型コロナウイルスの真実』岩田健太郎　ベストセラーズ　二〇二〇年四月
２０２０年３月〜５月Washington Post、New York Times、Financial Times、朝日新聞・読売新聞・毎日新聞各紙。週刊文春、週刊新潮、週刊現代、週刊ポスト各誌。

〈参照サイト〉

Our World in Data
https://ourworldindata.org/coronavirus
新型コロナウイルス国内感染の状況（東洋経済オンライン）
https://toyokeizai.net/sp/visual/tko/covid19/
新型コロナウイルス感染症について・国内の発生状況（厚生労働省）
https://www.mhlw.go.jp/stf/seisakunitsuite/bunya/0000164708_00001.html#kokunaihassei
新型コロナウイルス感染症（ＣＯＶＩＤ－19）関連情報について（国立感染症研究所）
https://www.niid.go.jp/niid/ja/diseases/ka/corona-virus/2019-ncov/9324-2019-ncov.html
日本感染症学会

http://www.kansensho.or.jp/

WHO
https://www.who.int/csr/don/en/

How It All Started: China's Early Coronavirus Missteps （The Wall Street Journal）
https://www.wsj.com/articles/how-it-all-started-chinas-early-coronavirus-missteps-11583508932

How does coronavirus kill? Clinicians trace a ferocious rampage through the body, from brain to toes（サイエンス）
https://www.sciencemag.org/news/2020/04/how-does-coronavirus-kill-clinicians-trace-ferocious-rampage-through-body-brain-toes

The proximal origin of SARS-CoV-2 （ネイチャー・メディスン）
https://www.nature.com/articles/s41591-020-0820-9

湖北省卫生健康委员会
http://wjw.hubei.gov.cn/fbjd/tzgg/

東京圏の病院は「感染患者でひっ迫」新型ウイルス専用治療室の内部（ＢＢＣ報道）

https://www.bbc.com/japanese/video-52392925
「解除の日」遠い医療現場、聖マリアンナ病院の葛藤（ロイター）
https://diamond.jp/articles/-/238213
健全な法治国家のために声をあげる市民の会
http://shiminnokai.net/moritomo.html

海堂 尊（かいどう たける）
1961年、千葉県生まれ。第4回『このミステリーがすごい！』大賞を受賞し、『チーム・バチスタの栄光』にて2006年デビュー。同シリーズは累計発行部数1000万部を超える。

『このミステリーがすごい！』大賞　https://konomys.jp

コロナ黙示録《もくしろく》

2020年7月24日　第1刷発行
2020年8月17日　第2刷発行

著　者：海堂 尊
発行人：蓮見清一
発行所：株式会社宝島社
〒102-8388 東京都千代田区一番町25番地
電話：営業 03(3234)4621／編集 03(3239)0599
https://tkj.jp
組版：株式会社明昌堂
印刷・製本：中央精版印刷株式会社

ISBN 978-4-299-00701-8